EL DIABLO TAMBIÉN SE ENAMORA

EL DIABLO TAMBIÉN SE ENAMORA

Eleanor Rigby

VERGARA

Primera edición: abril de 2019

© 2019, Eleanor Rigby
© 2019, Penguin Random House Grupo Editorial, S.A.U.
Travessera de Gràcia, 47-49. 08021 Barcelona

Printed in Spain – Impreso en España

ISBN: 978-84-16076-85-7
Depósito legal: B-2.363-2019

Compuesto en Comptex & Associats, S. L.

Impreso en Romanyà Valls, S.A.
Capellades (Barcelona)

VE 7 6 8 5 7

Penguin
Random House
Grupo Editorial

1

Londres, 1882

Sebastian Talbot era, como poco, el hombre más descarnadamente calculador que Inglaterra había visto forjarse en la última década. Iniciaba la cuarta temporada desde que logró imponerse, con su afamada brutalidad, sobre la panda de almidonados con abolengo que aún hoy lo miraban recelosos, y eso quería decir que eran muchos años los que llevaba invirtiendo en palomas mensajeras. Esas que revoloteaban ojo avizor por los salones de las altas esferas, a los que Sebastian no podía acceder, interceptando los movimientos y comportamientos excepcionales que pudieran tergiversarse y convertirse en un escándalo.

Historias varias, que iban desde un patético beso robado a una debutante en la oscuridad de un invernadero abierto al público, hasta la ruina económica del que fue un buen partido en el *beau monde*, llegaban a oídos del que llamaban «diablo». Los chismosos, ocultos estratégicamente incluso en los escarpines de las damas, corrían más tarde a comunicarle al propietario del tridente lo recién descubierto. El empresario no solo se pirraba por un buen cotilleo, sino que a menudo, si le interesaba el pecado cometido, hacía algo al respecto: se presentaba con la tentación de un suculento incentivo ante los caídos en desgracia, y generalmente se salía con la suya.

Estos ofrecimientos oscilaban entre inversiones en su próspera empresa naviera, que no dejaba de ganar socios por minuto, o una noche en su cama, siempre y cuando los creyera rentables como inversores o, en su defecto, como amantes.

En definitiva, Sebastian Talbot había comprado los oídos de media población londinense para estar al tanto de todo lo que sucedía alrededor, e intervenir tras estudiar las ganancias de una posible propuesta. Así, teniendo a quienes lo hicieran por él, no le hacía falta preocuparse por ninguna cuestión que no tuviera que ver con el deleite personal, lo que se traduce en que se dedicaba enteramente a sus finanzas, al placer carnal y a inventar nuevas formas de hacer trampas al póquer.

Sin embargo, en los últimos días, se había estado hablando de un asunto que le concernía, y del que solo él mismo en persona podía encargarse. Un asunto que, tras estrechar manos con el prestigio, decidió apartar a un lado temporalmente mientras llegaba la otra parte del que sería un acuerdo glorioso: el que terminaría de hacerle popular y envidiado.

Como era lógico, Sebastian no podía hacer oídos sordos a las habladurías, y menos cuando las voces que se alzaban provenían de notorios personajes a los que deseaba ver tragándose sus comentarios malintencionados.

En pocas palabras, un ángel acababa de ser presentado en sociedad. Lord Aldridge decía que la muchacha hacía temblar las piernas de los hombres con su sola aparición; el marqués de Weston, aquel desgraciado de cara avinagrada, había sonreído un total de tres veces al mantener una conversación con ella; e incluso el duque de Winchester acababa de proclamar entre sus familiares, en quienes no debería haber confiado si quería que siguiera siendo un secreto, que pretendía pedir su mano en matrimonio porque le había robado el corazón.

¡Todos los temibles crápulas de Londres suplicaban redención en los brazos de la muchacha, cuya belleza comparaban con la de la mismísima Virgen! Blasfemias llenaban las bocas de los consagrados a la clerecía, mientras los escépticos aseguraban haber visto el cielo abierto al besar sus nudillos enguantados.

Aunque Sebastian sostenía que aquello eran paparruchas, tenía que hacer las paces con sus recelos para asimilar que, si todo Londres se había vuelto majara tras la presentación de la jovencita, era porque debía ser todo un portento. Sin lugar a dudas, aquel sinnúmero de hipérboles sobre sus encantos había terminado despertando su curiosidad, lo que ya era una hazaña en un individuo de la talla de Sebastian Talbot, a quien nada le impresionaba. Y pese a importarle un rábano la grandeza femenina si no era para corromperla, Sebastian se alegró fervientemente de que existiera una criatura capaz de poner a sus pies a toda aquella cuadrilla de palurdos empolvados. Porque eso significaba que había llegado la hora de casarse, destrozando así el corazón de todo varón orgulloso de considerarse inglés.

La institución del matrimonio le parecía anticuada y patética; por si fuera poco tener a cargo a una mujer cuyo comportamiento bobalicón podría buscarle la ruina social, tomar esponsales era el eufemismo de un pacto con Satán. Los que en un tiempo fueron sus amigos, Dorian Blaydes y Thomas Doyle, habían sucumbido a la irrevocable demencia tras sellar los lazos eternos con sus respectivas esposas. Atrás quedaron los días de gloria, en pro de noches interminables con señoras de vientre abultado que transformaban todo su encanto original en una sucesión de antojos insoportables que, ¡encima!, era el marido quien debía satisfacer.

Pese a todo eso, tenía que seguir el ejemplo del caballero medio, aunque no pudiera considerarse como tal. Sebastian recordaba haber dado un salto de trapecista cuando uno de sus informantes se presentó en su ostentosa mansión en St. James para anunciar que la señorita Ariadna Swift acababa de tomar como rehenes los cuerpos, mentes y corazones de la totalidad de caballeros en edad de amar.

¡Por fin iba a tener lo que le faltaba para completar su colección...! La mujer perfecta. La novia de Londres. La preferida de las altas esferas. En definitiva... Lo que él llevaba esperando desde que descubrió que debía comprometerse.

Sebastian nunca se habría conformado con cualquiera. Al igual que en los negocios, quiso para su vida la mayor y mejor calidad. No podía ser menos tratándose de mujeres.

Desde que llegó a la capital con intenciones de conquista, supo que su plan de desposorio incluiría a la dama que más propuestas de matrimonio recibiese en su debut. Bien: la espera había finalizado. Y lo mejor era que no había tenido que mover un solo dedo, perdiendo el tiempo en extenuantes búsquedas a lo largo y ancho del mundo conocido. Ella había llegado a él y, para colmo, con el apellido de la esposa de uno de sus grandes amigos, lo que esperaba que facilitase las cosas.

Sebastian tuvo que dejar de regocijarse silenciosamente y pausar sus silogismos para prestar atención al entrometido del conde de Standish. Dorian Blaydes era uno de los pocos aristócratas a los que respetaba, quizá porque él mismo a duras penas se respetaba a sí mismo, y eso le convertía en un individuo interesante cuando menos, divertido en última instancia.

—¿Y qué piensas hacer si no es de tu agrado? —preguntó, mirándolo con la ceja arqueada—. ¿Te casarás con ella igualmente, aunque la encuentres repulsiva o te parezca irritante?

—Dudo que sea repulsiva o irritante si todo el mundo habla de ella como un dechado de virtudes. Y en caso de que lo sea... Te puedo asegurar que le echaré el lazo de todos modos. Esa mujer, sea quien sea, va a ser mía —dictaminó, apurando el whisky que balanceaba entre los dedos—. Y hablando de ella, ¿dónde está?

Sebastian echó un dramático vistazo a su alrededor. ¿Sería

la morena del fondo...? Tenía un pecho escultural y buenas caderas, tal y como él las prefería; sin embargo, fue abrir la boca y perder la magia. ¡Jesús! O se había tragado un pavo en proceso de mutilación, o nació con las fosas nasales bloqueadas. Tenía la risa más espantosa que hubiese tenido el horror de escuchar, y no recordaba que hubieran hablado de las carcajadas de la señorita Swift como el equivalente al graznido de un ave migratoria.

¿Y si se trataba de la rubia que bailaba con el vizconde Grayson? Tenía una figura bonita, una sonrisa encantadora... Pero unos ojos saltones a punto de huir de su rostro, y la nariz como el pico de una rapaz falconiforme. ¿Qué había, pues, de la pelirroja pecosa que coqueteaba descaradamente con...? ¡Diablos, no! Al menos, tampoco recordaba que hubieran descrito a la señorita Swift como una cebada con pésimo gusto a la hora de elegir atuendo. Él no tenía nada en contra de las mujeres de Rubens; no tenía nada en contra de ninguna, de hecho. Nunca fue un hombre exquisito en gusto femenino, ya que, desde joven, le inculcaron la idea de que era de mala crianza rechazar cualquier ofrecimiento... Pero, ¡señor!, aquella mujer se caería por los dos lados de la cama.

—¡Dios mío, estoy ansioso! —exclamó—. ¿Seguro que se encuentra aquí? Porque no he ubicado aún a una sola muchacha que parezca digna de todas las alabanzas que llevan días perforándome los oídos.

—Olvidaba que tienes unos oídos muy sensibles a todo lo que no sean halagos hacia tu persona —comentó maliciosamente Blaydes—. Tranquilízate... La señorita Swift aparecerá con el resto de sus hermanas de un momento a otro. Recuerda que son lo más parecido a una tribu sedentaria, o a los brotes de hongos. Viene una, y la siguen las demás.

—¡Cierto es! Solo espero que sea tan hermosa como sus allegadas.

—¿Era eso una exigencia?

—Una esperanza. Procura no malinterpretarme. Me importa un carajo si es más fea que el trasero de un babuino, Blaydes, pero me decepcionaría seriamente que, teniendo una hermana como Megara Doyle, no contara ni con un solo encanto. Me conformaría con que fuese solo la mitad de hermosa que ella... O un tercio de lo que es lady Ashton.

—Puestos a pedir, ¿qué cualidades debería tener la futura señora Talbot? —inquirió con curiosidad—. Imagina que pudieras diseñarla a tu antojo.

—Una mujer es una mujer, no creo que exista más que el diseño de hermosa pero aburrida, o divertida pero espantosa. Si se me ocurriese salirme de dichos patrones, estaría cruzando la línea del soñador, y no me gusta envenenarme la mente con estúpidas idealizaciones. Aun así, y ya que me lo preguntas, contestaré que la señorita Swift ya es la mujer perfecta para mí.

«Incluso sin haberla conocido aún.»

—¿Por el hecho de ser perfecta? —se burló.

—Por el hecho de ser mi némesis. Necesito que la niña de los ojos de Londres duerma en mi cama para darles a estos infelices un motivo real para detestarme. De todos modos, si pudiera ser buena anfitriona y no entrometerse en mi forma de vida, sería el colmo de la sublimidad.

—¿Quieres una mujer sumisa?

—Oh, por supuesto. Y que bajo ningún concepto mendigue mi amor; no soportaría a una llorona pendiente de cada uno de mis pasos. Preferiría que no fuese habladora, y que al abrir la boca, soltara una estupidez que la avergonzase: así se enseñaría a sí misma a mantener el pico cerrado, siendo un florero precioso y manejable al que no deberé prestar ni la más mínima atención.

Se percató entonces de que Dorian Blaydes lo miraba con una de sus sonrisas perversas, que normalmente presagiaban un terrible acontecimiento futuro.

No es que Blaydes tuviese sangre gitana corriéndole por las venas, ni tampoco le parecía de una inteligencia excepcional. Sin embargo, el muy desgraciado a menudo sabía qué se cocía en el mundo antes de que el mundo en persona pudiera sospecharlo. Por eso le había pedido en innumerables ocasiones, y con la esperanza de que un soborno fuera suficiente incentivo, que se convirtiera en uno de sus pajaritos bocazas.

Desgraciadamente, Blaydes era uno de esos hombres a los que les gustaba ver el mundo arder desde su sillón orejero, sonriendo para sus adentros por haber acertado.

—La conoces, ¿no es así? —se atrevió a aventurar.

—Por supuesto que la conozco. A todas las hermanas Swift... —agregó—. Y de todas ellas, Ariadna es... La más peculiar. No sé si cubrirá tus requerimientos, amigo mío. Espero que sí, por tu felicidad y su suerte. —Le puso una mano en el hombro y lo palmeó con desenfado—. Lo único que puedo decirte es que uno debe tener mucho cuidado con lo que desea, porque podría conseguirlo.

—Pamplinas. Deja tus misticismos para otro día, ¿quieres, Blaydes? Y ahora, haz el favor de decirme dónde diablos está mi esposa.

Sebastian volvió a dar una vuelta ansiosa sobre sí mismo. Se sentía acorralado entre aquellas cuatro paredes, que por muy bien iluminadas que estuviesen por las románticas lamparillas de gas y arañas varias, le parecían una prolongación del infierno. El ambiente cargado por los pesados perfumes de las jovencitas y el hedor a soberbia que destilaban los señores con complejo de superioridad, le hacía sudar. Y él odiaba con toda sus fuerzas cualquier atisbo de falta de higiene.

El salón había sido decorado con esmero en cada uno de sus rincones, y es que no podía esperarse menos de lady Ashton. No quedaba un solo espacio desprovisto de su toque de cariño: de los floreros manaban orquídeas y alhelíes, entre otros brotes frescos, llenando de color las esquinas olvidadas. La orquesta tocaba con sumo gusto una balada que un hombre como él nunca sabría apreciar debidamente, mientras el bullicio de las conversaciones y roces de las faldas con las botas de sus acompañantes de danza, daban un aire jovial al acontecimiento.

Sebastian entendía que podía ser el centro de reunión soñado de una debutante, criada para reír como una gallina clueca delante del ricachón de turno hasta que se le ocurriese firmar su carné de baile. Pero para él, aquel sitio era el hábitat natural de la hipocresía, donde germinaba cada vez más lejos de su tiesto, contaminando el resto de los pimpollos que pudieran asomar una cabeza atestada de originalidad.

Estaba deseando marcharse, y no era precisamente conocido por su paciencia. Ante todo, quería complacerse a sí mismo, y nada le haría más feliz que salir por la puerta grande, evidenciando su desprecio hacia el follón generalizado. No obstante, debía esperar, y esperar... No mucho más de dos minutos, hasta que las hermanas Swift se asomaron al primer peldaño de la soberana escalinata que culminaba en el centro de la estancia.

Talbot reconoció, primero, a la esposa de lord Ashton. Penelope Ashton era una belleza morena de ojos gitanos que conmovía más allá de sus modales impecables, estando el origen de su atractivo físico en el modo que tenía de sacar conclusiones acerca de los demás. Seguida de ella, la señora Doyle, que en otro tiempo fue solo Megara Swift, aireaba su hermosura sin precedentes al sonreír a su marido entre el gentío, que se había arremolinado al pie para ver bajar a la favorita. Aquella mujer era la plena definición de la perfección física, elevada hasta un punto que casi era vergonzoso mirarla directamente.

Tras ella, Sebastian percibió una coronilla de color casi blanco. Se estiró, lleno de curiosidad, alcanzando a ver su fina frente pálida y un par de cejas que casi se confundían con la tonalidad enfermiza de su piel.

Megara no tardó en descender el último escalón y dirigirse a saludar a los invitados: la escalera, pues, fue enteramente para Ariadna Swift, que bajo el punto de vista de Sebastian, no estuvo a la altura de las dos divinidades anteriores.

No se parecía a ninguna de ellas en absoluto, y no era porque la distancia le impidiera apreciar los detalles. Si Sebastian tenía una virtud notable, era la capacidad de apreciar cualquier particularidad en la lejanía, convirtiéndole en un ave rapaz con ojos dotados de binoculares. Y su futura esposa no era, ni de cerca, una belleza sobrenatural.

Menuda decepción. Tuvo que descubrir, al verla de frente, que le habría gustado que fuese morena, o por lo menos, no tan rubia. Tan tan rubia...

Vestida de blanco, casi sin cejas, con el cabello sin brillo y la piel a un paso de competir con la de un difunto, parecía que hubiese nacido antes de la invención natural del arco iris. Eso era... Le faltaba naturalidad. Era todo artificio. Su manera de caminar, demasiado tranquila. Su mirada, demasiado directa. Su forma de parpadear, demasiado forzada. A Sebastian no le pareció un ángel, sino una muñeca.

—¿Dónde está Ariadna? —preguntó, en un arrebato de esperanza. La mirada que Blaydes le dirigió, entre irritada y burlona, respondió por todas las palabras del diccionario—. Dios mío, ¿ese duende de talco es el sueño londinense? Debe ser una broma —masculló—. Creo que necesito una copa..., o un chute de rapé. ¿Vamos a empolvarnos la nariz?

Dorian Blaydes soltó una potente carcajada.

—¿El gran Sebastian Talbot ha decidido echarse atrás? Nunca pensé que una mujer podría contigo.

—Yo tampoco pensé que mi esposa sería la mayor decepción de mi vida antes incluso de hablar con ella, pero no está en mis manos tejer los hilos del destino —espetó, negando con la cabeza. La vio extender la mano a un par de caballeros, que la besaron por turno quedándose más tiempo de lo que estaba socialmente aceptado cerca de sus nudillos—. Diablos,

¿qué más da? Voy a presentarme antes de que a alguien se le ocurra hacerle una oferta mejor que la mía... —Hizo una pausa, como si acabara de escuchar una blasfemia—. Dios santo, ¿qué clase de oferta sería mejor que la mía? A no ser que la reina esté interesada, me temo que...

—¡Talbot, por Cristo! —exclamó Blaydes, divertido.

—Oh, sí, delitos contra la Corona... Discúlpame.

—Espera. —Lo agarró por el brazo—. ¿Qué piensas hacer? ¿Vas a pedirle matrimonio directamente, sin presentarte, sin dar un paseo con ella, sin...?

—¿Por qué? ¿Debería pasarme tres meses enseñándole a seducirme en la intimidad de mi salón, tal y como tú hiciste? —bromeó—. Este es el estilo *cockney*, Blaydes. Cierra tu impertinente bocaza y observa cómo un verdadero semental cautiva a su dama con una sola oración.

Dicho aquello, avanzó sin miramientos hacia la muchacha, que quedaba a unas pocas zancadas de distancia. Aunque era pocas veces consciente de lo que sucedía en su entorno, en ese instante, Sebastian se dio cuenta de que estaba llamando la atención de todo el salón.

Bien. Eso le gustaba. Ahora era de dominio público que la señorita Swift le interesaba de veras, lo que haría que los tiburones desesperados por su amor enloqueciesen definitivamente, y acabaran tirándose del pelo por haberla perdido en manos de su mayor enemigo: un hombre más próspero y con un gran futuro por delante.

Megara Doyle le interceptó, a él y a sus intenciones, a un paso de plantarse junto a la espalda de la señorita Swift. La taimada esposa de su amigo ya debía olerse cuál era su propósito, y a juzgar por la arruga que surcaba su entrecejo, imaginaba que no estaría especialmente complacida de que, tras años de búsquedas exhaustivas, hubiera puesto el ojo en su hermana menor. Sin embargo, a la anfitriona siempre le habían podido las apariencias, por lo que no le quedó más remedio que maniatar su mal genio, enfocado a animarle a echarse sobre otra presa, y presentarlos como correspondía.

—Ariadna, cielo —dijo con suavidad—. Me gustaría presentarte a...

—No hay problema, señora Doyle —cortó él de inmediato—. Puedo presentarme yo mismo.

La protagonista de la escena, que no parecía muy al tanto de la situación, se dio la vuelta con una lentitud exasperante. Tuvo que echar la cabeza hacia atrás, en un ángulo de gran incomodidad, para poder mirar a los ojos a Sebastian. Eso, sin duda, era una buena noticia entre tanto blanco y el aburrimiento que le transmitía. Al menos, las mujeres de estatura patética nunca lucharían por imponerse... Y si lo hacían, jamás serían tomadas en cuenta.

Sebastian le devolvió la mirada.

Ariadna tenía los ojos de una tonalidad que nunca antes había visto. Al primer parpadeo le parecieron grisáceos, pero al siguiente, motas azules asomaron para relucir con destellos lilas. Eran unos ojos grandes, de un brillo asombroso, pero que no pasarían a los anales de la historia en el apartado de vivacidad. Los ojos de Ariadna no eran los ojos de una muchacha deseosa de experimentar, ni de ser invitada a bailar, ni de estar muriéndose por conocer al hombre que tenía delante. Eran unos ojos que vivían en otra realidad, y veían más allá de lo que proponía el mundo terrenal.

Pese a la adversidad, Sebastian escogió minuciosamente una de sus mejores sonrisas, y la esgrimió como arma mortal. Tomó su mano enguantada, rozando a conciencia los delicados nudillos, y se la llevó a la curvatura entre el labio inferior y la barbilla, donde la dejó reposar un instante. Aspiró la fragancia de los alhelíes, que se le antojó un tanto simplona para tratarse de una joven de su posición.

—Hola, Ariadna —dijo con voz aterciopelada—. Soy tu futuro marido.

La respuesta física que Sebastian obtuvo por su parte fue un solo parpadeo y un asentimiento.

—Un nombre que abunda en estos salones —contestó, con una voz tan suave que había que afinar el oído para escucharla—. ¿Podría indicarme un diminutivo, para no confundirlo con otro de mis futuros maridos?

—¿Cómo dice? —replicó, forzando la sonrisa. ¿Y ese comentario? ¿Se habían presentado con esa misma cantinela antes...?—. Ya debería saber quién soy. Me llamo Sebastian Talbot.

—No me suena —respondió llanamente, con una inocencia que encontró desquiciante. ¡¿Que no le sonaba?! ¡Era el hombre más rico de Inglaterra!, ¿y no le sonaba?—. De igual modo, es un placer conocerle.

A continuación, se dio media vuelta e inició una conversación con su hermana, que no era capaz de despegar la conmocionada mirada de él. ¿Acababa de darle la espalda? ¿A él, a Sebastian Talbot? ¿Cuando, encima, se había presentado como nada más y nada menos que su esposo?

Carraspeó, esperando volver a captar su atención. Se sintió marcadamente estúpido al quedar como un pasmarote tras ella.

—Señorita Swift —remarcó cada palabra—. Me preguntaba si bailaría conmigo.

Ariadna se dio la vuelta de nuevo y lo miró del mismo modo: directamente a los ojos, sin subterfugios, sin miedo, sin deslumbramiento que valiese. Y él casi se estremeció.

—Por supuesto, señor Talbot.

Señor Talbot.

No sonaba como un insulto, pronunciado con un tonillo aberrante que no se cortaba a la hora de expresar el desprecio de la susodicha hacia el interlocutor, ya fuese por haber sido ninguneada tras un par de besos cerca de un arbusto, o por haberse atrevido a pedirle un baile, como solía ser común.

Señor Talbot.

Tampoco fue un reclamo a todo lo que eso conllevaba: dinero, apostura, un futuro digno.

Pronunció su apellido, en cambio, como si fuera una piedra del camino entre otras tantas, no expresamente molesta, y no necesariamente más grande. Únicamente fue Talbot, el hombre entre el millón, excepto (o aunque) que vacío, muerto y abandonado . Solo fue él mismo: recordó su nombre como si ya supiera de qué color era su alma.

Sebastian la miró, consciente de que una bruja podría habitar en su menudo cuerpo. No por cuatro palabras iba a retirar su propuesta de baile, pero sí se andaría con ojo. Sebastian no prestaba atención a tonterías de pronunciación, expresiones o contestaciones, normalmente porque no le producía ningún interés escuchar a la persona con la que hablaba: era pura descortesía. Sí, descortesía. Le gustaba ser abiertamente grosero, de modo que todo el mundo supiera a lo que atenerse con él.

No obstante, le pareció que la aburrida señorita Swift podría esconder una lengua viperina similar a la de sus hermanas, solo que oculta bajo la apariencia de una niña perfecta.

—Dígame, señorita Swift —comenzó, una vez la sostuvo entre sus brazos. ¡Demonios! ¡Era diminuta! Menos mal que no le importaba especialmente hacerle daño, o temería la noche de su consumación—. ¿Cuándo le gustaría que celebrásemos la boda?

Ella frunció el ceño tan suavemente que ni se notó.

—Lo siento, señor Talbot, pero si eso era un chiste, ha de saber que carezco por completo de sentido del humor.

—Lo último que deseo es que lo tomes como un chiste, Ariadna. —¿Por qué no tutearla? Iba a ser su esposa, tarde o temprano—. Descuida, debería haber hecho antes mi propuesta. —Sonrió con brío y encanto; una sonrisa que debió haber muerto al no ser correspondida en la misma medida. ¿Estaría fingiendo desinterés? Porque, en ese caso, era excepcional en el juego de las apariencias. Tal vez por eso todo el mundo la adorase—. Te ofrezco mi mano en matrimonio. Soy propietario de la empresa naviera más próspera de Inglaterra. Mis ingresos anuales son comparables, si no superan, a los de cualquier caballero que se interese en cortejarte fielmente durante el resto de la temporada. Carezco de familia, por lo que no incluiré en el paquete a una suegra que pueda desprestigiarnos en público u ofenderte por no llevar un vestido de su gusto. Vivo en Londres, aunque si te gusta el campo, podríamos negociar la compra de una de esas mansiones solariegas en peligro de extinción para que pasaras allí los veranos. No me gusta la sociedad ni su lista interminable de reglas de buen comportamiento: si quieres librarte de bailes o relaciones indeseables, tu lugar está conmigo. Si no, tendrás plena libertad para hacer vida social. Como ves, querida, casarte con Sebastian Talbot son todo ganancias... Por lo que retomaré la cuestión inicial. ¿Cuándo contraeremos nupcias?

Ariadna guardó silencio durante un segundo. Dos. Tres. Segundos que sucedieron mientras Talbot se esforzaba por demostrar que, aunque no sabía bailar, podía seguir el ritmo, hasta cumplir con tres minutos exactos.

—¿Me has oído? —inquirió con impaciencia.

—Claro, señor Talbot. Solo estaba meditando acerca de cuál de mis respuestas corporales ha podido darle a entender que preciso un marido.

—Todas las mujeres del mundo precisan un marido.

—Todas las mujeres que lo desean —puntualizó—. Lamentablemente, no soy una de ellas. Me halaga su propuesta, señor Talbot, pero me veo en el deber de rechazarla.

—Y yo me veo en el deber de exigir que te quites esa idea de la cabeza, señorita Swift. Era una pregunta de mera cortesía —aseguró—. Mi único objetivo ahora mismo es conseguir una esposa, y tú eres la candidata perfecta, por lo que me temo que no voy a aceptar un no por respuesta.

—¿Y un «ni lo sueñe»? —inquirió. Dio una vueltecita, siguiendo los pasos correctamente, pero sin ser grácil en exceso. No sonreía, pero no parecía enfadada; tampoco le hablaba con desprecio, pese a que sus palabras lo empuñasen—. ¿Qué tal un «olvídelo»?

—Muy astuta, sirenita, pero las negativas en todas sus variantes quedan vetadas en este asunto. Vas a casarte conmigo, como que me llamo Sebastian Talbot, y más te vale aceptarlo.

—Dado que se ha presentado como mi futuro esposo, me atrevería a decir que no debería jurar por su nombre.

Sebastian entornó los ojos. Primero, porque de algún modo tenía que apartarla de su vista para no estrangularla, aunque fuese parcialmente. Y segundo, porque empezaba a sospechar que de veras pretendía darle calabazas.

—Admito que no ha sido una gran proposición, pero no soy un hombre romántico, Ariadna. No voy a arrodillarme, ni te voy a mandar flores, ni pienso componerte poemas, y que me parta un rayo si aparezco en tu balcón para cantarte una serenata... Ergo, vas a tener que conformarte con este ofrecimiento.

—No estoy disconforme con su modo de exponer. Me gustan las personas directas —concluyó—. El problema de todo esto...

—A ver si adivino —interrumpió, enervado—. ¿Mis modales? ¿Mi falta de abolengo? ¿La horrible cicatriz que tengo en la cara? ¿Mi evidente falta de destreza como bailarín...?

—... no tiene que ver con usted. Señor Talbot, el abolengo es una ilusión de la que despertaremos tarde o temprano, yo tampoco soy una excelente bailarina, su cicatriz no es del todo desagradable y nadie se libra aquí de cometer un error de protocolo. Lo que intento decirle es que solo creo en las uniones por amor, y como estoy segura de que el amor no existe, soy un imposible desde dos vertientes. Nuestra compatibilidad es nula.

—¿Compatibilidad nula? —exageró—. Yo tampoco creo en el amor. Eso nos convierte en almas gemelas, Ariadna.

—Como añadido, me gustaría conservar mi virtud intacta.

Sebastian no sabía mucho de etiqueta, pero no había oído a una sola mujer hablar tan descarnadamente sobre su virginidad en público. Suponía entonces que esa falta de discreción era una cualidad en su futura esposa. Porque era en lo que se convertiría, y no había más que hablar.

—Querida, puedo jurar con una mano sobre mi libreta de cuentas que no te tocaré. Solo los pobres desean a su esposa, y dar impresión de miserable es lo último que me ilusiona. Ahora, deja a un lado la faceta de mujer fatal y dime cuándo demonios vamos a casarnos.

A continuación, ocurrió algo insólito: un gesto del que cada uno de los invitados se percató y en el que parecieron recrearse hasta su desaparición. Ariadna esbozó lo más parecido a una sonrisa, pero sin serlo. Torció las comisuras de los labios hacia arriba, y copió para hacer suya la expresión de la Mona Lisa.

—Cuando las margaritas broten de color negro.

El vals llegó a su fin en ese preciso momento, separando sus caminos temporalmente. Sebastian habría reaccionado con presteza si hubiera asimilado a tiempo ese curioso semblante. Por no mencionar cuánto sufrió su ego, que estuvo a una palabra más de ser enviado a la tumba.

Sebastian vio marchar a su gran enemiga con el ceño fruncido. Masculló una maldición que a nadie le habría gustado oír, y cuando estaba a punto de empezar a perseguirla por toda la casa sin reparar en las consecuencias, una mano se posó en su hombro.

—Tendrás que enseñarme eso del estilo *cockney* —comentó Blaydes con sorna—. Tengo un socio muy molesto al que me vendría bien espantar.

—Cállate, pajarraco de mal agüero —espetó, mirándolo

de soslayo—. Esto solo era el calentamiento. Te juro por mis antepasados que a más tardar mañana ese duende de talco será mi prometida.

—Yo que tú no juraba en vano, amigo mío. Da mala suerte. Aunque visto lo visto... —añadió, provocador— no se puede tener una peor.

2

Si algo le habían enseñado los negocios, además de a dejar atrás todo escrúpulo en pro del beneficio asegurado, era a reincidir una y otra vez hasta conseguir lo que quería. Teniendo en cuenta que el matrimonio entraba en la categoría de acuerdo negociable, y que se caracterizaba por ser la inversión más desagradecida en la vida de un hombre, Sebastian estaba seguro de que convencer a Ariadna solo requeriría de una mejor oferta. O, en última instancia, de la intervención de aliados que pudieran coaccionarla.

—De ninguna manera —cortó Megara, cruzándose de brazos.

Lástima que dichos aliados hubieran decidido darle la espalda cuando más los necesitaba.

—Pero si aún no he acabado —se quejó Sebastian, adoptando una postura similar de hiperbólico descontento—. Deja que...

—No, Talbot. Bajo ningún concepto voy a permitir que te cases con mi hermana, y menos con «esa» hermana —especificó—. Ariadna es una persona extremadamente sensible y especial. Casarse contigo la convertiría en una desgraciada, y no pienso pasar por ahí, sin importar lo que propongas.

Sebastian se acomodó en el sillón del despacho de Doyle,

como si no quisiera tirarse del pelo por el desarrollo de la conversación.

Por lo poco que sabía de la familia Swift, estaba muy unida, y eso significaba que tener a Megara de su parte podría simplificar las cosas, si no allanar el camino hacia su presa. No obstante, no contó con el minúsculo inconveniente de que Megara era, probablemente, la única mujer de Londres que conocía al dedillo hasta dónde era capaz de llegar cuando se le metía algo entre ceja y ceja. Su falta de humanidad y su brutalidad la impresionaron en el pasado, y Sebastian entendía que a causa de no haberlo superado aún, tuviera sus reticencias.

Pero pensaba aplastar esos dichosos recelos con la suela de sus botas hessianas. Nadie —y ese «nadie» incluía a la propia Ariadna— iba a interponerse en su intención de desposar a aquel bicho paliducho.

—Además —continuó la señora de la casa, mirándolo con desconfianza—. ¿No se supone que ya le propusiste matrimonio y ella te rechazó?

Sebastian intentó no exteriorizar la profunda frustración que aquel recordatorio le producía. No es que no le hubiesen dicho nunca que no; Dios bien sabía que durante buena parte de su vida, esa había sido la única respuesta a cualquier pregunta que se le hubiera ocurrido hacer. Sin embargo, en los últimos años se había acostumbrado a abrirse camino pronunciando su nombre y palmeándose el bolsillo. Estaba seguro de que bastaría con plantarse delante de la dama de su elección y pronunciar las palabras mágicas, para que esta cayera a sus pies irremediablemente. Pero, o bien subestimó el poder del efectivo, o es que la mujer tenía demasiados pájaros en la cabeza para asumir que era la mejor oferta que podrían hacerle..., al margen de sus modales y el hecho de que lo odiara toda Inglaterra.

—Así es, pero imagino que tiene en alta consideración la opinión de su hermana, y si le comentaras los beneficios de nuestro matrimonio, tal vez ella...

—¿Crees, de veras, que puedo presentarme en la habitación de Ariadna, hablarle maravillas de ti, y que ella, de repente, decida que eres lo mejor que ha podido pasarle? Talbot... —Negó con la cabeza—. Supongo que vienes a mí porque crees que soy capaz de cualquier cosa. Y, en efecto, lo soy. Pero todavía no puedo obrar milagros, y te aseguro que intentar meterle una idea en la cabeza a Ariadna Swift es algo a lo que ni el Todopoderoso aspiraría.

—Hazme caso, señora Doyle; sé perfectamente, y de primera mano para colmo, que Ariadna es obstinada —dijo con suavidad, como si en el fondo no estuviese maquinando la manera de empujarla al casamiento—. Pero nada es imposible en esta vida. Y menos para un hombre con tanto dinero como yo. Así que... si no te va a tentar la magnífica amistad que nos une para complacerme, ¿por qué no pones un precio?

Megara lo miró como si hubiese perdido el juicio.

Por el amor de Dios, esa reacción era injustificada se mirara por donde se mirase. Había sugerido cosas peores, y aunque todo apuntaba a que se volvería loco, aún no había demostrado de lo que era capaz.

—¿Qué es lo que te ha ofendido, querida? Es cierto que hablar de amistad cuando me refiero a nuestros rastreros acuerdos pasados es un tanto ofensivo; a fin de cuentas, no queremos traer eso al presente.

—Descuida. No me ofende ni me arrepiento de nada de lo que he hecho —repuso con orgullo fingido—. Lo que me deja estupefacta es que pienses, o hayas pensado por un ridículo segundo, que le pondré precio a la libertad de mi hermana.

—En realidad, tu hermana será tan libre como desee, y en todos los sentidos —expresó con lentitud—, si sabes a lo que me refiero. Así pues, técnicamente solo quiero que me digas cuánto he de pagar para cambiar su estado civil.

Megara permaneció inmóvil un instante. Un segundo tardó en negar con la cabeza, perdida en su propia incredulidad.

—Sebastian —pronunció—, si mi hermana no te quiere, no vas a tenerla. Tan sencillo como eso. Y no empieces con tonterías varias sobre tu maravillosa y envidiable fortuna, o la gran oportunidad que perdería. Imagino que sabrás que Ariadna no es ninguna pobrecita. Si las matronas no se equivocan, es, hasta la fecha, la mujer más solicitada en el mercado matrimonial desde lady Lianna Ainsworth. La pretende hasta el duque de Winchester —especificó. El orgullo se filtró en su discurso como una puñalada a traición—. Así que si crees que eres el único que puede ofrecerle un buen futuro, o piensas que tu estrategia de entrar en su vida por la fuerza surtirá efecto cuando hay hombres haciendo cola por entregarle un ramo de flores, ve olvidándote.

Sebastian no estaba recibiendo información que no llevara atormentándole toda la noche. Si no se había vuelto loco de preocupación, pensando que pudieran adelantársele, era porque le dio la impresión de que Ariadna no se moría por ninguno de sus pretendientes. De hecho, era evidente que no se moría por casarse, a secas. Algo que no le venía nada mal en lo que a la competencia respectaba, pero que hacía amarga su intención inicial de desposarla.

—Su popularidad entre pantalones es algo que tengo muy presente, mi estimada señora Doyle... Y que no comprendo en absoluto. Ariadna no es desagradable a la vista y puede considerarse cortés, pero ¿qué diablos tiene que ha puesto a sus pies a medio Londres? —preguntó, sin poder contenerse. Esa era otra de las dudas que le tuvieron dando vueltas—. En mi humilde opinión (y créeme, debe serlo extremadamente cuando pocas mujeres me parecen feas), lo único que salva a Ariadna Swift de ser una jovencita común es que tiene el pelo blanco.

—Y los ojos lilas —añadió una voz masculina. Sebastian alzó la vista, topándose con el rostro pétreo de Thomas Doyle—. Cuando la miré por primera vez, quedé hechizado.

El señor Doyle era, junto con Blaydes, el único desgraciado sobre la corteza terrestre que hacía de su lamentable vida un proceso más llevadero. Antes fue un hombre próspero y rico como él; ahora era socio de la empresa, encargándose de los asuntos concernientes a lidiar con los deudores. Thomas Doyle era un excelente matón, y no solo porque supiera usar los puños, que procuraba guardarse para sí mientras no hubiera necesidad..., sino porque su aura poseía una desconcertante fuerza inexorable que empujaba a su interlocutor a confesar hasta el último de sus secretos. Bastaba una mirada como la que le dirigía en ese preciso instante para convertir al más discreto en un crío lacrimoso arrepentido de sus pecados.

—Por fin te dejas ver, mamarracho —espetó Sebastian—. Puedo concederte eso, sí; es una criatura insólita, muy rara..., pero eso no la hace necesariamente excepcional. Ni mucho menos bonita.

Sebastian se fijó en que Megara lo miraba fijamente, a caballo entre la estupefacción y la ofensa.

—¿Se puede saber por qué has venido a mi casa a pedir la mano de mi hermana, cuando ni siquiera te parece atractiva? —Hizo una pausa dramática. Megara se levantó lentamente, sin apartar los ojos de él. Su expresión se había ensombrecido—. Al principio lo sospechaba, pero ahora lo confirmo. Sea lo que sea que te traes entre manos, no consentiré que impliques a Ariadna...

—Señora Doyle —interrumpió en tono herido—, ¿está insinuando que solo podría llamarme la atención una mujer por su aspecto? Hay muchas más virtudes aparte de la belleza exterior que...

—Sí, los hay —cortó, arisca—. Sin embargo, son aspectos de su personalidad que es imposible que conozcas porque la viste ayer por primera vez, y solo estuvisteis hablando durante los tres minutos que duró el vals.

—Pero si ella me hubiese dejado, los habría multiplicado

hasta ser su única compañía durante el resto de la noche. ¿Acaso no puede un hombre enamorarse a primera vista?

Megara alzó las cejas en un ademán que podría haber encontrado ofensivo..., si su significado no se ciñese a la repugnante realidad que representaba Sebastian Talbot, y que enseguida fue confirmado.

—¿Es que te has enamorado a primera vista? —se burló.

—No, por Dios. Pero aun así, ¿por qué clase de perro superficial me has tomado?

—Exactamente por el perro superficial que eres —zanjó Megara. Cruzó los brazos y se volvió a sentar, esta vez muy cerca de su marido, que asistía a la discusión con moderada diversión—. Ariadna tiene cualidades de sobra para encandilar a un hombre; no me habría sorprendido que vinieras a pedirme su mano, si no supiera que tú, de hombre tienes poco. Eres el diablo, Sebastian, y no me puedo hacer una ligera idea de lo que necesitarías para recuperar el corazón. Sea lo que sea, es obvio que mi hermana no lo tiene, y no lo es, porque ni siquiera ha captado tu interés, por mucho que intentes fingirlo... Y dudo que llegue a contar con él alguna vez. Por lo tanto, dime qué hay en tu retorcida cabeza —ordenó—. Podría sacar conclusiones yo misma, pero me temo que nuestra «amistad» quedaría resentida después de exponer todas las locuras que te veo capaz de hacer. ¿Por qué quieres casarte con ella?

Sebastian encogió los hombros sin darle especial gracilidad al movimiento.

—Todo el mundo quiere casarse con ella. Todo el mundo la quiere.

—Tú no la quieres.

—Evidentemente. Pero yo no soy «todo el mundo». Soy algo mejor que eso.

—No lo estás demostrando yendo detrás de la generalidad como los burros —intervino Doyle, mirándolo con un amago de sonrisa—. Vamos, amigo, pensé que tendrías más personalidad de la que has demostrado aquí y ahora, decidiendo casarte con la mujer con la que sueña Inglaterra solo por esa razón.

—Y yo pensé que tarde o temprano te acabarías haciendo a la idea de que tus meditaciones acerca de mis decisiones me son indiferentes —resolvió Sebastian con brío. Golpeó con las uñas sobre la empuñadura de su bastón—. ¿Tan extraño es mi deseo de ser un buen marido? Todo hombre respetable debe tener a una mujer respetable a su lado. ¿Qué mejor que una Swift, que cuenta con la protección de los condes de Ashton, el conde de Standish, el marqués de Leverton y un largo etcétera?

—Puedo hacerte una lista de todas las mujeres que hay mejores que una Swift —replicó Megara, obstinada—. Las Swift somos escocesas, tenemos un fuerte temperamento y hay tantos esqueletos en nuestros armarios que debemos guardar los vestidos bajo la cama, junto con los monstruos de nuestra conciencia.

—Nunca pensé que despreciarías tu casta abiertamente, Meg; no es en absoluto tu estilo. —Rio Sebastian, encantado con su despliegue de tenebrosidad—. Aunque agradezco el ofrecimiento, voy a rechazarlo. Según he oído por ahí, las listas no traen nunca nada bueno... Y no importa si convences a la mismísima reina de Inglaterra de casarse conmigo. Seguiré prefiriendo a Ariadna.

—A pesar de que no sea hermosa —puntualizó la hermana mayor con rencor.

—No es tan hermosa como tú —corrigió—, pero no he dicho que no tuviera encanto. Debe tenerlo si la adora hasta el amargado vizconde...

Megara, que había sobrepasado el límite de su paciencia, apartó la mirada visiblemente irritada y la clavó en su marido, que la observaba con atención.

—No estamos centrándonos en lo realmente importante

aquí. ¿Lo has oído? —preguntó, con un deje ofendido—. Quiere casarse con Ariadna porque todo el mundo quiere casarse con ella. ¡Es la mayor locura que he oído jamás!

—Estás hablando con un loco —respondió Doyle con su acostumbrada calma—. Deberías haberlo imaginado. Aun así, voy a tener que ponerme de su parte. Meg, es muy buen partido. Conozco a Ariadna y sé que no sería feliz con un hombre enamorado de ella: sus sentimientos la abrumarían, y se encerraría en sí misma por no poder corresponderle. Tampoco sueña con la grandeza de un título, y para colmo, es demasiado despistada para manejar un condado, o un marquesado... Un hombre rico que le proporcione una mansión en el campo, donde dedicarse a las pasiones de su vida, es todo con lo que podría soñar.

—Vivir con nosotras es todo con lo que podría soñar —corrigió Megara, enojada—. Ariadna no quiere a un hombre, Tommy. Quiere a su familia.

—Pero algún día tendrá que casarse. Y créeme, nadie habla de este tema con mayor pesar que yo mismo: imaginar a mi propia hermana como esposa, no me deja dormir por las noches... Pero es necesario. No podremos mantenerlas para siempre, menos cuando ni siquiera tienen dote.

Sebastian alzó la cabeza como una hiena al oler la carne fresca. En esa intervención estaba el descosido por el que podría rasgar el saco: no tenía dote, algo que solo le traería viento fresco a un millonario en ciernes. No obstante, la noticia le dejó momentáneamente mudo.

—¿No tiene dote?

—No. Se supone que lord Leverton, por la amistad que unía a nuestras familias, nos la proporcionaría por ciertos negocios entre su padre y yo. Pero tras los problemas con el administrador, donde lo perdió casi todo, no nos quedó otra que conformarnos con lo que teníamos: nada. Hace poco, lord Ashton se ofreció a encargarse como acto de buena fe

—prosiguió Megara—, pero lo rechacé tajantemente porque yo no...

—No aceptas caridad —concluyeron Talbot y Doyle al unísono. Fue Sebastian quien continuó—: Como es evidente, no necesito ni una sola libra, así que por mi parte no habría exigencias de tipo económico. Por otro lado, entenderás que me extrañe. Pensaba que los caballeros estaban al acecho porque su dote era cuantiosa. Ese suele ser el motivo, cuando la susodicha no es una belleza, no viene de una familia extremadamente influyente, o... —Megara lo silenció con una mirada hostil—. Diantres, querida, qué mal recibes las críticas.

—Pues no, no están interesados en el dinero. Por extraño que te pueda parecer, les atrae ella en sí misma. De hecho, si Ariadna no fuera tan discreta, tus pajarracos conspiradores ya sabrían que recibe más poemas y flores que propuestas de matrimonio. Los que la persiguen desean su amor, no cambiarle el apellido.

—Entonces, cuando se case conmigo, estaremos todos contentos. Yo cambiándole el apellido, y ella repartiendo amor entre sus admiradores —propuso con desenfado—. Aquí va mi oferta, señor y señora Doyle. Como supongo que la Swift menor tampoco tendrá dote, me ofrezco a pagar una cantidad exorbitante para convertirla en la florecilla más deseada del mercado; aparte, se me ocurre doblar ese efectivo por la mano de Ariadna. Estaríamos hablando, por ejemplo, de cinco mil libras...

El discurso de Sebastian se vio interrumpido por un ataque de tos. Megara se llevó la mano al cuello, de repente asfixiada, mirándolo como si acabara de probar la existencia de los espíritus.

—Si no fuera suficiente... —continuó, con fingida humildad.

—¡¿Te has vuelto loco?! —gritó Megara, colorada por el esfuerzo. Sebastian se escurrió en el respaldo.

—Si solo supieras cuántas veces me han dicho eso a lo largo de mi vida...

—¡Me alegro! ¡Eso significaría que lo has estado siempre, y que mi hermana no ha tenido nada que ver en tu afección! —exclamó—. Sebastian, ¡por Dios! Con cinco mil libras puedo comprar una mansión y llenarla de sirvientes.

—No lo repitas muchas veces; sabes que el dinero tiene valor sentimental para mí y desprenderme de él me duele más de lo que me dolería extirparme un riñón con palillos chinos. —Se tiró del pañuelo del cuello. Diablos, hacía demasiado calor—. Pero ya ves que voy a hacer el esfuerzo por Ariadna. Si esto no es amor, señora Doyle... —empezó, bromista.

—Eres un miserable —espetó Megara—. Sabes que la situación económica de esta familia es pésima, y que tener fondos no nos vendría nada mal... Y te presentas aquí, poniendo tu trasero de ricachón en mi desvencijado sofá, y exigiendo que te dé la mano de mi hermana o de lo contrario seguiremos viviendo casi en la indigencia. ¡Eres peor que el diablo! —repitió—. ¡Y no pienso picar! No voy a entregarte a mi hermana, ni aunque el soborno sea equivalente al patrimonio de la Corona.

Sebastian procuró no reflejar con su semblante que esa no sería, ni de lejos, la última palabra. Parecía que no sabía con quién estaba hablando. Cuando una idea inundaba su mente, era imposible sacársela; si usaran una pistola para disuadirle, su deseo pasaría al estado líquido y esquivaría las balas.

Era un desgraciado tiburón que había dedicado la última década a pisar a los demás para ponerse por encima. No ostentó los empleos más honrados, y quizá por eso ahora ignoraba los sentimientos ajenos si estos se interponían en sus planes. Megara Swift era un obstáculo: tendría que, o bien lidiar con sus desavenencias, lo que parecía imposible, o sortearlo. Pero bajo ningún concepto aceptaría la derrota, y menos con deportividad. Las garras estaban para sacarlas.

Conocía unas cuantas tretas para forzar un matrimonio. Despreciaba si las vías eran fáciles o no, ya que jamás las puso en práctica, pero entre estas figuraban el cortejo y la deshonra. A Sebastian, conquistar a una mujer no se le daba ni la mitad de bien que echar a perder su virtud. El flirteo formaba parte del concepto de seducción de los más sibaritas, pero él separaba ambas ideas: como coqueto pretendiente, era pésimo. Como seductor, era imbatible. Titánico.

En última instancia —y eso quería decir que tendría que tantear muchos caminos antes de plantearse la ilegalidad—, podría comprometer a Ariadna y obligarla a tomarla como esposo. Una violación sería rotundamente efectiva, pero Sebastian ni siquiera contemplaba esa posibilidad por tres motivos: primero, no hacía falta ser un genio para llegar a la conclusión de que eso dañaría a la mujer a todos los efectos, y por muy canalla que fuese, prefería reservar la categoría de malnacido para otra reencarnación. En segundo lugar, no soportaría vivir con un ser humano al que hubiese dañado irreversiblemente. Carecía de remilgos, y era enemigo directo de la delicadeza, pero aún convivían resquicios de conciencia en armonía con su desastrosa falta de moralidad. Por pedir, pedía no convertirse aún en un criminal, o, peor..., en un fiambre, porque sin duda lo enterrarían en cuanto alguno de sus muchos protectores decidiera cobrarse la ofensa. No tendría ni una sola oportunidad de seguir coleando tras un duelo. A fin de cuentas, tenía una puntería pésima.

El tercer motivo estaba enfocado a que le gustaban las mujeres dispuestas, y no encontraría ningún placer en dañar gratuitamente a otra criatura en favor de su desquite. Sobre todo porque su desquite se convertiría en una pesadilla. Eso por no mencionar que Ariadna no parecía muy interesada en su persona como para acceder a dar un paseo por las oscuridades frondosas de un aleatorio jardín inglés. Contemplaría la alternativa de besarla y asegurarse de que alguien los cazaba justo a tiempo, de no ser por eso mismo: no la imaginaba picando el anzuelo.

En definitiva, debía seguir insistiendo con el soborno. Megara lo miraba extremadamente indignada, pero acabaría calmándose y, tarde o temprano, sabría elegir por el bien de su familia. Y si no, tendría que secuestrarla.

No, secuestrarla no sonaba nada mal. Durante los tres días que duraba el viaje a Gretna Green, podría hacerla entrar en razón, ganarse su perdón por el susto e incluso seducirla a placer. Era un plan magnífico, al que no le encontraba ningún defecto.

—Creo, amigo, que deberías reconsiderar tu propia oferta. Incluso meditar acerca de tus opciones, y aprender a priorizar —comentó Doyle—. Es aberrante que pretendas tratar a Ariadna como un trofeo que arrebatar a tus vecinos.

—Es que una esposa es un trofeo, Doyle; al menos en el mundo real, y no en esa realidad idílica en la que vives con la mujer que elegiste por amor —respondió bravamente—. No vas a hacerme sentir mal por comprarme una solo porque tuvieras la esperanza de que me uniese el club de soñadores junto a Blaydes. Esto es lo que hace todo el mundo.

—Volveré a lo que mencioné antes. Se supone que tú eres mejor que eso.

—No, no lo soy. Ese solo eres tú queriendo pensar lo mejor de mí. Pero ya basta de sentimentalismos; estoy orgulloso de pertenecer a esta calaña de miserables...

Sebastian se quedó a medias en cuanto percibió un leve cambio en el ambiente, como si de repente el aire hubiera decidido empaparse de la humedad externa. Apartó la vista, con una espinosa sensación de rigidez en el cuerpo, y justo chocó con una delicada figura de luz.

Ariadna Swift apenas se percató de su presencia, excusa a la que se aferró para censurarla de un vistazo. ¿Qué clase de señorita de buena cuna se paseaba por ahí con el vestido manchado de tierra y un sombrero de paja agujereado en el ala?

Se puso de pie enseguida, copiando el gesto de cortesía de Doyle. Agachó la cabeza, sin quitarle ojo de encima, esperando que le mirase directamente. Cuando lo hizo, le decepcionó no apreciar ningún cambio significativo en su expresión. Diablos, ¿es que ni siquiera le tentaba un poco la posibilidad de casarse con él? ¿No le producía pavor, rabia o placer mirar a la cara al hombre que la quería como esposa...? Se suponía que a las mujeres les gustaba tener pretendientes, pero no; ella no se alegraba de verle. Ni a los cerdos les importaba tan poco la institución del matrimonio.

—Señorita Swift —saludó—. Está usted espléndida esta mañana. No recuerdo haber visto jamás algo tan hermoso.

—Yo sí los he visto mucho más originales con sus halagos —dijo con una suavidad sensorial que le atravesó la carne—. Siento interrumpir. Acababa de trasplantar las dalias, y quería subir esta maceta a mi habitación para ver cómo florecerían en el alféizar de mi ventana.

—Puedo ayudarla con eso.

—No sabe dónde está mi habitación. Se perdería —terció, suspicaz—. Meg, ahora voy a salir con Penny a Hyde Park. Será la carabina entre lord Winchester y yo. Va a enseñarme los nomeolvides y caléndulas que crecen a orillas del Serpentine... —Sonrió con una alegría que no le iluminó los ojos y causó expectación en los varones, que no en Megara, quien estaba acostumbrada a su melancolía—. Llegaré para el almuerzo.

—De acuerdo. Ponte el vestido azul. Te sienta de maravilla.

Antes de que Sebastian pudiera decir algo más, Ariadna desapareció escaleras arriba, meneando su cuerpo con la acostumbrada rigidez de las jóvenes debutantes. El vestido se movió con la misma falta de gracia; una tela aburrida de muselina desgastada que podría haberla favorecido si tuviera alguna tentadora curva que ocultar.

Apenas lo había mirado una vez. Y aunque Sebastian sabía que algunas mujeres tendían inicialmente a la indiferencia para despertar al competidor que habitaba dentro de él, su desdén no era forzado; ni siquiera tenía sus bases en el desprecio. No lo odiaba. No se fatigaba intentándolo. Simple y llanamente, Sebastian Talbot era la suave lluvia al otro lado de la ventana mientras ella dormía a pierna suelta.

Y en ese momento tuvo que reconocer, que no tenía ni una maldita idea de cómo convertirse en la tormenta feroz que la despertaría del sueño.

—¿Crees que le va a pedir matrimonio? —preguntó Megara en voz baja. Su tono captó la atención de Sebastian, que la miró de soslayo como si así pudiera absorber mejor la información—. Lleva todo el mes llevándola de paseo y haciéndole regalos costosos. Es un duque y ella ni siquiera es una dama; entiendo que no se declare a la primera de cambio, a diferencia de otros, pero parece estar demasiado involucrado...

—La verdad es que se le ve extremadamente interesado. Demasiado para tratarse de un duque refinado que debe guardar las apariencias en todo momento. Todo el mundo habla de lo enamorado que parece estar de ella —convino Doyle, mirando a Sebastian—. Estoy seguro de que a más tardar la semana que viene tendrá su propuesta formal.

Megara sonrió satisfecha, aunque el gesto no le duró mucho.

—Solo haría falta convencerla de que es lo mejor para ella... Algo definitivamente mucho más complejo que conseguir que un duque se interese. Ariadna va al revés del mundo —suspiró. Tintes de ternura se apreciaban en sus palabras—. En fin... Voy a asegurarme de que se viste adecuadamente. Buenos días, señor Talbot —se despidió con retintín—. Le aconsejo que se replantee lo que estaba a punto de hacer.

Sebastian se mordió la lengua para no contestar con una de sus acostumbradas ironías. En lugar de desahogarse, decidió apelar a la forzada educación e hizo una ligera reverencia, que Thomas apreció con una ceja enarcada.

—En cuanto ese petimetre se declare, házmelo saber —dijo en cuanto Megara abandonó la habitación. La expresión inquisitiva de Thomas se impuso nuevamente cuando la desdichada ceja siguió trepando—. Amigo mío... Llevo años esperando a Ariadna Swift. No la pienso perder, ni siquiera si el contrincante es el duque de a quién le importa qué.

—Imaginaba que tu delicado oído solamente escucharía lo que le viniera mejor —comentó su socio con voz tranquila—. Talbot, Ariadna no es mujer para ti. Su sensibilidad sin precedentes podría salir perjudicada al entrar en contacto con tu avezada ferocidad, y nadie en esta casa quiere eso. Ha sido la sobreprotegida de las Swift durante veinte años... Antes de entregártela, dejarán que les pisen el cuello.

Sebastian no solo ignoró la cantinela, sino que hizo notorio el aburrimiento que le producía poniéndose en pie. Se sacudió la pernera del pantalón con un par de movimientos y colocó el sombrero de fieltro en su lugar. Antes de mirar a Thomas con una mueca de superioridad, echó un rápido vistazo a la escalera por la que Ariadna había desaparecido; no sabía si para asegurarse de que nadie lo escucharía o porque sentía curiosidad por lo que llevaría puesto en su salida.

—Yo mismo pisaré sus cuellos si no me la entregan, Doyle. Y no creo que les guste; tengo un zapatero particular porque mis pies son demasiado grandes para seguir los modelos comunes. —Rodeó el sofá, siendo consciente de las cosquillas que le hacía la sangre en las venas—. No te atrevas a entregar su mano y ocultármelo. Sabes que me entero de absolutamente todo lo que ocurre en esta ciudad del diablo, y no creo que tenga que recordarte lo que soy capaz de hacer si me desobedecen.

—¿Tan lejos serías capaz de llegar por una mujer que ni siquiera te importa?

—No solo sería capaz de llegar —apostilló él, estirando los labios en una sonrisa cruel—. Sería capaz de volver... No me subestimes, Doyle, o serás el primero en enterarse del porqué de mi reputación.

3

Aquella mañana, el duque de Winchester y Ariadna dieron un agradable paseo por Hyde Park, que a inicios de primavera y tras las primeras lluvias de abril había florecido como el epítome de la belleza natural.

A Ariadna le maravillaba el verde excepcional de aquellas hectáreas tan familiares; se conocía cada piedra del camino, y nunca se cansaba de recorrer Rotten Row tratando de adivinar qué nuevo ejemplar arbóreo la esperaría a la vuelta de la esquina. El trino de las alondras anidando o volando lejos de las copas de los árboles, que al filtrarse el sol entre los entramados ramajes recordaban a las celosías verdes del arte nazarí, la trasladaban a un mundo nuevo y hermoso al que solo ella podía acceder y del que jamás desearía privarse: su imaginación.

Le gustaba pensar que estaba sola al prestar atención al rumor del agua conforme la tarde moría, o al tomar prestadas las malvarrosas para disecarlas en los libros de su hermana Penelope, adornar el cabello de Megara, o dejar soñar a Briseida con un «me ama, no me ama» que repetía incansablemente pese a no ser las mejores flores para dicha tarea, y a no ansiar los desvelos de ningún caballero.

El duque la acompañaba con una tranquila conversación a la que ella prestaba atención solo cuando tenía la corazonada de que debía responder. Se sentía terriblemente injusta al ser incapaz de seguir el hilo cuando la charla se prolongaba más de unos minutos, o cuando tomaba caminos que no eran de su interés, mas carecía de la voluntad para concentrarse o fingir fascinación; menos aún cuando un juego de colores vivos se extendía ante sí, reclamando toda su curiosidad y ridiculizando cualquier creación humana de la que deseara presumir su excelencia.

No le gustaba pensar que, por su tendencia a la distracción, era estúpida. Odiaba, también, que sus conocidos creyeran que pretendía dar la impresión de serlo, como si así fuera a parecer más interesante a los hombres, o como si esa fuera su mayor preocupación. Solo era demasiado despistada para su propio bien, o quizá algo ingenua, creyendo que los caballeros de su entorno se comportarían como cabía esperar.

Claro que el duque no la había tratado mal... Al contrario, sabía que su interés y desesperación por hacerla cómplice de sus deseos, la debía enorgullecer. Penelope no cesaba de repetir que siempre era halagador que un hombre con tantas posibilidades se fijara en ella, y Megara recalcaba a menudo, especialmente en los últimos días, que era la muchacha más afortunada de Inglaterra por estar siendo cortejada por el propietario de un ducado. No obstante, Ariadna no lograba encajar con él. Por lo que pudo observar —y es que, siendo justos, Ariadna no era una gran observadora—, se trataba de un hombre bien parecido y con unos dedos larguísimos. Eso captó su atención irreversiblemente al principio, en especial cuando le confesó que pasaba largas horas tocando el piano. Sin duda, la música les acercaba, pero, por desgracia, Ariadna seguía sintiéndose muy lejos de él.

Por este motivo no pudo aceptar su abrazo cuando se lo pidió, aunque, cuando la forzó a recibirlo de igual modo, no se retiró ni le reprochó haber incumplido su promesa. Ariadna no soportaba el contacto físico, era algo superior a sus fuerzas, que le agarrotaba el cuerpo y le dolía en el alma. Había aprendido a soportarlo con el paso del tiempo, pero no a devolverlo. Así, no supo cómo abrazar al duque de vuelta, como desconocía también el arte de hacer partícipes a sus familiares del amor que guardaba para ellos.

De todos modos, y aunque vivía atormentada por aquellos defectos a los que en realidad solo ella prestaba atención, no estuvo pensando durante los momentos posteriores a la cena en su poca delicadeza con Winchester. Estuvo pensando en ella, en todas las propuestas de matrimonio que estaba recibiendo, y en cuán vacía se sentía estando rodeada de damas y caballeros que la alababan con cualquier excusa.

Ariadna se sentó frente al tocador y tomó el cepillo, del que faltaban unas cuantas piedras de nácar. Su hermana menor, Briseida, se afanó durante la infancia en arrancarlas y tragárselas, un recuerdo que hacía tensarse a la mayor por las consecuencias que pudo haber sufrido. Sin duda, convenía mantener lejos de la benjamina cualquier utensilio con el que pudiera hacerse daño.

Deshizo la trenza que llevaba, buscándose en el espejo. Se vio llevar una mano a un mechón al azar, que acarició con suavidad. Detestaba su melena. Siempre lo había hecho. Era la única distinta a sus hermanas, de melena castaña oscura, castaña clara y color chocolate, respectivamente. Todas de cabello abundante, rizos definidos u ondas perfectas, mientras que ella solo tenía ese rubio lacio aburrido. Después, sus ojos. Unos ojos que habían recibido halagos de casi todos aquellos que se refirieron a ella en buenos términos, pero que le constaba que habrían sido su perdición en otros tiempos, cuando se quemaba a las mujeres por tener aspecto de bruja.

Debía admitir que, a veces, se sentía así. Como una bruja. Sabía que captaba la atención de hombres y mujeres al entrar en el salón. No importaba que no la vieran... Como si tuviese una luz distinta, o un perfume cautivador, lograban situarla y, entonces, la fiesta parecía empezar. La rodeaban, la agasajaban, la invitaban a bailes, a copas, a paseos y a una vida en compañía... Y ella respondía sin estar allí realmente. Su mente volaba muy lejos del salón, del mismo modo que se había perdido ahora dentro del espejo, en esa segunda Ariadna atrapada tras el fino cristal.

Unos toquecitos en la puerta la sacaron de sus reflexiones. Volvió la cabeza a tiempo para ver entrar a Megara, que la saludó con una sonrisa encantadora.

Era tan bella... No; no era solo bella. Era imponente. Una belleza que robaba alientos y se filtraba a través de los sueños para atormentar, incluso en la inconsciencia, a los hombres más fuertes. Su hermosura era demencial, inaudita y tan injusta que Ariadna había podido ver cómo los propios observadores se la prohibían para no morir a sus pies.

—Me gustaría hablar contigo acerca de un asunto —anunció con voz suave.

Ariadna se daba cuenta de cómo la trataban sus hermanas. No eran con ella como las unas con las otras. Penelope y Megara se gritaban muy a menudo, se reían a carcajadas que hacían temblar las paredes de la salita y, al poseer el mismo humor absurdo y un similar sentido del deber, se buscaban mutuamente cuando requerían consejo. Briseida, pese a ser menor y estar fuera de toda complejidad femenina por el temperamento en extremo voluble que traía la adolescencia y su comportamiento ciertamente masculino, también lograba entenderse con ellas sin esfuerzo. En cambio, a ella...

A Ariadna no la trataban como si fuese un ser humano al que achuchar, empujar y regañar. Ariadna era una preciosa lágrima de porcelana que pasarse envuelta en papel de seda, después de ser admirada en la distancia. Quizá porque no la comprendían... O, tal vez, porque no se dejaba comprender. Dependiendo del momento, Ariadna culpaba a los demás de su soledad interna o a sí misma. En días como aquel, entendía que era ella el problema por no abrir su corazón.

—Ven.

Obedeció en silencio, acompañándola al borde de la cama que coronaba la estancia. Era una habitación bonita y que encontraba acogedora, aunque Meg se quejase por ser incomparable respecto a la que ocupaba en la mansión en la que una vez hallaron cobijo cuando su padre aún vivía.

—Si no me equivoco, hace tan solo un mes que fuiste presentada en sociedad y ya has recibido tres propuestas de matrimonio dignas de consideración, entre otras tantas. El vizconde Grayson, Sebastian Talbot y el duque de Winchester.

Ariadna lamentó no saber cuál era la reacción que Meg esperaba por su parte. Solo por compensar sus años de silencio e inexpresividad, le habría gustado complacerla en ese sentido. Pero aunque hubiera podido hacer el esfuerzo, nunca habría salido bien. Ariadna desconocía totalmente el fingimiento.

—Es un hombre agradable. El vizconde también —añadió.

—Y... ¿qué hay del señor Talbot?

Ariadna se tomó un instante para pensar. Sin duda, el vizconde Grayson era un caballero de la cabeza a los pies, con, quizá, una vieja melancolía grabada en sus movimientos. Le dolía estar, ser, se encontrase donde se encontrase, y eso le producía a ella un extenuante dolor a la altura del esternón. Hallarse a su lado era respirar la tristeza, mientras que el duque era un remolino de agua fresca que la salpicaba, de cuando en cuando, con su frescura. En cuanto al señor Talbot...

«Hola, Ariadna. Soy tu futuro marido.»

No sabía con exactitud cuál era su color de ojos, ni si su cabello era negro o castaño oscuro. Podía jurar que una cicatriz surcaba su rostro, aunque solo porque él mismo lo mencionó, y tenía una excelente memoria para las conversaciones. En cuanto a su impresión, había sido... curiosa.

—No me he relacionado mucho con el señor Talbot —reconoció—. Sin duda es un hombre vanidoso y obstinado, aunque necesitaría charlar de nuevo con él para determinar si dichas cualidades podrían considerarse negativas o positivas.

—Normalmente, los hombres vanidosos y obstinados son poco recomendables, y muy poco queridos en sus círculos. —Rio Meg—. A no ser que tengan tanto dinero como el susodicho, en cuyo caso podrían tolerarse.

—Algo mencionó sobre su dinero. ¿Es para tanto?

—Ya lo creo. Es el hombre más rico de Inglaterra.

Ariadna se mostró sorprendida. Nadie lo habría dicho, cuando lo primero que le pareció percibir en él fue la postura y gesticulación de un hombre tosco y sin una gran formación al que poco le importaba la grandeza. En algún que otro momento, sí reconoció un atisbo de orgullo herido, pero no por el deseo de ser mucho más de lo que era, sino más bien un ansia iracunda por defender su lado salvaje, como si tuviera que preservar sus defectos de la generalizada ineptitud.

Aparte de eso, se quedó en sus fosas nasales un aroma muy peculiar, gracias al cual pudo reconocerle esa mañana al entrar en el salón. Sebastian Talbot irradiaba una magnética potencia varonil sin igual. La masculinidad era inherente a su esencia, que le recordaba a la última gota de rocío que caía desganada sobre la tierra, aún húmeda por la tormenta nocturna. Eso era. Calma y tempestad. Sebastian Talbot, pronunciando su nombre a su espalda, representó los cuatro elementos en su encarnación más viva. Lluvia furiosa, como agujas heladas atravesando su carne; fuego fatuo, azul de eternidad; la crujiente corteza unida al corazón de la tierra, a un paso de la lava... y el aire envolviéndola en un suspiro de último aliento. Él era todo eso, inexplicablemente incomprensible. Tan lejos de ser humano, y tan humano a la vez.

—Ariadna... ¿has pensado en si vas a aceptar a alguno? —preguntó al final Megara con lentitud, temiendo apartarla con brutalidad de sus pensamientos—. Es muy pronto, y no quiero hacerte elegir. Si sigues decidida a quedarte con nosotros para siempre, no pondré ningún inconveniente. Soy feliz teniéndote aquí. Pero ya sabes que nuestros problemas económicos apuntan a no resolverse en una larga temporada, y no quiero que pases penurias pudiendo ser la dueña de... de todo, en realidad.

Asintió con lentitud.

—No le tengo miedo al matrimonio —anunció con claridad—. Podría aceptar cualquier propuesta y no temblaría al subir al altar... Y supongo que lo haré, algún día. Pronto. Pero... —hizo una pausa— necesitaré la promesa de que no me tocará.

—Cariño... un duque y un vizconde deben asegurar herederos. No puedes casarte con un aristócrata y esperar que no te desee un hijo. Es la razón por la que se desposa.

—Entonces aceptaré la mano de un hombre de negocios.

La sensación de que Megara sonreía le llegó con indicios de ternura.

—Si hablas del señor Talbot, mucho me temo que no podría asegurarte, ni yo ni él (porque es un mentiroso), que no te tocaría. No podría contarte todas las aventuras y desventuras amorosas del diablo en una única noche, créeme.

—El señor Talbot no me encuentra bonita, y lo sabes tan bien como yo. Con él podría sentirme protegida en ese sentido. Pero el problema no es el candidato, sino el hecho de casarme... —Se acarició distraídamente el brazo, por el que caían una serie de diminutos volantes—. Ya sabes que convertirme en esposa no me costaría. Es el hecho del matrimonio lo que... —Su voz se apagó—. Me gustaría no hacerlo, Meg. Yo... —Contuvo el aliento—. No puedo.

Era egoísta decir que no podía cuando en realidad no quería... Aunque, en cierto modo, estaba siendo sincera. Pensar en casarse le producía tal sensación de pérdida que el cuerpo la imepelía a esconderse bajo las sábanas, lo que le imposibilitaría la tarea de hacerlo.

—Repito que no voy a obligarte a nada. No quiero que sufras... Pero piensa si no deseas estar al lado de un hombre al que ames y que te corresponda. Si no quieres tener hijos, algo que puedas decir que es realmente tuyo. El matrimonio se impone, y puede ser una cárcel, pero también puede regalarte cosas maravillosas.

Ariadna se esforzó por comprender los motivos de la vibrante emoción que le transmitía. Había algo bajo el cariño real que traspasaba su corazón para besar el suyo, y eso era... preocupación. Mas no enfocada en ella, ni en el matrimonio, sino en algo más complejo.

—¿Qué ocurre? —preguntó Ariadna—. ¿Hay algo que no me cuentas?

Megara no habló durante unos segundos.

—No tenemos dinero para manteneros a todas aquí, Ari —murmuró, afectada—. Verás, yo... No quiero que tengáis que pagar por mi negligencia. Lamento cada día no arrepentirme de haberme casado con Thomas, porque eso al menos me castigaría por haber puesto sobre vuestros hombros el peso de traer dinero a la familia ... Pero no puedo cambiarlo, y, realmente, no quiero. No lo haría. Aun así, las circunstancias son terribles, y... he pensado en buscar... —Tragó saliva—. En buscarme un amante. Uno generoso, que haga regalos que se paguen bien en la casa de empeños, proporcionándoos así una dote, un buen futuro si no quisierais casaros... —Negó con la cabeza—. Lord Ashton está continuamente ofreciendo su mano, pero sabes que no puedo aceptarlo, porque se lo debería, y no podría pagarle las deudas más adelante. Tal y como estamos, la casa es un pozo sin fondo, como las fauces de un león. Cada chelín es devorado al instante. Y aunque esa es la... alternativa que tengo en mente, no podría. No puedo. —Sus ojos se llenaron de lágrimas, y rompió a llorar con desesperación—. Él es mi vida entera. Sería incapaz de entregarme a otra persona. Es injusto para Tommy, y es injusto para mí, aunque me lo mereciese por obligaros a vosotras a buscar una solución. Yo...

Ariadna quiso llorar con ella. Lamentó haber nacido sin el impulso humano que arrastraría a cualquiera a rodearla con los brazos. Quería reconfortarla, y hacerle ver que no era culpa suya haberse enamorado de un hombre sin dinero... Pero no podía. Su cuerpo no respondía. Estaba rígido.

—No quiero que te sientas culpable. Nosotras deseamos verte feliz y te animamos a casarte pese a las circunstancias. Prometimos en el día de tu boda que encontraríamos el modo de seguir adelante, y aunque los Swift tengamos fama de farsantes, yo juré con el corazón en la mano. ¿Por qué no me has dicho antes que la situación era tan desesperada?

—Porque no quería presionarte.

Ariadna contuvo el aliento.

—Puedes hacerlo. Puedes presionarme. No me voy a romper, Meg.

La hermana mayor la miró como si no pudiera tomarla en serio, y Ariadna tuvo que callar, sabiendo que, en realidad, sí que podía llegar a quebrarse. Megara terminó suspirando, liberando la tensión de sus hombros.

—El señor Talbot ha ofrecido cinco mil libras a cambio de tu mano —confesó en voz baja—. Con esa cantidad... Podríamos cumplir con las deudas y vivir tranquilas para siempre. Solo pensé que debías saberlo. A fin de cuentas, serías tú la novia: qué menos que conocer todos los términos del contrato. Eso es todo lo que tenía que contarte —culminó más calmada. Se levantó como si le pesaran los huesos, y aunque por un momento pareció querer reducir la distancia y abrazarla, no lo hizo—. Hagas lo que hagas, y decidas lo que decidas... todo estará bien. Este solo ha sido un momento de debilidad. Mañana dedicaré todo el día a pensar en lo que haremos, y daré con nuevas soluciones. Ya lo verás.

Sonrió, pareciendo increíblemente fuerte a pesar de las circunstancias. Ariadna admiraba esa característica de su personalidad: Megara desafiaría un gatillo presionado y saldría victoriosa. Su fuerza de voluntad, su innegable vitalidad para amar y luchar por todos los que habitaban su entorno... Los sacrificios a los que se expuso por ellas se le antojaban aún, tras el final feliz, de una brutalidad desoladora. Tuvo que alejarse del hombre al que amaba por el bienestar de su familia, y ahora seguía martirizándose por no haber podido dejarlo ir una segunda vez. El amor de Megara estaba hecho para sobrevivir a la dolorosa vida y a los rasgos de la muerte, y aun así, también se amoldaba a la situación, aflorando u oscureciéndose según debía fluir la supervivencia de las Swift solteras y la señorita Doyle.

La vio salir con tranquilidad, como si no hubiese sollozado minutos atrás. Ariadna no entendía el sentimiento de la envidia o los celos, pero la fascinación la asfixiaba cuando la veía salir airosa de cualquier tramo de dolor que propusiera el camino. Nada que ver con ella, que había caído enferma de pena tantas veces que ya no podía escapar de su etiqueta. Básicamente porque le era imposible huir de sí misma.

Como cada noche, Ariadna avanzó hacia la mesilla. Se llevó la mano al cuello, donde una diminuta llave colgaba de la finísima cadena plateada que siempre vestía su escote, y la tomó entre los dedos para abrir el cajoncito. Coló la temblorosa mano allí y sacó, con el corazón en vilo, una serie de pergaminos tantas veces desdoblados y comprimidos en un puño que en cualquier momento acabarían reducidos a polvo.

Ariadna destapó las sábanas apartando la colcha, y se sumergió en ellas con un gran sentimiento de culpa, además de la conocida emoción que la embargaba cuando tenía sus cartas entre los brazos. Ya no necesitaba leerlas. Solo tenerlas allí, agarradas, le proporcionaba un placer inconmensurable, tan valioso que sentía que su vida cobraba sentido.

Desgraciadamente, no pudo librarse del saber que se equivocaba aferrándose a aquel recuerdo, y menos cuando los lamentos de su hermana seguían en el aire. Ariadna cerró los ojos y presionó la mejilla contra la almohada, esperando que su suavidad la protegiera de las ideas que martilleaban su cabeza.

Tenía que casarse con Sebastian Talbot. Debía hacerlo. Estaba dispuesta a hacerlo... Pero malditos fueran esos pedazos de papel, esa tinta emborronada, esa cuidada caligrafía, y ese nombre sellado en el margen inferior. Dios no podía separarla de él, igual que ella no podía desprenderse de su escalofriante aflicción.

Pero no podía condenar a su familia al desahucio por un imposible, aunque lo contrario fuera a cambio de su angustia eterna. Así pues, le tocaba tomar el relevo a Megara y salvar a las Swift.

Lo haría, sin embargo, a la mañana siguiente... cuando el peso ligero de las cartas no fuera una carga necesaria en su pecho ni un recordatorio de lo que dejaría atrás.

Megara cerró la puerta de la habitación con cuidado de no emitir un ruido de más. Su hermana menor era demasiado sensible al sonido, y cualquier precaución para evitar molestarla era poca.

Mientras recorría el pasillo hasta llegar a la habitación nupcial, se aseguró de que no había rastros de tristeza en su rostro. Se secó las lágrimas y se detuvo un instante, a un paso de cruzar el umbral, esperando a que, poco a poco, el picor de sus ojos remitiese. Sin embargo, ya imaginaba que a Thomas Doyle no le pasaría por alto su estado. Primeramente, porque era un hombre demasiado observador para el bien de su interlocutor, incluso para el propio. Y, en segundo lugar, porque se trataba de ella.

Thomas apartó el libro que leía, acomodado en el sillón, y se levantó para recibirla. Su caminar, tranquilo y tan seguro de sí mismo que dejaba de ser redicho para convertirlo en una cualidad de su personalidad, llenó la cabeza de Megara de recuerdos de cuando solo podía mirarlo a lo lejos. En ese entonces, su habitual calma, ni siquiera enfocada a mermar sus instintos convulsos, la había salvado de sucumbir a la histeria.

—¿Y? —preguntó.

Solo él sabía recoger un millón de preguntas en una sola palabra. En una triste letra. Con un simple sonido. Alzaba una ceja y ya estaba exigiendo saber por qué lloraba, por qué temblaba, por qué había tardado tanto, y por qué no se encontraba en ese preciso instante desnuda entre sus brazos.

Megara era la única persona a la que no intimidaba, pero se acobardó al mirarlo a los ojos. No quería que supiera lo que acababa de sugerir a Ariadna, porque si de ella dependiera, lo hubiera borrado de su boca en cuanto lo pronunció en voz alta. Lo habría borrado de su propio pensamiento. Se sentía tan injusta... Por no hablar del autosabotaje al que se estaría abocando si tomase la alternativa del amante. Una que, en realidad, no podía contemplar. Se imaginaba con otro hombre y un dolor punzante le encogía las esquinas del alma.

—Le he comentado a Ariadna la oferta de Talbot —dijo, pasando por su lado. Intentó tragarse el nudo que tenía en la garganta y ponerse su fría máscara de indiferencia. Fue imposible. Si él estaba en la habitación y un proyecto impensable cruzaba su mente, era inevitable que su voz sonara estrangulada—. Me ha parecido entender que lo meditaría... La admiro por eso —confesó. Se llevó la mano al broche del corsé y lo giró para quitárselo. Después fueron la falda interior y el vestido, quedándose con la camisola—. Pero no quiero que lo haga. Ojalá se niegue. Sebastian Talbot es el último hombre sobre Inglaterra que podría cuidarla como se merece. Solo de imaginarla en sus manos... Dios mío, es horrible. —Negó con la cabeza—. La destrozaría antes de ponerle un solo dedo encima.

Sintió las manos calientes de Thomas acoplarse a sus hombros, que desnudó con parsimonia. Los hábiles dedos masculinos trazaron una línea perfecta por los brazos, hasta que la vaporosa tela cedió a la exploración y cayó a sus pies.

—Le atribuyes muy poco mérito a Sebastian. Culpa suya, supongo, por haberse mostrado ante ti como el mismísimo diablo. En realidad es un buen hombre —dijo en voz baja. Megara cerró los ojos e inspiró, respirando su ronquera—. Pero eso no me importa ahora. Dime por qué llorabas.

Megara descolgó la cabeza hacia atrás, apoyándose en su pecho. Continuó con los ojos cerrados, como si el acceso a casa fuera a través de los cuatro sentidos. Estuvo en su hogar segundos más tarde, al volverse lentamente y rozar con la nariz su nuez de Adán.

—No quieres saberlo —musitó. Rodeó su cuello con los brazos, y casi al instante todas sus tristezas se evaporaron—. Abrázame.

Thomas besó su frente. Devoto de sus deseos, aceptó la dulce obligación y la arrastró consigo en un roce caluroso que instaló sendos núcleos de placer en el estómago de la joven.

—Quiero saber todo lo que hay en tu mente. Y puedo hacer algo mucho mucho mejor que abrazarte. Pero háblame.

Asintió muy despacio. Se separó lo suficiente para mirarlo a los ojos, y como si su corazón no entendiera de tiempos o vivencias, sintió que era la primera vez que perdía el aliento en su presencia. Había algo en él que le impedía respirar regularmente ante su cercanía y la promesa de su beso. El mundo entero de Megara estaba allí, bailando en libertad dentro de sus ojos; encomillado en las comisuras de su boca.

—Estamos en la ruina, Tommy —jadeó, a punto de romper a llorar—. No se me ocurre qué podemos hacer. Talbot es un ruin con tu sueldo, y me niego a que le mendigues más. Lo único que pensé que podría hacer es... —Se mordió el labio—. No podría, pero...

Nadie habría notado su ligero cambio de expresión..., excepto ella. El pétreo rostro de Thomas sufrió una lacerante alteración, oscureciéndole los ojos.

—Nunca —dijo solamente, con voz gutural. La cogió por los hombros y la obligó a mirarlo a los ojos para repetir—: Nunca.

Thomas se abalanzó sobre ella y la besó con la agresiva crueldad que necesitaba para saber que no sería posible, ni siquiera en otra reencarnación. Su alma se elevó al máximo exponente al ser estrechada entre sus brazos, como si quisiera meterla dentro de su cuerpo, protegerla del propio aire. Su boca se movió, resbaladiza, arrebatándole el sentido y proporcionándole la perfección de estos al mismo tiempo. Megara respondió a sus envites con la misma desmesurada pasión que recibía.

Rompió el contacto de golpe y la miró con las líneas de expresión marcadas.

—¿Te has vuelto loca? ¿Acaso quieres matarme, mujer...? —masculló con la voz entrecortada—. Prométeme que no lo harás.

—No podría...

—No, yo sí que no podría —rugió embravecido—. ¿Cómo se te ocurre?

Megara respiraba con dificultad aún por la potencia del beso. Desplazó la vista a la boca de Thomas, enrojecida gracias a su voluntad y se llevó los dedos a la suya para notar que, en efecto, era ahora un rasgo común. Su mirada impenetrable le transmitió el escozor de una herida que siempre estaría abierta. Era un hombre demasiado celoso y sobreprotector para su bien, y no ayudaba que lo reservara para sí.

—Lo siento —murmuró, tragando saliva. Se acercó a él y apoyó las palmas en su pecho, al que le prodigó pequeñas caricias circulares—. Sabes que no sería capaz. Solo fue un pensamiento estúpido... No me guardes rencor.

Thomas despegó la mirada de sus ojos, que desde siempre consideró el lugar de reposo, y le dio un lento vistazo de cuerpo entero. Sus pupilas acariciaron el erguido cuello femenino, los enhiestos pezones y la estrecha cintura. Circularon por sus largas piernas, se enredaron en sus tobillos... Cuando volvió al encierro de sus pestañas, Megara temblaba, con el vello erizado.

Avanzó en todo su esplendor masculino, recio y peligroso, hasta rodearle la cadera con un brazo. Inclinó la cabeza, apoyando la frente en la de ella. Un mechón ondulado le acarició la mejilla.

—¿Te importa más el dinero que lo que yo te doy? —preguntó, como si el asunto no fuera con él. Megara abrió la boca para responder, pero él la silenció cubriendo un pecho con la palma—. ¿Quieres a otro hombre?

—No. Te quiero a ti.

Thomas chasqueó la lengua y se apartó repentinamente, privándola del calor de su cuerpo. Megara se quejó con un gemido nervioso.

—¿Por qué te vas? —exclamó, avanzando hacia él. Lo retuvo por el brazo.

—Porque yo preferiría morir de hambre a tocar a otra mujer —contestó. Su tono era neutral, pero su mirada quemaba—. Y soy demasiado egoísta para quedarme aquí si no piensas ni sientes lo mismo.

—¿Qué? ¿Adónde crees que...? —Cuadró los hombros y se hizo con el control de la situación—. Thomas, ni se te ocurra cruzar esa puerta.

Él arqueó una ceja, retándola a insistir, sabiendo cuánto le costaba decir las cosas dos veces si no ganaba a la primera.

—Te quiero y lo sabes perfectamente —anunció ella—. Pero también quiero a mi familia, y te consta que he tenido que hacer toda clase de aberraciones para mantenerla. Tú eres lo único que no arriesgaría, Thomas. Solo... Estoy tan acostumbrada a cualquier perversión que mi mente alcanzó esa posibilidad antes de que mi corazón pudiera ponderar si sería correcto. Y no lo sería, por supuesto que no —concluyó. Dejó caer los brazos a cada lado del cuerpo, ignorando su desnudez, y lo miró con nerviosismo—. No te vayas. No soporto dormir sin ti.

Distinguió en su postura el dilema entre la ofensa y el deseo de permanecer allí. Se sostuvieron la mirada, ajenos a lo que pudiera ocurrir en torno a ellos, y al final, Thomas relajó los hombros.

—Tienes suerte de que sea tan débil contigo —claudicó rendido—. Ya ni siquiera albergo esperanzas de dejar de ser tu perro fiel.

—Mejor. Adoro los animales.

Megara extendió sus brazos para recibirlo con una deslumbrante sonrisa que calentó el corazón de su espectador. Él se acercó, seducido por su gesto, y le alzó la barbilla para acariciar sus labios con delicadeza. Su beso fue tan complejo que pareció sencillo, teniendo la respuesta deseada en el cuerpo de la mujer.

—No tienes que preocuparte por el dinero —susurró, mirándola a los ojos—. Esta mañana, el duque ha acompañado a Ariadna a casa. Solicitó tener una audiencia conmigo. Apenas llegamos al despacho cuando me suplicó, en nombre de su honor, su buena casta y su amor por Ariadna, que le diera su mano en matrimonio.

—¿Qué? —exclamó ella. Su barbilla casi rozó el suelo—. ¿Por qué no me avisaste? Y... ¿qué le has dicho? Diablos, Tommy... No habrás aceptado por ella, ¿verdad? No se te habrá ocurrido decirle que sí cuando Ari ni siquiera... ¡Dios mío, lo has hecho! ¡Thomas! —le regañó. Se llevó una mano al pecho, donde su corazón latía a toda velocidad—. ¿Cómo se te ocurre...?

—Ese hombre la adora, Meg —repuso con una suavidad que silenció a la joven—. Me aseguró que le daría todo lo que posee, y que tendría cualquier cosa que pidiera. Quizá, incluso, una asignación para sus hermanas —puntualizó—. No hay hombre mejor que Winchester.

Megara se relajó visiblemente, aunque no lo suficiente para que pudiera convencerla de que era una buena idea.

—¿Y qué hay de Talbot? —preguntó con un tinte de temor en la voz—. Lo vi obcecado con la idea de casarse con ella... ¿No crees que tomará represalias?

—No lo creo... —puntualizó. La abrazó para amortiguar el golpe—. Estoy seguro. Pero se me ocurrirá algo para quitarle la idea de la cabeza. A fin de cuentas, el engaño es mi especialidad.

Thomas supo que su esposa no las tenía todas consigo. Esquivando con maestría una posible discusión, la tomó entre sus brazos y la guio a la cama. Aquella sería, muy posiblemente, la última noche que estaría con ella en una larga temporada. Megara le conocía; sabía que no daba puntada sin hilo. Acabaría descubriendo, tarde o temprano, que se proponía algo que distaba mucho de forzar un matrimonio entre Winchester y Ariadna. Y para ese momento no tendría excusa que valiese. Así pues, dispuso lo mejor que tenía para que el eco de sus caricias pudiera conmoverla cuando lo odiase.

4

El señor y la señora Doyle dormían a pierna suelta cuando el crujido de unas botas pisando el entarimado alertó a Ariadna. La joven se incorporó de golpe, aún aferrada a las cartas como su posesión más valiosa, y echó un vistazo a su alrededor. Retiró la brumosa somnolencia de sus ojos con un par de parpadeos. Iba a levantarse a investigar, en verdad agradecida por la interrupción de sus pesadillas, cuando se percató de una presencia en la penumbra.

Ariadna inspiró, y un inconfundible perfume a olíbano invadió sus fosas nasales; una esencia caliente que ocultaba parcialmente el distribuido aroma a sándalo, fresco y encantadoramente sensual. La base sobre tierra de la colonia corporal del hombre le hizo reconocerlo en el acto. No fueron sospechas, sino acierto, cuando él se dejó ver avanzando unos pasos.

Por extraño que pudiera parecer, Sebastian Talbot era el único hombre sobre la tierra con el que no le hubiera desagradado encontrarse en ese instante. A fin de cuentas, lo primero que tenía pensado hacer a la mañana siguiente era reunirse con él para aceptar su propuesta. Pese a todo, imaginaba que se había dejado la decencia en casa y debía ofenderse, incluso echarlo. Afortunadamente para lo que quiera que se propusiese, Ariadna estaba aún adormilada. Se levantó de la cama y se acercó a él con el ceño fruncido. La oscuridad nublaba solo parcialmente su rostro, que ella supo asociar gracias a la cicatriz que rellenaban de color las lamparillas.

—Señor Talbot, ¿a quién ha sobornado para llegar hasta aquí? —preguntó en voz baja y pastosa.

Enseguida reparó en que ese debía ser el menor de sus problemas. Había un hombre en su habitación a altas horas de la noche; un hombre que, si bien mantenía una relación que iba más allá de los negocios con Thomas, a quien sin duda respetaba y en quien confiaba ciegamente, seguía teniendo la reputación de un pirata.

Ariadna tragó saliva y se llevó una mano al corazón, que amenazaba con salir corriendo.

—¿Sabe? —susurró casi melancólico—. De todas las preguntas que pensé que me haría al plantarme en su alcoba, esta es la última que esperaba... De hecho, ni la contemplé como opción. Enhorabuena, señorita Swift, ha sorprendido al diablo.

—Imagino que no habrá venido a ser sorprendido —musitó ella, aún impresionada. Su robusto cuerpo emitía ondas de calor que la empujaban instintivamente a retroceder.

—Como buen cristiano, me gusta más sorprender que ser sorprendido —respondió con una nota de risa en la voz. Ariadna frunció el ceño; ¿qué le causaría simpatía en toda aquella situación?—. Contestando la pregunta... No tengo que sobornar a nadie para entrar en esta casa. Soy invitado habitual. Pero, de todos modos, soy un gran amante de la física, y sentía curiosidad por saber si, por casualidad, el árbol que hay junto a su ventana resistiría mi peso.

Como cualquier otra mujer en esa tesitura, Ariadna se encontraba intensamente mortificada, mas no lograba convencerse de sentir miedo. El señor Talbot, además de ser un buen amigo de la familia, exudaba buen humor, igual que cuando se presentó oficialmente. Igual que el resto de las ocasiones en las que lo había escuchado hablar con terceros. Vivía bromeando, así que no podrían ser tan malos sus motivos. Pese a todo, Ariadna decidió retroceder otro paso.

—¿Y qué hace aquí?

Le pareció que sonreía.

—He venido a deshonrarte, Ariadna.

Ella perdió el aliento.

—¿Va a hacerme daño? —fue todo lo que preguntó.

—Voy a hacerte mi esposa —corrigió—; creí que ya lo sabrías después de haberlo repetido tantas veces.

—Eso no es deshonroso.

—El matrimonio puede que no. El matrimonio conmigo, por otro lado... —hizo una pausa teatral— podría serlo totalmente. Pero no podía permitir que escaparas de mí. Doyle ha decidido aceptar por ti la propuesta del duque, Ariadna —anunció—, y no se me ocurrió otra manera de impedirlo que llevándote conmigo esta noche, antes del anuncio, para comprometerte.

Ariadna abrió los ojos como platos. ¿Sería posible que hubieran elegido por ella...? ¿Cómo habían podido? Si tan solo la hubiesen prometido con el señor Talbot... Con él, tenía la certeza de que la situación de sus hermanas mejoraría, y también que matendría su pureza intacta. Con el duque, en cambio... Era evidente que mantenían una relación en buenos términos, pero era aún más obvio que Winchester la adoraba, y le parecía una completa injusticia casarse con un caballero al que no podría corresponder, sin importar cuántos años pasaran. No, no podría vivir con él, y menos por imposición de terceros.

—¿Comprometerme?

—Sí, sé que la palabra es un tanto ambigua y puede dar lugar a confusión. Eso podríamos dejarlo, por ahora, en el aire. Pero digamos que dependerá de tu comportamiento. En principio podría ser comprometernos a nivel de parentesco. Si decides resistirte, tendré que encontrar otras vías...

Ariadna arrugó la frente. No era la mejor descifrando segundos sentidos, pero se le antojó que aquello era una amenaza con todas las de la ley.

—¿Y si me niego? —tanteó, un tanto dubitativa y a la defensiva—. No sé si sabrá, señor Talbot, que asaltar a una joven en edad de casarse a altas horas de la noche podría asustar al objeto principal de su plan y hacerle huir despavorido. Lo lógico sería que se pusiera a llorar y alertara con mis gritos a Meg, quien le echaría... tal vez por la ventana.

—Ese ha sido un magnífico análisis valorativo de la situación, señorita Swift —convino Talbot, inclinando la cabeza—. Pero visto que no está asustada, podríamos ir al meollo de la cuestión. No voy a permitir que se case con otro hombre —aclaró, sin pena ni gloria. Sonó tan decidido que Ariadna se planteó si no fue capaz, con tan simple oración, de arrancar la idea del matrimonio de su cabeza—. Si accede, la llevaré a Gretna Green, halagado por su obediencia. Si no, la llevaré a Gretna Green... maniatada.

—Agradezco que tenga la amabilidad de exponer de antemano sus intenciones...

—... Pero no se quiere casar, ya —cortó impaciente—. Lamento decirle que ha nacido sin un alambre entre las piernas, y eso la obliga a despojarse de sus derechos propios para convertirse en la pertenencia no necesariamente más valiosa de un hombre. Así que...

—Iba a decir que estoy dispuesta a ir con usted, pero quiero que me prometa algo antes.

La vacilación de Sebastian Talbot, que podría haber adoptado una forma física en caso de poder ser, voló hasta envolver a Ariadna. La joven recibió la mezcla de sus emociones sin esforzarse por captarlas, impresionada por su facilidad de expresión. La energía bullía dentro de él como la lava en el interior de un volcán, y la proyectaba antes de poder contenerla.

—¿Sí?

—No me maniatará —enumeró—. Y se lo diremos a mi hermana.

—¿A esa hermana que me abrirá la cabeza con una sartén en cuanto descubra que estoy a los pies de su cama? Petición denegada —adujo con rapidez—. Y ahora, vayámonos.

No le dio oportunidad de luchar por su libertad. En un segundo, estaba frente a ella, alto y rico en aromas naturales. La tomó de la cintura con una facilidad que haría morir de envidia a los macizos héroes griegos, aparentemente sin importarle que fuera a viajar en camisón.

—¡Señor Talbot! —exclamó horrorizada—. ¡Dios m...!

Una mano enorme y callosa presionó sus labios. Ariadna elevó la mirada, intentando transmitir su impresión con ella.

—Ya ha accedido a ser secuestrada, señorita Swift; ahora no puede gritar o resistirse. Voy a soltarla a la de tres. Si hace algún movimiento brusco, tendré que emplear otras tácticas para silenciarla.

—¿Piensa golpearme?

—Diablos, no —contestó vehementemente—. ¿Por qué clase de hombre me toma?

—Por uno que se cuela en la alcoba de una...

—Bien, bien —cortó sin perder ese aire de diversión canallesca que lo envolvía—. Voy a tener que dejar de hacer esa pregunta. Su respuesta siempre trae connotaciones negativas hacia mi persona... Pero no se queje —repuso animado. Avanzó hacia la cómoda y abrió un cajón al azar, del que sacó un par de vestidos que casi podría haberse guardado en el bolsillo—. Durante la Edad Media, prácticamente todos los *highlanders*, esos fieros habitantes de las Tierras Altas escocesas, secuestraban a sus esposas. En algunos casos, las susodichas no se arrepentían. Un matrimonio forzoso suele tener consecuencias positivas en la novia, si su captor es bien parecido, o rico...

—¿Como cuáles? —Ariadna lo miró con desconfianza—. Señor Talbot, voy a grit...

—Señora Talbot —interrumpió con un despreciable tonillo bromista—, si sigue poniendo a prueba mi paciencia, repito que me veré en la obligación de silenciarla a mi manera.

Ariadna admiró de soslayo su mano. Podría aplastarle el cráneo cómodamente, y lo que era peor: su sonrisa auguraba que no se arrepentiría más tarde.

—¿Con un golpe?

Ese gesto tan suyo, que en realidad no podía llamarse sonrisa, se estiró hasta rayar en la maldad.

—Con un beso.

El corazón se le encogió. De entre todas las intimidaciones, esa era indiscutiblemente la peor. Ariadna se planteó hacer un quiebro para librarse de él y correr hasta la habitación de su hermana, pero al final lo pensó mejor. Cabía la posibilidad de que estuviera bromeando y ese beso fuese un eufemismo de bofetada, pero no quería arriesgarse a obtener una muestra cariñosa unilateral. Él debió sentirla relajada en sus brazos tras su amenaza, porque bufó:

—Por Dios, mujer, ¿tan terrible te parece la idea de besarme? Porque tarde o temprano tendrás que hacerlo.

Ariadna comprendió con tan sencillo comentario que Talbot pretendía reclamar sus derechos como marido en la cama. Esa posibilidad la horrorizó hasta un punto que olvidó su deseo de sacrificarse por el bien de la familia, y empezó a sacudirse para que la soltara. No obstante, Sebastian Talbot era, como poco, el hombre más musculoso de la región, mientras que ella no podía considerarse ni alta ni tristemente saludable.

—Suélteme —jadeó, clavándole las uñas en el cuello. Su voz no salía con la rabia que en realidad quería expresar—. ¡Suélteme!

Talbot la sostuvo con mayor firmeza. La determinación a salirse con la suya exploró las zonas por las que la tenía agarrada, transmitida por la potencia de sus dedos al sujetarla. Ariadna gimoteó, e intentó llorar para que sus lágrimas le conmovieran, pero ni una sola acudió a su llamada. Si hubiera sabido odiar, lo habría odiado en ese preciso momento, y le habría indicado dónde cavaría su tumba cuando tuviese la oportunidad de vengarse. No obstante, Ariadna no podría haber reconocido que era el fuego del desprecio lo que corría por sus venas, y ni mucho menos exteriorizarlo cuando Talbot se encaramó a la ventana. La caída era de un par de metros, quizá tres: una ridiculez para un hombre tan grande como él.

—No quiero preocupar a mis hermanas —gimió Ariadna, incómoda por el férreo agarre de sus manos y asustada por hacia dónde conduciría todo aquello—. Déjeme en paz, por favor... Usted y yo no...

—En lo referente a tus hermanas, duendecillo, me he asegurado de que mañana sepan, a la hora en la que deben saberlo, dónde estamos y lo que vamos a hacer. El otro asunto es algo más complejo, ya que no pienso dejarte en paz ni por todas las guerras del mundo.

Ariadna tragó saliva ante su tono decidido. A pesar de que hubiera construido su vida sobre certezas, nunca comprendió una tan aplastante como esa. Sebastian Talbot no iba a dejarla, y en realidad no debía preocuparle, porque habría acabado en sus brazos en cualesquiera que fuesen las circunstancias. Pero era todo tan precipitado... Ariadna seguía inhalando el olor a libro viejo que desprendían las cartas, cuando asimilaba que irían a la frontera de Escocia, a Gretna Green, a casarse como los fugitivos. Se convertiría en su esposa. La mujer de un hombre que había cometido el delito de infiltrarse en su habitación y persuadirla para huir con él. Y todo... ¿Por qué?

—¿Necesita cobrar una herencia?

—¿Herencia? ¿Por parte de quién? —Sonó tan despiadadamente burlón que Ariadna se encogió—. ¿De mi padre el estibador o de mi madre la puta de muelle?

—Entonces... —Se exprimió el cerebro, buscando alternativas—. ¿Quiere dar celos a alguien?

—Podría decirse —respondió misterioso—, pero no.

—¿Le han amenazado de muerte y solo sacará el pie de la tumba si amanece casado?

—Amaneceré con el pie en la tumba si no se mete en el carruaje ahora mismo —la empujó con los brazos—, y moriré a manos de su hermana.

—¿Tiene deudas que saldar...? —insistió, deseando alargar los momentos antes del viaje hasta el infinito.

—Son los demás quienes tienen que saldar deudas conmigo. Estoy limpio, señorita Swift. ¿A qué se debe el placer de ser interrogado?

—A que no entiendo qué motivo desesperado podría haberle llevado a comportarse como un loco.

Sebastian se posicionó en el hueco de la puerta. Todo en su cuerpo clamaba que taponaría cualquier orificio de salida si fuera necesario para contenerla allí dentro. En cuanto a la energía que fluía a su alrededor, Ariadna solo pudo identificarla con la resignación, pero no una resignación cualquiera, porque entre la pesadez de haber tenido que trasladarse allí para cumplir sus objetivos, se olía la gran victoria de su vida.

—No necesito ningún motivo desesperado para comportarme como un loco. Serlo me libra de cualquier fingimiento o pretexto forzado.

Una vez fuera, Sebastian entró en el carruaje, colmándolo hasta hacerlo parecer ridículo en comparación con su corpachón. Se acomodó frente a ella y medio sonrió, estremeciendo el menudo cuerpo de la muchacha. La evidencia de que era su última oportunidad de escapar la azotó con tal violencia que solo se le ocurrió levantarse y echarse sobre la portezuela. No contó con que Talbot la habría bloqueado, ni con que cumpliría su amenaza.

—¡Socorro...!

El hombre la cogió por la muñeca y tiró de ella hasta tenerla sentada sobre los muslos. Ariadna, a través del finísimo y desgastado camisón, sintió la fibra de su cuerpo atrapándola inexplicablemente. En cuanto asimiló la cercanía y la extraña atmósfera que se ofreció a marearla al mirarlo directamente a los ojos, el miedo le mordió el estómago, y siguió creciendo hasta que llegó a un punto insoportable. Justo ese momento en el que Talbot, quien la sostenía con intenciones de besarla, fue a sellar la legitimidad de su compromiso.

Su boca nunca llegó. Talbot se la quedó mirando con el ceño fruncido a una inclinación de rozar sus labios, recogiendo el asombro, la curiosidad y quizá el toque justo de irritación. Pero sobre todo eso, brillaba la confusión, que logró transmitir con la exactitud que Ariadna necesitaba para leer correctamente sus emociones..., y no solo eso, sino verse contagiada por ellas.

El olíbano le acarició la barbilla cuando él abrió la boca para hablar, y ese fue en parte el culpable de que Ariadna no se decidiera a girar la cara. Las lamparillas de gas que colgaban del techo de la berlina orientaban los rasgos de Sebastian en un sentido mucho más visual que auténtico. Ariadna no podía fiarse de ningún rostro que no se encontrara bajo la luz del sol en pleno día —ni de ninguno en general—, pero eso no quería decir que no le pareciese curiosamente atractivo alumbrado por el artificio.

Cuando lo mirase en otra ocasión, no reconocería su rostro, y no sabría quién era hasta que no asociara la llamativa cicatriz con su nombre. Esa clara imperfección dibujaba una línea irregular que nacía un poco más arriba del final de la patilla, y que culminaba casi en el borde de la mandíbula, muy cerca de su barbilla obstinada. Le confería un aspecto tan feroz que sabía que de niña se habría asustado, corriendo en el sentido contrario. Sobre todo porque la bregadura no era el único signo de barbarie en él, sino cualquier facción a la que quisiera dedicarle unos segundos. Tenía la nariz grande y afilada. Podría haber sido bonita en otra vida, mas no ahora: se notaba que se la habían partido en más de una ocasión. Resquicios de luz se escondían debajo del itinerario de su mandíbula, que se asemejaba al filo de una navaja suiza. Su piel parecía tan dura y tensa como la de uno de esos animales salvajes que Ariadna había visto en el zoo de Bristol, y que le aseguraron que no se podría rajar en un primer intento.

Sin duda era un conjunto para recordar, especialmente cuando su cercanía le había causado ese impacto. Pero lo que haría que Ariadna supiera quién era al mirarlo, más allá del defecto visual del cosido de la mejilla, eran sus ojos. Ariadna, sin ser amante de las joyas, recordaba el anillo que lord Ashton le ofreció a Penelope Swift como una de las cosas más bellas del mundo conocido. Según le dijeron, la piedra se definía como el topacio azul; gema que viajó desde los lejanos montes Urales rusos para acabar en el dedo de su hermana, y ahora, incrustado en los ojos de aquel hombre tan exasperante.

—No voy a gritar de nuevo —aseguró ella en voz baja—. No es necesario que cumpla su amenaza.

—¿Y qué hay de las ofensas pasadas? Ya has gritado una vez —hizo notar él en el mismo tono. Sus párpados fueron cediendo a la indagación, hasta que las dos piedras preciosas apuntaron a sus labios. Hubo una pausa que a él le debió parecer necesaria, pero que a ella le creó un nudo en el estómago—. Y tarde o temprano tendré que besarte, duendecillo.

Negó con la cabeza antes de que terminase de hablar.

—Imagino que es usted rico porque también es ambicioso, pero no voy a permitir que proyecte su afán de tenerlo todo conmigo —repuso ella, calmada—. Me tiene como esposa, pero no piense ni por un segundo que seré su amante, aunque sea por una noche.

Talbot sonrió como si todo lo que hubiera dicho fuese la madre de las estupideces.

—¿Quién ha dicho nada de noches? ¿Cómo crees que sellaremos el enlace, si no es con un beso? —Alzó una ceja, mostrándose en todo su pendenciero esplendor. Era la definición de bravucón—. No te haré practicar antes, pero parece que requieres de preparación previa. No me gustaría que me ridiculizaras delante de un padre de la Iglesia.

—Señor Talbot, usted no necesita a nadie para hacer el ridículo —declaró suavemente—. Ha demostrado tener aptitudes de sobra para encargarse de eso en solitario.

En lugar de ofenderse, Sebastian Talbot soltó una carcajada. El aire que arropaba su lengua la forró de una paradójica combinación de amargura y alegría desahogada. Y por extraño que pudiera parecer, se sintió genuinamente complacida.

Aceptando la derrota, Sebastian la apartó de su regazo y la sentó frente a él, sin apartarle la mirada.

—Cada vez me intriga más el amor que le profesan los varones de Londres —comentó, echándose hacia atrás. Dando un par de toquecitos en la pared del carruaje, se pusieron en marcha. Ariadna no pudo dominar la sensación de pérdida que la embargó, como si estuviera dejando la casa atrás para siempre—. Es usted excepcional, pero no bonita, y posee una lengua similar a la de sus bravas hermanas escocesas. ¿Su apariencia de pajarillo sacrificado le ha valido tantas propuestas de matrimonio, o es usted una bruja? Presiento que los ha hechizado a todos.

Ariadna no dijo nada. Echó un vistazo por la ventanilla, siendo de repente esclava de una gran desolación. A la mañana siguiente, sus hermanas estarían tan preocupadas por ella que despertarían a toda la calle Bow con sus gritos de socorro. Y, sin duda, estaba ante un espécimen que más que hombre del siglo XIX, parecía un cavernícola. Un cavernícola que, aunque hubiese aceptado forzosamente, no dejaba de ser su captor.

En cuanto a sus dudas... ¿Qué podría responder a eso? Ni siquiera ella sabía por qué llamaba la atención.

—A usted no le he hechizado, aparentemente —murmuró al final—. No puede decir que funciona con todos.

—Eso es porque soy un perro viejo que se conoce todos los trucos de conquista... Y porque no creo en la magia.

—Entonces ¿por qué quiere casarse conmigo?

—La pregunta sería por qué «vas» a casarte conmigo —corrigió para recalcar. Encogió un hombro con aire pedante—. Tal vez quiera niños rubios.

Ariadna lo miró directamente. Por su expresión supo que bromeaba, pero decidió no dar pie a posibles confusiones aclarando sus intenciones. O eso fue, al menos, al principio. Pronto descubrió que no quería seguir dándole cuerda a esa caja de música, porque dicha melodía no era su preferida y, en realidad, tenía mejores cosas en las que pensar.

Dejándolo con la duda de lo que iba a añadir, apartó la vista y volvió a echar un vistazo por la ventana, imaginando que la oscuridad de la noche podía comprender mejor que nadie la decisión que había tomado.

5

Ariadna Swift era la mujer más aburrida que había tenido la fortuna —o la desgracia, puesto que aún estaba por aclarar si debía dar las gracias o ponerse a llorar— de conocer.

Pasaron los casi tres días de viaje a Escocia en completo silencio, y no fue porque Sebastian no hubiese intentado proponer interesantes temas de conversación. Cierto era que no quería una esposa para complacerla o iniciar una bellísima amistad eterna; solo la quería para pavonearse delante de los petimetres con los que competía y tener un puerto seguro donde atracar cuando no le apeteciese desplazarse al burdel. Pero le parecía ridículo que no hubiera mediado palabra desde que salieron de Londres.

Como gran parte de los que pudieran considerarse hombres, no soportaba los interminables y molestos parloteos a los que las féminas solían someterle; a veces para sonsacarle algún secreto que mereciese la pena divulgar, y otras simplemente para contarle pamplinadas acerca de vestidos y otros enseres que a él no le interesaban ni para arrancarlos. Su lado racional, pues, agradecía que Ariadna no formase parte del club de cotorras incansables. No obstante, como todo ser humano —y aunque Sebastian en concreto lo fuese en menor medida que el resto—, también tenía sus preferencias irracionales, y no habría estado mal que no lo condenase al silencio durante casi setenta y dos horas. Era una absoluta tortura para él, que necesitaba vomitar su sarcasmo antes de que se pudriera dentro de su cuerpo.

A esas alturas, sus ironías por pronunciar debían oler a perro muerto.

Por supuesto que no echaba de menos ni su voz ni sus contestaciones. Le molestaba la huelga de palabras porque la consideraba una digna conversadora. Claro que no era rival para él; apenas lograba seguirle el ritmo a sus comentarios descarnados, y muchas veces parecía perder el hilo... Pero cuando lograba concentrarse en su interlocutor y entender lo que decía, podía dar respuestas que contarían con el aprobado. Sí, su charla era algo mediocre, pero no podía pedir nada mejor para un viaje de tres días.

Pudo, al menos, aprovechar para fijarse algo más en ella, y reconocer para sus adentros unas cuantas premisas que creyó falsas. Sin duda, era bonita. Lo que la afeaba era esa irritante expresión a caballo entre la indolencia y la confusión, que no quitaba ni con chistes ni con insultos, ni seguramente bajo ningún tipo de coacción. Parecía no sentir ni padecer nada, por no hablar de que sus ojos tampoco daban pista alguna de lo que pudiera haber en su cabeza.

Sebastian no iba a quebrar la suya o correr detrás de la migraña para descifrarlo, pero debía admitir que, si bien no le molestaba su aspecto porque no haría uso de su cuerpo a no ser que fuese estrictamente necesario, sí que le causaba cierta expectación. No dejaba de darle vueltas a cómo podía haber tantos hombres pendientes de ella. O no pendientes, pues eso eran palabras menores, sino «enamorados». Locos. Obsesionados... El duque de Winchester, ni más ni menos. Ese que era el hombre más poderoso de Inglaterra, solo por debajo de la reina.

Todavía no sabía si le divertía la popularidad de su futura esposa o si le hacía sentir imbécil: a fin de cuentas, que él no le viera ningún atractivo quizá significara que estaba más ciego o era más estúpido de lo que hubiera pensado. Lo único que tenía claro era que ella en sí misma le producía una gran curiosidad —nacida del tiempo libre, seguramente—, y que debía descubrir qué era «eso» que la convertía en un ser humano único. Y no podía decir que partiera de cero; tenía sus sospechas.

Cuando antes de emprender la marcha la sentó sobre su regazo y ella lo miró como si fuese la primera vez que lo viera, experimentó una nueva y compleja sensación de la que solo logró distinguir la incomodidad. Quedaba claro que «ese» era el poder de Ariadna sobre él. No lo ponía nervioso, ni lo hacía feliz, ni ninguna de esas infumables bobadas románticas que proponían las novelas. Solo le provocaba una grandísima inquietud. Y no únicamente su mirada, pues aquello fue el colmo, sino su mera presencia. Sebastian jamás lo diría en voz alta, y menos en presencia de quien pudiese usarlo en su contra, pero sin creer en nada que no fuese el dinero tenía la sensación de que un cuerpo celeste le soplaba en la nuca cada vez que Ariadna entraba en la habitación, forzándole a mirarla y a no apartar la vista de ella hasta que se fuera.

—Qué bonito es ese río —fue lo primero que dijo después de casi tres días sin abrir la boca—. ¿Sabe qué nombre recibe?

Sebastian la miró perplejo. Debía ser una broma.

—Sark —contestó de mal humor—. Río Sark. Se puede decir que ya estamos en Escocia.

—¿Cómo lo sabe? Que se llama Sark. ¿A los hombres que van a ser ricos también les enseñan geografía?

—Los hombres que van a ser ricos, como tú los llamas, tienen otra manera de aprender. Una un poco más práctica —respondió con un fondo de amargura—. Me alegra que hayas demostrado saber hablar. Por un momento pensé que necesitas que te den cuerda para hacerlo y había dejado la llave en tu habitación.

Ariadna apartó la vista del «bonito río» para prestarle atención. Sebastian se puso automáticamente en guardia. Lo miraba de un modo tan extraño... Como si no recordara su cara y debiera hacer un recorrido por todos sus rasgos para concebir de una vez la totalidad de su persona.

—¿Por qué cogería una llave, cuando ni ha cogido un cepillo o ropa interior? —preguntó. No sonaba lastimera, solo cansada; tan cansada que parpadeaba lentamente—. No ha dormido nada.

—No necesito dormir —admitió—. Aunque tú tampoco lo has hecho.

—No puedo dormir si no es en mi cama. Al menos, por voluntad...

Un bostezo gutural la interrumpió. Sebastian observó, divertido, cómo arrugaba la nariz antes de cerrar la diminuta boca. Medio sonrió al dar con sus ojos vidriosos, más claros que nunca.

—Procura no dormirte ahora, duendecillo. Es cuando debes estar despierta, para que no piensen que me caso con un cadáver. ¿Ves esa posada de allí...? En la habitación del último piso vive un sacerdote. Oficiaremos la boda en la misma cama, si te apetece, y luego...

—¿Podré dormir?

Sebastian frunció el ceño. Eran las primeras palabras que salían de su boca con una ligera entonación, casi ilusionadas, y no como si fuese una caja de música rota que emite las últimas notas de pura casualidad. No supo si reírse o si llorar porque la promesa de una siesta fuera lo que tenía más papeletas para hacerla feliz.

—Podrás dormir en el carruaje. Teniendo la hermana que tienes, querida, no podemos permitirnos estar un solo día de más fuera de casa. Aunque si no te convence del todo hacerte un ovillo en ese lado de la berlina, puedes usar mis muslos.

—Agradezco la propuesta, pero voy a declinar —contestó con esa suavidad tan suya—. Que haya aceptado su mano no significa que confíe en usted, señor Talbot. Preferiría no cometer el error de quedarme dormida estando a solas con usted, y menos aún encima de usted.

No lo decía con ánimo de ofender, o al menos, no sonaba así... Pero igualmente a Sebastian le molestaba su tono de voz, su postura, su expresión. Era la representación de algo que él jamás había creído posible: la total y absoluta indiferencia. No tenía nada que ver con la falsa indolencia de los aristócratas, que se sentía de pega desde lejos. Era puro desinterés hacia él. Le importaba un rábano. Y no debía molestarle, pues estaba a punto de consagrarla como su esposa, lo único que deseaba de ella. Sin embargo, lo hacía. No soportaba ser un don nadie para alguien, entre otras cosas porque ya lo fue durante mucho tiempo y se prometió a sí mismo que no volvería a ocurrir. Nunca dejaría que nadie le hiciera cuestionarse su valor, y Ariadna hacía que se preguntara si no era lo suficientemente bueno.

Acabó sonriendo sin ganas.

—Eso no es que no confíe en mí, señorita Swift; simplemente significa que sabe cómo soy.

El carruaje frenó delante de la posada, que tenía el aspecto de haber sido edificada en la zona de una cantera. O eso, o alguien quiso levantar una muralla y se quedó sin sillares, puesto que ahora, estos estaban esparcidos por la entrada y laterales. El viento transversal levantaba una fina capa de polvo con astillas, de la que Sebastian tuvo que protegerse cubriéndose los ojos al apearse.

Recordó alguna de las pocas normas de saber estar que conocía para extender la mano y ayudar a Ariadna a bajar, quien durante el trayecto pudo ponerse un sencillo vestido encima del camisón. No quiso que se acercase para cerrarle los broches traseros, y al no llegar ella para ceñirse del todo el traje, este le quedaba holgado.

En cuanto Ariadna puso un pie en el escaloncito, sus rodillas cedieron y estuvo a punto de caer de bruces. Sebastian la agarró mucho antes de que perdiera el equilibrio, sosteniéndola contra su pecho.

—¿Debería tener presente que eres un tanto torpe?

—O que llevo sin mover las piernas tres días —sugirió ella—. Puedo sola. Deme unos minutos.

Sebastian se separó con recelo, supervisando que se mantenían en su eje. Estando a unos pasos de distancia, pudo comprobar cómo Ariadna se masajeaba los muslos con cuidado para ponerlos en funcionamiento. Reparó también en que ofrecía un aspecto pésimo. Llevaba el pelo recogido de mala manera en un sencillo rodete despeinado, del que escapaban mechones por doquier. Las ojeras eran bastante notorias en su rostro, que al ser tan especialmente pálido le daban la impresión de estar enferma. Si a eso se le sumaba su delgadez...

—¿Se debe llevar algo especial en una ceremonia de Gretna Green? —preguntó en cuanto pudo dar dos pasos seguidos sin tambalearse. Cuando llegó al tercero, quedó claro que no estaba en condiciones de caminar. Sebastian tomó medidas acercándose y cogiéndola en brazos—. Señor Talbot...

—Por extraño que parezca, no pretendo molestarte... por ahora. Solo me aseguro de que no me hago viejo mientras hacemos el recorrido de dos metros a la posada. Y no, no hay que llevar nada. Si piden anillo, llevo un par encima. No hay tiempo para que te cambies el vestido, pero si quieres ponerte flores en el pelo, podrías pedirle a la mujer del posadero que te trajera una de esas que se utilizan para los guisos.

—¿Se refiere al tomillo? ¿La caléndula? El tomillo es más un ramillete oloroso que...

—No soy ningún experto en flora, señorita Swift, y francamente me importa un comino si acabas sazonándote la cabeza con orégano —cortó, sin tanta impaciencia como ironía—. Lo proponía porque no tenemos tiempo para ponernos a recolectar violetas silvestres...

—¡Espere! —exclamó con un hilo de voz—. Mire abajo... ¿Son pequeñas margaritas?

Sebastian miró, de mala gana, en la dirección que le indicaba. Contuvo un bufido al ver que, en efecto, había un pequeño brote de florecillas a los pies de la taberna. Sospechando lo que pediría, se agachó sin dejar que pusiera un pie en el suelo y arrancó unas cuantas al azar. Tiró varias a su regazo, justo en el pliegue que hacía la falda al doblar las piernas, y sin intenciones de ser romántico —más bien comportándose como un bárbaro—, le recogió un mechón detrás de la oreja para colocar ahí una margarita.

—Ahora eres la novia perfecta —zanjó, sin dedicarle otra mirada.

A continuación, empujó la puerta de entrada con la pierna.

—No hace falta que me cargue, señor Talbot...

—Oh —suspiró irónico—, ¿no has oído eso de que da mala suerte no cruzar el umbral con la novia en brazos?

—Aún no estamos casados.

—Tú estuviste casada conmigo desde el momento en que naciste, Ariadna.

Ninguno de los dos añadió nada más, seguramente porque no estaban del todo interesados en el otro. Sebastian avanzó a zancadas entre las mesas dispuestas en la planta baja. En una de ellas, una moza de generosas caderas servía a dos manos sendas jarras de vino, mientras que varios de los comensales le silbaban o hacían comentarios groseros. Aparte, unas cuantas parejas protegidas de miradas curiosas por sus gruesas capuchas probaban la cena encogidos en los rincones más ocultos de la taberna. El propietario de esta no tardó en percatarse de la presencia de un nuevo extranjero.

No obstante, Sebastian no tenía tiempo para dirigirse al tabernero. Pasó de largo antes de que pudiera vomitar su lista de ofertas, y se dirigió con determinación al cura que cenaba tranquilamente en una mesa redonda apartada. Este casi dio un respingo cuando la sombra descomunal del empresario se proyectó sobre él. Sebastian no debió darle la impresión de ser el propietario de un imperio, porque el vicario no se movió. Solo se limpió las comisuras de los labios con parsimonia, utilizando un pañuelo que no tardó en guardar nuevamente.

—Richard Cumberbatch, a su servi...

—Necesito que nos case —anunció—. Ahora, a poder ser.

Una sombra de indignación cruzó el rostro de Cumberbatch debido a su tono exigente.

—Lo lamento, señor... —dijo entre dientes—. Desgraciadamente, esta noche estaré casando a tres parejas que han tenido la suerte de llegar a tiempo para hacer su reserva. No tengo ni un segundo para otra más.

Sebastian trató de respirar hondo, ignorando de momento la posibilidad de pagar una pequeña fortuna por pasar por la vicaría en primer lugar. Ya llevaba cinco mil libras invertidas en la mujer que tenía entre sus brazos; no soltaría ni una sola más.

—Mire... Cumberbatch —recalcó con acento escocés—. He venido de Londres, sin hacer un solo descanso, para casarme ahora mismo. No me voy a ir de aquí hasta que oficie mi boda, y le aseguro que en caso de negarse, podría hacer de su cena un completo infierno.

El vicario frunció el ceño. Se levantó del asiento con un gran esfuerzo. Sus manos temblaban violentamente, quizá por la irritación o tal vez por encontrarse a unos pasos de la ancianidad.

—Pero ¿quién se ha creído que es? ¿Cómo se atreve a venir con exigencias?

—¿No es esto Gretna Green, donde se cumplen los sueños de los amantes prohibidos? —espetó con los ojos entornados—. Haga el favor de hacer lo que tiene que hacer; aquí mismo, incluso. No necesito ninguna clase de refinamiento. Vamos, buen hombre —insistió—, seguro que en caso de ser obligatorio recitar un pasaje de la Biblia, se lo sabe ya de memoria. Diga sus frases, bendíganos y me iré antes de que pueda recordar mis modales.

—¿Por qué clase de sacerdote me ha tomado?

—Por uno que se ofende con facilidad, por lo visto. Menos mal que no lleva usted guantes, o correría el riesgo de que me tirase uno a los pies y mañana no estuviera casado, sino muerto —repuso con ironía—. Si necesita un incentivo, le pagaré cuanto sea necesario. Solo quiero irme de aquí lo antes posible.

—Y yo —murmuró Ariadna.

—¿La ha oído? Ella también quiere acabar rápido con esto. No le conviene desobedecer el deseo de una mujer. Y menos el de esta... —aseguró en voz baja—. Es medio bruja, ¿sabe? Mire su pelo. Si se atreviera a despertar su ira, podría convertirle en un ratón de cloaca con solo chasquear los dedos.

—¿De qué diantres está usted hablando? —masculló el vicario, ciñéndose el gabán al pecho. Lo miró con clara desconfianza—. Señor, apártese de mi camino.

A esas alturas, Sebastian estaba planteándose utilizar la fuerza para retener al condenado anciano. Como si no fueran suficientes su negativa y su superioridad moral para despreciarlo, además presentaba un aspecto ridículo, siendo tan rechoncho como un barril y luciendo un ridículo bigote que, más que un hombre, le hacía parecer un félido.

Imaginando que tendría que perseguirle durante toda la noche para convencerle de que oficiase la boda, dejó a Ariadna en el banco de la mesa que había estado ocupando. Le ordenó que no se moviera, tarea que estuvo seguro que resolvería con éxito, y echó a andar detrás de él, al canto de «espere», «vuelva» e incluso «le necesito», unas palabras que nunca pensó que llegaría a pronunciar.

—Sé que hemos empezado con mal pie... —decía. Lo cogió de la manga, como si fuera un niño travieso que no quisiera perderse—. Solo dígame: ¿acepta sobornos?

Cumberbatch se volvió, horrorizado. Con la mirada de arriba abajo que le echó, Sebastian habría tenido razones de sobra para propinarle un puñetazo. Sin embargo, prefería no provocar a la suerte insultando a un siervo de Dios. Si bien no era creyente y sí un auténtico temerario, aún era pronto para ponerse la medalla de anticristo.

—Es usted un desvergonzado —barbotó—. ¡No se puede comprar la piedad de Dios!

—¿Acaso no me ha escuchado? No vengo a suplicar la piedad de Dios —pronunció con un tonillo que hizo estremecer al hombre—, sino su ejercicio como miembro de la Iglesia. Le aseguro que si pudiera seguir adelante sin la aceptación de los ojos del Cielo, no estaría molestando.

—Habla usted en nombre del Señor como un auténtico blasfemo... Suélteme ahora mismo. Mis servicios no tienen precio.

—Todo en esta vida tiene un precio —replicó—. ¿Qué quiere? Le doy dos libras. —La respuesta corporal del hombre le hizo cambiar el peso de una pierna a otra. Esa noche acabaría con dolor de bolsillo—. Lo doblo. Cuatro libras —insistió muy a su pesar—. Venga, sea buen samaritano. Con eso puede comprarse tantas biblias como desee... —El rostro del vicario adquirió un tono rojizo bastante cómico—. ¿No? ¿Y qué hay de las sotanas?

Cuando Cumberbatch lanzó una maldición por lo bajo, Sebastian supo que acababa de perder definitivamente su oportunidad. Aunque le dolió la garganta por tener que contener un comentario malicioso sobre la poca piedad que tendría Dios con él por blasfemar, más sufrió al ver que se alejaba por la senda al pueblo, tan ofendido que Sebastian estuvo convencido de que, si esperaba a que se corriese la voz de su llegada y sus intenciones, al día siguiente no quedaría un alma en la localidad dispuesta a casarlo con Ariadna. En otro orden de cosas, y no necesariamente importantes, se preguntó con vaguedad cuánta mala suerte traía que un clérigo maldijese su estampa. Imaginaba que estaría por encima de los gatos negros, los espejos rotos y demás estupideces que, evidentemente, le importaban un carajo.

—Señor —oyó a su espalda. Sebastian se volvió, topándose con un hombrecillo de aspecto simpático y mirada codiciosa—. Soy... soy el señor Hedwick, el propietario de la posada. No he podido evitar oír su discusión con el párroco, y pensé que debería saber que, en Gretna Green, no es necesario hacerse con un pastor para casarse. Aquí, las bodas las oficia el herrero.

Sebastian se dio enteramente la vuelta y relajó los hombros.

—¿Dónde puedo encontrarle?

—Eh... Hoy... Esta noche... —carraspeó—. Ha venido en noche de feria, señor Talbot, y mucho me temo que el señor Peterson, Gleann Peterson, no está en su mejor momento. Hasta hace unos minutos estaba bebiendo en el interior de la cantina. Y ya sabrá usted cómo son los escoceses cuando hay whisky de por medio...

—¿Me está diciendo que si quiero casarme esta noche, tendré que contratar a un herrero borracho? —preguntó muy despacio. Hedwick asintió, aparentemente temeroso de su reacción. Demostró no esperar su tremenda carcajada dando un respingo—. Diablos, esto es pura justicia poética. Un matrimonio de broma como este solamente podía efectuarse con un escocés bebido de por medio para cobrar sentido... Dígame cómo es e iré a buscarlo.

El señor Hedwick, que no cabía en sí mismo de estupefacción, describió rasgo a rasgo al pelirrojo que sería la salvación de Sebastian. Sin perder un segundo, a excepción de para pagar con medio soberano al amable cantinero, se protegió del frío en el interior del establecimiento. No tuvo que buscar mucho para encontrarlo: un hombre de cabello anaranjado era inconfundible, y más cuando le faltaba un tercio de camisa, llevaba los mofletes del mismo color que el pelo y llenaba una de sus dos botas por petición de otro beodo, que lo animaba dándole palmaditas en la espalda.

Fue a acercarse a él, cuando se percató de que la atención de los presentes se había desplazado a otro punto del lugar. El jolgorio de la mesa central seguía siendo visible, mas no un barullo atronador; ahora, gran parte de los comensales y curiosos se habían trasladado a la esquina donde una muchacha vestida de blanco y aspecto desvalido luchaba por mantener los ojos abiertos.

Sebastian sintió que le apuñalaban el corazón al ver a Ariadna rodeada de hombres. El instinto, la experiencia y el triste conocimiento de causa hizo que se temiera lo peor. Avanzó con paso ligero, preparando los puños para matar a todo aquel que le hubiese puesto un dedo encima... Y sin embargo, tuvo que guardárselos, al igual que la lengua, cuando llegó a su altura. Los cinco tipos se distribuían de la mejor manera para admirarla desde cada perfil: había dos arrodillados, controlándose para no aferrarse a sus piernas, uno rozando su hombro derecho, otro casi respirando sobre el lateral izquierdo de su cuello, y un último cantándole una canción de cantina con un acento escocés tan marcado que apenas se entendía lo que decía.

—¿Se casará conmigo? —balbuceaba el robusto de todos ellos, mirándola encandilado—. No tengo mucho, solo una pequeña granja con suficientes animales para ganarme el pan y permitirme unos tragos durante las ferias, pero si me dejara...

Ariadna apartó la vista del hombre para centrarla en él. Si le avergonzaba la situación, se sentía cohibida por la atención recibida o temía su ira, no se le notaba, y Sebastian habría convenido con su reacción si esta hubiese sido la última. Ardió pensando en que, entre los cinco, podrían habérsela llevado en volandas para casarse con ella por orden de altura. Y ardió más pensando en que ella no habría ofrecido ninguna maldita resistencia.

Pero se le olvidó cuando ella, desde un lugar al que nadie tenía acceso, sonrió casi aliviada y extendió los brazos para que la elevase. Sebastian notó una molestia a la altura del corazón al ver que se ofrecía con los ojos cerrados y una dulce expresión en la cara; molestia que se convirtió en pura frustración al tener que darle un codazo en el tabique nasal al que intentó tomarla en brazos. Le gruñó en la cara a los dos que se quejaron de que la fiesta hubiera terminado, y la sostuvo contra su cuerpo con firmeza. Se aseguró de que se quejara por el apretón, en una especie de venganza a favor de su orgullo.

—Te dejo sola cinco minutos y todos los hombres de la taberna intentan llevarte con ellos. No quiero ni imaginarme qué ocurriría si te sentaras en Trafalgar Square con las manos llenas de caramelos.

—Adoro los caramelos —murmuró ella, acurrucándose—. No durarían mucho en mis manos...

Se pronunció con tanta seguridad en lo que decía, como si se tratase de un pronunciamiento real, que Sebastian tuvo que contenerse para no soltar una carcajada. Quizá no se habría reído igualmente; le dolía todo el cuerpo, empezaba a estar tan cansado como ella y necesitaba urgentemente un largo baño. Tal vez lo compartiera con su esposa...

Sacudió la cabeza y se concentró en su deber: encontrar al dichoso herrero y sobornarlo para que hiciera lo propio incluso en pésimas condiciones. Cuando lo enfrentó unos segundos después, lamentó tener los brazos ocupados y no poder emplearlos para sacudir al susodicho, al que le costó cinco minutos asumir lo que le pedía.

Peterson soltó una atronadora y burlona carcajada que Sebastian debió silenciar con la promesa de una buena remuneración económica; una que le sirviera para encurdarse durante el resto de la feria sin temer por el fondo de su bolsillo. Al final debió agradecer el peso de Ariadna, ya que de haber tenido las manos libres, le habría arreado un puñetazo y se lo habría llevado por la perchera de la camisa... que ya no llevaba puesta, de todos modos.

Sebastian siguió al tambaleante Peterson hasta la choza que a duras penas podía considerarse un negocio digno. Pese a todo, el escocés no dejó de repetir, aun cuando debía saber que sería imposible entenderle, que aquello era una herrería. Y si lo decía, pensaba Sebastian, debía ser cierto. Por la cuenta que le traía a ambos, más les valía.

—¡Mairin! —voceó, arrastrando los pies por allí—. ¡Mairin, niña, arriba!

Peterson prendió una lámpara de gas que iluminó la escasa estancia en todas sus esquinas. El fogonazo de luz fue suficiente para que el herrero y Sebastian se percataran de la presencia de una pareja sobre un camastro: un hombre fornido y bigotudo con los ojos muy abiertos, mirando en dirección a la luz, mientras la mujer semidesnuda trataba de cubrirse.

—¡Mairin! —gritó Peterson, al que la irritación le robó la alegría festiva. Sebastian observó, no sin cierto voluptuoso regocijo, cómo se acercaba a los amantes con la lamparilla a la cabeza—. ¡¿Se puede saber qué significa esto?!

—Padre, y-yo...

—¡Y con el hijo del herrero de la competencia! ¿Acaso te has vuelto loca? ¡Tú, joven... más te vale salir de aquí antes de que te golpee con el martillo al rojo vivo!

Sebastian atendía a la escena absolutamente maravillado cuando un movimiento captó su atención. Apartó la vista de la desnuda pareja a regañadientes para fijarse en Ariadna, que hacía un puchero y se cubría los oídos para silenciar los gritos.

—¿Qué es ese ruido? —jadeó. Sonaba dolida, como si fuera a llorar—. Haz que pare...

—Solo es el dios Thor defendiendo el honor de su hija al grito de «usaré mi martillo»... —Calló al ver que Ariadna se revolvía, incómoda por los aullidos del padre y de la descendencia—. ¿Qué te ocurre? —Levantó la cabeza y le dedicó una fría mirada al herrero, que estaba tan ocupado sacudiendo a su hija por el pelo que ni lo notó—. Haga el favor de cerrar el pico. He venido a casarme, no a que se me quiten las ganas por una jaqueca.

Supo el exacto momento en el que Peterson recordó que su cliente había pagado una interesante suma de dinero por sus servicios. Cambió el semblante, soltó la maraña que había hecho de la melena pajiza de su hija, y dispuso otras tantas lámparas para iluminar la herrería.

—Mairin, harás de testigo —ordenó el padre. Luego se dirigió a Sebastian—. ¿Tienen anillos, señor? —Asintió—. Bien, es todo lo que necesitarán...

—¿Cómo que todo lo que necesitarán? —exclamó Mairin, apartando a su padre con una grosería y acercándose a Ariadna con el ceño fruncido—. La señora no tiene buen aspecto, y no lleva un vestido adecuado para casarse...

—¡Eso no es de tu incumbencia, Mairin! ¡Cállate y haz lo que te digo!

—¡Es su boda! ¿Qué menos que estar presentable...? Además, ¡ni siquiera parece consciente de lo que está ocurriendo! —exclamó. Sebastian empezaba a impacientarse, por no mencionar que la muchacha tenía una voz extremadamente desagradable—. Señora, señora...

La insistencia de Mairin colmó la paciencia de Peterson, que haciendo ostentación de una violencia desgarradora, cogió a la muchacha por el cuello y tiró de ella para hacerla retroceder unos cuantos pasos. Un nudo se formó en la garganta de Sebastian, que al no poder apretar los puños, empujó el cuerpo de Ariadna contra el suyo para contener la impresión. Se dijo que debía tranquilizarse, pero no pudo: acabó depositando a Ariadna sobre la banqueta de madera y cogiendo a Peterson del hombro bruscamente. Cuando este se volvió para mirarlo, Sebastian reconoció en sus ojos la emoción más profunda que él había experimentado jamás: puro odio. Casi se estremeció, y no de miedo o por el impacto, sino porque su propio cuerpo se llenó de desprecio hacia el tipo que tendría que sellar el enlace. Supo entonces que, de no ser por su situación desesperada, se habría encargado personalmente de mandarlo al infierno.

—¿Sabe? Yo también sé usar el martillo.

Peterson no encontró la manera de ofenderse por la amenaza, quizá porque Sebastian le doblaba en altura, anchura y poder para arrebatarle todas sus pertenencias. Así, el hombre agachó la cabeza y se desplazó hacia el yunque, donde musitó la explicación sobre el porqué de las bodas celebradas en las herrerías.

Sebastian miró a la muchacha, que se cubría el cuello con el vestido para tapar las marcas que su padre acababa de dejarle. Demostrando una fortaleza inigualable, Mairin le devolvió la mirada con tal firmeza que se sintió impresionado.

—Tengo prisa —dijo, sintiendo la necesidad de defenderse—. Pero si no fuera así, le habría conseguido un vestido en condiciones.

—El vestido es una pequeñez en comparación —insistió Mairin—. La señora parece enferma. Debería disfrutar de un baño y una buena siesta... ¿No la ve? Parece que haya estado viajando durante días sin comer ni dormir.

Sebastian se dio la vuelta para echar un vistazo a Ariadna. Se había escurrido por la pared para terminar con la mejilla apoyada en la banqueta, y el cuerpo laxo retorcido en una postura que parecía dolorosa. Preocupado porque pudiera haberse dormido, Sebastian caminó hasta colocarse de rodillas frente a ella. Confirmó sus sospechas al tocarle el hombro y ver que no reaccionaba.

—Vamos, duendecillo... Despierta. Solo serán unos minutos —aseguró. Al no obtener respuesta, se sintió un completo miserable. Por su mente cruzó la posibilidad de dejarlo para otro momento y permitirle descansar durante el resto de la noche, pero entonces sus planes se vendrían abajo... Y debía ser muy meticuloso con el tiempo—. Ariadna, despierta.

Mairin se acercó, curiosa. Se levantó las faldas para apoyar las rodillas en tierra y tomar su rostro entre las manos. Sebastian observó el cuidado que empleó al tocarla, como si en realidad no se lo mereciese. La vio suspirar, entre conmovida y llena de ternura.

—Es una preciosidad.

«¡Por Dios! —estuvo a punto de exclamar—. ¿Cuántos más van a enamorarse de ella esta noche?»

No era el mejor momento para pensar en estupideces, pero ¿qué diablos veían en Ariadna Swift? Reconocía ser un auténtico bruto, un desgraciado, un diablo en construcción... Pero por ese mismo motivo debería saber lo que era un ángel cuando lo veía. Sebastian entendía que Ariadna era su contrario por los suspiros que levantaba; sabía que eran las personas más opuestas del planeta..., pero aún no lograba ver por qué. Tal vez, y como venía sospechando, era demasiado estúpido para encontrar lo que quiera que fuese que encandilaba al resto del mundo.

—Señor... —murmuró Mairin, volviéndose para mirar a Sebastian con la cara descompuesta—. Creo que la señora se ha desmayado. No responde al contacto y respira muy débilmente.

—¿Cómo? —prorrumpió él. Enseguida apartó las manos hábiles de Mairin, utilizando las suyas para sacudir suavemente a la muchacha. Los párpados de Ariadna se quedaron donde estaban, sin temblar un ápice ante el llamamiento—. Sabía que no podías ser tan obediente. En algún momento debías darme problemas... Despierta, Ariadna. Deja de fingir.

—¿Fingir? ¡Señor! ¿Es que no la ve?

Sí, quizá ese debía ser el problema... que no la veía. No se había tomado la molestia de mirarla en profundidad, pero ahora que Mairin la señalaba con los ojos desorbitados, quizá temiendo que hubiese un cadáver en la herrería de su padre, no le quedaba más remedio que afrontar los hechos. Ariadna estaba más pálida incluso que cuando la vio por primera vez, tenía los labios cortados, el pelo enmarañado, y estaba encogida sobre sí misma. Parecía tan frágil, y estaba tan extremadamente delgada, que se le paró el corazón.

—Iré a buscar al médico del pueblo —anunció la joven, poniéndose de pie precipitadamente.

Sebastian asintió, sin despegar la mirada de Ariadna. Verla desvalida impidió que moviese un solo músculo y se quedara arrodillado frente al banco durante la salida de Mairin, su viaje al corazón de la villa y su regreso acompañada. No podría asegurar cuánto tiempo transcurrió: solo supo que era culpa suya, por haber dado por hecho que ella no necesitaría comer o dormir, del mismo modo que él estaba acostumbrado a que le faltase de todo. Estaba a la vista que era demasiado quebradiza para soportar un viaje de esas características.

Ni siquiera se le ocurrió pensarlo cuando la arrastraba a una vida con él. Ariadna empezaría a depender enteramente de sus cuidados, de lo que pudiera ofrecerle. Si se arruinaba, ella también sufriría las consecuencias; algo que se podía extrapolar a cualquier tipo de situación, incluida la que pudiera antojársele ridícula, como la opinión popular de la unión o de ella misma. Con toda probabilidad, dejarían de invitarla a grandes fiestas y no podría codearse con individuos como el duque de Winchester a causa de su marido, un sucio *cockney* sin modales.

En esas estaba cuando Ariadna abrió los ojos. La desorientación estaba escrita en su expresión. No se le ocurrió intentar incorporarse. Por el contrario, permaneció allí, hecha un ovillo en esa banqueta que, de haber sido un poco más larga, se le habría quedado pequeña.

Sebastian recibió su directa mirada como una mano de hielo en el corazón. Tal y como Thomas dijo, no era solo la melena blanca lo que la convertía en una pieza de coleccionista, sino también sus ojos con tintes violetas. Le costó reponerse a la sensación que le sobrevino con la magnitud de una ola de diez varas de altura, que acudió junto con sus anteriores pensamientos al respecto. Era incapaz de tener remordimientos; dejó los escrúpulos atrás hacía muchos años ya... Pero mirarla a la cara le hizo sentir tan miserable que se planteó una locura aún mayor que raptarla.

—¿Ya estamos casados? —musitó débilmente.

—No.

Por una vez, no hubo gran sarcasmo en su tono. La conciencia, esa traicionera que habitaba en algún recóndito lugar de su cabeza, silbó en su oído otra posible respuesta: «estás a tiempo de arrepentirte, Ariadna; te doy la oportunidad de elegir, ahora, aunque parezca que es tarde». Sin embargo, la idea fue aniquilada tan pronto como apareció. Seguía siendo demasiado egoísta para complacer a alguien que no fuese a sí mismo. Un duende de talco no cambiaría eso, por muy extraordinarios que fuesen sus ojos. A fin de cuentas, lo impresionante nunca podría pertenecer a la mediocridad, por mucho que esta se esforzase por relucir como el oro.

No... La miel no estaba hecha para la boca del asno.

—Que acabe ya este infierno... —suspiró ella, volviendo a cerrar los ojos.

Sebastian prefirió reírse, orgulloso de no haberla matado en su descuido y francamente divertido por su vehemencia.

—Oh, sirenita... —Acarició su mejilla con la yema del pulgar, retirándola casi de inmediato—. Lamento tener que decirte que este infierno ha venido para quedarse.

6

Mairin y su padre vivían en el ático del edificio, como prácticamente cualquier miembro de un gremio humilde. Unas escaleras que amenazaban con caerse sobre sus cabezas daban a una planta superior, con la que padre e hija debían apañarse para dormir, alimentarse y hacer sus necesidades. A Sebastian no le habría importado dormir allí de ser él quien lo necesitaba —y en realidad, lo necesitaba—; aunque viviera entre lujos, la modestia estuvo muy presente en su vida durante décadas. Sin embargo, dejar a Ariadna acurrucada en un camastro le pareció similar a abandonar un diamante en un estercolero. Por supuesto, ni ella era una gema preciosa, ni el lugar era tan desgraciado para tacharse de pocilga, pero la joven relucía en aquella sala como oro entre carbones.

Después, Sebastian tuvo que abandonar la estancia para que el médico hiciese lo propio. Dicho doctor era un hombre desproporcionadamente alto, desgarbado y que censuraba a su interlocutor tras un pesado monóculo, y que justo por presentar ese aspecto, le pareció de confianza.

Mairin permaneció al lado de Ariadna durante el reconocimiento, y Sebastian mató las horas que siguieron al sueño profundo de la muchacha bebiendo con el herrero. Según parecía, Peterson tenía un aguante similar a él en lo referido al alcohol, lo que lejos de significar un puente de unión, les hizo terminar provocándose por ver quién era capaz de emborracharse más.

La joven se asomó en un momento dado para anunciar que Ariadna se encontraba bien; solo necesitaba descansar unas horas. Sebastian insistió en que era necesario formalizar el enlace de una vez, y la muchacha, quien claramente no entendía del todo cuál era su lugar allí, se atrevió a gruñirle en la cara y asegurar que utilizaría las manos para retenerlo en caso de obligarla. Así pues, Sebastian tuvo que sentarse a esperar en la banqueta.

—Debe estar locamente enamorado si no puede esperar ni un segundo más para casarse con ella —señaló Peterson, lanzándole una miradita cómplice—. Todos los que elegimos lo estuvimos, créame. Nada más ver a mi Gretha, quise que el sacerdote nos bendijera para... Ya sabe.

Sebastian exhaló, forzando una lastimosa carcajada.

—Oh, sí... Estoy tan enamorado de ella que me cuesta respirar —contestó, apoyando la cabeza en la pared—. A veces me sorprende cuánto amor alberga mi corazón.

—No es para menos, señor —añadió Peterson, aparentemente incapaz de captar una ironía—. La muchacha es bonita, y no vaya a creerse que a mí me gustan sin chicha. No, no, no... Para mí una mujer tiene que tener donde agarrar, tanto por delante como por detrás. Pero mire que su parienta es bien llamativa. En mi tiempo se la habrían rifado.

Sebastian lo ignoró. Le parecía estúpido seguir conversando sobre algo que no entendía, como en ese caso, el encanto visual de la muchacha... Y además, aquel paleto le estaba recordando a sí mismo, repitiendo en cada oración, como una coletilla, ese irritante «vaya usted a creerse». Qué sabría ese tipo sobre lo que creía o dejaba de creer... Él ya no creía en nada.

En las seis horas que pasó allí, Mairin solo se dejó ver tres veces. Una, para preparar un baño caliente: rechazó tajantemente la ayuda de Sebastian cuando se ofreció a ayudarla para subir los cazos. Otra, para tomar el cucharón con el que serviría la sopa humeante que acababa de cocinar para la señora, y que Sebastian no pudo probar por el exceso de alcohol que llevaba en el cuerpo. La última solo bajó para ir, según decía, a pedirle prestado un vestido a una amiga suya del pueblo. Parecía decidida a hacer de la boda un auténtico acontecimiento, o al menos, algo agradable para Ariadna... Un hecho que Sebastian encontraba divertido. Porque básicamente con media botella de whisky en el cuerpo todo le parecía divertido.

—Una mujer con arrestos, su hija...

—Vaya usted a creerse que no lo sé —respondió el herrero, acentuando su mal humor. Aquella frase se convertiría en su maldición—. Por eso hay que tratarla con mano dura, no sea que se descarrile como la gitana de su madre. Intentando huir con el panadero, al cruzar el río, se cayó y se abrió la crisma. No quiero yo lo mismo para ella, y parece que va por el mismo camino, queriendo ser más de lo que es... Vaya usted a creerse que solo me ayuda en la herrería o cuando caso a los amantes. Mairin me amenaza con que va a ser la mejor doctora de la región... ¡Ja! Como si eso fuera posible.

Sebastian asintió muy despacio. Echó un vistazo al interior de su vaso, notando la cabeza más pesada de lo habitual, y no porque sus pensamientos fuesen de los que producen cargo de conciencia.

—¿Cuánto quiere por ella? —preguntó. Peterson lo miró con una arruga en la frente—. Por la muchacha. ¿Cuánto, a cambio de dejar que me la lleve? No me ponga esa cara, que no la voy a tomar para que me caliente la cama. Procuraré no buscarme una amante hasta que no pase unas semanas como casado. «Vaya usted a creerse» que no respeto a mi mujer —ironizó, repitiendo su muletilla—, por ahora.

Peterson no se mostró mortificado más allá del asombro

que le supuso descubrir que alguien pudiera interesarse por su mayor lastre.

—¿Para qué la quiere?

—Será que me estoy acostumbrando a comprar mujeres, y quiero llegar a la cifra de tres para enseñarles esgrima. ¿Será Porthos su hija...? Solo de pensar en lo que se pelearían en Jackson's por un poco de acción femenina de ese tipo... —Rio al ver la expresión del hombre—. Tranquilo, compañero. Solo necesito que alguien cuide de mi esposa durante el viaje de vuelta, ya que es probable que lo pase durmiendo como un tronco. Se la devolveré en una semana, vivita y coleando.

Unas pisadas interrumpieron la conversación. Mairin bajó precipitadamente, encogida para que su cabeza no chocara con el techo. Observó a los dos hombres con el ceño fruncido, desaprobando su desaliño, y se paró un segundo para suspirar. No aparecía sola: tiraba de la mano pálida y diminuta de Ariadna, a la que había vestido y preparado como debía... en caso de haberse tratado de una novia pueblerina, nerviosa por la llegada del campesino de su futuro marido.

Pese a la sencillez del vestido blanco que lucía, la gran habilidad con el peine que Mairin había demostrado poseer le daba a Ariadna el aire elegante que necesitaba. Por supuesto, también estaba su porte y su caminar, que aunque débil, por lo menos ya no era enfermizo.

Algo tan simple como enfocar la vista, le demoró minutos a Sebastian, que en cuanto reconoció el recio algodón del vestido y el brezo blanco que adornaba el cabello de Ariadna, se sintió demasiado sucio para compartir habitación con ella. Por supuesto, no era nada nuevo; Sebastian se consideraba a sí mismo un infame ser humano, pero ahora esa basura interior afloraba a la superficie, recordándole que presentaba un aspecto ridículo.

—¡Bueno! —El herrero se palmeó las piernas—. ¡Veo que ya estamos listos para el *cascamiento*! Que digo... ¡casamien-

to! —corrigió con un hipido—. Vengan por aquí, por favor...
Tenemos que hacer el juramento frente al *ronque*... O sea, ¡el
yunque!

Sebastian obedeció sin apartar la mirada curiosa de Ariadna. Debía ser porque estaba bebido, o porque hacía siete terribles días que no yacía con una mujer, pero la encontró bella. No en extremo, y ni mucho menos irresistible, mas podría servir para hacerle un par de hijos y más adelante desentenderse.

—El anillo, señor. Debe colocárselo en el dedo a la novia.

Desplazó la mirada a sus pantalones de mala gana. Metió una mano en el bolsillo, y estuvo husmeando con la cabeza dando vueltas hasta que dio con el frío metal.

—Ni siquiera es de plata —musitó Mairin contrariada.

Por supuesto que no era de plata. Bastante dinero había tirado ya en compras de mujeres y sobornos para encima, ¡encima!, invertir en una joya irrelevante que ese duende de talco ni se molestaría en apreciar. Podía concederle eso, al menos. Le daba igual que se gastara tres soberanos o un penique en regalos, lo que siempre beneficiaba su bolsa.

—¿No hay anillo para él? —preguntó ella de repente.

—Qué considerada —exclamó él—, queriendo un regalo para mí también.

—No es por eso. Se supone que luciré el anillo en el dedo como muestra de que soy la posesión de mi marido. —Se volvió para mirar a Sebastian, aún soñolienta—. ¿Usted no será mi posesión asimismo, señor Talbot?

Sebastian encontró curiosamente seductora aquella pregunta, a la par que irrisoria. Ya debería saber que los hombres eran los irrevocables domadores, y ella, en ese caso, un animalillo al que enseñar modales. A él le gustaba que así fuera... Aunque disfrutó imaginando a Ariadna, bastante más ligera de ropa, como ama y señora de su destrucción. No importaba que no le atrajera; una mujer era una mujer, y sus fantasías bien valían con todas.

—No. Y aunque pudiera convertirme en una de ellas, señorita Swift, seguiría siendo patrimonio de la humanidad. Verá... —Se inclinó sobre su oído, lo que la desconcertó—. Temo a la furia femenina, y, sin duda, romperle el corazón a todas las mujeres de Inglaterra entregándome a una sola podría provocarla. No me importaría si cayera sobre otro, pero tratándose de mí...

—Al menos no deberé preocuparme de ser una viuda joven —decretó, aceptando que Sebastian deslizara el anillo por su dedo con una sonrisa entretenida.

—¡Magnífico! Mairin, la cinta... Trae la cinta y envuelve sus muñecas con ella.

La joven hizo lo que le pedían a regañadientes. Enrolló la tela en torno a las dos muñecas que ofrecían, y que Sebastian decidió juntar posando la palma sobre su mano. Lo hizo con delicadeza, como si su piel estuviera hecha de polvo y no quisiera derramar una sola mota. Mairin los anudó con la cinta y se apartó, con los ojos castaños puestos sobre la unión de sus dedos. No parecía encantada por la elección de novio de Ariadna, y, ante eso, Sebastian no podía sino darle la rotunda razón.

—Repita conmigo, señor: yo te tomo como esposa, para amarte, honrarte y respetarte...

—Sí, bueno. La tomo como esposa —cortó. Miró a Ariadna, que estudiaba su expresión con ojos interesados, y lo repitió con la misma brusquedad—. Te tomo como esposa. Y todo lo que conlleva.

—Ahora usted, señorita. Yo te tomo como esposo, para amarte, honrarte, obedecerte y respetarte...

Ariadna parpadeó, confusa, y Sebastian no supo en qué momento había obtenido el privilegio de adivinar qué cruzaba por su pensamiento, puesto que supo enseguida cuáles eran sus reparos. O eso pensó, ya que estuvo seguro de que el problema habría sido la penúltima parte. Se quedó de piedra al oírla decir, con voz suave:

—Puedo honrarle, obedecerle y respetarle, pero no voy a amarle.

—Guarda cuidado, querida, no será una gran pérdida para mí. Pero por si acaso, repítelo; solo es una coletilla para alargar esta tortura innecesariamente.

—No creo que sea correcto mentir cuando los ojos de Dios nos observan.

—Dios es ciego, por eso siempre se equivoca castigando a los buenos —soltó con impaciencia—. Y ahora, ¿podrías hacer el favor de repetir la frase?

Ariadna suspiró.

—Le tomo como esposo —anunció con suavidad. Sebastian quiso sonreír victorioso, pero solo pudo tragar saliva—. Para respetarle y obedecerle.

—¿Ahora honrarme tampoco? —preguntó él, sarcástico—. Todo lo que no he ahorrado en la ceremonia, me lo están rebajando durante los votos.

—Es que no entiendo del todo qué conllevaría honrarle. Si el buen herrero fuese tan amable de explicarme...

—No hay tiempo para eso —cortó Sebastian—. Te acepto como novia de segunda y con descuentos.

Mairin se cubrió la boca para no soltar una carcajada.

—Entonces, y si todo está correcto, yo declaro a este hombre y a esta mujer, marido y... mujer. Que Dios y mi hija sean testigos de dicha unión. ¡Amén!

—¡Amén! —exclamó Sebastian visiblemente aliviado, casi bendecido, por haber llegado el final—. Quítenos esto ya, por favor.

—¡Oh, no, no! —interrumpió Mairin, cogiéndolos de las muñecas—. Quitarse la cinta antes de consumar el matrimonio trae mala suerte.

—Peor suerte tendré no pudiendo usar la mano derecha durante los próximos cien años —ironizó Sebastian. Ante la expresión confundida de la muchacha, añadió—: Mi bienamada esposa ha decidido que dormir conmigo sería un castigo insoportable, y como la única manera de hacer que cambiara de opinión sería haciéndola dormir conmigo, me temo que estamos en una verdadera encrucijada. En punto muerto, si no.

—Señor Talbot —habló la novia—, espero que no hable de sus intimidades y las mías en público con el mismo desahogo que demuestra ahora mismo.

—Sus intimidades y las mías... Fíjese con qué sutileza recalca nuestra separación. Y no te preocupes; Mairin es la excepción porque será tu acompañante durante el viaje, mientras yo echo un par de cabezaditas.

—Eso sería innecesario. No planeo escaparme, señor Talbot.

—A estas alturas creo que deberías llamarme por mi nombre.

Mairin se aproximó para reclamar.

—¿Qué quiere decir con que seré su acompañante? ¿Me ha contratado como doncella?

—Dios me libre de encargarme de tareas que conciernen a mi esposa... Me he limitado a pagarle a su padre por un viaje en el que usted se asegure de que la señora come y duerme. No queremos que se quede a las puertas de la muerte de nuevo, ¿verdad que no...?

—¿Por qué? ¿Ahora desea que las cruce? —propuso Ariadna sutilmente. Sebastian se dio la vuelta, intrigado por la contestación, y por poco no sale de su asombro cuando se percató de que no había sarcasmo ni interés real por la respuesta.

—Tendrá que pagarme «a mí» por mis servicios, señor Talbot —dijo Mairin, poniendo los brazos en jarras—. Y no aceptaré menos de tres coronas.

Sebastian masculló una blasfemia que hizo retroceder a las mujeres.

—¿Cuánto más piensas rascar en mis bolsillos, sirenita? —preguntó a Ariadna, sin ánimo de sonar encantador—. Llevo casi más dinero gastado en ti que en mis barcos, y hasta donde entiendo, tú no me vas a llevar a ningún lado.

—Dicen que las cosas tienen el valor que uno está dispuesto a pagar.

—Has de saber, pues, que te estoy dando más valor del que realmente tienes —comentó tranquilamente. Sacó del bolsillo las tres coronas que pedía la muchacha, y se las entregó con un gruñido—. Intenta no hacer que me arrepienta de haberme ganado el odio generalizado de los Swift por tu mano.

—Eso no ha sido muy caballeroso, señor Talbot.

—Quizá sea porque no soy un caballero, señora Talbot.

Ariadna se dio por satisfecha con su contestación. Siguiendo las indicaciones de Mairin, quien debía quitarle el vestido prestado para prepararla para el viaje, desapareció de nuevo escaleras arriba. Sebastian retuvo ese pensamiento sin saber cómo sentirse. La esposa de un empresario podrido de dinero se había casado con el traje de novia de una pueblerina, en una herrería, y con un hombre al que probablemente detestaba. Era...

«Glorioso.»

—¿He oído bien? —intervino el herrero, acercándose a él sin saber dónde estaba su eje de gravedad—. ¿No va a pasar la noche con su esposa...? —Sebastian se volvió para mirarlo con una ceja alzada. Esperase o no su veredicto, lo tuvo—. Señor, no puede permitir eso solo porque ella lo exija. Apenas están casados y ya le concede todos sus caprichos... ¿Cómo cree que acabará en los próximos años? Le manejará como a una marioneta. Y vaya usted a creerse que hay alguna mujer que no se resista durante la primera noche. Todas intentan escabullirse, por eso hay que ser firme.

Sebastian se tomó con humor que un pseudo hombre intentase aleccionarle a emplear la fuerza.

—Sospecho que mi esposa no es muy proclive a las discusiones, pero no quiero ponerla a prueba el día más feliz de su vida —ironizó—. De todos modos, ¿no es un poco ridículo forzar a una mujer pudiendo encontrar a una dispuesta? Por no mencionar que estoy tan cansado que ni se me ha pasado por la cabeza lamentar mi suerte.

—Pero, señor, el matrimonio no puede considerarse oficial si no se consuma...

—Soy plenamente consciente de ello. La pregunta es, Peterson... ¿Quién va a atreverse a poner en tela de juicio mi talento para desvirgar jovencitas, teniendo una amplia trayectoria a mis espaldas? Dudo que alguien se presente en mi casa exigiendo hacerle un reconocimiento médico.

Peterson masculló algo por lo bajo mientras hacía un ovillo con las cintas, arrojándolas a un cubo cercano.

—No se apene por mí, hombre. Al igual que a usted, las rubias sin chicha no me hacen especial gracia.

—Nada le puede hacer más gracia a un hombre que una mujer imposible, señor —anunció sabiamente—. Vaya usted a creerse que me casé con una gitana porque quisiera ganarme unas cuantas maldiciones en el proceso.

«Si vuelvo a escuchar una sola vez más esa coletilla, me arrancaré el pelo.»

—Bueno... Teniendo en cuenta que ya no es una mujer imposible, puesto que es mi esposa, no creo que corra el riesgo de morirme por sus huesos.

—Se va a arrepentir —repetía una y otra vez—. A las mujeres o se les enseña quién manda pronto o se rebelan y...

—Peterson —interrumpió, no tan molesto por su insistencia como por no estar durmiendo—. Ariadna sabe perfectamente quién manda, y por desgracia para mí, no es el secuestrador que va a recibir una paliza en cuanto regrese a Londres. Doble paliza, si sigo su consejo sobre violarla. —Le dio una palmadita en la espalda—. Pese a todo, gracias por la ayuda. Dígales a las muchachas que esperaré en el carruaje.

Sebastian salió antes de que continuara con una perorata que no le apetecía escuchar. Se reunió con el cochero a la salida de la taberna, tan cansado y relativamente borracho que optó por permanecer en silencio. Se cobijó del frío en el interior, y se afanó en alejarlo a base de frotarse las piernas, los brazos y los hombros contracturados por la mala postura. Suspiró profundamente y echó una mirada melancólica por la ventanilla, deseando como nunca antes que Ariadna apareciese de una vez.

Imaginaba que la boda no había sido como ella soñaba, aunque no es que él hubiese cumplido sus fantasías durante aquel amanecer. De hecho, no podía concebir un matrimonio tan pésimo como el que auguraba su opinión sobre la novia. Ariadna le había quitado más de cinco mil libras del bolsillo, lo que era sorprendente dado lo mucho que le fascinaba contener su dinero bajo siete llaves..., y no solo eso, sino que le arrebató algo que nunca pensó que le faltaría: el deseo de hundirse en el cuerpo de una mujer.

Aunque en su defensa diría que por lo menos acababa de devolverle el sueño.

7

—¡Te voy a matar!

Ariadna se tuvo que cubrir los oídos con las manos para disminuir la potencia del grito de Megara, quien como ya venía sospechando, no se había tomado bien su huida. Sin embargo, los gritos no estaban dirigidos a ella, sino a Sebastian: el señor Talbot tuvo que proteger su cuerpo con los propios brazos para que los puños de Megara no cumplieran con su objetivo, que no exageraba al declararse como instinto homicida.

—¿Cómo se ha atrevido? —aulló Penelope, avanzando hacia él con aire agresivo—. ¿Es que se ha vuelto loco?

—Por Dios, caballeros... —fue toda la defensa de su marido, además de alzar los brazos en señal de capitulación—. Contengan a sus esposas, ¿quieren?

—Contener a mi mujer requeriría de la intervención de seis hombres como yo; sería inútil intentarlo —anunció lord Ashton, el esposo de Penny—. Por no añadir que estoy con ellas en esto. Lo que ha hecho es imperdonable.

Penelope rompió a llorar. Rodeó a Sebastian, dándole un golpe en el hombro, y se puso de rodillas delante de Ariadna. Los temblores que azotaban su cuerpo solo podían ser señal de arrepentimiento, una emoción que no entendía en absoluto. Estaba segura de que sus hermanas estarían preocupadas, pero no que reaccionarían de un modo tan extremista, acudiendo con sus maridos en busca de venganza.

—¿Te ha hecho daño alguno? Ariadna, pídeme que le dé una lección y te tomaré la palabra.

Ella negó con la cabeza enseguida, saturada por la atención que estaba recibiendo. Tantos sentimientos se aglomeraban en el salón de su residencia en Londres que apenas podía respirar. Su residencia por poco tiempo, recordó. Si estaba allí, no era porque Sebastian quisiera que saludara a sus familiares —y ni mucho menos porque pretendiera saludarlos él mismo—, sino porque tenía que recoger todas sus pertenencias y hacerlas llegar al que sería su nuevo hogar.

—El señor Talbot me ha tratado bien. Ha sido muy amable.

—¿Es eso posible? —inquirió el conde de Standish, alzando una ceja provocadora. Ariadna tuvo que mirarle con lamentable complicidad, sabiendo que esa, más que una mentira piadosa, era el germen de la falsedad.

—No he sufrido ningún daño, ni he hecho nada que no quisiera hacer. Es cierto que fue el señor Talbot quien trepó hasta mi ventana, pero yo accedí a marcharme con él... al final —puntualizó.

—¿Al final? ¿Acaso te estuvo forzando?

Ariadna tuvo que hacer un gran esfuerzo por reconocer esa voz melodiosa y pausada. Le resultaba confuso ubicar en el espacio a tanta gente a la vez, por no decir agotador. A Megara la reconocía a simple vista; su belleza y el lunar sobre su labio ya eran cualidades llamativas de sobra para que no pudiera olvidarla. Sebastian era aún más simple para descifrar. Pero los demás le costaban. Sabía quién era su hermana Penelope gracias a la inercia de sus gestos, siempre o crispados o vehementes. Tristane Ashton, su marido, tenía una voz calma y preciosa que la transportaba al verano. Dorian Blaydes presentaba un fuerte olor a tormenta marina, a lluvia. Y aquella mujer, a la que no recordaba haber visto antes, debía ser su esposa.

—¡Ari! —chilló con alegría alguien a quien conocía muy bien. Ariadna ubicó a Briseida bajando las escaleras a toda prisa, enredada en sus propias faldas. Era imposible no reconocerla a ella, teniendo grabada la emoción de la vida en cada rincón del alma. Briseida dejaba un rastro de alegría allá por donde fuese, y era tan envolvente como la niebla—. ¡Por fin has vuelto! ¡Me tenías tan preocupada...! —Se lanzó a sus brazos y la estrechó con fuerza.

Briseida era la única persona en el mundo que la hacía sentir bien con su contacto. Seguía sin buscarlo, y preferiría que lo reservase, pero no le molestaba que la sobara como acostumbraba. Briseida era una muchacha excepcionalmente amorosa: se le escapaba la ilusión por cada poro, por los ojos, a través de la sonrisa, con la fuerza de sus brazos... Y eso a Ariadna le fascinaba.

—¿Cómo se atreve a secuestrar a mi hermana? —espetó, volviéndose hacia Sebastian. Fue divertido ver cómo una muchacha de tan escasa estatura se enfrentaba a un hombre enorme, y no solo eso, sino que salía victoriosa, obligándolo a retroceder—. ¿Es que no sabe que las Swift tenemos muy buena puntería...? ¿Qué quería hacer con Ariadna?

—Se ha casado con ella —suspiró Megara, tomándose la libertad de sentarse en el sillón, rendida—. Ni siquiera sé por qué me sorprendo. Suena como algo que te atreverías a hacer sin importar las consecuencias legales, o el efecto de toda una familia rabiosa en tu contra. Lo que no sé es por qué de ese modo, y por qué a hurtadillas... —Ella misma se calló al dar con la solución. Miró a Sebastian con una expresión de pura decepción—. Lo organizasteis tú y Thomas, ¿no es así? Él te puso al tanto de la propuesta del duque, haciéndote reaccionar directamente como un maldito criminal.

—No es muy gentil por tu parte lo de referirte a mi matrimonio como un crimen, señora Doyle —comentó Sebastian, quien no parecía intimidado por los tres pares de ojos femeninos que lo censuraban—. Pero sí, así fue. Como ve, la señora Talbot se encuentra en perfectas condiciones. No se apene porque no muestre una alegría desmedida... Ya la conocerá lo suficiente para saber que eso es imposible. Ahora, ¿por qué no van a preparar sus cosas? Me gustaría estar en mi propia casa en quince minutos. Nuestra casa —corrigió, más por recordarles a los presentes que Ariadna era suya que por la inclusión de su esposa en las que eran sus propiedades.

Ariadna asintió, obediente, y tras saludar a todos los que se habían reunido allí para iniciar su búsqueda, subió acompañada de Mairin. Al llegar al primer rellano, hizo una parada para oír lo que decían, como se había acostumbrado a hacer por culpa de Briseida. Observó que su marido y sus hermanas esperaban a que el resto se marchara de la habitación para iniciar la que sería una conversación seria.

—Pensé que te lo tomarías peor, Meg.

—Tomarme las cosas peor no te produciría ninguna clase de remordimientos, así que estoy reservando mi furia para alguien que la valore —siseó. Se levantó y se acercó lentamente—. Pero ten claro esto. Si ahora mismo no estoy sobre ti estrangulándote, es porque aún cabe la posibilidad de declarar nulo vuestro matrimonio.

Ariadna apreció incluso en la lejanía la expresión sarcástica de su marido.

—¿Sí? ¿Y cómo es eso?

—Lo sabes tan bien como yo, perro desgraciado. ¿Crees que soy idiota? La tranquilidad de Ariadna al asegurar que no la has forzado a nada, además de haberte librado de que te abra de nuevo esa cicatriz que tienes, solo puede deberse a una cosa. No habéis consumado el matrimonio —dedujo en voz baja—. Y según entiendo, los trámites de una boda pueden ser anulados de llegar a darse estas circunstancias.

La carcajada de Sebastian trepó por las escaleras como una araña herida en una pata. Aunque casi controló los nervios, se le escapó una nota de preocupación al final.

—¿Y cómo estás tan segura de que no he cumplido con mi deber? Querida, parece que has olvidado con quién estás hablando. No necesito forzar a ninguna mujer para que desee pasar la noche conmigo.

—El problema es que Ariadna no es como las mujeres con las que suele usted acostarse, o más bien, con las que «solía» acostarse —interrumpió Penelope—, ya que no pienso permitir que ensucie el nombre y el honor de mi hermana con sus escarceos.

—Lady Ashton... —interrumpió, divertido—, está usted especialmente atractiva cuando cree que aceptaré sus órdenes. Puedo asegurarle que Ariadna es mi mujer en todos los sentidos, y dudo que tenga tan poca solidaridad como para someter a su dulce hermana a un examen para asegurarse.

—Su marido es un auténtico sinvergüenza —denostó la joven Mairin, bufando a su espalda—. ¡Cómo tiene la desfachatez de hablarle así a sus familiares, cuando lo que hizo es imperdonable!

Ariadna se dio la vuelta, dejando la conversación a medias, e invitó a la doncella a seguir subiendo escaleras con ella. En este caso, avanzó con lentitud, meditando sobre lo que se discutía a sus espaldas. Sabía que Megara estaba preocupada por su bienestar, pero una vez asegurado que sería feliz —aunque lo dudase—, era arriesgarse demasiado amenazarle con cumplir con la consumación. Pensó que era afortunada por haberse casado con un hombre que no se arredraba con nada y con nadie, y que tampoco estaba interesado en ella.

—Me da la impresión de que nada es imperdonable para el señor Talbot —dijo al fin—. O quizá simplemente no le importen los sentimientos ajenos.

—¿Y eso no le parece aberrante?

Ariadna le lanzó una mirada cómplice a Mairin.

—Prometí respetarle, ¿recuerdas? Si sigo con los descuentos, no nos quedará ni una promesa nupcial.

—De acuerdo, señorita. —Rio la joven—. Nada de insultos al señor.

En cuanto Ariadna llegó a su habitación, que solo había permanecido cerrada a cal y canto durante poco más de una semana, reconoció su propio olor. Ella misma, temiendo no tener un aroma propio, se encargó de crear un perfume que la distinguiera de los demás. De niña pasaba tanto tiempo entre plantas que su madre, una mujer intransigente y convencida de que lo único que las Swift podrían aportar al apellido sería un buen marido, la obligó a buscarse otro hobby más apropiado o bien a sacar provecho de dicha pasión. Así, Ariadna se afanó en crear fragancias femeninas que nunca se preocupó de enseñar al mundo, y las fue regalando a sus hermanas para así poder distinguirlas cuando le fallara la intuición.

Lo primero que metió en el baúl fueron los frascos con las distintas esencias, y después se dirigió al cajón donde había dejado las cartas. Mientras, iba señalándole a Mairin dónde podría encontrar lo necesario para sobrevivir a la vida de casada. Los vestidos, en los primeros cajones. La ropa interior, al fondo de los últimos. Los libros de botánica, escondidos bajo los chales y distintas prendas de abrigo... Solo tenía un par de bolsos, pero no le gustaba usarlos, ya que había acabado copiando la costumbre de Briseida de guardarlo todo entre los pliegues de las enaguas, el escote o unos pequeños bolsillos interiores que ella misma cosió para facilitarse la deshonrosa labor de la cleptomanía.

Una vez lista, se presentó en el salón, sintiéndose ajena a la situación de la que era protagonista. Los acontecimientos le parecían tan extravagantes —el hecho de estar casada, de tener que abandonar su casa, a su familia— que apenas fue consciente de que estaba a punto de abandonar una larga y bonita etapa de su vida.

A regañadientes, las dos hermanas mayores la abrazaron por turnos, recordando en voz baja que solo tendría que hacerles llegar un mensaje para que se plantaran allí armadas hasta los dientes. En cuanto a Briseida, no se mostró ni ligeramente entristecida por su marcha, puesto que para ella no era una despedida, sino una aventura que duraría muy poco.

Ariadna expresó su agradecimiento, aunque en el fondo solo deseaba que cesaran de mimarla y entrar en el carruaje, donde podría pasar unos minutos en silencio, meditando acerca de lo que haría con las cartas que escondía entre sus pertenencias.

—Disfrute de la vida en pareja, señor Talbot —se despidió Penelope, sonriendo con todo ese veneno que reservaba para ocasiones especiales—. Y acepte este consejo: el amor es una planta que, si no se riega, se marchita... Pero que si se cuida debidamente, puede dar frutos muy dulces.

—Aunque en su caso, puede que los frutos los ofrezca la serpiente del Edén —concluyó Megara. Briseida se acercó para abrir la puerta, apartando de mala manera al anciano que esperaba para cumplir con su deber.

Sebastian hizo una reverencia, disfrutando de su victoria. Debió haber sabido —tal y como Ariadna supo antes de poder evitarlo— que las Swift no le dejarían marchar sin ejecutar una pequeña venganza; en cuanto Sebastian les dio la espalda para encaminarse a la salida, Briseida colocó su tobillo a traición, haciéndole tropezar y casi caer de bruces. Para colmo, arrastrando al viejo mayordomo consigo.

Ariadna le lanzó una mirada de desaprobación a sus hermanas, que pegadas las unas a las otras y con una sonrisa maliciosa, solo le recordaron lo lejos que estaba de parecerse a ellas.

La casa de Sebastian Talbot era tal y como la imaginaba, y no solo eso: Ariadna pronto descubrió, fascinada, que no existía un solo rincón en el que no imperase su exuberante perfume natural. Aquello inexplicablemente la hizo sentir cómoda, quizá porque la mezcla de esencias de Sebastian daban lugar a nada más y nada menos que la sencillez de la madre naturaleza. No obstante, no era precisamente la sencillez lo que tenía cabida en aquella mansión.

En el barrio de St. James, y en la calle de su mismo nombre, se podía tanto jugar al *vingt-et-un* con un empresario en ciernes, como cruzarse a un conde recién salido de casa. Sebastian Talbot representaba las dos caras de la moneda, habiendo adquirido una casa estrecha, adosada a una de su mismo aspecto, como si quisiera parecerse a sus honorables vecinos. Se notaba que había hecho algunas modificaciones en la fachada, algo a lo que Ariadna no prestó especial atención, ya que quedó absurdamente fascinada por una escultura que representaba la figura de una bellísima mujer, hecha con mármol procedente de los Alpes Apuanos. Vestida como una patricia romana, y ofreciendo sus manos a modo de cuenco, se presentaba a los observadores como una fuente: era de sus dedos de donde manaba el agua. Una pieza de arte sin igual, que la deslumbró de tal modo que no pudo preguntarle al respecto.

El interior de su nuevo hogar tampoco tenía nada que envidiar a la escultural desconocida de los escuetos jardines del porche. Según supo gracias al mayordomo, que le fue mostrando las áreas una a una mientras Sebastian se sacaba la mugre de encima, la mansión contaba con habitaciones de sobra para albergar a tres familias como la suya: la fachada engañaba, puesto que Sebastian había comprado también las dos casas vecinas, y ahora se accedía a ellas a través de unos pasillos añadidos a la edificación original. Ariadna tuvo tantas habitaciones donde elegir que acabó pidiéndole a Mairin que fuese quien diera la orden de dejar sus pertenencias en un lado o en otro.

Su elección no dejó nada que desear. Se enfrentó a una magnífica alcoba donde una cama imperial a doble altura y cubierta por un grueso dosel escarlata la incitaba a soñar antes de cerrar los ojos. Era un lugar lleno de luz, repleto de ventanales que daban a las escasas franjas de hierba que podían crecer con tan poco espacio en los laterales de la casa.

Ariadna seguía demasiado cansada por el viaje para ponerse a husmear, así que aceptó el ofrecimiento de Mairin sobre darle un buen baño y, acto seguido, protegerla bajo las sábanas de su marido... Palabras de la joven, por supuesto.

No obstante, horas más tarde, y estando limpia y perfumada de la cabeza a los pies, Sebastian se plantó frente a ella con no mucho más que un batín de seda. La luz, que entraba a raudales a través de las cortinas, iluminó la finísima tela hasta darle el aspecto de ser un rayo de arco iris. Su suavidad subyugó a Ariadna, que se habría acercado para acariciarla si no hubiera descubierto a tiempo que Sebastian «la llevaba puesta».

Ariadna casi no lo reconoció. No lo habría hecho si el afeitado no hubiera mostrado su cicatriz en todo su grotesco esplendor, ni si sus ojos no brillasen como el filo del agua en calma. Era Sebastian Talbot, no cabía duda... Un Sebastian mejorado, acicalado, aún húmedo. Ariadna no podía decir que era bello, pero sí impactante, robusto, recio y varonil: sabía lo que las cosas bonitas le producían, y las curiosas cosquillas que corrieron entre sus muslos al descubrir que unos cuantos rizos negros asomaban entre el escote de la bata, no tenían nada que ver con sus sensaciones conocidas.

Sebastian mandó a Mairin fuera de la habitación con una sola mirada. Al dirigirse a Ariadna, adoptó una expresión algo más risueña.

—¿Lo has encontrado todo de tu gusto?

Ariadna inspiró profundamente, embriagándose del irresistible olor que lo envolvía como una vieja magia cautivadora. Todos los detalles del hombre acudieron a ella, formándose como las piezas de un rompecabezas en el desalentador vacío de su mente: suaves ondas de cabello oscuro; una de ellas acariciando el cartílago de su oreja, y un mechón, negándose al cautiverio, deslizándose sigilosamente por la esquina de su frente. No lo había reconocido como un hombre tan moreno antes, pero allí estaba su piel dorada, curtida bajo los soles egipcios que no lo vieron aún. El color magenta de la bata, la oscuridad de su gloriosa melena, la sombra de la barba de la que jamás podría escapar, ni siquiera afeitándose dos veces al día... Y sus ojos. Sus ojos celestes, gemas preciosas robadas del velo protector de secretos de una bailarina oriental.

No era bello... Pero qué hermoso era, a su vez. A su modo, natural. El cielo estaba en su mirada, el sol reflejado en su piel, el carbón y la tierra enquistadas en cada punto que formaba su barba, las ondas del mar en el cabello. Era la perfección de la Tierra en un hombre.

—Esta noche vendré a visitarte —anunció.

Cinco simples palabras deshicieron el hechizo al que estaba cerca de acostumbrarse. El desasosiego se instaló en su estómago, dejándola petrificada.

—¿Qué?

—Vendré a verte... —repitió, avanzando. Ariadna percibió en sus pasos una promesa latente, un deseo de reivindicación: rebeldía pura... Peligro, cuando frenó delante de ella y con un solo dedo de sus grandes manos, le acarició el contorno de la cara, haciéndolo de fuego—. Y saldaremos nuestras cuentas pendientes.

—Pero, señor Talbot... Yo no le prometí tal cosa, y usted aseguró que respetaría...

—Y te respeto, mi pequeño duendecillo. El problema es que acordamos casarnos, tú y yo... Hicimos una promesa —le recordó—. Y el matrimonio incluye obligatoriamente ese tipo de unión.

—No es necesario. Nadie tiene por qué enterarse... Usted lo dijo. ¿Quién pondrá en tela de juicio la consumación?

—¿Lo dije? Vaya, vaya, eres rápida para escuchar conversaciones ajenas. —Medio sonrió—. Y me temo que todo el mundo lo pondrá en duda si nunca llegan a verte embarazada. Solo será una noche... No es negociable, por supuesto —remató, apoyando el pulgar en su barbilla. Ariadna quiso apartar la cabeza, ofendida por su falta de palabra, pero sus ojos la conectaron a algo mucho más poderoso que la voluntad—. Honra tus votos y obedece.

—Honre usted los suyos, señor Talbot. Y honre también su palabra de hombre. Me hizo una promesa.

El recordatorio de su hermana Meg sobre lo poco que uno debía confiar en Talbot la asaltó, restándole equilibrio a sus pobres piernas. Él debió confundir aquella debilidad como una invitación, porque se acercó a ella y posó los labios en el inicio de la mandíbula. Un punto simple, no precisamente irresistible, que por desgracia tuvo un fuerte efecto sobre ella.

—Honraré mis votos honrándote a ti —declaró—. En cuanto a mi palabra... Nunca confíes en un hombre que vive de su intuición, duendecillo. Lo que me dictó el azar que me hizo rico cuando te prometí que no te tocaría, no tiene nada que ver con lo que me está sugiriendo ahora.

Sebastian se apartó, aparentemente satisfecho con lo que había logrado, y se marchó dejando flotar la amenaza en el aire, alrededor del cuello de Ariadna, asfixiándola...

—¡Señora! —exclamó Mairin, entrando precipitadamente—. ¿Qué ocurre? ¿Le ha dicho algo malo?

Ariadna tragó saliva y asintió.

—Mairin, tienes que ayudarme —musitó impactada. Se sentó en el borde de la cama—. No puedo... dormir con el señor Talbot. Me resultaría imposible, por unas razones que no me gustaría tener que explicar. Y ha decidido que vendrá esta noche a reclamar su... su lugar como marido. ¿Crees que podríamos hacer algo? —preguntó con un hilo de voz. La miró esperanzada, a lo que la joven asintió con determinación.

—Ya lo creo, señora.

Ariadna le echó un rápido vistazo a la ventana, casi pidiéndole auxilio.

Aún no podía creerse que Sebastian hubiera faltado a su palabra. Por supuesto, no permitiría que entrase en su habitación mientras esos fueran sus planes con ella, por lo que técnicamente aún no había cometido ninguna infracción. Sin embargo, durante la cena, a Ariadna no le pareció que tuviese en mente echarse atrás... Ni mucho menos. Sebastian había comido y bebido hasta cansarse, aceptando que le llenaran la copa una y otra vez. Cuando llegó a la quinta, y Ariadna debía decir para su desgracia que estaba fresco como una rosa, se negó a seguir empinando el codo. Por la mirada que le dirigió a ella tras el rechazo de la oferta, supo que era porque pretendía estar bien lúcido.

Evidentemente, Ariadna recurrió a la primera estrategia de todas, una que le sirvió a su hermana Penelope durante años con su primer marido: ser ella misma la que pusiera el vaso a rebosar, y no marcharse a la habitación hasta que no supiera con toda certeza que no se le ocurriría cruzar el pasillo.

No obstante, debería haber imaginado que Sebastian Talbot en nada se parecía a cualquier otro hombre. Así se lo hizo saber él mismo, cuando insistió en hacer un brindis solo para verlo tragar otra importante cantidad de vino.

—Pero bueno, Ariadna... No te conocía yo el lado servicial. Cualquiera diría que te mueres por complacerme. Cualquiera —comentó, estudiando el filo del líquido rojizo—. Yo, en cambio, tengo la ligera sospecha de que pretendes emborracharme para que no pueda subir a cumplir, ¿no? —Ariadna no pudo negarlo; mentir estaba muy lejos de sus posibilidades—.

Has de saber, duendecillo, que cuando no tenía nada que llevarme a la boca, me eché un amigo escocés que se dedicaba a la destilación y producción de licores fuertes. Tengo el estómago cosido a golpes, al que le irían mejor dos botellas de whisky de malta que una comida abundante... Así que puedes dar por fallido este plan tuyo. Emborracharme con vino de baja graduación es sencillamente imposible, partiendo de la base de que nunca estoy ebrio cuando pretendo verme con una mujer.

Ariadna no se movió un ápice, y siguiendo la costumbre de no ruborizarse, tampoco exteriorizó su consternación, pese a que ahora el mayordomo fuera cómplice de la desgracia. Después, siguieron comiendo en silencio, Sebastian con una ligera sonrisa taimada.

Se marchó en cuanto pudo, refugiándose en su alcoba con Mairin.

—¿No ha dado resultado?

—El alcohol no es una debilidad para él, sino una ventaja —contestó con amargura—. Tendremos que bloquear la puerta.

—Hablaré con el ama de llaves para que me dé la de esta habitación.

Ariadna agradeció en ese momento tener a su lado a alguien tan competente. Mairin no solo parecía haber llegado para quedarse, ostentando el título oficial de doncella y dama de compañía al mismo tiempo, sino que en apenas unas horas se había ganado el aprecio y el respeto de todos los que formaban parte del servicio. No le extrañaba, puesto que era una mujer de armas tomar, decidida; y el hecho de que no le temblara la voz al hacer una petición y se mostrase obcecada en salirse con la suya, hacía que nadie dudase de su responsabilidad y eficiencia. Aun así, a Ariadna le sorprendió verla entrar apenas unos minutos después con la correspondiente llave.

—¿Cómo lo has hecho?

Mairin sonrió, misteriosa.

—Mi madre era gitana, y mi abuelo un viejo carismático. He heredado de ellos la magia y el encanto, así que si no consigo lo que quiero por un lado, lo consigo por otro. La encerraré —anunció—, pero si por casualidad el señor insistiera en salirse con la suya, yo que usted bloqueaba la cerradura, cerraba las ventanas a cal y canto... O puede que me escapara saltando por el balcón. Son muchas las opciones —cabeceó—. Tenga claro lo siguiente, señorita... Y es que en estos casos, solo se puede huir si de verdad se quiere hacerlo.

Dicho aquello, salió de la habitación y cerró con llave. Ariadna permaneció de pie frente a la puerta hasta que el eco de sus pasos se extinguió definitivamente. Entonces, se volvió hacia el armario. Lo miró durante unos segundos, y a continuación se aproximó para empezar a sacar todas y cada una de las prendas que poseía. Apenas tenía seis vestidos, pero sobre el camisón que Mairin le había ayudado a ponerse, empezó a calárselos uno tras otro. En caso de que llegara a entrar, pensaba, no le facilitaría la tarea de salirse con la suya.

Cuando hubo acabado, caminó no sin cierta dificultad hasta sentarse en el borde de la cama, con el corazón latiendo desaforado. Inspiró y espiró varias veces, y desplazó la vista al cajón donde guardaba los restos de su amor olvidado. Quiso acercarse y sacar las cartas, solo para recordar por qué estaba a punto de sufrir un vahído de la preocupación... Pero acabó descartándolo. Sería excesivo. Serían agujas perforándola sin piedad, pues, al fin y al cabo, ya lo estaba engañando habiéndose desposado con otro hombre.

En esas estaba, meditando acerca de los errores cometidos, cuando la puerta se abrió tras un leve chasquido. Ariadna levantó la vista y la clavó en el hombre que, bajo el umbral, balanceaba la llave que le proporcionó la entrada con aire divertido. No pudo ver su expresión por la luz que le azotaba desde atrás, mas en cuanto cruzó, descubrió que dentro de su desahogo frente a la situación, se encontraba sorprendido.

—No hay ningún guisante bajo el colchón esperando para romper tu espalda, princesa. Era totalmente innecesario que te protegieras de él con capas de ropa. —Tras la referencia al cuento de Andersen, cerró la puerta y avanzó con la tranquilidad del que sabe que es dueño de todo lo que le rodea. Ariadna apreció la curiosidad que despuntaba en su sonrisa—. Nunca pensé que tendría que «desenvolver» a la novia..., pero acepto el reto.

—No... no, por favor. Señor Talbot, obedeceré todas sus órdenes, pero no me haga esto —suplicó, retrocediendo. Él tuvo la amabilidad de quedarse donde estaba, sin agobiarla más allá de lo que ya la turbaba su intensa mirada—. Se lo suplico.

Sebastian no dijo nada durante unos segundos. Solo caminó unos pasos hacia ella, obligándola a dar marcha atrás hasta que chocó con la pared. Ariadna iba a iniciar una retahíla de ruegos, pero Sebastian se declaró inocente alzando los brazos. Se la quedó mirando un buen rato, como si hubiera un misterio indescifrable en su rostro y, de repente, conocerlo fuera de su interés.

—Eres consciente... —empezó, aún con las manos en alto— de que me perteneces y de que ahora mismo podría hacer lo que quisiera contigo, ¿verdad? Y sabes también que cualquiera que se hubiera casado contigo, de haber estado en mi lugar, habría exigido tu desnudez y disposición; no es un capricho mío.

—Usted también lo está exigiendo.

—No te he forzado, cosa que cualquier otro hombre en mi lugar habría hecho en cuanto hubiera puesto el anillo en tu dedo.

—¿Qué pretende hacerme ver con esa explicación? ¿Que es usted un buen hombre, a diferencia de cualquier otro que pudiera haber elegido?

—Oh, no, Dios me libre de intentar presentarme como un

buen samaritano. —Rio Sebastian, estirando la sonrisa a un lado—. Solo te explico cuál es tu lugar aquí, Ariadna. Eres mía, y tengo derechos sobre ti. Tarde o temprano los ejerceré. A no ser... —añadió, ladeando la cabeza— que confieses por qué no me permites tocarte. Pensaría que es porque me encuentras repulsivo, algo que entendería perfectamente... —Se acarició la cicatriz con la yema del índice, distraído. Ariadna siguió aquel recorrido con el corazón en un puño—. Pero algo me dice que te habrías negado con cualquiera. También sospeché en su momento que quizá tienes alguna clase de pacto con el Creador, mas en caso de querer dedicar tu vida a Dios, ahora estarías en un convento y no ante mí.

—Estoy ante usted porque era una carga económica para mi familia.

—En un convento no habrías sido ninguna carga, y habrías traído gloria y plenitud al apellido Swift. Ya sabes que en toda prole nunca está de más que haya un clérigo... ¿Por qué no una monja?

—Nunca lo contemplé como posibilidad. Pero, de haberlo sabido, quizá me habría entregado a Jesús.

Sebastian rio suavemente. Se acercó a ella, apoyando el dedo en un punto de la carne que ofrecía el escote. Desde allí, fue trepando, siguiendo una línea invisible que culminó en la barbilla femenina. Ariadna clavó los ojos en aquella mano. Prefirió no pensar en lo que podría hacer de un solo movimiento.

—Mientes horriblemente mal. Y no se te ocurra replicar, porque puedo reconocer a un mentiroso antes de que despegue los labios. Es una de mis pocas cualidades, entre las cuales figura una que pretendes vetarme sin saber todo lo que podría darte... —Prolongó su caricia rozando el borde de su labio inferior. De allí continuó por la mejilla, deteniéndose en el pómulo, donde trazó un círculo—. ¿Por qué no hacemos un trato? Te daré solo un beso, y si no te gusta, me marcharé y no volveré a pedirte un favor de estas características.

Ariadna vaciló un instante tan efímero que su respuesta salió casi sobre su última palabra pronunciada.

—No. No quiero un beso, señor Talbot.

—Eres pésima negociante, Ariadna —señaló, a caballo entre la burla y la irritación—. Verás: si no te gusta lo que propone tu socio, pero aun así te interesa alguna de las cláusulas del contrato, estás en el deber de hacer una contraoferta. No te gusta mi propuesta... Entonces ¿qué?

—No me toque, y eso será todo.

Sebastian chasqueó la lengua.

—Ese acuerdo solo te beneficiaría a ti, pero ¿qué hay de mí? —preguntó en tono lastimero—. ¿Qué gano yo?

—Le oí decir que no me consideraba atractiva, así que imagino que será una bendición para ambos renunciar a este tipo de... intimidad.

—*Touché* —respondió, agachando la cabeza—. De todos modos, ya sabes que las razones de mi insistencia distan mucho de tener sus bases en la pasión. Tus hermanas invalidarán el matrimonio si no te comprometo, y como comprenderás, no me he tomado las molestias de pagar una fortuna y hacer un viaje extenuante para que todo haya sido en vano. Vamos, sirenita. ¿Qué es un beso comparado con todo lo que puedes ganar?

Ariadna apartó la mirada. ¿Qué era para él un beso, un hombre al que su reputación le precedía, y no precisamente para echarle la alfombra roja? Para Sebastian Talbot, un beso debía ser lo mismo que un saludo a distancia, mientras que para ella era tan especial como un diamante. Y aun así, tenía razón. Dar un beso a cambio de quitárselo de encima parecía razonable. El problema era que no podía confiar en él: su hermana se lo había advertido, y le constaba que Meg lo conocía lo bastante bien para no hablar sin fundamentos.

—De acuerdo —dijo Sebastian—. Me retiraré... Pero no sin, al menos, uno pequeño en la mejilla. Solo para saber que no me detestas, y que estás agradecida por todo a lo que estoy renunciando.

—Suena como si estuviera renunciando a algo grande.

—Ahora mismo, la probabilidad de que le haya dicho que no a una buena amante es del cincuenta por ciento —apostilló—. No lo sé a ciencia cierta, pero a lo mejor me has arrebatado algo grande.

Ariadna negó con la cabeza.

—Una mujer como yo, inexperta, no podría complacer a alguien como usted —aseguró con humildad, mirándole a los ojos—. Y no se preocupe por la consumación. Si tengo una charla con mis hermanas, echarán al fuego sus planes de sabotaje. Solo estaban preocupadas por mí.

—¿Por qué? Es decir... —Se rio por lo bajo, divertido por su propia pregunta—, a cualquiera le preocuparía que un miembro de su familia tuviera que pasar el resto de su vida conmigo. Pero a Meg le inquietaba la mera idea de verte casada. ¿Por qué? —repitió—. ¿Hay algo que deba saber...? ¿Eres estéril? Porque no creas que me importa; jamás quise tener hijos, y por ello siempre he tenido claro que no los tendré.

—No soy estéril..., que yo sepa. Es solo que les parezco demasiado delicada para entregarme a cualquier tipo de persona que no me comprenda. Algo que, en lo personal, encuentro francamente divertido —añadió, al borde de la sonrisa—. Ni siquiera ellas me entienden, solo fingen que lo hacen.

—¿Puede realmente alguien entender a su prójimo? ¿Puede, de hecho, entenderse uno a sí mismo? Porque en lo que a mí respecta, y es que solo puedo hablar de mí en estos casos, aún hoy me sorprenden mis pensamientos... —confesó en voz baja. Se acercó a ella, enfrascado en una conversación silenciosa con sus ojos, y le apartó un mechón blanco para colocarlo diligentemente tras su diminuta oreja. Ariadna lo vio sonreír con contención al acariciar el cartílago, y esperó, de todo corazón, que no lo hiciera por su estremecimiento—. O lo rápido que parecen cambiar mis deseos...

Ariadna tragó saliva, sin entender del todo por qué el aire que respiraba parecía más denso. Inspiró hondo y trató de relajarse. Al menos ya tenía la promesa de que no se le ocurriría hacer nada sin su consentimiento.

—Tendrá que agacharse para tomar su recompensa —musitó, apoyando las manos en su pecho sin tenerlas todas consigo.

No lo había tocado antes, y la impresión al sentir su corazón bajo las palmas fue espectacular. Además, era tan sólido y firme como un acantilado, lo que le hizo pensar por un instante en que podría sostenerla durante siglos sin cansarse. Elevó la vista solo para conjeturar acerca de sus pensamientos: se quedó sin aliento al descubrir un tipo de sonrisa que no le había visto antes.

Sebastian se inclinó ofreciendo la mejilla, que Ariadna contempló con la singularidad del deslumbramiento. Cerró los ojos un momento y respiró su aroma. Relajó los músculos, tranquila, y se preguntó si su instinto no cometía un error concibiéndolo como presencia grata.

Se acercó para besarlo, y pronto obtuvo respuesta a su pregunta no enunciada. En efecto, confiar de él había estado de más, porque volvió la cara en el último momento y tomó sus labios sin ninguna delicadeza. Sin ninguna suavidad.

El corazón se le comprimió de puro desconocimiento.

Al principio no se movió. Sus manos permanecieron pegadas al pecho cálido del hombre, que sin embargo no llegó a emitir ni un tercio del placentero calor que su boca. Él podría haberla protegido de un invierno siberiano solo rozando sus labios con parsimonia, recorriéndolos con los suyos sin piedad alguna. Quizá fue eso lo que hizo que Ariadna abriera la boca, asombrada; que no había condescendencia ni miedo en la expresión de su deseo. Podría haberse asustado... Podría haberse estremecido de miedo. Pero en su lugar acogió aquella fiereza buscando algo más entre sus labios.

No era un beso, se dijo. No tenía nada que ver con un beso, no con lo que ella conocía como tal, cuando él violaba el hogar de sus palabras sirviéndose tan solo de la escasa aceptación recibida. Ariadna tuvo que cerrar los puños en torno a su camisa para no trastabillar hacia atrás mientras Sebastian la buscaba, avanzando y avanzando, hasta presionarla contra la pared de un modo escandalosamente sexual. Todos los contornos de su cuerpo la prensaron y estrecharon con doloroso erotismo, algo que ella desconocía y que, sin embargo, le produjo retóricos placeres. Y eso no fue nada cuando él, tras hartarse de la cobertura de sus labios, le rozó la lengua con la propia, incitándola a pecar definitivamente.

Sebastian no se tomó el tiempo de seducirla, y la exploró con pericia, deleitándola en cada frenético roce. Ariadna no pudo pensar al reconocer entre la dominación de sus envites esa esencia tan suya, madurada con la virilidad con la que la abrazaba por la cintura. Su sabor la invitó a experimentar la lírica de un hombre y una mujer enredados en pasión... y después, nada. Solo ella, envuelta en escalofríos delirantes que le arrebataron el sentido, la cordura e incluso la moderación.

El beso tomó una senda peligrosa para ambos, volviéndose lentamente tortuoso y, de repente, tan cruel que dolía. Ariadna gimoteó de pura satisfacción al sentir de nuevo lo que era el sufrimiento físico bajo la presión de sus dientes, y su brava y bárbara boca succionándola con la misma inclemencia que demostraba al hablar.

La besó de tantas maneras, todas ellas profanando mil veces las leyes e inmediaciones de su alma, que cuando la colocó de espaldas de un brusco movimiento y pudo respirar aire puro, se sintió gloriosamente sucia. Esa sensación fue creciendo conforme Sebastian selló su cuello con lamidas profundas, y le perforó la carne expuesta solo echando su aliento en cada exhalación.

Ariadna apoyó las palmas en la pared y presionó contra ella la frente, temblando por una nueva necesidad que no comprendía, pero que sentía que estaba cerca de satisfacer conforme él tiraba brutalmente de sus cintas, de sus broches, de sus botones... Encogió el estómago al sentir las manos de Sebastian cada vez más cerca de su piel, que la recorrían sin dejarse un solo espacio libre de pecado.

—La parte que más me gusta de todo esto... —susurró él, hablando contra ese punto que parecía fascinarle; aquel donde se unían la mandíbula y la oreja— es la expectación antes de ver desnuda a la muchacha. Se tiene miedo a la decepción, y luego, se suspira de alivio porque nunca, jamás, se puede defraudar a un hombre en esta materia. Tú, con tu jueguecito de abarcar todo el armario... —Le bajó de una sacudida la penúltima de las faldas, y se incorporó a tiempo para acallarla con un mordisco en el hombro—. Estás dándome más hambre de la que podría saciar en mis fantasías.

Ariadna suspiró, sobrecogida por el repentino efecto del aire frío sobre su carne exhibida. No hubo palabras para ponerle a cómo se sentía, ni cómo repercutió en ella esa significativa confesión en el tono de los bárbaros consumidos por la pasión... Tampoco había experimentado antes ese miedo a morir a manos del calor que la atormentaba en todos los puntos, puntos que ni ella misma había tocado alguna vez. Sin embargo, sí supo que se creyó tan especial como para atraer con su simple excitación al que debía ser un hombre insaciable. La evidencia de cuánto se recreaba con la promesa de su desnudez estaba ahí, a su espalda, firme y abrasadora... Su erección la traspasaba a punto de quemarla.

Y se quemó, cuando Sebastian posó la frente en el inicio de su columna, besándole la espalda, mordiéndole el hombro y clavándole las uñas en las caderas; tirando de ellas con fuerza bruta para pegarla a su cuerpo.

—¿Lo sientes? —preguntó con la voz ronca que habría de pasar las noches con Ariadna cuando no pudiera dejar de pensar en él. La presión de su mejilla en la propia y sus labios queriendo llegar a ella fue un placer tan suculento que cerró los ojos—. ¿Sientes a lo que renuncias, Ariadna?

Sí... Lo sentía... Pura bravura masculina, a punto de machacarla como a un pajarillo herido. No importó en ese momento todo aquello de lo que sus hermanas intentaron protegerla, porque para su misma desgracia descubrió que las manos callosas que la enloquecían eran el enemigo al que se entregaría sin dudar. Fue una premonición tan confusa, tan repentina e inexplicable que cayó sobre ella como una pesada losa, despertándola del arrebato que la había adormecido.

La había seducido... ¡Señor, lo seguía haciendo, solo frotándose tan descaradamente con la curva de su trasero! Tenía que salir de allí, ser fiel a sus creencias, a sus verdaderas preferencias. Pero ¿cómo? No tenía voz para recordarle que tenían una promesa, ni sabía imponerse para gritar que era un pendenciero y un farsante. ¿Cómo encontraría la solución entre la bruma de su raciocinio?

—Oh, lo siento... —se arriesgó, aún delirando por sus caricias. No tuvo que forzar la voz temblorosa; toda ella era una hoja mecida a merced de sus envites—. Bésame de nuevo, George...

Si bien no creyó que una sencilla palabra podría liberarla de la lujuriosa cárcel en la que estaban recluidos, esta no solo sirvió para ponerle fin a su seducción, sino para que Sebastian se separase de ella de golpe. Ariadna presionó los párpados, notando casi a nivel espiritual la distancia que acababa de poner... Y agradeciendo, en el fondo, haberlo logrado.

—¿Cómo has dicho? —preguntó en tono incrédulo—. ¿Me has llamado George?

Ariadna se dio la vuelta con grandes dificultades. Tuvo que agacharse para recoger alguna de las numerosas faldas que la retenían en una sola baldosa, pero una vez lo miró a los ojos, no pudo prestarle atención a nada más. Su mirada relucía en todo su hermoso fulgor, saltando chispas de furia, deseo insatisfecho y aún la pasión hacia ella. Ariadna a duras penas sobrevivió a la oleada de intensidad que la abofeteó con una sencilla ojeada por su parte. Todo él rezumaba vida... Y nunca la habían mirado así, como si dicha vida dependiera de ella.

—¿Pensabas en otro cuando te tocaba? —inquirió, aunque se notaba en su pronunciación que no esperaba respuesta. Sebastian la miró un segundo más, alzando la ceja, y ella fue única espectadora de cómo el brillo iba apagándose lentamente—. Es evidente que te he subestimado.

Sus labios se estiraron en una sonrisa que Ariadna no pudo entender. No le gustó haber sido cómplice de la decepción que llenó el ambiente y permaneció allí instalada incluso cuando se marchó, pero necesitaba protegerse. Tenían una promesa, y no permitiría que la rompiese, aunque en ese momento se le antojara turbadoramente atractivo tirar la casa por la ventana.

Ariadna se sentó en el borde de la cama, mareada y dolorida en zonas que no deberían tener esa libertad. Se tocó la frente, temiendo que le hubiera subido la fiebre. Tomó aire varias veces, y cuando creyó estar más tranquila, cerró la puerta y la bloqueó por dentro... Lo que, ahora que lo pensaba, debería haber hecho desde el principio, librándose de su visita. ¿Por qué no lo habría hecho...?

Irremediablemente, la voz de Mairin inundó sus pensamientos, dejándola absorta y despierta durante lo que duró la noche.

«En estos casos, solo se puede huir si de verdad se quiere hacerlo.»

8

Sebastian cerró la portezuela de la berlina de un golpe que hizo tambalearse al pobre conductor. No se paró a pedirle disculpas, pues, a fin de cuentas, le pagaba una estimable cantidad de dinero para que le soportara en sus malas horas, al igual que al resto del servicio. También invertía en su silencio, en sus «sí, señor» y sus «no, señor», y por añadirle diversión al asunto, especificó en la oferta de trabajo que esperaba que le bailasen el agua en absolutamente cualquier locura que se le ocurriese. Y no eran pocas...

Por eso no podía recurrir al mayordomo, al lacayo o al ayuda de cámara para verter todo su desprecio y encontrar consejo, ya que ninguno le daría un punto de vista distinto al que él cargaba en ese momento: Ariadna Swift era una arpía, y él era víctima de sus perversidades.

Como todo hombre que se preciase —y para ser justos, no es que Sebastian se estuviera apreciando a sí mismo en demasía en esos momentos—, tenía una reputación que mantener. En su caso, era una reputación herida, maltratada y agujereada, pero seguía debiéndole respeto; de ahí que no se plantase en casa de alguna de sus amistades para exigir una sugerencia que le ayudara a resarcir la vergüenza a la que se expuso la noche anterior. Thomas Doyle prefería que no se pasara por

Grosvenor Square cuando aún estaba intentando resarcir a su mujer por haberse compinchado con él, y conociendo a Dorian Blaydes... Oh, ese maldito diablo se reiría en sus narices, terminando de enterrar su nombre. Casi podía oír el eco de sus carcajadas. «¿Qué ha sido de la grandiosa seducción de los *cockneys*?»

Realmente, la seducción de los *cockneys* no existía, y de existir, no sería mencionada con desahogo, como si en realidad fuese algo de lo que enorgullecerse. De hecho, los *cockneys* eran peores que los perros, y eso Sebastian lo sabía muy bien. Mas en impulsos de rebeldía como hablar de la seducción *cockney*, o el cortejo *cockney*, o el hablar *cockney*, intentaba levantar el estatus de su barrio por encima de lo aristocrático... En vano. Nadie valoraría jamás a un hombre de su categoría por pertenecer a la categoría mencionada, y menos de lo que saliera de sus manos, a no ser que esto fuese dinero —aunque igualmente seguía habiendo elitistas que rechazaban sus billetes «manchados de inmoralidad»—. Tantas veces lo habían reducido, física y psíquicamente, que Sebastian decidió nombrar sus orígenes como escudo, siendo así un arma de doble filo.

Pertenecer al East End era, en el mejor de los casos, una terrible casualidad, y en el peor... un motivo sobrado para rechazarle para cualquier trabajo, excluyendo el de hacer abono. Cuando apareció como empresario, y sin esconder sus orígenes, no le dieron la oportunidad de defenderse; y aunque hubiese querido apelar a la conversación, no le habrían entendido, ya que su acento al llegar a convertirse en alguien era horrísono, según algunas damitas con las que se cruzó.

No obstante, el East End había sido su lugar, y no se avergonzaba. Un barrio lleno de perversión, maldito para algunos, y al que sin embargo accedía hasta el hombre más noble en busca de una ramera. Oh... Ellos lo supieron cuando cruzó un salón por primera vez. Sebastian no olvidaba una cara, y siendo hijo de una afamada prostituta de muelle que llegó a coronarse en Whitechapel, había reconocido bajo la luz de las arañas a todos los infieles que luego le dieron la espalda... Olvidando que él tenía en su mano poder de sobra para hundirlos a todos, algo contra lo que no podrían luchar: secretos.

De allí surgiría, tal vez, su deseo de ser conocedor de cuanto ocurriese en su entorno. Era más importante lo que hombres y mujeres se reservaban, lo que ocultaban bajo maquillaje, bajo la ropa, o tras las puertas de sus magnánimas mansiones, que lo que escupían sus bocas embusteras. Y al saberlo Sebastian tan bien, hizo cómplices de su supremacía a los que se creían por encima de su casta. Así era, pues, cómo un marginado se superponía a los que marginaban. Todo debido al deseo humano de ser respetado como merecía.

Pero poco valor tenían sus esfuerzos si un duende de talco se lo faltaba con decir un solo nombre. «George...» ¡Maldita fuera! ¡Que se la llevaran los demonios!

Y ¿quién diablos era George, para empezar? Seguramente lo inventó solo para molestarle.

Sebastian entró en el prostíbulo, clavando la punta de su adorado bastón en el camino de mármol hasta reconocer a la figura femenina que requería para liberar su mal humor. Solo con el sonido que generaba el instrumento y el modo que tenía de reverberar entre las cuatro paredes, la madama reconoció al recién llegado. Se dio la vuelta para descubrir esa sonrisa de tártaro que siempre era bien recibida pese a su alto grado de sarcasmo, y extendió los brazos para saludarlo.

—¡Parecen haber pasado años desde que te vi por última vez! —exclamó madame d'Orleans—. Dicen por ahí que te has casado con nada más y nada menos que Ariadna Swift, la prometida del duque de Winchester. No esperaba menos de ti —apostilló con un amago de risa perversa—, aunque por lo que se cuenta sobre ella, no sé si yo si podría satisfacer a un hombre como tú.

Sin mediar palabra, Sebastian se sentó sobre la mesilla de café y cruzó los tobillos. Aquello se había convertido casi en una tradición: llegar a Sodoma y Gomorra, el nombre que recibían casino y burdel respectivamente, sentarse junto a madame d'Orleans y escapar durante unas horas de las charlas banales que le importaban un comino; esas a las que solo podía aspirar al reunirse con sus socios.

Como era evidente, ese día no sería para menos: ella misma no había perdido un segundo mencionando el tiempo, sino que fue a la yugular directamente. En cuanto a él... No acababa de decidir si estaba allí por la costumbre, porque necesitaba prorrumpir en gritos y maldiciones, porque ansiaba un consejo, o porque requería de distracción. Con independencia de cuál hubiese sido su intención inicial, ahora solo podía pensar en Ariadna Swift y «lo poco que podría satisfacer a un hombre como él».

Le tocó sonreír con tanta amargura contenida que se le torció la boca.

—¿Qué dicen de ella, si puede saberse?

—Oh, que es un encanto... Uno de esos ángeles de porcelana a los que solo sacar una vez a bailar en toda la noche, vaya a ser que se rompan de un sobresfuerzo. Algunos aseguran que es un ser de luz; los más mezquinos de por aquí, en cambio, han dicho que podría tener una enfermedad que la hace parecer la viva pureza. No puede ser tan blanca, cuentan... Pero todos se mueren por saber si lo es... en todas sus partes.

Ya no le extrañaba su facilidad para hablar con total desahogo de esa clase de detalles. Madame d'Orleans jamás tuvo filtro, y a los sesenta años que juraba tener —otra cosa era los que en realidad tenía—, parecía demasiado tarde, y quizá también excesivo, sustituir su lengua viperina por la moderación de las delicias del *beau monde*. Por no mencionar que le habría sido imposible, habiendo vivido en el ambiente de las cortesanas menos afortunadas y los proxenetas desde su juventud. Pese a todo, a Sebastian le irritó que se refiriese a Ariadna con tan poca delicadeza, por no mencionar la firme sensación de cólera que le produjo pensar en hordas de presumidos hablando de sus encantos con total normalidad.

—Estaría exagerando si dijera que yo también me muero por saberlo —reprodujo él, observando su bastón con desenfado—, pero sí que siento curiosidad.

D'Orleans alzó las cejas, que en realidad llevaba delineadas con un carboncillo oscuro. Ceñirse a la verdad con una mujer a la que si bien no quería, al menos apreciaba, le resultaba difícil, pues eran pocas las personas a las que les ofrecía protección... Pero siendo justos, madame d'Orleans era una criatura grotesca. Era todo piel arrugada pintada de carmín y pelucas que reafirmaban su devoción eterna a María Antonieta. Sebastian le señaló en numerosas ocasiones que si quería parecer joven, debía dejar atrás la moda francesa del siglo anterior. Sin embargo, ella rehusaba, a pesar de que esto la hiciera ver como un vejestorio peor que Matusalén.

—¿Qué ha ocurrido? Ciertamente has estado desaparecido, pero no esperaba verte hasta el viernes, como tenemos por costumbre. Algo ha debido traerte aquí fuera de cita. ¿Por fin te has decidido a conocer a alguna de mis chicas?

Sebastian negó categóricamente.

—Ya sabe lo que pienso de sus chicas —recordó, mirándola con una exigencia entre líneas. «Insistir no te dará frutos, sino pésimas consecuencias»—. La cruda verdad es que necesito uno de sus descarnados consejos.

—¿Es eso cierto? Sebastian Talbot, el hombre de los negocios implacables e invicto en todo juego de cartas, conocido por pisotear a sus enemigos... necesitándome a mí para guiarle hacia la corrupción. Interesante...

—No se regodee demasiado —cortó—. Estamos ante una

situación de urgencia, en una materia que desconozco. Y dado que usted es la única persona en el mundo ante la que admitiría una debilidad, siento que estoy en el lugar adecuado. Ahora... —Se acomodó mejor en el asiento, y aseguró la discreción del asunto echando un vistazo a su alrededor. No había nadie; ventajas de ser primera hora de la mañana—. Este es el problema.

Sebastian relató a grandes rasgos su ineficacia a la hora de someter a una muchacha a la que doblaba, si no triplicaba, en altura y anchura. Procuró sonar indiferente, sin ningún éxito que valiera. Por desgracia para él, aún estaba tan resentido que acabó escupiendo las palabras.

—¿Cuál es el problema, Sebas? —inquirió la madama al final—. Ella no supone una tentación para ti, tú no eres interesante para ella: ya estáis casados, tenéis lo que esperabais el uno del otro, y no tardará en convencer a sus hermanas de que sois marido y mujer en todos los aspectos. Así pues, ¿cuál es la dificultad? ¿Qué te corroe? —Hizo una pausa para echarle una mirada valorativa—. ¿Acaso te has dejado algo en el tintero?

Por supuesto que lo había dejado. Horas después del altercado, no sabía cómo diantres sacar de dentro su verdadera percepción de los hechos. Quizá porque lo consideraba innecesario, ya que el calor imposible de sofocar de la noche anterior se había instalado en su cuerpo como vivo recuerdo de lo que su orgullo le impedía confirmar. ¿Qué podía decir sobre «el tintero»...? Que había enloquecido. La besó, habiendo prometido que no lo haría y sin esperar otra respuesta que una bofetada, pero ella respondió... Y él se perdió. Aún seguía enajenado por el dulce sabor de su saliva, la textura de su lengua y el mullido y tierno amparo de sus labios.

—Quizá no me he explicado del todo bien —volvió a hablar, incómodo—. No le pido que me aconseje acerca del tema de la consumación, puesto que me consta que podría engañar a todo Londres con solo chasquear los dedos... Le estoy suplicando —confesó, molesto por las palabras que debía elegir— que me asesore acerca de las mujeres como ella. Esto no va a quedar así, madame.

—¿Qué estás insinuando con eso?

Insinuaba que no descansaría hasta tenerla entre sus brazos otra vez. Dios sabía que llevaba horas intentando desembrujarse, sacarse su olor a alhelíes de la piel, arrancarse la imagen de su delicado cuerpo semidesnudo de la cabeza... Había achacado ese patético delirio al alcohol ingerido, a la necesidad de una mujer, al propio impulso humano de engañarse uno mismo para disfrutar de una situación que en el fondo no deseaba... Pero no podía mentirse. No iba a mentirse. Los suspiros y gemidos de Ariadna perforándole los oídos no le permitieron cerrar los ojos ni un segundo, y en más de una ocasión estuvo a punto de levantarse, echar su puerta abajo y poseerla de todas las maneras que conocía. Estaba completamente fuera de sí, y no pensaba contenerse.

—Por lo que he entendido, mi esposa no va a concederme ningún capricho, y bien sabe que no se me ocurriría forzar a una mujer en esos casos.

—La forzaste —apuntó ella—. Le diste un beso cuando no lo quería... Aunque te lo devolviera más tarde.

—No usé la fuerza. Si hubiera querido, me podría haber apartado —recordó, regocijándose interiormente por la pequeña victoria—. Y eso significa que no le soy indiferente. Por eso debe decirme qué he de hacer para que ceda. Es mi esposa, y, además, me ha ofendido. No voy a parar hasta que me dé lo que es mío.

Los ojos de madame d'Orleans brillaron perversamente.

—Pareces dispuesto a hacer cualquier cosa... —comentó, acariciándose la barbilla—. ¿Sabes? Sospecho que Ariadna Swift es, pese a su apariencia y buenos modales, un corazón rebelde. Una buena esposa no se habría resistido, y parece que ella hará cualquier cosa para que se cumpla su voluntad: vivir durante el resto de sus días como una palomita pura. —Sebastian apreció que aquello le causaba diversión a la mujer, a la par que la admiraba en su fuero interno—. Representa lo que todas las damas de buena familia desearían hacer, y si no me equivoco, lo que las damas de buena familia quieren tener, además, es el corazón de su esposo. Ergo, creo que deberías ganarte su confianza. Presentarte como su amigo, averiguar cuáles son sus gustos, lo que tenéis en común, lo que no... Debes borrar la imagen que tiene de ti ahora mismo, que es la de marido intransigente que tomará lo que desea cuando y como lo desee.

Sebastian pensó que dicho consejo requería paciencia, y él no era en absoluto una persona caracterizada por su capacidad para esperar. Y menos cuanto se trataba de un asunto que lo traía de cabeza, que le había impedido dormir y que le ponía de mal humor. Aún no había visto a Ariadna, por lo que guardaba la esperanza de que, al volver a encontrarse con ella, no le asaltara el hambre feroz que lo consumía al recordarla de espaldas a él, pegada a su piel de fuego... Pero en caso afirmativo, sabía que no podría pasar un solo día sin tocarla. Era un hombre condicionado por sus instintos y deseos, siempre lo había sido: su fuerza de voluntad se reducía a ninguna, y menos cuando su contrincante parecía inmune a sus efectos.

Aun así, asintió, agradeció a D'Orleans el ridículo consejo y volvió por donde había venido. Todavía contaba con unas horas hasta enfrentarse a la que apuntaba a convertirse en su pesadilla, que invertiría en visitar la fábrica de barcos para distraerse del tormento. Le costaba creer que tan solo un beso hubiera bastado para perturbarlo. Un beso de un ángel de porcelana... ¡De una debutante! Era irrisorio. Pese a todo, estaba decidido a corromperla, aunque tuviera que empezar por el patético cortejo a la vieja usanza.

—Graham —llamó, entrando como un abanto en la casa—. ¿Dónde está la señora?

—Está en el jardín trasero, señor.

Sebastian se volvió con aire burlón.

—Eso de jardín son palabras mayores, ¿no le parece, Graham? —suspiró—. ¿Y se puede saber qué se le ha perdido en el «jardín» trasero?

—No lo sé, señor. Me preguntó si por casualidad no había un jardín en esta casa, y le dije que encontraría una porción de tierra siguiendo el camino de piedrecitas... Me dio las gracias y se marchó, señor. Hace alrededor de tres horas, incluso cuatro, que no la veo.

—Dios bendito —masculló Sebastian, negando con la cabeza. Salió de la casa y siguió la senda que Graham había puntualizado, ligeramente asombrado. Sin poder contenerse, comentó para sí mismo—: Ya sabía que era aburrida, pero ¿quién diantres logra sobrevivir a cuatro horas en un jardín sin rozar el tedio mortal?

La contestación llegó por sí sola en cuanto la ubicó arrodillada frente a un montoncito de tierra mojada. Ella: ella lograría sobrevivir a cuatro horas de aburrimiento, y a juzgar por la mesura que suavizaba las líneas de su rostro, Sebastian se atrevería a decir que invertiría incluso cinco o seis. O siete, puesto que estaba tan distraída con su labor que no se percató de que se aproximaba. Tuvo que hacer sonar el bastón contra los adoquines para que levantase la cabeza.

Sebastian hizo una mueca. No sería él quien le diera la idea de dilapidar sus ganancias comprando vestidos dignos de su posición, pero por Dios que le dieron ganas al verla cubierta de polvo casi hasta las cejas. Tenía las manos y el vestido manchado; solo su cara pálida se salvaba de ser culpable de haber estado chapoteando en el barro. De cualquier modo, no fue eso lo que le molestó, sino que su presencia no le causara ningún impacto.

—¿Qué estás haciendo?

Ariadna se puso de pie con cuidado. Enderezó la espalda y echó el cuello hacia atrás para mirarlo directamente.

—Mis hermanas me han hecho llegar las semillas que quedaron sin plantar en el jardín cuando estuve cuidando de las dalias. Espero que no le importe, señor Talbot. Pensé que ya que estaba desatendido, podría hacerme cargo.

—¿Te preocupa desatender este intento de jardín, y no andar desatendiendo mis deseos o mi cama? —masculló por lo bajo.

—¿Disculpe?

Sebastian carraspeó.

—Solo decía que puedes disponer del jardín para tu uso y disfrute. Nunca se me habría pasado por la cabeza ponerme a sembrar en esta franja de... —frunció los labios— abono. Parece ser que te gusta la jardinería, ¿me equivoco?

Allí estaba el primer intento de acercamiento.

—Oh, sí. —Se llevó la mano sucia al cuello. Al rascárselo, escasas partículas de tierra se quedaron allí, manchando la palidez perfecta de su piel—. Adoro estar en contacto con la naturaleza. Me relaja. Es refrescante. ¿No cree?

—En absoluto. El clima de Inglaterra no favorece las excursiones al campo, ni tampoco me anima a tomar el sol, que son las dos únicas actividades al aire libre que me tentarían. Por no hablar de que detesto la suciedad, y estar «en contacto con la naturaleza» significa acabar cubierto de lodo. En cuanto a las flores, no consigo ver cuál es su encanto...

Lo soltó de carrerilla, sin ser muy consciente de lo que decía. Todo en lo que podía pensar era en esa molesta chispa oscura que rompía el equilibrio ideal de la blancura que ella era. Quería alargar la mano y limpiarla... «Necesitaba» alargar la mano y limpiarla. Pero entonces, Ariadna, ajena a sus pensamientos, se dio la vuelta cargando con un parterre que casi doblaba su tamaño a lo ancho.

—¿Y qué le gusta, entonces? —preguntó.

—Las mujeres —respondió, siguiéndola con la mirada. Ella ni se inmutó con su vehemente contestación, y como si su silencio fuese la llamada más fuerte, Sebastian la siguió—. El juego, la bebida, el dinero...

—¿Las mujeres o la gente?

—Las mujeres. Calladas, a poder ser —provocó—. La gente en general me parece irritante y condescendiente, además de que tener la obligación de lidiar con ellos ya hace el proceso de socializar bastante incómodo. Pero no estábamos hablando de mí —puntualizó, apoyando una mano en la pared para cortarle el paso. Ariadna elevó la vista y le observó con atención—. ¿Qué te hace feliz, además de tus plantitas?

—El buen tiempo. La lluvia también... —Lo esquivó para seguir recolectando los maceteros y colocarlos en el estante del cobertizo—. La música. ¿Le gusta la música, señor Talbot?

—Mis amigos dicen que no puedo apreciarla. Uno de ellos es conde, así que debe ser cierto —señaló, altamente irónico—. Tengo dos pies izquierdos, por lo que para bailarla está más que descartada. Y suele ir unida al concepto de acontecimiento social, lo que trae consigo invitados, y resultándome estos desagradables, al final del día la música me parece orquestada por el diablo.

—¿Y qué le parece la pintura, o la ópera?

—La ópera es un tostón insufrible. Tengo un palco en el teatro, al que acudo una vez al año para que no se olviden de que, si no voy, es porque desprecio dicha actividad, no porque no pueda. No encuentro el trasfondo intelectual en dicha afición; ver a una sobrealimentada cacareando en idiomas que no conozco se me antoja un castigo divino. En cuanto a la pintura... Podría ser mecenas de un artista si me diera dinero, pero no golpearía a nadie por colgar un cuadro romántico en mi salón.

—¿Los libros? ¿Qué hay de la poesía?

Sebastian torció el gesto en una mueca.

—Una completa pérdida de tiempo. Nunca he llegado a saber qué tienen de asombrosas un par de rimas. La literatura solo sirve para separar al hombre de sus quehaceres y darle alas a sueños que pronto descubrirá irrealizables. Hace del ser humano un vago que cree que las historias vendrán a él sin mover un solo dedo, o peor: un trágico idealista. Si has leído *El Quijote*, ya sabrás que los que se creen visionarios, terminan siendo esclavos de su ingenuidad.

Ariadna depositó tranquilamente la última maceta sobre el anaquel, y se dio la vuelta para mirarlo.

—La literatura separa al hombre de sus quehaceres... ¿Y el alcohol no?

—El alcohol sirve para celebrar que los quehaceres se han cumplido con éxito. Por supuesto, si se bebe en cantidad y durante largos periodos de tiempo, estaríamos hablando de un borracho, no de un hombre decente.

—¿Definiría a los borrachos como «hombres aficionados a la bebida»? —Sebastian asintió—. Entonces usted lo es, ya que me ha dicho hace un segundo que beber es de su interés cuando tiene tiempo libre. En mi opinión, la literatura es enriquecedora a nivel cultural e intelectual, mientras que el whisky y sus derivados aplastan cualquier productividad, a la corta y a la larga. Jugar es divertido, supongo. Pero el riesgo de hacerse dependiente a él es mayor, y definitivamente peor, que convertirse en un subordinado del arte. El dinero es necesario, pero hablar de ello en público, y ser demasiado ambicioso, podría conducir a un hombre a la perdición. Por no hablar de que es un bien que puede escasear en cualquier momento, lo que lo hace efímero y vulgar.

Sebastian apoyó el codo en la pared y dejó reposar la cabeza en la mano un segundo, sonriendo como un diablillo.

—Es la primera vez que dices tantas palabras seguidas.

—Creía que le gustaban las mujeres calladas, señor Talbot.

Ignoró aquella provocación, que saliendo de sus labios no sonaba a afrenta, sino a dócil indicación. Se impulsó desde el muro y caminó hacia ella. Sintió verdadera liberación al limpiarle la mancha del cuello con sus propios dedos; piel con piel, carne con carne. Notó, incluso, el palpitar de la vena central, y casi celebró que estuviese tan viva, tan caliente...

—Yendo contra la racionalidad, las cosas efímeras son las que el ser humano más necesita. Empezando por el propio ser. ¿Qué podrías amar tanto como a tu familia? Nada, en realidad, y esta algún día desaparecerá. Además... Existen los abrazos, los besos, las caricias. ¿Nunca has deseado que una de estas tres muestras fuesen eternas? Pregúntatelo en tu lecho de muerte y lo sabrás. Pregúntate qué es lo que repetirías, si la contemplación del sol o estar atrapada en los brazos de quien más deseas.

—... Y luego, acudiré a usted y le diré que tenía razón; que estaba equivocada al suponer que lo fugaz solo puede resultar perjudicial.

—Oh, es perjudicial... Ya lo creo. Y es pecado —aclaró en voz baja, hundiendo los dedos en el insulso recogido; tanto así, que algunos mechones se descolgaron para acariciarle el dorso de la mano. No tuvo tiempo para prestarle atención a eso, habiendo unos labios rosados al alcance de los suyos, y unos ojos extraordinarios pendientes de sus movimientos—. Pero ya que expulsaron a la humanidad del Paraíso hace mucho mucho tiempo... ¿por qué refrenarse? Todos somos culpables y estamos malditos a estas alturas; ser esclavos de nuestras pasiones no será terrible.

—No todos están orgullosos de ello —murmuró Ariadna, dando un paso hacia atrás. Sebastian apretó la mandíbula, impotente—. Es evidente que no podemos ser más distintos, señor Talbot. Nuestra afinidad es nula, se mire por donde se mire.

—¿Estás segura de eso? —la provocó, quedándose en el sitio—. ¿Y crees de veras que sería importante, de ser así? Porque ya he encontrado una grieta en tu caparazón y estoy seguro de que podría romperlo del todo volviendo a demostrarte lo bien que encajamos... Como las piezas de un puzle.

A pesar de olerse lo que ocurriría a continuación —Ariadna escabulléndose para no seguir escuchando sus coqueterías—, Sebastian disfrutó al verla parada frente a él, mirándolo como si tuviera que encontrar una forma de destruirle y no se le ocurriese ninguna mejor que dejarle vencer, para su gran desgracia. Así la deseó: preocupada por no saber adónde escapar, y con el característico nublado londinense haciendo plateada su alba silueta.

—Lo cierto es que siempre he sido de las que dejaban los rompecabezas inacabados —repuso, sin alterarse en lo más mínimo.

No añadió más. Se marchó sin necesidad de apretar el paso, y Sebastian no supo si era porque estaba segura de que no la perseguiría, o porque le daría igual que lo hiciese. Entonces tuvo que reconocer para sus adentros que no había sido su mejor actuación, y que debía concentrarse en mantener una bonita amistad, no recordarle a cada rato que ardía en deseos de colarse en su habitación.

Sebastian suspiró. Menuda tortura...

Ariadna se presentó tan tarde en el comedor que Sebastian estuvo seguro de que no aparecería. Se alegró de verla, en parte porque no le habría gustado perder los nervios tan pronto yendo a por ella, y menos existiendo la paradoja de que ella no los perdía nunca.

Desgraciadamente, tuvo que perderlos de todos modos. Ariadna apareció con un solo vestido —suponía que por eso debía dar las gracias—, lo que no quería decir que fuese sencillo o aburrido. Tal vez no tuviese un gusto exquisito a la hora de vestirse, pero todos sus atuendos estaban medidos al dedillo para que le sentaran como un guante. El satén, en un suave tono verde, le hizo apretar los puños bajo la mesa.

Ariadna solo dio las buenas noches, se sentó y jugó con su comida, como siempre en un mundo ajeno al resto. A Sebastian no se le daba bien conversar con mujeres porque sus temas eran muy reducidos, siendo en su mayoría poco interesantes para estas o, en su defecto, extremadamente indecorosos. Tratándose del epítome del saber estar inglés —como era su esposa—, sus posibilidades de iniciar una charla amena eran exiguas.

—¿Por qué no comes? —preguntó en su lugar, entre molesto e interesado. Apenas había tocado el plato.

—Porque no tengo hambre, y no me termina de gustar la carne.

—A la comida no le importa eso —puntualizó—. Hay gente que se muere de hambre ahí fuera. Es una falta de consideración hacer retirar un plato porque no sea de tu gusto.

Los ojos de Ariadna vagaron por la habitación hasta posarse en los suyos.

—Si pudiera, llevaría este plato a un lugar donde fuese apreciado. No me gusta la idea de que la comida acabe en la basura, señor Talbot, pero no puedo hacer como usted. Comer demasiado o cuando no tengo apetito me sienta mal.

—¿Se puede saber a qué te refieres con «hacer como yo»?

—Usted come y bebe como si fuera la última vez que fuera a hacerlo.

Sebastian sonrió ladino.

—Me temo que esa es mi manera de hacer las cosas, y no creo que sea un defecto, o algo malo. También juego, gano dinero y beso a mis amantes como si fuese la última vez —provocó—, ¿no lo hace eso más interesante? ¿Acaso no es bueno vivir intensamente?

—Más que interesante, puede ser exhaustivo. Nadie le va a quitar el plato de la mesa, señor Talbot —señaló su cuenco vacío—, así que puede tomarse el tiempo de saborear lo que se mete en la boca.

«Oh, si supieras lo que quiero meterme en la boca...»

—Prefiero no saborearlo, ya que no tendrá el sabor que me gustaría que tuviese —rebatió, mirándola fijamente. Observó, no sin cierto regocijo, que ella se removía en el asiento—. Sugieres que me dé un respiro y me detenga a fijarme en los detalles hermosos que ofrece la vida, ¿no...? Me temo que no será posible. Pararte a observar significa dar inevitablemente con los aspectos oscuros de la realidad.

—¿Negarse a afrontar que el mundo no es solo color no le convierte en un idealista?

—Soy el experto del negro, duendecillo. —Rio Sebastian, carente de humor—. No buscarlo y preferir no vivirlo no significa que no sepa que existe, o cómo se siente.

—¿Saber cómo se siente...? Es usted el hombre que lo tiene todo. La representación de lo que el empresario medio o el aristócrata desea para sí: ser más rico que Creso, y una reputación capaz de surcar el océano y volver.

—Incluso te tengo a ti, la mujer más deseada de Inglaterra. ¿Qué más podría querer? —apostilló irónico—. Que ahora lo tenga todo no significa que no me faltara una vez.

—¿Qué más podría querer? —repitió Ariadna, ignorando su afirmación—. Eso me pregunto yo. O eso me preguntaría, si supiera que puedo confiar en su respuesta. Lo único que sé ahora mismo es que podrá conseguir todo lo que se le antoje, incluido un ser humano. ¿Qué hay de oscuro por su parte en todo eso? En todo caso, oscuro para el pobre que coincida con usted —preguntó. No sonaba molesta, solo curiosa—. Se casó conmigo porque era, supuestamente, la dama más virtuosa.

—La más deseada —corrigió.

—Por ser la más deseada me hizo su esposa. Eso no suena a algo que un hombre que sabe lo que es el dolor haría. Suena a algo que haría un hombre caprichoso que siempre ha obtenido lo que ha querido.

—Me ofendería tu modo de verme si no agradeciese, en el fondo, que no te intereses por mí lo suficiente para preguntar por la verdad.

—Ahora me tiene —interrumpió sin expresión. Era tan neutral, incluso vacía, en todas su intervenciones, que le parecía estar hablando con un monstruo sin alma—. ¿Se siente completo? ¿Satisfecho?

¿Cómo iba a sentirse satisfecho cuando no le dejaba tocarla? Le estaba ninguneando indirectamente, a él y a sus deseos, al hacer esa pregunta. Sobre todo sabiendo, o al menos sospechando, cuál era la respuesta.

—No.

Ariadna relajó los hombros, como si no hubiera sabido hasta ese preciso instante que tenía razón.

—Caprichoso —remarcó, poniéndose de pie. Lo miró con una sombra de emoción, mas acabó siendo un espejismo—. Ni habiéndose casado con diez mujeres podría haber sido feliz. Ni habiéndose casado con la reina.

Sebastian se levantó también, asegurándose de que las patas de la silla chirriaran. Ella se llevó las manos a los oídos, casi aterrada por el sonido, pero él no prestó atención a su reacción.

—Seré feliz cuando tenga lo que merezco; cuando me den lo que es mío. Lo que me pertenece por derecho.

—¿Y qué es eso? ¿Yo? —Hizo una pausa para tragar saliva—. Soy otro capricho para usted. Solo me quiere porque no puede tenerme.

—Es posible —reconoció en un arrebato—. Únicamente lo sabremos cuando te tenga.

—Cosa que no sucederá nunca.

Ariadna apartó la silla y abandonó el salón, empujando ella las pesadas puertas antes de que el mayordomo pudiera hacer los honores. Sebastian apretó los puños y cerró los ojos un instante, intentando recordarse que hablaba guiada por el rencor. Ella no sabía quién era; solo él se conocía, y no compartía ni una sola característica con el caprichoso medio. Simplemente no soportaba la idea de regresar a la época durante la que le negaron hasta el pan. Así, furioso por la concepción que Ariadna tenía sobre su persona y desgraciadamente excitado por haber rascado una ligera emoción en ella, salió a paso ligero para alcanzarla.

La persiguió por todo el pasillo, procurando hacer sonar su bastón. Ariadna no se dio la vuelta para mirarlo, pero fue evidente el momento en que descubrió que no pensaba dejar las cosas así, porque casi echó a correr. Lamentablemente, no fue lo bastante rápida para escapar de la mano que le envolvió la cintura. Sebastian la protegió de la distancia y la suavidad pegándola a su cuerpo. No fue ella quien perdió el aliento por el impacto, sino él. Por primera vez lo miraba con algo que no era indiferencia, y si bien el odio no era un sentimiento precisamente halagador, le fascinó cómo hacía bullir el malva azulado de sus ojos.

—Las damas virtuosas no dejan a sus maridos hablando solos —le recordó, presionando con los dedos la fina curva de su espalda—. Voy a tener que darle una lección de modales, señorita Swift. Y tal y como yo entiendo los castigos... —añadió en tono íntimo— eso significa que le estaré dando azotes hasta el amanecer.

Se estremeció de puro placer al reconocer un leve rubor en sus mejillas. Fuese por rabia o fuera porque le atraía la idea de exponerse a sus caricias más perversas, era una reacción gloriosa, y que intensificó sus deseos hasta un punto insostenible.

Sus manos treparon por la espalda femenina, quedándose

un instante varadas en la nuca, donde un par de rizos le hicieron cosquillas en los dedos.

—Si yo soy el caprichoso, tú eres el capricho... —susurró, con la vista clavada en sus labios—. Y en ese caso, no te conviene que consiga siempre lo que quiero, duendecillo. Pero me llames como me llames, no harás esto irreal. Siendo caprichoso o siendo Sebastian, vas a ser mía.

—Ya soy suya. Pero eso no significa que sea suyo mi corazón o mi cuerpo. Ha comprado mi nombre y cambiado mi apellido, no mis concepciones... Y me temo que eso no lo hará nunca, por mucho que se esfuerce.

Sebastian la cogió de la muñeca antes de que pudiera escaparse, inflamado de deseo. Lo que estaba sintiendo al tenerla cerca rozaba lo absurdo, lo irrisorio. No importaba que estuviese clarificando que no toleraría un acercamiento; su cuerpo tenía otros planes.

—No quiero tu corazón, ni tu cuerpo. Solo quiero poseerte... —la arrinconó contra la pared, apoyando las palmas a cada lado de su cabeza— tenerte en mi cama una sola vez, desnuda, sudorosa, anhelante... Es por lo que firmé. No pienso conformarme con menos que hacerme con tu virginidad, Ariadna.

—¿Y qué piensa hacer? ¿Violarme?

—No. Pero podría hacer algo que te dolería más. Podría reducirte mentalmente con una seducción lenta y cruel que te dejaría exhausta a los pocos días —aseguró en voz baja. Acarició con los dedos la zona del escote, que deslizó hacia abajo hasta casi revelar lo que escondía—. Soy perseverante, fuerte y poderoso, y deseo verte desnuda; ansío descubrir qué hay bajo ese vestido, el color de tus pezones, y si eres tan dulce en todas tus partes como lo son tus labios... —Sebastian sonrió canallesco al ver que ella enmudecía y lo miraba con los ojos exageradamente abiertos. El rubor se había quedado en sus mejillas, como un ejemplo de cómo las señoritas debían reac-

cionar frente a esa clase de comentarios—. Sé que no te as-
queo... —continuó, tirando de la cinta del escote—. Respon-
diste a mí con la pasión de pocas. Eres inexperta y estás muy
rígida —apostilló, regodeándose en su sonrojo ahora más marcado. Ella dijo otro nombre; era lo justo que él arremetiese
contra sus inseguridades, si es que las tenía—. Pero no es nada
que no pueda arreglar. Al final de la noche estarías montándome como una amazona, pidiéndome mucho más de lo que tu
fragilidad soportaría...

Ariadna apartó la mirada, visiblemente avergonzada. Su
delicada manita lo agarró por la muñeca, apartándolo del broche delantero del vestido. Lo hizo con un gesto que pretendía ser brusco y que, sin embargo, la hacía temblar de necesidad.

Cuando lo miró, tenía los ojos encendidos como carbones.
No contenta con el asombro que desequilibró a Sebastian al
sostener su mirada, lo empujó por el pecho para liberarse.

—Si alguna vez se me hubiera ocurrido entregarme a usted, acabo de declarar la nulidad de dicha posibilidad —pronunció con voz temblorosa. Se abrazó el cuello con la mano,
débil—. No confiaba en sus palabras, y ahora tampoco confío
en su contención para retener a una mujer a la fuerza, lo que
solo auguraría mi sufrimiento entre sus sábanas. Igualmente,
no me necesita usted para nada. Hay mujeres de sobra en Londres dispuestas para cumplir sus elevadas expectativas, y no
pienso disculparme por no ser una de ellas.

Ariadna se dio la vuelta apresuradamente, llegando a correr por las escaleras para refugiarse en su habitación. Sebastian dio varios pasos, deseando alcanzarla otra vez, mas las
palabras dichas se repitieron en sus oídos con un toque latente de... ¿miedo?, ¿preocupación?, ¿verdadera desconfianza?

Sebastian apretó los puños, frustrado. No creía que pudiera haberle salido peor la estrategia de conocerla, aunque, por
lo menos, ahora sabía que tenía sangre en las venas. Tampoco

la suficiente para abofetearle, como habría procedido por su atrevimiento... Mas sí bastante para azuzar la llama del deseo, que hizo hervir su cuerpo durante toda la aciaga noche que pasó a solas con su desesperación.

9

Ariadna no se atrevía a salir de su habitación, y no era precisamente el miedo lo que la retenía entre las sábanas, sino la conmoción. Llevaba horas con los ojos clavados en el techo, el cuerpo tenso y la garganta atorada, irritaciones que seguían sin hacerle competencia a su estado mental. Aún no asimilaba lo que había ocurrido la noche anterior, ni lo que pasó durante la primera, y fuera lo que fuere que estaba por venir, no le cabía la menor duda de que debería prepararse psíquica y físicamente para afrontarlo.

Algo tan sencillo como perder la calma la había agotado hasta llegar a la debilidad corporal. Ariadna no recordaba haberse sentido así jamás; las sensaciones que la acosaron durante la pelea verbal con Sebastian y que la persiguieron durante el resto de la noche eran totalmente desconocidas para ella. Si le hubieran preguntado, solo existían dos emociones, y esas eran la moderada emoción y la profunda tristeza. Nunca tuvo el valor de ponerse en bandeja para aprender sobre las demás, aunque tampoco le dieron en ningún momento la suficiente libertad para experimentar ella sola, ni, ya puestos, motivos de sobra.

Ahora acordaba con la inmensa mayoría que era terrible un exceso de intensidad. Discutiendo en la mesa se fue cociendo la ira en su estómago; huyendo de Sebastian se había sentido tan viva que no quiso estarlo, y cuando él la agarró, invadiéndola ferozmente con sus indecencias, simplemente...

Ariadna presionó los párpados con firmeza, esperando que fuera suficiente para escapar del recuerdo. Sin embargo, lo tenía tan presente que parecía que hubiese ocurrido minutos atrás.

«Deseo verte desnuda; ansío descubrir qué hay bajo ese vestido, el color de tus pezones, y si eres tan dulce en todas tus partes como tus labios. [...] Al final de la noche estarías montándome como una amazona, pidiéndome mucho más de lo que tu fragilidad soportaría. [...] Podría reducirte mentalmente con una seducción lenta y cruel que te dejaría exhausta a las pocas horas.»

Cada vez que las ardientes palabras se filtraban en su pensamiento, Ariadna tenía que contener las hormigas que corrían por sus piernas apretando los muslos. Esa era, cuando menos, la amenaza más grave que nunca le hubieran hecho, aunque ciertamente no era una materia en la que fuese especialista. Jamás le hablaron así, ni tampoco sus hermanas afirmaron que fuese posible que un hombre pudiera llegar a ser tan... «sincero».

Ariadna sin duda valoraba dicha virtud. Sin embargo, el nudo que se aferraba a su estómago con intenciones de quedarse no le dejaba apreciarla como era debido. Dudaba, pues, que fuera posible interpretarlo como algo positivo, cuando le enrojecía las mejillas y la dejaba sin aliento. Él era un completo salvaje... No sabía cómo tratar a las mujeres, y no podía fiarse de nada que saliera de su boca, ni de sus caricias, porque todo estaba enfocado a sus propios deseos. Ahora bien; al empezar a desvariar de madrugada, inflamada por lo que aquel par de frases hicieron con su cuerpo, pensó que no había pasión más lícita y estremecedora que la del hombre... Y que si por casualidad lograba su cometido de reducirla con promesas lujuriosas, moriría por la alarmante impresión de sus efectos en ella.

Estaba tan asustada, confusa e incómoda dentro de su propio cuerpo que Mairin tuvo que tentarla con un día soleado para sacarla de la cama.

—Tiene usted muy mala cara, señora —señaló la joven—. ¿No ha podido dormir bien?

—No he dormido nada —confesó. Se entregó por completo a sus cuidados, dejando que la desvistiera y enfundase en un vestido de terciopelo gris, cuello cerrado y polisón.

—¿Le gustaría desahogarse? Soy mejor oyente que doncella, se lo aseguro...

Ariadna negó. Por el momento, prefería reservar el día para la meditación; sí, eso haría, consagrarlo al silencio. No necesitaba darle más motivos a Mairin para que desconfiase de Sebastian —sobre el que le encantaba despotricar— admitiendo que le aterraba su faceta de seductor.

Había sido capaz de mandarla lejos de su acostumbrada tranquilidad. No podía permitir que sucediera de nuevo, pues sabía que esa sería la grieta que utilizaría para convencerla de hacer su voluntad, y como añadido, detestaba estar a merced de lo que sus manos quisieran hacer.

—... por eso he pensado que no me necesita —continuó Mairin—. De ahí que haya buscado personalmente una muchacha que la merezca.

Aquello llamó la atención de Ariadna.

—¿A qué te refieres, Mairin?

—El señor Talbot me contrató para el viaje, y aunque me consta que seguiría con usted si se lo pidiera...

—¿Quieres volver a casa?

—Por Dios, claro que no —masculló, negando con la cabeza. Enseguida miró a Ariadna, con la determinación impresa en la expresión—. No quiero volver nunca a ese lugar, señora. Mi objetivo es encontrar un trabajo en Londres acorde con mis ambiciones; quizá como enfermera o voluntaria en un hospital. No estoy especializada en un empleo de este tipo. Apenas conozco la distribución de las enaguas; las mujeres como yo nos conformamos con ponernos una, o dos si es invierno... Y usted no requiere de compañía. Así que, si me lo permite... —le echó una rápida ojeada nerviosa— me iré esta misma noche.

—No sé, Mairin. El señor Talbot le prometió a tu padre que te devolvería a Escocia en cuanto llegáramos de viaje, y ya han pasado tres días desde entonces. Además, ¿y si no encuentras ese trabajo que deseas?

—Ya me las arreglaré. —Encogió un hombro. Al ver que Ariadna seguía dudando, avanzó hacia ella y se colocó a sus pies—. Señora, si le preocupa que mi padre pueda echarme en falta, le aseguro desde este mismo instante que se alegrará enormemente de haberme perdido de vista. —Inspiró hondo—. Me atiza con su cayado cada vez que hablo en voz alta de mi deseo de convertirme en una reputada médica. Últimamente, de hecho, lo hace cada vez que abro la boca y no es para obedecer. No puedo volver allí, donde mis sueños son acallados a golpe de vara y para colmo acabaré casada con un hombre que promete ser tan intransigente con dichas aspiraciones como él. Déjeme ir, se lo suplico.

Ariadna supo que no mentía al mirarla a los ojos. Si podía reconocerla no era porque tuviese un rostro singular, sino por el aura de brujería que hacía de su figura algo por encima del resto. Algo distinto, y, bajo su punto de vista, espectacular.

—Solo si me prometes que estarás bien.

Mairin soltó todo el aire retenido de una poderosa exhalación, y se abrazó a sus piernas con auténtica devoción. Murmuró una retahíla de agradecimientos, promesas y alabanzas que abrumaron a Ariadna, y que por suerte tocaron a su fin cuando una visita inesperada se presentó ante la puerta.

—Señora Talbot, ha llegado un presente para usted —anunció Graham—. Lo hemos dejado en el recibidor, a la espera de que decida el lugar que ocupará. También tiene una visita —añadió, agachando la cabeza—. El duque de Winchester ha sido conducido a la salita.

—¿El duque de Winchester? —repitió Mairin, poniéndose en pie y sacudiéndose las faldas—. ¿No es ese su viejo pretendiente, señora? Graham, ¿le ha preguntado qué se le ofrece? —El mayordomo enrojeció, como si acabara de cuestionar algo básico. Mairin captó la reacción al vuelo—. Comprendo... Los duques no son gente a la que se le pueda preguntar así como así qué es lo que quieren. —Graham asintió, complacido por no tener que explicarse, a lo que Mairin soltó una carcajada—. Lo siento, señor Graham... Los tratos de cortesía a caballeros de abolengo no son mi especialidad. No he visto uno en mi vida. De hecho, hasta hace unos segundos, creía que eran un mito...

Ambos la disculparon, y, a continuación, Graham se retiró. Ariadna terminó de acicalarse, curiosa por el regalo que la esperaba y preguntándose en qué estaría pensando su Excelencia para aparecer allí. En su opinión, poca conversación tenían pendiente, a no ser que quisiera felicitarla en persona por sus recientes esponsales. No le extrañaría: lord Winchester era un hombre muy bien educado.

Ariadna bajó las escaleras con cuidado, mirando a un lado y a otro, temiendo cruzarse con aquel diablo. La situación se le antojó grotesca de tan absurda; preocupada por si su marido, un hombre con el que en realidad debía compartir cama, le dirigía la palabra... Cuando en realidad no era precisamente el culmen de la erudición en lo que a elocuencia se refería, sino un grosero consagrado.

—¡Oh! —exclamó, al dar de frente con un magnífico ramo de rosas rojas. Debía admitir que lo olió antes de llegar allí, mas ahora le intrigaba la belleza del conjunto—. ¿A qué se debe esto? ¿Lo ha traído lord Winchester?

—No, señora. Hay una nota.

Se acercó, seducida por el obsequio, y apartó suavemente los pétalos de las flores para encontrar el motivo de su esplendidez.

Señora Talbot,

A riesgo de que encuentre otro motivo más para desconfiar de mí, ya que le dije que no le regalaría flores bajo ninguna circunstancia, ofrezco una de las razones de su deseo de vivir a la espera de que disculpe mi comportamiento.

Un bárbaro

—Bueno, la firma no deja lugar a dudas de quién es el remitente. —Rio Mairin, asomando la cabeza por su hombro—. Solo un hombre en este mundo se presentaría exactamente como lo que es, cosa que en el fondo es una garantía.

Ariadna se quedó mirando la cuidada caligrafía con verdadera fascinación. Nunca imaginó que unos dedos tan toscos pudieran trazar líneas tan precisas, o, ya puestos, que el propietario de esos dedos toscos hubiera decidido redimirse. Habría supuesto que bromeaba o incluso se reía abiertamente de ella, pero tal y como Mairin acababa de señalar, Sebastian Talbot siempre se presentaba con lo bueno y con lo malo. No lo imaginaba haciendo algo que no quisiera hacer.

—De todos modos... —prosiguió la joven—. ¿Qué fue eso tan tan terrible que le hizo que ha sentido la necesidad de disculparse? Nunca pensé que un hombre así llegaría a arrodillarse ante usted.

—Con perdón por el atrevimiento... El señor Talbot es un caballero —se pronunció el mayordomo desde la puerta—, en el fondo. Quizá no tiene buenos modales, pero sabe rectificar cuando se equivoca, y su idea del bien y el mal posee límites bastante más estrechos que los del resto de los hombres que le rodean.

—¿Le ha mandado a decir eso? —Rio Mairin, mirándolo con sorna. Graham apartó la mirada, lo que hizo que la muchacha riera aún más fuerte—. No pongo en duda su bondad interna, señor Graham; de hecho, admiro que sea capaz de hacer el bien sin necesidad de clamarlo a los cuatro vientos. Aunque no lo diga, y seguramente lo niegue cuando le pregunten, sé que me hizo venir con él porque vio lo que mi padre hacía conmigo. Le estaré siempre agradecida... Lo que no significa que apruebe su trato hacia usted —puntualizó, volviéndose hacia Ariadna—. Sin duda es benevolente y generoso, pero estuvo a unas horas de mandarla con el Creador por su falta de atención hacia el prójimo y es un puerco redomado.

—¡Señorita! —la regañó el mayordomo.

—¿Acaso no ha visto cómo mira a la señora? —repuso, cruzándose de brazos—. No me haría falta fijarme en el color de su aura para saber en qué piensa o cuáles son sus pretensiones. Lo único que desea ese hombre es...

—Señorita Swift —interrumpió una voz masculina, declarando el cese de la conversación.

Ariadna se dio la vuelta, agradeciendo que el mayordomo hubiera tenido la amabilidad de anunciarlo, o de lo contrario habría sido incapaz de reconocerlo al mirarlo a la cara. Se le había olvidado por completo, y eso la hizo sentir acorralada.

—Excelencia. —Hizo una reverencia, repentinamente incómoda—. Me alegro de verle.

Winchester no emitió una palabra, ni se movió, hasta que Mairin y el mayordomo no abandonaron la estancia. Se sorprendió extrañada por estar, por primera vez desde que se había casado, completamente a solas con un hombre. En especial tratándose del que fue un pretendiente.

—¿En qué puedo ayudarle?

El duque avanzó con tranquilidad, echando un vistazo desinteresado a su alrededor. Ariadna no le prestó demasiada atención y se acomodó en el sillón, esperando que él la copiara. No lo hizo. En su lugar, siguió pululando por la estancia. La tensión de su cuerpo revelaba algo a caballo entre la repugnancia y la incomodidad, emociones que la absorbieron, como si las paredes hubieran encogido hasta comprimirla.

—Estaba esperando el momento ideal para felicitarla por su reciente matrimonio.

—Imaginaba que ese sería el motivo de su visita —reconoció Ariadna—. Se lo agradezco, Excelencia...

—No es ese el motivo de mi visita —corrigió con suavidad. Pronto estuvo sentado frente a ella, atravesándola con sus insondables ojos claros—. Verá... Albergo una serie de dudas desde que fue de mi conocimiento su precipitada boda con el señor Talbot. —Pronunció el nombre con un deje desdeñoso que no le pasó por alto—. No sé si sabrá que el señor Doyle accedió a entregarme su mano apenas unas horas antes de que desapareciese de Londres.

Ariadna tragó saliva. El tono del duque era el que cabía esperar en un caballero de su talla: neutral, pasivo... Las palabras habían sido escogidas meticulosamente. No obstante, le constaba que el trasfondo agresivo de la charla que estaba proponiendo distaba mucho de ser digno de su Excelencia. Ante eso, Ariadna solo pudo concluir que el duque estaba molesto, y quizá ese nuevo sentimiento le sacaba tanto de quicio como a ella misma.

—Era consciente, Excelencia —asintió.

—¿Sería una indiscreción por mi parte preguntar directamente por qué me rechazó? —inquirió—. Señorita Swift —recalcó, como si para él su matrimonio no tuviera validez—, creo que no tuvo presente lo que podría suponer para un hombre como yo que se escabullera por la noche a Gretna Green para desposarse con un personaje aborrecido por todos mis conocidos. Era de dominio público que usted y yo seríamos marido y mujer, y de repente, apareció de la mano de... —apretó los labios, avisando de que estaba a punto de soltar una procacidad— del señor Talbot.

—En realidad no lo pensé, Excelencia. Lamento las consecuencias que mis actos hayan podido tener en usted...

—No deseo que lo lamente —se adelantó—. Simplemente... —se miró las manos, aparentemente agobiado— me gustaría que me diera una explicación. La estuve cortejando, le hice regalos, le prometí mucho más de lo que tenía... Y de un día para otro, todo se desvaneció. ¿Por qué, señorita Swift? —musitó, casi sin voz—. ¿No eran mis sentimientos suficientes...? ¿Acaso el señor Talbot estaba rondándola mientras se citaba conmigo? —supuso. Su rostro se ensombreció ante la última posibilidad.

—Mi unión con el señor Talbot no tiene nada que ver con el amor, Excelencia —juró incómoda—. Por supuesto que nunca me rondó hasta casarse conmigo.

—¿Entonces? ¿Qué ocurrió? —insistió—. ¿Él la forzó, la comprometió o deshonró? —preguntó sin tapujos. Ariadna abrió mucho los ojos—. Perdóneme si me excedo, pero no puedo pensar con claridad desde que todas mis esperanzas se desvanecieron en el aire. Estoy tan perdido sin usted, señorita Swift... Sepa que si ese canalla la desvirtuó, la habría amado pese a todo.

Ariadna tragó saliva, no tan acongojada como turbada. Sabía del alcance de los sentimientos del duque, mas nunca tuvo el atrevimiento de hablar sin tapujos sobre lo que le corroía el alma. Ariadna se lo agradecía, puesto que consideraba que mencionar las preferencias del corazón era abocar al interlocutor a corresponderle en la misma medida, sobre todo si ese era duque... Y ella nunca sintió lo mismo.

Cambió de postura.

—Me temo que es una situación delicada y de la que preferiría no hablar —confesó, esperando sonar lo bastante tajante para que se retirase—. Excelencia, sepa que es usted un hombre íntegro y admirable...

—Oh, mis pensamientos ahora mismo no son íntegros o admirables en absoluto —cortó con cierta inclinación a la descortesía—. ¿Cree que no sé bien que se conocieron tan solo un par de días antes de la boda, y que no llegó a mis oídos que su propia familia hablaba de la escapada como «secuestro»? Si a eso se le añade la pésima reputación de ese *cockney* rastrero, conocido por su falta de decencia, da como resultado una idea que no me gusta. Para mí es evidente que la forzó a casarse, y no voy a perdonar que me haya arrebatado lo que es «mío» —siseó, clavando la vista en la ventana. Ariadna se estremeció por la férrea determinación de su promesa implícita—. Solo dígame lo que quiere que haga, y lo haré.

Ariadna contuvo un escalofrío.

—¿A qué se refiere, Excelencia? No puede hacer nada, mis votos... —Lanzó un pequeño grito ahogado cuando él se arrojó a sus pies, agarrándola de la falda—. Excelencia...

—No me diga eso —musitó, enterrando el rostro en su regazo. Ariadna se erizó como un gato, mas él pareció no notarlo, o tal vez no le importaba—. La amo, señorita Swift... Porque eso es usted para mí: la señorita Swift, y no la esposa de un ladrón y un... putero —escupió, encogido por la rabia. Todo ese odio que llenaba sus ojos quedó liberado al mirarla a ella—. No voy a renunciar a usted. Nada podría hacerme renunciar a usted, ¿entiende?

—Por favor, Excelencia, levántese... —suplicó—. La situación podría malinterpretarse, y sin importar cómo decida llamarme, sigo siendo una mujer casada. Esto es del todo inmoral, y no creo que un hombre de su alcurnia quiera...

—No me importa. No me importa cuando se trata de usted —siseó, arrastrado por la pasión. La cogió de las manos en un impulso, y se las besó fervorosamente. La presión de sus labios fue suficiente para abrir surcos en su piel sensible—. No puedo vivir sin verla a menudo. No puedo vivir sin sus ojos, sin su cuerpo, sin... —Su voz se quebró—. Usted es lo que siempre he deseado... La amé desde el preciso momento en que la vi. Su elegancia y belleza celestial se grabaron en mis retinas. No he podido descansar en paz desde entonces, pues estuve seguro de que me sería imposible recuperar la felicidad si no era teniéndola. Y ahora mis esperanzas se han esfumado por culpa de ese... monstruo. Huya conmigo —propuso, mirándola con adoración. Ariadna dejó salir el aire de una incrédula exhalación—. Sé que adora a su familia, y que es recíproco...

—Excelencia —interrumpió sin voz—. ¿Cómo se le ocurre...? Es usted el duque de Winchester —intentó, esperando que apelar a su situación lo disuadiera—, no podría abandonar todas sus posesiones sin... ¿Y qué hay de su reputación?

—No me importa. No me importa nada. Solo usted... —Volvió a besar sus manos—. Pero si no quiere marcharse, lo entenderé. Sin embargo, seguiré sin aceptar sus negativas. La necesito, señorita Swift... Conviértase en mi amante. Le daré todo lo que pida, absolutamente todo.

Ariadna se puso en pie de golpe, mareada por la desesperación que emitía el caballero.

—Soy una mujer casada. Le debo fidelidad y respeto a mi marido —explicó, tratando de sonar imparcial—. Y usted me debe respeto a mí; a mí y a la institución que ha sellado esta unión...

—¡No lo diga! —exclamó encolerizado. Se levantó con ella, y la cogió bruscamente de la cintura—. Lo que aseguren un conjunto de papeles me es indiferente. Soy el duque de Winchester: apelaré al favor de la reina si es necesario para separarla de él...

—Excelencia, no creo que esté entendiendo lo que intento... ¡Excelencia!

El duque la agarró con dolorosa firmeza, presionándola contra su cuerpo. Ariadna intentó soltarse, pero él la contuvo estampando los labios con los suyos. La asió por la nuca, impidiéndole escapar del movimiento impreciso de la boca sobre la suya. Ariadna gimoteó, sintiendo que el corazón se le escapaba por la garganta; comprimió los puños, que utilizó para empujarlo por el pecho, sin ningún éxito. Apretó los labios para impedirle la invasión, aunque fue inevitable sentir la desagradable humedad de su lengua.

Verse acorralada por él, con ninguna oportunidad para escapar, hizo crecer la ansiedad en su estómago. Pronto se halló dominada por ella, tanto así que quedó inmovilizada por el miedo.

—*Piramnyi!* —exclamó Mairin, precipitándose sobre la pareja. El duque no necesitó presión o violencia por su parte para separarse, retrocediendo hasta que su espalda casi chocó con la pared—. ¿Está usted bien, señora...?

Ariadna no reaccionó a las sacudidas de Mairin. Lo vio todo borroso, dominada por un repentino mareo; le fue imposible comprender lo que la doncella decía, ni siquiera cuando el duque abandonó la estancia sin pronunciar una sola palabra, o cuando el minutero hacía sus desplazamientos. Sintió que perdía el equilibrio, mas afortunadamente allí estuvo el señor Graham, ayudando a la muchacha a llevarla al sillón.

—Mi señora... mi señora —insistía Mairin—. ¿Qué puedo hacer para que se sienta mejor? ¿Debería ir a buscar al señor?

Aquello pareció traerla de nuevo a la realidad. Ariadna inspiró hondo y, más por inercia que por voluntad, recuperó la potestad sobre sus acciones. Fue a negar con la cabeza cuando una nueva presencia invadió la estancia; lo supo antes de verlo. Bendecía el aire con sus colores y su alma irascible.

—Por Dios, ¿tanta ilusión te han hecho las flores?

Ariadna se volvió hacia él, captando a tiempo el aire desenfadado con el que se quitó el sombrero de copa y se pasó los dedos por el pelo, dándole un aspecto desaliñado. Su presencia fue más sobrecogedora e impactante incluso que el beso del duque; iba vestido con un elegante abrigo Chesterfield, un pañuelo de cuello que le hacía parecer más alto de lo que ya era, y su tan preciado como temible bastón.

Por la expresión irónica que lucía, Ariadna imaginó que no habría coincidido con el duque. Siguiendo su ejemplo, Mairin y Graham recobraron la compostura y actuaron como si nada.

—Fue un detalle, señor Talbot —logró articular, neutral.

—Un detalle habría sido una rosa, no dos decenas, pero estoy de acuerdo en que se resista a disculparme. A fin de cuentas, no puedo amarrar mis instintos neandertales, por mucho que así lo desee... Las diecinueve flores restantes piden perdón con antelación —señaló—. De hecho, es tan probable que vuelva a ser víctima de mis negligencias, que he mandado traer unas cuantas semillas nuevas para no tener que estar gastando en disculpas continuamente. En tus manos estará la fuente del perdón.

Ariadna casi sonrió por su desenvoltura.

—¿Le han dicho alguna vez que todo lo que sale de su boca suena a burla, señor Talbot?

—Procuro rodearme de gente que no me dice lo que ya sé, pero sí, alguna que otra vez me lo han comentado. Incluso he sido reprendido por ello —apostilló. Rodeó el sillón frente al suyo y se sentó, dejando a un lado el bastón. Escurrió la espalda por el respaldo, adoptando una postura del todo inapropiada. Tamborileó los dedos sobre el reposabrazos antes de volver a hablar; Ariadna tuvo la impresión de que estaba nervioso, aunque no tanto como ella por el episodio recién vivido—. Tu hermana ha venido a verme a la fábrica para amenazarme con que si no aparecías esta noche en la velada que lleva meses organizando... Bueno, dudo que tus sensibles oídos soporten lo que aseguró que haría conmigo.

—Olvida que he vivido con ella durante diecinueve años, señor Talbot —repuso, dejando las manos en el regazo.

—Ni tampoco es nada que no desearas haber hecho conmigo el día de ayer, ¿no es así? —Alzó una ceja, aparentemente entretenido—. Como sea... Tengo las mismas intenciones de acudir a ese baile que de arder en una pira funeraria junto con todas mis pertenencias, además de que tengo otros planes. Por ello, irás sola. Con Mairin, si gustas... —Se levantó—. El carruaje estará listo para ti a la hora a la que decidas partir.

Ariadna se tensó más de lo que ya estaba. La única hermana que podría haber organizado una fiesta era Penelope, y eso significaba que se celebraría en la propiedad de lord Ashton... Un íntimo amigo del duque de Winchester, quien acudiría sin dudar.

Tuvo que reprimir el impulso de retener a Sebastian con una súplica. No quería volver a verlo en ese día; de hecho, y si de ella dependía, preferiría no volver a verlo jamás. Le daba miedo mirarse las manos, que tenía escondidas entre los pliegues de la falda, y comprobar que le había dejado las marcas de sus besos violentos.

—Preferiría quedarme en casa —articuló, buscándolo con la mirada. Sebastian, que ya se encaminaba a la salida, como si no soportase estar allí, se dio la vuelta con un interrogante.

—¿La novia de Londres renunciando a un acontecimiento social?

—Que Londres me eligiese como novia no significa que mi objetivo fuese complacerlo, o que quisiera serlo. La verdad es que nunca me han gustado los bailes.

—Creía que te gustaba bailar..., y la música.

—Me gusta cuando Briseida toca el piano y canto para ella, o bailar con mis hermanas, o... cuando nadie me ve —reconoció—. Pero detesto el ruido, y eso abunda en una reunión.

Sebastian cambió el peso de una pierna a otra.

—¿Sabes cantar?

—Lo hago casi todo el tiempo —confesó—. A veces sin darme cuenta.

—Tendré que estar atento, pues. Pero volviendo al tema de la visita, no es negociable. Son órdenes de la marquesa. No deseo que me arrojen al Támesis con un yunque atado a los tobillos, querida.

—Entonces venga conmigo —pidió, levantándose—. ¿Qué pensarán si hago mi primera aparición en sociedad después de casarme completamente sola?

—Tal vez piensen que nos llevamos como el perro y el gato y que me has echado de tu lecho antes de dejarme entrar siquiera —comentó Sebastian con una sonrisa tan afilada que cortaba—. Por una vez, no se estarían equivocando. —Hizo una pausa para escrutar su rostro—. Espero que no me hagas disculparme por eso.

—La honestidad no es un delito, y en su caso, parece imperativo que venga de la mano de la insensibilidad cada vez que se manifiesta. ¿Me acompañará, o no?

—Te pediría que me suplicaras un poco más... Pero no estoy seguro de que ni por esas vaya a obedecer tus deseos. Esto no es rencor, no me malinterpretes... Simplemente tengo esa manía de tratar a la gente tal y como la gente me trata a mí —especificó, cogiendo su bastón con las dos manos un momento antes de volver a apoyar todo el peso ahí. Ariadna admiró un instante el acabado, que recreaba la cabeza de un ave—. Por supuesto, estoy abierto a sugerencias.

—Creo que no le conviene contrariar a mi hermana, señor Talbot —repuso con suavidad—. Y si llega a saber que no he aparecido por su culpa, podría montar en cólera. Ahora que está embarazada, anda más sensible que de costumbre, y ya sabe cómo es normalmente...

Sebastian la interrumpió con una grandilocuente carcajada, momento en el que Ariadna supo que acababa de ceder. Su compañía le rentó una increíble sensación de protección, lo cual era paradójico cuando menos. ¿Por qué habría de sentirse segura con un hombre tan dominante y decidido a salirse con la suya como el duque...? Tal vez fuese porque Sebastian nunca la presionó lo suficiente para apabullarla; no más allá de lo que le intimidaban sus reacciones ante un sencillo roce, o la promesa del mismo. O quizá porque fuese un buen hombre, después de todo...

—Buen chantaje... —señaló él, haciendo una graciosa y exagerada reverencia—. ¿Qué puedo decir? Todo lo malo se contagia. —Estiró los labios en una ligera sonrisa—. Nos veremos entonces.

Ariadna no era una gran fanática de la moda. Como cualquiera, reconocía cuándo llevaba prendas que la favorecían, pero no invertía demasiado tiempo en elegir sus atuendos, a diferencia de sus dos hermanas mayores. En eso podía decirse que se parecía a Briseida: a ambas les importaba más bien poco vestir de un modo u otro. A la menor, porque para sus correrías la vestimenta era en realidad una dificultad. A ella, porque no creía del todo en la belleza física.

Mas sí era firme creyente de lo que esta podía producir en una persona, y ahora Ariadna estaba siendo esclava de dichos efectos. Sebastian se había acicalado para la ocasión, rasurándose los escasos pero firmes atisbos de barba y peinándose el cabello hacia atrás, lo que permitía un mejor acceso a la forma de su atractivo rostro. Ariadna nunca pensó que utilizaría esa palabra para referirse a alguien; antes de conocerlo sabía de belleza, mas no de encanto. Después... Admitía que prefería la segunda cualidad a la primera como virtud, aunque no para ser espectadora. Era tan atrayente y cautivador que apenas podía quitarle la mirada de encima. Suerte que él no se dio cuenta, parecía pensativo al escudriñar a través de la ventana.

En realidad, estar a su lado era una gran contradicción. Le atraía su olor natural y la madera de la que parecía estar hecho, pero le causaba rechazo su comportamiento. También sentía curiosidad por su personalidad chispeante y su constante despliegue de groserías; Ariadna sabía que sus hermanas lo encontraban chabacano, pero ella lo defendería alegando su frescura y naturalidad. Por otro lado, se sentía cómoda porque podría reconocerlo al mirarlo, sin verlo y solo tocándolo... Y también terriblemente amenazada por su envergadura y sus potentes deseos. En general odiaba que la tocasen, y que él lo hubiera hecho y en el fondo lo hubiese disfrutado hacía sus percepciones hacia el susodicho un tanto confusas: no podía fiarse de Sebastian, pero tampoco de sí misma, porque le devolvió el beso...

Ariadna nunca había conocido a alguien así, que le produjese tantas emociones dispares y pudiera ponerle la carne de gallina con una sonrisa canallesca.

En cuanto la berlina frenó ante la maravillosa mansión del conde de Ashton, Sebastian saltó al exterior, sin ayudarla a bajar ni hacer ningún comentario sobre su atuendo. Ariadna estuvo bien con eso; de hecho, se alegró de que no se arrodillase ante ella para que lo usara como peldaño, cosa que algunos extremistas se ofrecieron a hacer. Él no la trataba como a una criatura etérea o una muñeca rota a la que evitarle otros tantos descosidos... La trataba como a cualquier otra persona, quizá un amigo que sabía valerse por sí solo. No importaba que fuese deliberadamente indiferente o confiara en su fortaleza —a fin de cuentas, confió tanto en ella que casi murió de extenuación durante el viaje a Gretna Green—: el resultado era que Ariadna podría llegar a considerarse capaz de ser y sentir sola.

De todos modos, y como si de repente se hubiera dado cuenta de que había una mujer siguiéndole, Sebastian se dio la vuelta y la miró. Ariadna se tragó el nudo de la garganta como pudo, y aceptó con una escueta sonrisa el brazo que le tendió.

—Sabes que ya no eres Ariadna Swift, sino Ariadna Talbot, y lo que eso significa..., ¿verdad? —inquirió él, caminando hacia la entrada—. No te van a mirar como lo hicieron la última vez que los viste. No se acercarán a ti para charlar, ni te pedirán que bailes con ellos, ni serás, en definitiva, una presencia grata. Solo tolerada, o ni siquiera.

Ariadna lo miró con un intento de pregunta implícita. No sabía adónde quería llegar con eso; sí que percibió una nota de amargura en el fondo, como si le preocupase que eso pudiera afectarla, pero no pensaba que Sebastian fuese tan ajeno a ella como para creer que no le estaba haciendo un favor. Al igual que él, Ariadna quería huir de la gente.

Fue a explicárselo con pocas palabras cuando, tal y como imaginaba que sucedería, intercambió una mirada con el duque de Winchester. Su Excelencia no le prestó tanta atención a ella como a Sebastian, quien no apreció su furia por estar pendiente de su expresión, pero igualmente se estremeció. Fue una reacción masiva que despertó el interés del empresario, que no tardó en seguir la estela de su mirada.

Su rostro se ensombreció al reconocer al duque.

—Si no me hubieras traído contigo, habría pensado que deseabas asistir a esta fiesta para reunirte con tu viejo amante —comentó con ese despiadado desenfado al que ya estaba cerca de habituarse—. Tu George, ¿no?

Ariadna frunció el ceño sin comprender hasta que cayó en la cuenta. ¡Qué terrible coincidencia! Estaba en lo cierto... El duque de Winchester se llamaba George Simmons.

Por un lado se le antojó aberrante que Sebastian creyera que amaba, o al menos disfrutaba, con un hombre al que no deseaba ver ni en pintura. Pero por otro, prendió una chispa de ilusión en ella. Hacía más creíble su pretexto de la otra noche, y si el desprecio que Sebastian sentía por la aristocracia era solo la mitad de verídico de lo que aseguraban las malas lenguas... Le serviría como excusa para no tocarla jamás, lo que era una victoria.

O eso creyó, hasta que Sebastian logró asociar su expresión corporal al sentimiento correcto.

—¿Qué ocurre? ¿Por qué has reaccionado así al verlo? —inquirió, mirándola de hito en hito—. Ariadna, te he hecho una pregunta.

—¿Cómo he reaccionado?

—Como si hubiera venido a matarte. Disculpa, no soy un gran genio en lo que a efectos del amor se refiere; tal vez esto es solo el que tiene en ti tu enamorado —ironizó.

—Nada de eso, señor Talbot. Simplemente... —Tragó saliva. No creía que fuera a importarle la proposición del duque, puesto que ella en sí le era indiferente, mas le habría costado confesarlo en voz alta—. Me ha sorprendido verlo aquí cuando me dijo que no acudiría. Esta mañana me hizo una visita para felicitarme por la boda, y me dijo que tenía unos asuntos de los que hacerse cargo, por lo que desgraciadamente no le vería...

—Eres tan pésima mentirosa como yo soy pésimo bailarín, y créeme, eso son palabras mayores —cortó—. Dime ahora mismo qué está ocurriendo. Sé que el duque te hizo una visita. Graham me lo confesó, no sin cierta turbación... ¿Por qué crees que he decidido venir? La furia de lady Ashton tendría el mismo efecto en mí que el pedo de una vieja —soltó tan campante. Ariadna lo miró con los ojos muy abiertos—. Estoy aquí para averiguar si tendría que preocuparme. ¿A qué vino?

—Ya se lo he dicho...

—Querida, conozco al duque de Winchester mucho mejor que tú, y soy brutalmente honesto cuando digo que me consta que solo vendría a mi casa si supiera cómo prenderle fuego.

—Señor Talbot, no debería decir eso en voz alta.

—Y tú no deberías decir mentiras —contraatacó, ciñéndola más a su cuerpo.

—Y usted no debería pegarse tanto a mí. No es correcto en un salón atestado de invitados.

—¿Quieres que sigamos jugando a eso, sirenita? Puedo tocar los veinte o treinta temas más indecorosos que puedas imaginar en este mismo salón, y solo me estaría refiriendo a lo que no deberías hacer.

—Yo no hago nada indecoroso, señor Talbot.

—Sí que lo haces. En mi pensamiento no tienes otra ocupación —respondió. Ariadna sintió su mano apretada contra el costado. Un segundo después, ya no veía a sus hermanas ni a ningún otro asistente; todo quedaba oculto tras su cuerpo y los ramajes de una palmera—. Dime la verdad, Ariadna.

Ariadna no pensó que estuviera mal ser sincera, pero era bastante peor no tener secretos, y no necesitaba compartir ese con nadie. Solo confirmaría que estaba casado con una mujer debilucha y que no sabía defenderse, y si bien no le dolería que Sebastian tuviera una mala opinión de ella, en realidad le resultaría difícil aceptarlo para sí misma.

—No tiene ninguna importancia, solo me dijo que lamentaba que hubiese escapado —dijo, sospechando que no la dejaría salir si no soltaba prenda.

—Que hubieses escapado «conmigo», ¿no es así?

—Que no hubiera escapado con él, más bien.

Aquellos topacios del mar Rojo que la taladraban sin descanso se oscurecieron hasta casi imitar el negro del vacío.

—¿Se plantó en «mi casa» para regalarte los oídos y recordarte que te ama? —preguntó. Ariadna se dijo que sería inteligente no responder, y se equivocó por completo—. Vaya. Tu luz es tan pura que ni siquiera casarte conmigo ha logrado apagarla —se burló.

—O tal vez usted no es tan oscuro como quiere pensar.

—Tal vez lo sea más —replicó—. Has evitado la pregunta. ¿Qué te dijo?

—¡Ari, aquí estás...! —exclamó lady Ashton a su espalda.

Ariadna observó que Sebastian cerraba los ojos y movía los labios, seguramente emulando una imprecación.

—Como siempre, aparece usted en el momento más adecuado —rechinó Sebastian, ganándose una mirada desconfiada por parte de Penelope.

—Créame; me aseguro de llegar cuando he de hacerlo. —Luego se volvió hacia ella—. ¿Cómo estás...?

Penelope la cogió de la mano y se la llevó a la otra punta del salón mientras la bombardeaba a preguntas. Fueron los minutos más largos de su vida: saludando, recibiendo felicitaciones forzosas y sin duda falsas, y rechazando solemnemente los valses que se le ofrecían. Le costó sortear las preguntas que Meg y Penny le hicieron sobre su matrimonio, pero salió airosa, y en cuanto le fue posible, abandonó el salón para encontrarse con su hermana menor.

Briseida, por no haber alcanzado aún la mayoría de edad, debía pasar toda aquella temporada recluida en sus habitaciones. Esto realmente la frustraba: era un torbellino que necesitaba acción casi en todo momento, loca por las aventuras y permanentemente ansiosa por conocer nuevos amigos a los que hacer cómplices de sus desvaríos. Ariadna no tenía que esforzarse mucho para saber que estaría muriéndose del aburrimiento allí arriba, sentada en su cama con un libro en las manos. Libros que era incapaz de acabar si no estaba dando vueltas de un lado a otro, o si no contaban con una gran carga de acción.

No obstante, un silbido proveniente de una de las salitas de la planta baja la distrajo. Ariadna siguió el sonido, curiosa, llegando a la puerta entornada de la que salía una mano que conocía muy bien.

—¿Bri? Se supone que no puedes estar aquí —dijo en voz baja—. Penny te matará si descubre que te has dejado ver...

—Sí, lo sé, lo sé —cortó, aparentemente nerviosa—. Subiré a mi habitación en cuanto esté un poco despejado, pero necesito que me ayudes con algo... —carraspeó—. ¿Podrías ir a mis aposentos y rescatar un vestido, o una capa, quizá...? Verás, he tenido un ligero problema de atuendo.

—¿A qué te refieres con «ligero problema»?

Briseida tragó saliva compulsivamente.

—Prométeme que no se lo dirás a nadie.

—Ya sabes que yo nunca me voy de la lengua.

—Oh, lo sé muy bien, por eso eres mi preferida... Pero esto es distinto, porque podríamos tener un problema las dos. Ari... —Se mordió el labio—. Estoy desnuda.

Ariadna abrió los ojos como platos.

—¿Cómo? ¿Por qué...? ¿Qué has hecho ahora, Bri?

—¡Ah, qué cansada estoy de esa muletilla! Qué has hecho ahora por aquí, qué has hecho ahora por allá... ¿Y si se hubiera colado un forajido en mi habitación y me hubiese arrancado la falda? ¿Y si hubieran tomado mi virtud a la fuerza...?

—¿Es eso lo que ha pasado? —preguntó Ariadna, alarmada.

—Pues claro que no. ¡Le habría arrancado yo la cabeza antes, y me hubiera tomado sus virtudes luego! —exclamó, tan vehemente como de costumbre—. No hagas preguntas ahora, por favor. Simplemente sube a la habitación y tráeme un vestido. Y procura que Penny no te vea; a Meg puedo chantajearla con sus viejas excursiones nocturnas bien ligerita de ropa, pero Penelope podría ajusticiarme usando solo unas tijeras.

Pensándolo bien, era muy posible que tras ponerla al tanto, lady Ashton decidiese usar sus propias manos. Fuera cual fuese el motivo de su desnudez —y las posibilidades eran todo lo amplias que su sorprendente aventura pudiera sugerir—, Ariadna tenía que rescatarla. La encerró en la habitación, y tras asegurarse de que nadie la veía, subió las escaleras.

O lo habría hecho si una voz no la hubiese retenido.

—Señorita Swift.

Ariadna frenó en seco, acuciada por el tono imperativo

con el que Winchester pronunció su nombre. Se volvió muy lentamente, como si quisiera darle tiempo para retroceder. Algo que no solo no hizo; tomándose libertades de las que nadie sería cómplice al encontrarse en un corredor desierto, el duque casi la retuvo subiendo los peldaños. Supo que era él porque desde esa mañana no podría olvidarlo: su perfume corporal, que era ahora agrio y auguraba malas vibraciones, lo señalaba como presencia ingrata.

—¿Ha pensado en lo que le propuse esta mañana?

—Excelencia, no debería estar aquí —sentenció.

—He recibido una invitación.

—Me refería a delante de mí, acosándome de nuevo —repuso. Echó un vistazo hacia los lados; en caso de tener que esconderse, no sabría dónde hacerlo. Desconocía la distribución de la casa—. Mi marido ha venido conmigo...

—Su marido está ocupado bebiendo, como siempre. O bebiendo, o yaciendo con fulanas, o haciendo trampas en las cartas... ¿Qué clase de hombre es ese para usted? —preguntó, con la cabeza ladeada. Subió unos cuantos escalones, obligándola a tomar la dirección opuesta—. Mi preciosa Ariadna Swift... Usted merece algo mucho mejor. Se lo demostré esta mañana —recordó—. Nadie va a amarla ni tratarla mejor que yo. Solo venga conmigo y yo le daré todo cuanto pueda desear...

—Excelencia —insistió ella con voz temblorosa—. Le di mi respuesta esta mañana. Soy fiel a mi esposo, y no le haría esto a mi familia, además de que no correspondo sus sentimientos.

—¿Cómo? —masculló él. Avanzó un paso para tirar de su cintura y hacerla chocar contra su pecho. Ariadna sintió que la bilis le subía por la garganta—. ¿Está enamorada de Sebastian Talbot? ¿De ese salvaje...?

—Suélteme —suplicó débilmente, empujándolo por el pecho—. No deseo su compañía ni sus promesas.

—¿Y deseas las de ese sucio *cockney*?

—Me pregunto cuántas veces tendré que lavarme hasta que dejen de llamarme así —comentó una voz fría a sus espaldas. Ariadna observó que el duque ni se inmutaba: señal de que no le imponía su aparición—. Mire que hoy hasta me he perfumado para la ocasión... Pero los de su noble casta son incapaces de valorar algo así. Oh, Excelencia —remarcó, tan irónico que sonó peor que el peor de los insultos—, ¿qué he de hacer para ser de su gusto?

El duque se dio la vuelta hacia él, momento en que Ariadna pudo respirar con normalidad. No sabía llorar: nunca supo hacerlo... Pero las sensaciones que venían con el llanto sí que le eran familiares, tal y como demostraba en esa situación. Tuvo que reunir una cantidad ingente de saliva para movilizar el nudo instalado en la garganta.

Fue cosa hecha cuando Sebastian, decidiendo dejar a un lado la educación, agarró al duque por las solapas de la chaqueta y lo voleó escaleras abajo. El hombre cayó como un muñeco de trapo, aterrizando entre aullidos al inicio de la escalera.

—¡Sebastian! —exclamó Ariadna por lo bajo, absolutamente aterrorizada—. ¿Qué has hecho?

—Te diré lo que «no» he hecho: matarlo. Eso merece una oleada de agradecimientos —apostilló, escudándose tras una máscara de indiferencia—. Y ahora vámonos de aquí antes de darle otra razón a tus hermanas para considerarme lo peor que te ha podido pasar.

Sebastian bajó unos cuantos peldaños. Al ver que Ariadna no lo seguía, se volvió y le lanzó una mirada de aviso, cargada de potencia negativa y otro sinfín de sentimientos. Ariadna quiso darle las gracias por aparecer, mas le fue imposible exteriorizar su alivio. Odió no encontrar la habilidad requerida para abrazarlo, para cobijarse del miedo que había tenido.

De algún modo, él tuvo que entender ese reclamo, porque extendió el brazo con la palma hacia arriba. Ariadna tomó su mano enseguida, y permitió que la guiara hacia la salida unos segundos antes de que los invitados se arremolinasen en torno al cuerpo caído del magullado duque.

Sebastian se encerró con ella en la berlina dando un sonoro portazo. Ariadna se fijó en que movía la pierna compulsivamente, tal y como su hermana había tragado saliva, y recordó que debía proporcionarle un vestido.

—Espere —pidió sin voz, antes de que Sebastian ordenara que el carruaje iniciara la marcha—. Debo entrar de nuevo para...

—No —cortó él, aparentemente calmado—. No vas a entrar en esa casa otra vez, porque de hacerlo, lo harías acompañada, y si fuera contigo, estaría pateando la cabeza de ese miserable hasta acabar con él. ¿Quieres que haga eso?

Ariadna se dijo que lo mejor sería no pelear por ese vestido. Su hermana era una gran aventurera... Acabaría encontrando la manera de salvarse.

Observó que Sebastian se inclinaba hacia delante, apoyando los antebrazos en los muslos, y casi rozaba su nariz con la propia.

—Ahora me vas a decir a qué diablos fue el duque de «me importa una mierda» a mi casa.

Ariadna casi dio un respingo por la muestra de vocabulario atroz. Su hermana Penelope era una gran aficionada a dichas expresiones, pero rara vez las soltaba en su presencia, y, de todos modos, no tenían ni de lejos tanto desprecio contenido como el que él acababa de usar.

Al ponerse en marcha el carruaje, Ariadna salió ligeramente impulsada hacia delante. Casi besó en los labios a Sebastian por equivocación, lo que le aceleró el corazón y a él lo tensó de manera obvia.

—No es nada importante —respondió ella, sabiendo que mentía—. Me pidió que fuera sincera y le confesara los motivos de mi reciente matrimonio.

—Dudo que se refiriese a eso cuando decía algo sobre «haber demostrado su amor» —señaló con retintín—. ¿Qué. Diablos. Hizo?

—Me cogió de las manos y me las besó, y... —contestó rápidamente. No pudo seguir. Sebastian la tomó de los brazos y le sacó los guantes de un tirón—. ¿Qué ha...?

Sebastian emitió lo más parecido a un gruñido animal cuando quedaron a la vista las marcas de los besos del duque. Tenía una piel tan extremadamente sensible que le había abierto surcos morados en el dorso y las muñecas.

—Le pisaré el cráneo —creyó entender con su murmullo.

Ariadna tuvo que afinar el oído; acababa de surgir un cerrado acento *cockney* que resultaba incomprensible. Tanto fue así que no comprendió nada de lo que siguió a continuación.

—¿Y qué más? —preguntó. La miraba con los ojos oscurecidos. Ariadna estuvo segura de que saltaría del carruaje en marcha si decía la verdad; por eso se alegró de que frenase en ese instante—. Ariadna...

Alargó la mano hasta agarrar la portezuela con firmeza. Tragó saliva, asustada por lo que pudiera hacerle si averiguaba que no pudo apartar al duque de ella.

—Me besó.

Abrió la puerta y salió precipitadamente antes de que Sebastian pudiera asimilar su confesión. Echó a andar con rapidez, preguntándose por qué parecía huir en todo momento de su marido, y tocó a la puerta con desesperación. No pasaron ni tres segundos hasta que Sebastian llegó a ella, absolutamente enfurecido.

—¿Por qué diablos no me lo dijiste en cuanto llegué? —bramó, haciéndola empequeñecer.

—No me grite.

Ariadna tuvo la certeza de que la besaría en ese preciso instante. La miraba con hambre, como si no hubiese comido jamás y alguien acabara de darle un mordisco a su único amago de alimento; así fue como se dio cuenta de dos cosas. La primera, que él la deseaba mucho más de lo que aparentaba. Y la segunda, que odiaba al duque por haber tocado lo que le pertenecía.

O eso pensó al principio. Cuando quedó claro que Sebastian se contendría, la cogió de la mano y pasó como un abanto por delante del mayordomo, a quien ni pudo saludar. Ariadna se vio arrastrada por su rápida caminada dirección al último piso de la casa, aquel donde los sirvientes tenían sus dependencias.

Un escalofrío la recorrió de pies a cabeza. Lo que estuviera pasando por la mente de aquel hombre era un total misterio para ella, y eso la asustaba, porque nada en su cuerpo o expresión revelaba algo que no fuese frustración. Y los hombres solo sabían cometer errores cuando dicha emoción era su guía.

Al final, Ariadna se vio sentada en la humilde mesa de madera en la que comían los sirvientes. Le sorprendió que la cocinera y su ayudante, un par de mujeres relativamente jóvenes, le sonrieran con calidez a Sebastian —y no solo eso, sino que lo llamaran por su nombre— antes de retirarse.

Ariadna quiso preguntar qué se proponía, y temió que pretendiese acostarse con ella allí mismo, aprovechando que no sabría adónde huir por no conocer aquella zona. Graham fue muy estricto al establecer que ella nunca debía ver las modestas estancias de los criados.

Por extraño que pudiera parecer, Sebastian se quedó en silencio y, en lugar de atosigarla con sus palabras o miradas, sacó una olla y la llenó de agua. La puso al fuego sin dudar un segundo dónde podría encontrar las cerillas, en qué balda se encontraban los utensilios de cocina o cuál de los dos bidones llenos de agua era el que contenía la potable.

Ariadna parpadeó, sin poder creer del todo lo que estaba

viendo. Parecía como si hubiese pasado meses o incluso años moviéndose por la cocina. Su mano no titubeó al sacar de un cajón un paño blanco y rasgarlo por la mitad para improvisar una compresa. Tampoco lo pensó dos veces al verter un poco de esa agua en una tetera, añadir un par de hojas de té y, con una cucharilla, remover el contenido hasta que aromatizó el aire.

Con la misma brusquedad con la que lo hacía todo, Sebastian se acercó a la mesa y dejó la taza delante de sus narices. El humo que desprendía acarició la nariz de Ariadna, que se estremeció de placer al tocar con los dedos la superficie ardiente.

—Bebe —ordenó.

A continuación, apartó la silla colindante y giró en la que ella estaba sentada para arrodillarse a sus pies. Tomó su mano derecha y la sostuvo sobre su palma callosa un instante, estudiándola en silencio. Después, vertió el agua caliente en la compresa y la presionó contra el moratón más visible.

Ariadna se quedó petrificada.

—Qué...

—El agua caliente, la clara de huevo y el vinagre de manzana aceleran el proceso de curación de esta clase de marcas —explicó, aún tenso. Ariadna lo miró sin comprender, pero él no se molestó en despegar los ojos de la zona afectada—. No hay huevos, y el vinagre hará que tus manos apesten durante una semana, así que esta es la mejor opción.

—No es necesario —se apresuró a decir—. Tengo la piel muy sensible a cualquier roce, y este tipo de cardenales aparecen todo el tiempo. Se suelen ir con la misma rapidez...

Sebastian levantó la barbilla. Un mechón de cabello ondulado sesgaba su frente, al igual que la cicatriz recorría visiblemente la mejilla oscurecida. Ariadna se sintió injusta al encontrarlo arrebatador cuando una emoción tenebrosa se apoderaba de sus ojos.

—No quiero que nadie piense que yo te he hecho esto.

Jamás sabría por qué, pero le decepcionó que aquel fuera el motivo de su alarma.

—Nadie los vería. Llevo guantes en todo momento...

—Salvo cuando estás en casa —puntualizó, devolviendo la vista a su delicada labor.

Ariadna estaba demasiado intrigada con su extraño comportamiento para reconocer que de aquel par de manos brutales emanaba la suavidad de la seda persa.

—¿Teme que los sirvientes le crean el culpable?

—No. Ellos nunca me acusarían de algo así. Ni tampoco llegarían a insinuarlo o pensarlo.

—¿Quién le preocupa, entonces? —inquirió. Sebastian dejó de presionar un segundo, y agachó la cabeza para mirarse las rodillas. Algo tan sencillo como eso, una postura derrotista, inspiró a Ariadna—. ¿Yo? ¿Tienes miedo de que crea que eres capaz de hacerme eso?

Observó que relajaba los hombros.

—Bueno... —empezó, recobrando parte de su jovialidad—. Ya te lo he hecho no apareciendo a tiempo, ¿no? —La miró directamente a los ojos—. Estoy de acuerdo con que me consideres asqueroso. Ya has visto que no eres la primera en descubrir esa pólvora. Pero sigo siendo tu marido, y he jurado protegerte. Si no me dices que alguien quiere herirte, no puedo hacerlo, ¿entiendes?

—Solo son unos moratones, Sebastian —musitó, sobrecogida por su vehemente arrebato—. Ni siquiera me quiso hacer daño adrede. Solo me sostuvo con demasiada fuerza.

—Da igual cuáles fueran sus intenciones —repuso bruscamente—. Y que lo hiciera para hacerte cómplice de sus sentimientos no le resta culpa. El amor se utiliza como excusa para cometer los peores crímenes que puedas llegar a imaginar —dijo con un tinte de amargura.

Como si no pudiera soportar estar allí un segundo más, se

levantó y acercó a la tetera para empapar de nuevo la compresa. En medio del proceso, se quitó el gabán, la chaqueta y el pañuelo, quedándose en mangas de camisa. Desde aquel extremo de la mesa, le lanzó una mirada de ojos entornados a Ariadna, como si supiera que iba a hablar.

—¿No va a preguntarme por qué no me aparté?

—El duque es el doble de grande que tú —le sorprendió—. No podrías haberte apartado ni aunque hubieses querido.

—Usted también lo es, y sostiene que nunca me ha obligado a nada —se le escapó.

—Pero yo no soy duque —repuso—. Yo no estoy seguro de que vaya a cumplirse mi voluntad; solo «intento» asegurarme de ello, lo que es distinto puesto que parto de un margen de error. La determinación a la hora de hacer algo es una variable que determina —valga la redundancia— el éxito de lo que se pretende. Un hombre como él siempre sabe que es bien recibido, y por eso siempre es bien recibido. Yo no, y no me acompleja, pero sí me limita. En el momento en que hubiese percibido tu incomodidad, me habría retirado. Un duque no sabe percibir eso, directamente.

Quiso preguntar por qué estaba tan familiarizado con esa cuestión, pero le fue imposible cuando regresó a sus pies, esta vez para atender la otra mano. El tacto áspero del paño y la temperatura a la que la sometía la transportó a otro mundo, en el que permaneció hasta que una suave y ronca carcajada de incredulidad la sacó de sus pensamientos. Era él quien reía.

—No voy a poder dejarte sola nunca —suspiró—. A esos tiburones les da igual que ahora seas mía... Seguirán asediándote sin piedad, rascando cualquier segundo contigo. ¿Tendré que encerrarte en una torre?

—Podría ser feliz en una torre —contestó con honestidad—. Me gustan el paisaje y las alturas, y paso la mayor parte del tiempo alejada de la realidad... Una torre seguramente sería mi hogar ideal.

—Sin duda, aunque acabarían encontrando la manera de subir. —Cabeceó. Le dio la vuelta a su mano, y acarició la palma con la yema de los dedos centrales, lanzándole un estremecimiento desde allí—. ¿Por qué todo el mundo te adora, duendecillo? ¿Cómo los has embrujado que no pueden dejarte vivir...?

—No lo sé.

Se sostuvieron la mirada durante toda una eternidad, en la que Ariadna aprendió que sus ojos eran una maravilla innegable a la que solo los torpes renunciaban. La rabia no se había diluido. Seguía dentro de ellos, de aquellos dos ocelos de luz estelar que, pese a todo, no pretendían engañar a nadie con mensajes de pureza. Su belleza ya era corrupta, y por ello transmitía vicios, malas costumbres, brutalidad... Un mundo desconocido y prohibido que Ariadna encontró exuberante.

Sebastian colocó repentinamente un dedo en su pequeña nariz. Descendió desde la punta, trazando el levísimo dibujo ovalado sobre sus labios, y allí se quedó: pidiéndole en lenguaje no verbal que no dijese una palabra. Ariadna fue consciente de la diferencia entre la suavidad de su boca y la dureza de su piel.

—Tal vez tengan ellos la culpa —propuso en fingido tono conciliador, manteniendo el contacto. Sus ojos apuntaban donde el dedo la acariciaba, por lo que supuso que se refería a ellos—. Recientemente he descubierto que podría matar a un hombre con mis propias manos si solo soplara sobre tus labios. No necesito la promesa de un beso tuyo; me basta con la escasa eventualidad de obtenerlo para respirar con regularidad.

—Señor Talbot...

—Tengo que borrar su rastro de tu boca —dijo—. Nadie debería tener el derecho, más que yo, de encontrarse entre tus labios.

Se le cortó la respiración. Estaba agobiándose por cómo el aire desaparecía, dejándola a solas con un hombre que se estiraba para llegar a ella.

—Señor Talbot —repitió, no sabía si suplicando que la abrazara o que se retirase.

Él aplastó su mano bajo la propia con cuidado, entrelazando los dedos. Su otra mano, la que antes rozaba su boca, acabó enredándose en los finos rizos de su nuca, y luego en el escote trasero del vestido. Ariadna se estremeció: estaba helada, y él era puro fuego.

—Esta noche he soñado contigo —susurró, a modo de confidencia. Se acercó a su mejilla, pues incluso arrodillado era tan alto como ella sentada. Su aliento chocó con la tierna debilidad del lóbulo, trayendo consigo la rebelión de todo fino vello—. He soñado que vivía bajo tu falda. Que tiraba suavemente del lazo de una de tus ligas, y que bajaba la media hasta que era un estorbo en tu tobillo. Luego acariciaba toda tu pierna... —besó ese punto que tanto le gustaba, donde la mandíbula acababa— desde el huesecillo junto al pulgar del pie hasta tu ombligo. Estaba tan loco por ti que no podía parar de tocarte, y tu piel enrojecía así de dulce para mí cuando te sacaba las prendas a tirones, y las hacía añicos para que nunca más pudieras volver a vestirte. Y soñé que me hundía en tu cuerpo. —Ladeó la cabeza para calmar con su aliento el nudo de su garganta, lamiendo el centro del cuello y cerrándose en la barbilla—. Te embestía con dureza una y otra vez, y nunca me saciaba del todo. Temblabas... Te retorcías... Pedías clemencia con lágrimas que yo me bebía... —Ariadna soltó el aire de un jadeo, que él tomó sujetándola por la nuca y acercándola a su boca—. ¿Quieres saber cómo acababa?

Nunca tuvo la intención de hallar respuesta para dicha pregunta; solo era preludio de un beso destructor que comenzó con la misma rabia que Ariadna había visto estallar en sus ojos al saber que otro la tocó. Su grito ahogado, que desgraciadamente tendía mucho más a cuánto lo estuvo deseando que a la indignación, fue acallado con el empuje de una lengua de fuego. Sebastian la enredó y anudó a la suya con un juego fuera de serie absolutamente devastador. Ariadna se derritió sobre aquella silla, y luego entre sus brazos, y al final, en la mesa contra la que la presionó para separarle las piernas.

Todo ocurrió tan rápido que no pudo ser consciente de nada que no fuese la desesperada necesidad con la que la tocaba. Ariadna se sorprendió conmovida por la respiración artificial de él, como si estuviera muriéndose y solo encontrara el oxígeno necesario sujeto a las fibras de su cuerpo. Sebastian pegaba la nariz al centro de sus clavículas, y seguía hacia abajo, presionándola con fuerza, besando cada esquina, cada escaso lugar.

La deseaba; la deseaba colérico, desesperanzado, muerto y desgraciado, y por eso presentía que sería honorable morir de amor por sus respuestas corporales. La fuerza de su pasión la traspasó, la hizo arder, y la terminó de poseer. Ariadna no era de Sebastian Talbot, pero una parte de ella pertenecía a la furia viva, poderosa y magnética de su sobrehumana excitación.

—Sebastian, no lo haga... —se oyó decir, mareada. Lo cogió del pelo, temblando tanto que no sentía dueñas las extremidades—. No...

Sebastian hundió la cabeza en su estómago y negó. Sus grandes manos acaparaban la estrecha cintura, que en comparación parecía ridícula. Luego estuvieron en sus caderas, y casi bajo su vestido, palpando sus pechos como si buscara algo desesperadamente...

—Señor Talbot, por favor... No siga.

Él cerró los puños y, de pura impotencia, golpeó los extremos de la mesa, haciéndola retumbar. Ariadna no sintió tanto miedo por la reacción como por la decepción que amenazaría con destruirla si no cumplía su ordenanza.

—Maldita seas, Ariadna —gimió con voz rota—. ¿Qué diablos tengo que hacer?

Ella tragó saliva y luchó por apartarse, pero él pesaba mucho y no podía soltarla; no podía separarse de su vientre, dejar de inspirar como un loco...

—Tiene que ser otro hombre —musitó.

Sebastian no contestó. Lentamente, se fue separando, como si se estuviera dejando el corazón allí. Cuando se miraron, él estaba despeinado, enrojecido, y una lámina de fervoroso deseo empañaba sus ojos.

—¿Te crees que no lo he intentado? —susurró solamente.

10

—El duque de Winchester deberá guardar cama durante un par de semanas —comentó Dorian Blaydes, abrazando el respaldo del sillón con aire desenfadado—. Por lo visto se cayó por las escaleras la noche de ayer. ¿Sabéis vosotros algo al respecto?

—No —espetó Sebastian. Robó una carta del montón y luego lo apuntó con el dedo acusadoramente—. Cállate y concéntrate en el juego.

—Sebastian, ¿te das cuenta de que eres el culpable de que las mujeres piensen que no sabemos hacer dos cosas a la vez? —inquirió Thomas Doyle, asomando los ojos verdes por encima de las cartas—. Y no sé yo si se cayó. Briseida Swift tiene otra versión de lo acontecido.

—También tiene pájaros en la cabeza, si no recuerdo mal —escupió Sebastian.

—Y la vista de un lince —replicó Doyle.

—Solo para lo que le conviene.

—No creo que le conviniera pillarte tirando por las escaleras al duque más importante de Inglaterra —intervino Blaydes con su acostumbrado desahogo. Hizo una pausa para mirar a sus amistades alternativamente—. ¿O sí? ¿Sabéis si a la señorita Swift podría interesarle tener en su poder dicha información? ¿Sería capaz de pedir un soborno a cambio de su silencio?

—Sería capaz de sobornar y convertirse en el soborno —apostilló Doyle. Le tocó a él robar del montoncito. Fue imposible saber si agradecía o maldecía la carta que acababa de tocarle—. ¿Te gustaría decir algo en tu defensa, Talbot?

—No —repitió—. Cállate y concéntrate en el juego.

Definitivamente no estaba de humor para que aquel par de elementos lo aguijoneasen con su sarcasmo habitual. Era la cualidad que el trío calavera compartía: a los tres les sobraba cinismo por los cuatro costados, aunque con sus marcadas diferencias. Ahí donde Dorian Blaydes era cruel de tan directo, solo para defender sus verdaderos pensamientos, Thomas Doyle era extremadamente reservado, encontrando excesivo hablar de sí mismo o manifestar su opinión real. Blaydes era un hipócrita; sabía ser despiadadamente grosero, pero de cara al público se comportaba como cabía esperar en él, un caballero de abolengo. Doyle tenía muy aprendido que por la boca moría el pez, y su lema era que romper el silencio solo era válido si se hacía para mejorarlo. Y luego estaba él, quien ostentaba unos pésimos modales, puesto que nadie le había enseñado el arte de la mesura, y no sabía hablar en nombre de nadie que no fuese su verdad.

Blaydes usaba el cinismo para divertirse, y Doyle como protección. Para Sebastian, en cambio, era la única forma de comunicación.

Supuestamente no era necesario comunicarse entonces, cuando se disputaba la partida de continental a cien soberanos. Eso era justo lo que Sebastian había ido a buscar al casino de Sodoma y Gomorra: una victoria silenciosa, obtenida gracias a la concentración de no pensar en nada más que en el juego. Pero por lo visto, haber golpeado a un bufón almidonado contra una barandilla era una noticia demasiado jugosa para que la dejasen correr. ¡Y luego se suponía que era él quien no podía resistirse a un cotilleo!

Normalmente prefería reunirse en casa de Doyle, en el salón de Blaydes o en el suyo propio para disputarse la fortuna. A ninguno de los tres les gustaba incluir en sus partidas a desconocidos, o peor, «desagradables conocidos», algo que podía ocurrir en cualquier momento; estando el casino lleno y los pasillos a rebosar de caballeros pendientes de la mesa que más les interesaba, corrían el riesgo de que quisieran apostar contra ellos o de que oyesen la conversación. Por desgracia, esa probabilidad no tentó a Blaydes a cerrar el pico.

—Talbot, estamos hablando de un asunto serio. El duque podría haber perecido en el preciso momento en que aterrizó de cabeza. Y de ser así, la gente se habría tomado las molestias de buscar al responsable.

—No es mi problema que un hombre no sepa mantener el equilibrio. Y soy especialista en sobornos —apostilló, mirando a Doyle de reojo—. Si Briseida o cualquier otro se planta en mi puerta con una amenaza, le llenaré la boca de billetes antes de que acabe de hablar.

—¿Es eso una confesión?

—No se necesita confesión para lo que es evidente, como tampoco es requerido mantener conversaciones estúpidas durante una mano.

—¿Y qué tipo de conversación sería del gusto del señor? —se burló Blaydes.

—Una que pueda proporcionarme el saber que busco: ¿cómo se puede matar a un hombre sin ingresar en la cárcel por el delito? —preguntó sin despegar la vista de las cartas.

—El cómo es sencillo. Puedes matar a un hombre de numerosas maneras, todo depende de cuánto desees hacerlo sufrir durante el proceso —respondió Doyle con calma—. Huir de la justicia es algo más complejo. ¿Por qué? ¿Hay algún motivo en especial por el que quieras mudarte al oficio de los malasangres? ¿Te ha cansado el mundo empresarial?

—Oh, me he cansado de la fingida superioridad moral, y

también de que mi esposa me trate como a un perro —espetó al borde de la explosión. Sebastian bajó el abanico de cartas un segundo, solo para asegurarse con miradas alternativas de que ninguno de los dos se tomaba como una divertida chanza sus miserias—. Creedme, sé muy bien que soy un perro, pero no he pagado cinco mil libras por ella, más suplementos, para que se atreva a recordármelo.

Blaydes soltó una potente carcajada.

—Empiezo a pensar que el incidente «de vuelo» está relacionado con la señora Talbot. ¿Tú qué crees, Doyle?

—Creo que el señor Talbot tenía una vida muy aburrida antes de casarse, y de repente parece del todo insatisfecho. Bajo mi punto de vista, es elemental quién parece traerle problemas, Blaydes.

—Sois extremadamente graciosos —ironizó Sebastian, mirándolos con hostilidad—. Si requerís de una confirmación, diré que si no le aplasté la cabeza a ese gallo pomposo fue porque preferí anteponer mi reputación a la barbarie, y porque se me ocurrió que estaría comportándome inapropiadamente delante de una mujer que necesita sacarse de la cabeza la imagen que tiene de mí.

Blaydes apoyó los codos sobre la mesa y se inclinó hacia delante, haciendo manifiesto su interés hacia la situación.

—¿Qué imagen es esa?

Sebastian reprodujo su semblante más lúgubre.

—La de una bestia, supongo, cosa que evidentemente soy, antes de que se os ocurra insinuar que lloro por lo que no tiene arreglo. Créanme, señores... Me importaría un rábano la indiferencia de mi esposa si no le hubieran salido ojos a Londres para perseguirla allá donde va. Todo varón de esta condenada ciudad acecha en cada esquina, deseando cernirse sobre ella con la boca abierta y los pantalones por los tobillos.

—Tú incluido —señaló Doyle, estirando el brazo para alcanzar la copa de whisky.

Sebastian no estaba en situación de proporcionarle una respuesta negativa al hombre que todo lo sabía. A diferencia de Blayes, quien juraba no mentir como principio de sus innumerables mentiras, él no sabía hacerlo directamente. Y poner a Dios por testigo de que no había pasado los últimos días durmiendo en una cama de fuego por el simple hecho de no estar con ella, cuando así era, quedaba muy lejos de su alcance.

—Si andáis en busca de sinceridad, debéis saber que si no logro ponerle la mano encima en veinticuatro horas, siendo enseguida respondido con el mismo fervor, voy a quitarme la vida.

—No exageres, hombre de Dios —dijo Blaydes, recostándose. Luego añadió, exagerando una mueca de pavor—: ¿Qué sería de todo tu dinero?

—Mi dinero... —Soltó una amarga carcajada—. ¿Qué es ese montón de mierda, si no puede asegurarme a la mujer que quiero desnuda en mi cama?

—No a la que quieres, aunque sí a cualquier otra —terció Doyle—. Venga, Talbot. Tú antes no eras así.

—Antes podía trabajarme a la mujer que me viniera en gana.

—Y ahora también —añadió—. Consíguete una viuda, o una virgen por tiempo limitado de las que tanto te gustan, y sacia tu impotencia.

—Al carajo las mujeres. Ya ni me gustan —confesó con amargura—. Hasta que no me desquite con ese bicho de pelo blanco no voy a volver a ser quien era, ni me va a interesar nada que no sean los duendes de talco. Maldito el día que se me ocurrió acercarme a ella —masculló, cerrando el puño.

Blaydes y Doyle intercambiaron una rápida mirada cómplice. El primero no se cortó a la hora de sonreír, mientras que el otro, con su bien acostumbrada indolencia, retomaba el juego anunciando su turno.

—Si ese «volver a ser quien era» significa convertirte nuevamente en un bastardo aprovechado, quizá debiera seguir teniéndote en vilo un tiempo más —comentó Dorian—. Quién sabe... A lo mejor acabas siendo un hombre nuevo, ese caballero virtuoso del que parten las novelas de épica.

Sebastian soltó las cartas. Agarró el borde de la mesa, impulsándose hacia delante, y casi siseó en la nariz del provocador:

—No quiero ser el maldito Robin Hood. Solo quiero meterme entre sus piernas.

Vio a Dorian alzando las cejas con un amago de risa, pero fue Doyle quien intervino:

—Robin Hood no fue ningún caballero virtuoso. En todo caso el rey Arturo, o el Cid español.

—¿Y quién era Hood entonces?

—Un ladrón.

—En ese caso me viene como anillo al dedo. —Sebastian se repantigó de manera grosera—. Yo le robo las novias a Londres. Solo me falta montarlas.

Blaydes entornó los ojos.

—¿Es ese el famoso vocabulario *cockney* del que me has hablado?

—Y este —añadió, levantando la mano comprimida— es el puño *cockney* que estamparé en tu cara como no te calles. —A continuación, tomó asiento como si no estuviese rojo de frustración—. Por si aún no te has enterado, no necesito que ninguna mujercita salve al pecador que llevo dentro. Esas cursilerías de amanerados decidí dejároslas a vosotros hace años.

—Yo no necesitaba que salvaran al pecador. De hecho, sigue muy presente —comentó Doyle, cambiando de lugar los naipes y estudiándolos en profundidad—. No eres el único expulsado del lecho nupcial, amigo.

Sebastian alzó una ceja.

—¿Cómo?

—Megara sigue molesta por haber tramado a sus espaldas. Está segura de que te conté antes que a ella que Ariadna se casaría con el duque para que actuaras precipitadamente, y como es cierto, no se me ocurrió decir nada en mi defensa. El resultado es... un hombre durmiendo en la alfombra durante una semana, y las que me quedan.

—No pareces muy afligido —señaló Blaydes. Doyle encogió un hombro.

—Difícilmente, cuando no soy el único que lo pasa mal. Mañana me perdonará.

Dorian Blaydes le dirigió una mirada socarrona.

—¿Y sabes también la hora exacta, o...?

—No soy un experto en el arte de la predicción, pero yo diría que entrará en razón por la noche. El séptimo día, Dios se tomó un descanso, ¿no?

Sebastian soltó una tremenda carcajada que acabó en un aullido, captando la atención de los jugadores de las mesas cercanas.

—Eres un perro, Tommy. —Le palmeó la espalda—. Te deseo toda la suerte que no tengo para mí.

—Vamos, Talbot... Va muy poco contigo el victimismo. ¿Es que no piensas hacer nada? ¿Pretendes pasarte el resto de tus días llorando por una mujer que técnicamente ya es tuya?

—Rotundamente no —respondió, mirando a Blaydes como si acabara de cacarear—. Tengo planes.

—Espero que no incluyan un acercamiento forzoso —apostilló Doyle—. Te conozco lo suficiente para saber que serías incapaz de hacer algo así en circunstancias normales, pero visto que estás en otro orden ahora...

Dorian asintió.

—Si es eso justo lo que estás planteándote, mejor sería que la dejaras en paz. No quieres hacer eso, Talbot; ni tampoco quieres morir a manos de las Swift.

—¿Hay forma más dulce que morir a manos de un grupo

de mujeres bonitas...? —provocó—. Sobre todo dos casadas. Ya sabéis que las comprometidas son mis preferidas.

Blaydes, divertido por la insinuación, le echó una ojeada a Doyle.

—¿Qué tienes que decir a eso, eh? ¿Preocupado?

—En absoluto.

—Pues he oído por ahí que a tu mujer le gustan las cicatrices...

—Le gustan las mías —corrigió. A continuación, enseñó su abanico de cartas, declarándose el ganador irrebatible. Lanzó una mirada a Talbot, sin pizca de humor—. Cállate y concéntrate en el juego.

Sebastian hizo una mueca. Hacía años, y quien decía años fácilmente podía abarcar décadas, que no perdía una mano de cartas. Desde que aprendió a hacer trampas, sus victorias en el juego se acumularon hasta serle entregado el título de invicto. La triste derrota de ese día debía tener sus bases en la conversación, que le había sacado suficientemente de quicio para olvidarse de las reglas del continental. Al final, y tras recibir una mirada apremiante por parte del ganador, tuvo que pagar lo equivalente a regañadientes. Se puso en pie para sacar la billetera del bolsillo, maldiciendo la apariencia tranquila de Thomas Doyle.

—Me temo que no puedo quedarme para la revancha. Tengo un importante asunto que atender...

—Me alegra que te animes a cumplir por fin —ironizó Blaydes, dando unos golpecitos alegres en la mesa—. Ya nos contarás si mereció la pena tanto gimoteo en grupo.

Sebastian lo fulminó con la mirada. Oh, podía sacar a colación tantas situaciones ridículas para avergonzarle que ni siquiera le venía una concreta a la cabeza; cuando se trataba de Dorian Blaydes no tenía que pararse a pensar. Las sátiras le salían por las orejas.

Sin embargo, ya bastante se estaba entreteniendo.

—Gracias al secuestro ahora eres rico —le espetó a Doyle, arrojando los billetes sobre la mesa—. Dile a tu mujer que no sea estúpida: gracias a tu chanchullo conmigo puede permitirse todos los escarpines que se le antojen. Y de paso, dile que le diga a la mía que siga el ejemplo.

Volvió a guardar la cartera y aprovechó para fulminar a Blaydes con la mirada, quien, repantigado sobre su sillón, era el reflejo de la calma espiritual que él llevaba sin catar desde que Ariadna apareció en su vida. O tal vez tuviera que remontarse a unos cuantos años atrás... Quizá al día de su nacimiento. En realidad, no le era desconocida la sensación de estar completamente fuera de control. Era el duende, que justo le pilló con la guardia baja cuando había encontrado un punto de equilibrio relativamente plácido entre sus escarceos amorosos, borracheras y partidas.

—¿Qué? ¿Por qué me miras así? —se quejó el susodicho, cruzándose de brazos—. No paguéis conmigo el haberos casado con mujeres con carácter.

—El que me tiene que pagar eres tú, señor conde —especificó Doyle, inclinándose hacia delante para guardar lo recién ganado—. Ah, y Sebastian...

—¿Qué? —gruñó de mala gana, girándose para mirarlo. Thomas Doyle le sostuvo la mirada con seriedad.

—Si vuelves a hablar en esos términos de Meg, te vuelo la tapa de los sesos. El que tiene que dejar de ser un estúpido eres tú.

Quizá fuese porque era un auténtico salvaje y hacía años que sus fosas nasales se habían acostumbrado al olor de la brea para apreciar el cálido ambiente de los barrios más nobles, o tal vez fuera porque despreciaba directamente todo lo que representaba aquel conjunto de bloques, pero Sebastian solía evadir Mayfair. Lo que resultaba curioso cuando menos, ya que cuando era un muchacho y debía cruzar la ciudad a pie, pasando por las calles imperiales de una de las zonas más ricas, lo único en lo que podía pensar era en cuánto habría deseado nacer allí: dentro de alguna de las mansiones monumentales que parodiaban a sus habitantes, los supuestos londinenses más prósperos y respetables de la gran ciudad...

Pamplinas. Para él todo eran ya pamplinas. No le impresionaba porque, de haberlo querido así, Sebastian podría haber comprado la casa del mismísimo duque de Winchester, que era a la que se dirigía por su propio pie. Aquel territorio de dandis, al igual que gran parte del sur de la calle Oxford —e incluyendo el barrio en el que vivía, que no se quedaba muy atrás en distinción—, le parecía más una trampa mortal que un lugar de recreo que venerar. Menos ahora que, caminando bajo la pesada lluvia, se paseaba por las amplias calles que una vez recorrió sin zapatos con el objetivo de escupir una amenaza.

Sebastian subió la escalinata que daba a la puerta de entrada sin fijarse en el esplendoroso portón clásico, ni en la doble columna que franqueaba el acceso, ni en los dibujos que trazaba el metal de la barandilla superior. Tampoco le prestó verdadera atención al mayordomo, un estirado que, a causa de sus párpados gruesos, parecía mirarle con aburrimiento. Bien podría haber dicho que el duque se encontraba en la planta superior, o que abandonara la residencia de su Excelencia de inmediato, que a él le valieron tres cominos sus exclamaciones cuando lo apartó de un empujón y penetró en la humilde morada.

Sebastian sonrió sin ganas. Humilde... No tuvo el tiempo ni estaba de humor para detallar el valor de las particularidades del salón, y con eso cabía referirse a los cuadros, las alfombras, los detalles áureos del friso, incluso el material con el que había sido levantado. Sin embargo, todo aquello tenía más bien poco de modesto. Y no se podía decir que lo envidiase, puesto que él contaba con posesiones de valor similar; la diferencia era que él se las merecía por haber sudado, sangrado y sufrido en el proceso de obtenerlas. Sebastian se había ganado cada penique que ahora podía gastarse en lo que le placiese, mientras que aquel fantoche solo tuvo la suerte de nacer con el apellido adecuado. No se pararía a pensarlo porque, de hacerlo, serían ya muchas las veces que retornaba al mismo asunto, uno que carecía de solución. Simplemente mantuvo en su pensamiento lo que le producía el fundamento de su fortuna. Por supuesto, Winchester tenía la misma culpa de ser duque que él tenía de haber sido engendrado por dos marginados sociales, pero el hecho de que se sirviera de su posición para oprimir aún más a los discriminados como él, le ponía enfermo. Claro estaba que por ese motivo no habría irrumpido en sus aposentos, sacando del interior al médico y a su par de criados: poco podía hacer frente a las injusticias, salvo simplemente ser víctima de ellas... La razón de su visita distaba mucho de tener algo que ver con la riqueza o el trabajo merecido.

Sebastian cerró la puerta en las narices de los recién salidos lacayos, y se aproximó a la flamante cama a paso ligero. En realidad, se quedaría toda una vida allí, observando cómo gimoteaba de dolor bajo un edredón que pesaba más que él mismo. Esa sería su gloria, pensaba... Hacerle consciente de que se regodeaba en su debilidad, y que a punta de bastón podría mandarlo al otro barrio.

Pero una mujer esperaba en casa, y no se iba a conquistar sola, así que procuró ser rápido. No lo saludó: dejó que fuese el águila del bastón quien diera las buenas noches, yendo a parar al centro del pecho del duque. Este abrió los ojos con dificultad, resurgiendo de un sueño reparador, y los clavó en él a caballo entre la sorpresa y la irritación.

—¿Qué hace usted aquí...? —Entonces se dio cuenta de la amenaza que constituía el pico del ave donde latía su corazón

y tragó saliva. La ofensa perfiló la fina línea clara de sus ojos—.
¿Cómo se atreve a venir a mi c-casa... Y...?

—Eso mismo podría preguntarle yo, ya que fue exactamente lo que hizo hace unas horas —contraatacó, acallándolo a tiempo. Deslizó los dedos por la fina envergadura del bastón hasta cerrar el puño en el extremo más lejano. Empujó lo suficiente para hundirle el remate brillante en el esternón. El duque soltó un gemido lastimero—. No pretendo «robarle» mucho tiempo. Solo pasaba a comentarle que una caída por las escaleras es lo mejor que ha podido pasarle de toda una inmensa lista de posibles accidentes, y que debe estar agradecido porque la señora Talbot estuviese presente, o de lo contrario... Quién sabe, quizá no hubiera vivido para contarlo.

—¿Me está amenazando, acaso...?

—Puede tomárselo como quiera. Verá... —Sebastian retiró el bastón y se sentó en el borde de la cama. Cruzó las piernas, adoptando una postura sosegada, y miró al postrado con una ligera sonrisa—. Creo que todo le resultará más fácil si le cuento una pequeña historia de cuando era joven. ¿Quiere oírla...? —Al ver que abría la boca para hablar, se inclinó sobre él y le agarró la mandíbula con firmeza, acallándolo—. Eso mismo pensaba yo.

»Como sabrá, mis orígenes son más bien humildes. En el barrio donde hacía mi vida, se movían a su vez una gran cantidad de niños. Seguro que puede elaborar una imagen mental de a qué muchachos me refiero; alguno habrá intentado, al menos una vez, robarle la cartera o protegerse de la lluvia bajo las ruedas de su magnífica berlina. ¿Los está viendo? Yo los imagino a la perfección. Chavales desnutridos, hasta las cejas de carbón y con problemas respiratorios que en la mayoría de los casos suelen resolverse con la muerte entre los cinco y los once años. Bien... Hágase una idea del grado de desesperación que podía alcanzar uno de esos jovencitos cuando estaba en juego la cena o la merienda semanal. O quizá esté pecando de necio al suponer que podría ponerse en el lugar de un crío que solo come migas mojadas y gachas pasadas de tiempo tres o cuatro veces al mes...

»¿Sabe? El hambre puede impulsar al ser humano a cometer un crimen, y no necesariamente está uno en el derecho de acusar a esa criatura de injusta o rastrera por procurar su supervivencia. Cuando uno de los niños llegaba al barrio con una hogaza del día anterior, en la mayoría de los casos robada... empezaba la lucha por la vida. Sin ir más lejos, su Excelencia, vi cómo un chico le arrancaba el dedo gordo a su mejor amigo por un triste par de manzanas. En cuanto a mí... —Sonrió con auténtica frialdad—. Estuve a punto de matar a un chiquillo de seis años por atreverse a robarme la cáscara de una mandarina. La cáscara de una mandarina, su Excelencia —repitió. Lentamente descendió, quedando muy cerca de su oído—. No le costará imaginar lo que sería capaz de hacer si alguien tuviera la osadía de ponerle un dedo encima a mi esposa, quien evidentemente es un poco más valiosa que los restos de una fruta.

Sebastian se incorporó con total normalidad, y haciendo ostentación de una seguridad en sí mismo que no podría haberse correspondido con el muchacho de su historia, se puso de pie. Nuevamente agarró con firmeza el bastón, que apoyó entre las sábanas antes de decidirse a ponerle la punta en la boca.

—La verdad... A estas alturas, si quisiera matarlo, no me vería en la necesidad de mancharme las manos. Tengo contactos de sobra para recordarle quién soy y lo que puedo hacer si alguien me disgusta. Pero las viejas costumbres son las viejas costumbres, ¿eh? —Sonrió de oreja a oreja, dándole golpecitos en la mandíbula con el instrumento—. Hace años que me ocupo de mis propios asuntos, y sería interesante partirle los huesos uno a uno usando este mismo bastón. Le aseguro que no verá otro igual en ninguna parte del mundo, y que este es el más temible al que podría tener la mala suerte de enfrentarse. Ha roto tantas espaldas y abierto tantos cráneos que le sorprendería de lo que es capaz con un certero golpe.

Verlo tragar saliva y estudiar de reojo el elemento de la discordia le produjo un inconmensurable placer que solo sería equiparable al que obtendría en brazos de una mujer. No obstante, no era lo bastante crédulo para tragarse su fingimiento; seguía siendo un duque, y era tan consciente de que no lo mataría en su propia casa como él mismo. De ahí que no le sorprendiera que se incorporase con sumo cuidado y lo desdeñase con la mirada antes de pronunciar su defensa.

—Aparte eso ahora mismo de mi cara. ¿Quién se ha creído que es para entrar en mi casa con esa caradura y enfrentarse a mí? Podría borrarle de la faz de la Tierra con solo chasquear los dedos, Talbot; podría hacer que le condenasen a la horca por traición a la Corona, o mover unos hilos para que acabase en la cárcel. Tiene suerte de que vele por la integridad de Ariadna Swift y no quiera que salga perjudicada por culpa de los escándalos de su captor...

—Oh, sí, qué gran suerte —ironizó Sebastian, aparentemente calmado. En cuestión de un segundo, su sonrisa fue reemplazada por una mueca rabiosa. Se agachó para agarrarlo del cuello y separarlo de la almohada—. Escúchame bien, miserable bastardo. Me importan un carajo tus logros, tus relaciones con la Corte y tu título pasado de moda. Del barrio de donde venimos los sucios *cockneys* como yo no existen las clases, ni el orden, ni la ley, ni todo eso que te ampara de que te meta mi bastón por la tráquea. Estás hablando con un hombre que no le teme a la cárcel, ni a la pobreza, ni a la muerte, porque ya ha sido prisionero del hambre y ha vivido entre cadáveres durante años. Estoy hecho de otra pasta, una bastante más dura que la que recubre tus patéticas posaderas de prócer empolvado.

—¿Eso cree? —jadeó el duque, rojo por la presión que los

dedos de Sebastian ejercían sobre su cuello—. ¿Cree que no podría hacerle daño ni aunque quisiera?

—Creo que ni debería perder el tiempo intentándolo.

—No sabe cuánto se equivoca —sonrió con una mueca que deformaba su cara—. Ya se lo hice, señor Talbot. Encontrar la manera o a la persona adecuada para vengarme sería pan comido.

Sebastian se cubrió con una máscara de impasibilidad para protegerse de la reacción del duque a su sorpresa. Escrutó el desgraciado rostro con los ojos entornados, buscando una pista al respecto. Un latido salvaje le oprimió el corazón; un ingenuo aviso de que se aproximaba la guerra.

—¿Qué insinúa? ¿De verdad cree que tengo algo que perder? —Estiró los labios, simulando una sonrisa cruel—. La fórmula de la riqueza está en mi cabeza, no en mis posesiones: podría hacerme de oro nuevamente solo permaneciendo cabal. Sepa que antes acabaría yo hundiéndole a usted que usted intentando hundirme a mí. Bastaría con hacer arder su casa para que todo su patrimonio se fuera al garete, y entonces lo repudiarían, por muy duque que fuese. Que no le engañen las apariencias; usted no está por encima de mí. Usted, y todos los de su clase, necesitan a los hombres como yo para seguir moviendo sus pomposos traseros de un lado para otro y no empeñando sus posesiones para sobrevivir.

Sebastian lo soltó. Se quedó para admirar la obra de arte que era aquel inflado figurín tosiendo violentamente por el exceso de su amarre y para inspirar hondo.

—Si vuelvo a verle cerca de mi mujer, o atreviéndose a mirarla después de haberla asustado como lo ha hecho, las consecuencias serán nefastas. Y le sugiero que no me ponga a prueba. Ninguno de los que me han ofendido se han atrevido a hacerlo una segunda vez, y eran bastante más resueltos con sus crímenes que un bufón de alta alcurnia.

Hizo sonar el bastón al clavarlo en el suelo. Le dedicó una

última mirada entre desafiante y burlona, y desapareció de allí. Una vez en la calle, de nuevo bajo la lluvia, echó un vistazo a su alrededor y se permitió sonreírle, descarnado, al lujo que lo bordeaba. Tuvo un instante para sentir a nivel espiritual la ropa pegada a la piel y el frío en los huesos, y recordar a través del sentimiento de rabia profunda que en realidad nunca había dejado de ser el niño que se emocionaba cuando podía conseguir una mandarina.

Al segundo siguiente, cuadró los hombros y dijo su nombre para sí: Sebastian Talbot, propietario de la empresa naviera más fértil de Inglaterra, y esposo de la mujer que, a partir de entonces, no podría respirar en su presencia sin suplicar por una caricia de sus dedos. Él mismo se aseguraría, igual que se prometió que no pasaría hambre, de que Ariadna no pudiera irse a dormir sin rezar por él.

En el número cuatro de Bradley Square, Thomas Doyle se dejaba seducir por el ondulante movimiento del fuego hogareño. Se concentró en las lenguas enlazadas unas con otras, despidiendo minúsculas chispas rojizas que procuraban un rítmico y familiar chasquido. Sentado como estaba frente a la chimenea, cuyo calor apenas bastaba para calentarle los dedos de los pies, y de espaldas a la puerta de entrada al salón con todo el peso dejado sobre el respaldo, pudo establecer el segundo exacto en el que una visitante decidió hacerle compañía. Solo tuvo que contar hasta cinco esa vez. Uno, y el crepitar de las llamas se hizo más sonoro, como si quisiera saludarla también. Dos, y el leve fogonazo de una flama anaranjada hizo centellear el líquido de su copa de jerez. Tres, y el recubrimiento astillado del suelo crujió bajo el peso de unos pasos sigilosos. Cuatro, su sombra proyectándose a un lado de la butaca. Cinco...

Thomas apartó la vista con desgana de la chimenea. Lentamente, sus ojos treparon desde los delgados tobillos femeninos hasta sus ojos de ladrona de voluntades, pasando por una suave, lisa y vaporosa tela con transparencias que sabía lo que hacía al no esconder un solo contorno mujeril de su campo de visión. Contención, se dijo. Y se contuvo, sin emitir un solo movimiento o sonido que pudiera delatar el estallido de anhelos que corrompió su sistema cuando ella se relamió los labios.

—He pensado que podrías dormir conmigo esta noche.

Interiormente, Thomas se recreó en las ocho palabras que orquestaron su invisible sonrisa de satisfacción. Un gesto obvio, que solo señalaba lo que ya sabía. Él nunca se equivocaba.

Asintió con la cabeza, y con el rabillo del ojo pudo percibir con total claridad que Megara bajaba los hombros tensos.

—Gracias por la invitación, pero creo que declino.

El aire escapó de los labios de la mujer con un toque ofendido.

—¿Cómo?

Thomas la miró inexpresivo.

—Hace unas semanas pensabas en buscarte un protector para mantener a esta familia, y cuando movilizo a mi contacto más fiel para sacarnos de problemas económicos, decides echarme de tu cama —enumeró. Se puso de pie, tranquilo, y dejó el vaso sobre la mesilla sin apartar la vista de ella. Lamentó en el alma que el fuego le sacara destellos rojizos a su melena castaña, libre de sujeciones, perfecta para que hundiese en ella las manos para acariciarla—. No estoy contento, Megara. No lo estoy en absoluto.

—Pero... —balbuceó ella. La oyó echar a andar tras él cuando caminaba hacia la puerta—. ¡Es Talbot! ¡Talbot con Ariadna...! Era una locura, no podía interpretarlo como un favor, y...

Thomas se volvio para mirarla con una ceja alzada. Contuvo el aliento como intento de supervivencia a su atrayente olor corporal.

—¿Y?

Quiso tirarse a sus pies cuando ella sostuvo su mirada con determinación, y, asimismo, esa dulce sumisión que solo él podía rascar de su corazón dominante.

—Te echo de menos. Y tú también a mí.

Thomas no movió un solo músculo. Su mente calculadora habría ponderado los aspectos positivos y negativos de tomarla entre sus brazos sin rencores si ella no hubiera estado así vestida, adrede, para impedirle decidir en su contra. Solo por demostrarle que podía contra dos como ella, abrió la puerta.

—Sigue haciéndolo hasta que la resta te dé positivo.

11

Y aunque las ondas no me diesen guerra,
ni el viento, seré siempre desterrada. Tanta
miseria y mal en mí se encierra...

Heroidas, Ovidio

Por razones tan simples como que prefería tratar con su marido lo menos posible, Ariadna aún no había hecho pública su necesidad de una nueva doncella. Cuando regresó a su habitación después del baile en la residencia de los marqueses de Ashton, el rastro que encontró de Mairin se redujo a una sola nota de despedida. Ariadna estuvo varias horas con ella en la mano, preguntándose dónde estaría, qué haría y si lograría llegar tan lejos como deseaba. Mas no fue sino en los días siguientes que descubrió cuánta falta le haría. Acicalarse y prepararse para el día no era sencillo cuando se tenían solo dos manos, lo que hacía que tardase matemáticamente el doble en terminar de vestirse y, para su desgracia, bajara a desayunar estando ya el té frío.

No obstante, esa mañana en particular se presentó un problema de diferente índole. Al levantarse y caminar directa a su armario, descubrió que todas sus pertenencias se habían esfumado. Fuera quien fuese el ladrón, que perfectamente podría ser la criada encargada de la lavandería, no se le ocurrió tener la amabilidad de dejar al menos una muda para que pudiese presentarse decentemente en el salón. Lo que sin duda la animó a plantearse pasar el resto del día sentada en el alféizar de la ventana, admirando la ciudad o releyendo las cartas que seguía guardando con celo bajo el colchón.

Vivir con el diablo era tan sencillo como devolver a una ballena encallada al mar usando solo las manos. Pero Ariadna sabía que la complicación podría alcanzar su punto álgido si se le ocurría presentarse ante él con el camisón, y más con ese tan raído, corto y transparente a causa de los muchos lavados. Tantas fueron las peleas de almohadas con Briseida que hileras completas de volantes habían desaparecido. ¿Qué no podría intentar aquel rufián si veía una porción de carne?

Desgraciadamente, se moría de hambre y necesitaba una explicación. Así que, tras asegurarse de que tampoco había una bata, y prefiriendo no darle trabajo de más a las criadas arrastrando las sábanas por toda la casa, hizo su aparición en el gran comedor abrazada a sí misma. Era una mujer pequeña, pero tenía las extremidades muy largas, o eso pensaba hasta que Sebastian, sentado como un glorioso rey en su trono en el asiento que presidía la mesa, levantó la mirada del periódico y la atravesó. Entonces, le faltaron manos para cubrirse.

—Dichosos los ojos que te ven, querida. En los últimos días he estado dudando de si tenía o no una esposa. ¿Has estado muy ocupada?

En realidad, sí lo había estado... Huyendo de él en su propia casa.

Solo habían sido un par de días, cuatro como mucho, y podía decirse que la distancia había supuesto lo mismo para Ariadna: recordar difícilmente que existía un hombre irresistible viviendo bajo su techo. Sin embargo, verlo allí le dio una idea —y bastante visual— de «quién» era y de lo que el enemigo podía provocar en ella en una simple audiencia.

Debía ser el día de limpieza general, porque Sebastian tampoco vestía apropiadamente. Al igual que en la primera noche que no pasaron juntos —gracias a aquel nombre pronunciado al azar—, llevaba un batín suave en apariencia, lo bastante grande para cubrir las zonas más importantes de su cuerpo. Sebastian parecía cómodo con su atuendo de dormitorio, reclinado sobre el respaldo, mostrando un triángulo de pecho nervudo y velloso que podía entrar en la categoría de zona reservada para hipnosis. Ariadna quería apartar la mirada, pero era imposible. De allí, de su corazón y el centro de su pecho, manaba su esencia sin subterfugios, y debía reconocer que esa era justamente su debilidad: el olor de su piel curtida, siempre ardiendo.

Tuvo que hacer un esfuerzo para mirarlo a los ojos, y luego para apartar la vista de ellos, cuando Sebastian le hizo un gesto para que se acercase. Caminó obedientemente hasta quedar a distancia suficiente para evitar que la tocase tan solo alargando el brazo.

—Me preguntaba si ha podido pasar algo con mis vestidos —logró articular, mirándolo directamente—. Esta mañana he abierto el armario y he rebuscado en los cajones y no he encontrado nada.

—Debe ser porque te los he escondido —respondió desahogado. Ariadna frunció levemente el ceño—. No me mires así. ¿Qué van a pensar tus amigos los aristócratas si te ven reutilizando vestidos que ya llevabas cuando tenías dieciocho? Dispondrás de un guardarropa nuevo.

—Pero podría haber tenido la amabilidad de dejar al menos uno para que pudiera vestirme.

—Respecto a eso...

Sebastian estiró los labios en una sonrisa que le deformó la cicatriz de la mejilla, un gesto que si bien otros podrían haber considerado grotesco, a ella le pareció turbadoramente sensual. Al igual que lo que hizo levantando el bastón y apoyándolo con sutileza en el inicio del escote, para después descender revelando una interesante fracción de piel pálida.

Ariadna reaccionó tarde, absorta como estaba en sus gestos.

—¡Señor Talbot!

—No me interrumpas cuando hablo, Ariadna; es de muy mala crianza —la regañó. Ella hizo ademán de cubrirse con los brazos, pero él le dio un golpecito en la mano para que las retirase—. Ya que no puedo tocar, al menos deja que admire lo que Dios ha unido a mí.

—Lo haría si eso sirviera para conformarlo...

—Pero yo nunca me conformo, es cierto —terminó él, cabeceando. Apartó el bastón, seguramente sabiendo que haría falta romper los volantes para ver lo que en realidad deseaba. En su lugar, tocó el suelo con la punta, y luego enrolló esa misma en el borde de la falda—. Quería que te tomaras esto de los armarios vacíos como un pequeño aviso de lo que está por venir. No voy a rendirme, Ariadna —anunció. Su tranquilidad al expresarlo fue exactamente lo que hizo que la conmoción de la muchacha valiese por dos en comparación—. He llegado a ese punto de mi vida en el que no acepto que me digan que no.

Ariadna luchó para que no se filtrasen los nervios en su voz, y ganó.

—¿Y eso qué significa?

En los ojos de Sebastian brilló la aventura peligrosa, y malditos fueran ella y el vello que la traicionaba por perder el dominio sobre el cuerpo con algo tan simple.

—Significa... —murmuró, colando el bastón entre sus piernas desnudas; deslizó la superficie fría por la cara interna del muslo, haciéndola estremecer— que voy a volverte loca...

—Hizo un quiebro con la mano para levantar parte de la falda, revelando los delgados muslos de la muchacha. Ariadna no pudo moverse; la sensación que le empezaba a ser conocida, delirante ardor, la mantuvo quieta suspirando por él—, o moriremos los dos en el proceso.

Sonó una tela rasgada. Ariadna bajó la mirada y observó que una fila de volantes volaba hasta posarse a sus pies.

—Vaya... He debido medir mal las distancias —se disculpó Sebastian sin sentirlo en absoluto. Su sonrisa de canalla le delataba—. Por supuesto, siéntete libre de claudicar en el momento que consideres oportuno. Estaré esperando tu capitulación como al último amanecer.

—Según entendí, usted no valora los amaneceres.

—Si sabes que es el último, lo aprecias más que ninguna otra cosa. O casi; hay otras que van por delante... —Coló el bastón verticalmente por la zona del vientre, y tiró de él para acercar a Ariadna. De un segundo a otro, la joven estuvo a escasa distancia de sus labios. Al tercer instante, Sebastian había retirado el arma mortífera y utilizaba sus manos para sentarla sobre su regazo. La sostuvo con firmeza, rozándole las comisuras de la boca con el pulgar—. Como tus labios de sirena. Y ahora...

Ariadna perdió el aliento cuando él se acercó a ella, sin comprender qué era esa dura e implacable presión en su garganta, en su estómago, en sus pechos... El aire que brotaba de la boca masculina era caliente, tan dulce originariamente como amargado por el regusto a café; le puso el vello de punta. Hacía semanas que no lo sentía tan compacto, viril y cercano a ella, pero ahí estaban sus musculosos muslos, comprimiendo su minúsculo cuerpo en comparación, haciendo incómoda su posición. Enrolló el brazo en torno a la cintura débil, que se estremeció solo con su toque. Sus dedos atravesaron la fina tela del camisón, hundiéndose en la carne de sus caderas.

Estuvo preparada para pecar de nuevo. Incluso cerró los ojos, sintiéndose una hipócrita por entregarse de aquella manera tan escandalosamente directa. Ya no solo su cuerpo la traicionaba, sino su propia mente. Antes de recibir el beso, esta se inundaba gloriosamente con imágenes borrosas de Sebastian tocándola.

—... ahora, siéntate y come —ordenó con voz suave. Ariadna parpadeó y se topó con su expresión de regodeo victorioso—. Estoy de acuerdo en que no me lo pongas fácil escabulléndote siempre que puedas, pero no te saltes las comidas. Preferiré cocinarte cuando estés bien alimentada... —añadió en voz baja. Ariadna perdió el dominio de sí misma cuando le mordió el lóbulo de la oreja—. Y solo puedo ponerte a prueba si tienes energías. Créeme, duendecillo, te harán falta para resistir a todo lo que voy a hacerte en cuanto te agarre. Vas a creer en ese Alá que predican las civilizaciones orientales de tantas veces que te haré ver los siete cielos... O incluso más.

Ariadna tembló de frustración. Eso significaba que no la besaría...

—Ah, no, no. Me lo tienes que pedir tú. Si no, pierde completamente la gracia —contestó, como si hubiera oído su lamento. Le dio un toquecito en la nariz, y después la separó de él. No contento con haberla descolocado y dejado ardiendo, le propinó un azote en el trasero que hizo eco en la habitación—. Mañana se estrena de nuevo una ópera italiana llamada *Arianna in Creta* por un tal Händel. Famoso, supongo. Me ha parecido del todo apropiada, y tus hermanas estarán allí. La asistencia no es negociable, ya que como sabrás, sigo en la cuerda floja con tu familia y no quiero darles motivos para planear un asesinato conjunto. Es decir... «Más» motivos.

Ariadna seguía mirándolo con los ojos espantados y un rubor tan furioso que perdió la noción de su cuerpo.

¿Le había dado... un azote?

—Señor Talbot —intervino Graham, abriendo la puerta del comedor—, lamento la interrupción. Han llegado los encargos que hizo a la modista. Y... eh... la señora Lamarck dejó un mensaje para usted.

Sebastian hizo un gesto de apremio.

—¿Y? ¿Qué dijo?

—Dijo... —Se aclaró la garganta—. «Sabía que algún día vendría a algo más que a reírse de sus amigos», señor.

—Oh, dígale que en ese caso fui a reírme de mí mismo.

—Rio él entre dientes. Se puso de pie, alisó las arrugas visibles de la bata y agarró su bastón. Miró a Ariadna—. Buenos días, querida.

Dentro de su estupefacción y el despecho por la actitud del empresario, Ariadna se preguntó vagamente a qué se debía que llevase aquel ostensoso apoyo a todas partes. Por lo que había podido observar, Sebastian no tenía ningún problema para caminar; de hecho, siempre iba de un lado a otro bastante apresurado, como si la muerte anduviera pisándole los talones, y eso demostraba desenvoltura. No había detectado ningún indicio o tendencia a la cojera. ¿Sería una reliquia familiar, algo de valor personal, o solo quería añadirse un aire elegante del que por supuesto carecía, cosa que reafirmaba cada vez que despegaba los labios?

Ariadna cuadró los hombros, abandonando lenta pero inexorablemente el arrebatamiento por las palabras pronunciadas.

—Señor Talbot, me gustaría saber dónde están mis viejos vestidos —preguntó, haciendo que frenase justo antes de salir del salón. Lo vio volverse con una ceja alzada—. Porque si piensa tomarse mi aceptación de su regalo como una invitación directa a mi habitación, en ese caso debería seguir con mi ajuar de soltera. No va a ganarse mi aprecio o mis favores sobornándome. Me consta que cualquiera le seguiría el juego a cambio de unas monedas, pero yo no entro en el colectivo.

—Por supuesto... Ariadna Swift, la novia de Londres, tiene una moral incorrompible, ¿no es así? —se burló—. Créeme, querida. Te sobornaría con la luz de las estrellas y todas esas patochadas naturales que parecen hacerte feliz, pero hasta yo sé que hay cosas que no puedo lograr.

—Ni aunque me consiguiera el cielo daría mi brazo a torcer. No voy a ponerme sus vestidos, señor Talbot, ni pienso aceptar cualquier regalo que pretenda hacerme.

—¿No? ¿Piensas rechazar mi generosidad?

—En el momento en que haces algo esperando un favor a cambio, deja de ser generosidad para hablar de conveniencia. Puede devolverlos, o darlos a la beneficencia. Sigo prefiriendo mis viejas vestiduras...

—No vas a ir por ahí con telas de mala calidad teniendo mi apellido —cortó visiblemente ofuscado—. ¿Y qué crees? ¿Que suelo hacerle regalos a las mujeres para conseguir su aprecio? Nunca he gastado una sola libra en una amante. Tú eres la excepción.

—Gracias —dijo neutral. Sebastian torció el gesto—. Yo no le he pedido que la haga por mí, ni que me ayude a vestirme.

—Y yo no te he pedido que me impidas dormir, pero mírame. —Extendió los largos brazos. Ariadna creyó que sus dedos llegarían a tocar las paredes, y no pudo escapar del dulce y tormentoso presentimiento de que la ahogaría en un abrazo—. Todos tenemos que hacer cosas que no nos gustan en el matrimonio, es una lección que he aprendido gracias a mis buenos amigos. Así que vístete correctamente y no hay más que hablar. —Se dio la vuelta un segundo, pero fue evidente que no había terminado de hablar. Ariadna fue el blanco de su mirada al volver la cabeza—. Y si no te gustan, manda hacer los arreglos que consideres necesarios, o pídele a la señora Lamarck que se encargue de una nueva línea.

—No quiero un guardarropa.

—Cierto —exclamó con vehemencia—, querías que fuese otro hombre. Y es lícito. Pero por ahora, eso no se puede comprar, así que tendrás que conformarte con esta nueva versión de mí mismo.

—Es el vestido más bonito que he visto jamás —exclamó Meg, con la mano pegada al pecho, al verla aparecer. Sonó acongojada, casi reteniendo las lágrimas, al acercarse a ella para acariciar la seda que caía en capas por su falda de cola—. Debería haberme casado con Talbot.

Lo dijo lo suficientemente alto para que el susodicho y su propio marido lo escucharan. El primero, que apuraba el habano que había estado fumando de camino a la Royal Opera House, se volvió primero hacia su amigo, conteniendo una sonrisa de regocijo. El otro, quien debería reaccionar al menos ligeramente ofendido por el abierto comentario, ni se inmutó.

—Para eso tendría que haber recibido primero una propuesta, ¿no cree, mi querida señora Doyle?

—¿Y no la recibí, acaso? —contraatacó, mirándolo con una ceja alzada.

Ariadna conocía esa historia, o al menos le sonaba de haber escuchado a sus hermanas debatiendo al respecto un año atrás. Estando Megara en necesidad de un marido rico debido a la escasez del patrimonio de la familia Swift —un problema que se agravó tras la promesa de matrimonio de Leverton, su antiguo prometido, con Jezabel Ashton—, y el regreso de Penelope de América con las manos vacías —otra boca que alimentar—, estuvo a punto de casarse con Sebastian Talbot. Ariadna desconocía los detalles, pues hasta el momento ni siquiera hubo asociado la figura de su esposo con el que podría ser ahora marido de su hermana, pero sospechaba que solo fue otra de las muchas triquiñuelas que Meg llevó a cabo para animar a Doyle a dar un paso al frente.

—No puedes llamar a eso «propuesta de matrimonio».

—Cierto es... Solo un secuestro podría haber legitimado tu interés hacia mí —ironizó Megara, pasando por su lado con el abanico abierto. Lo cerró y se dio un golpecito en el hombro desnudo—. Sería mejor que fuéramos tomando asiento. Está a punto de comenzar el primer acto.

Ariadna no supo si alegrarse o temer el momento de asistir a la representación. Por un lado, adoraba la música en todas sus manifestaciones y estaba deseando que se le presentara la oportunidad de acudir a la Royal Opera House, un lugar en el que nunca había estado. Y por otro, le afectaba que fuese esa historia precisamente la que fuera a reproducirse ante sus ojos. El abandono de Ariadna...

Conocía muy pocas historias mitológicas, puesto que no eran su materia de lectura preferida: solo las que hacían referencia a las esposas de personajes míticos como Hércules, Ulises y Aquiles por haberle sido contadas en innumerables ocasiones durante su niñez. Pero aquella en concreto, la del héroe Teseo y sus dos esposas, le llegaba al alma de un modo estremecedor. Y no sabía aún cómo podría afrontar unas horas de tortura presenciando el desarrollo de la historia de su propia vida.

Ariadna siguió a Sebastian, a ratos clavando la vista en el suelo y a ratos oteando a su alrededor para empaparse de la elegancia del lugar. Cierto era que provenía de una muy noble estirpe de hombres galardonados por su participación en conflictos de Estado, y que mientras su padre vivió, estuvo codeándose con la flor y nata de la sociedad por toda clase de ambientes refinados. Sin embargo, habían pasado años desde entonces, y Ariadna olvidó, como muchas otras cosas, qué se sentía al estar en un sitio donde imperaba la finura. Desde los asistentes, que reían, se tomaban las manos o daban palmaditas amistosas dentro de sus atuendos, luciendo joyas únicas en su valor, hasta el teatro en sí. La Royal Opera House era un espacio dedicado exclusivamente a magnificar el lujo aristócrata, y todo allí estaba colocado con extrema meticulosidad. Los impolutos asientos de los palcos iban a juego con los pesados juegos de cortinas que los enmarcaban, y con las florituras de las guirnaldas que separaban los niveles. La fingida bóveda del techo lucía bellísimos artesonados separados por un friso con relieves en serie, iluminados por los destellos de la grandiosa araña en forma de incensario.

A pesar de que la vista lo tenía todo para embaucarla y maravillarse por las obras de arte del ser humano, seguía prefiriendo la naturaleza, la esencia real y profana de las cosas. Y no existía nada que encarnase mejor lo ordinario y espontáneo que el hombre que la observaba desde el palco que habrían de ocupar, recorriendo con sus ojos de topacio cada pliegue de la falda. Ariadna quiso fingir que no le importaba su intenso escrutinio, o que no la afectaba en absoluto, pero la curiosidad y el deseo de estar en sus pensamientos siempre terminaba venciéndola. Al igual que en el alma de Sebastian Talbot estaba la pasión, en la suya permanecía intacto el deseo de comprender las singularidades de un carácter. Ahora, «el suyo».

Fue él quien, en un arrebato de generosidad —o tal vez aleccionado porque era lo que hacían todos los hombres de la sala que iban acompañados por una mujer—, apartó la silla para que pudiera sentarse.

—Preciosa —escucharon que decía lord Ashton a sus espaldas. Ariadna pudo reconocerle solo por la suave modulación de su voz, igual que captó el sonido del suave beso que depositó en los nudillos de su esposa.

Apreció que Sebastian le dirigía una mirada valorativa, como si quisiera averiguar si esperaba algo similar por su parte. Obviamente no lo hacía, pues aparte de que no deseaba halagos de ninguna clase, sería una auténtica estupidez esperarlos de un hombre como él.

—Puedes bajar la guardia, duendecillo —dijo en su lugar, acomodándose en la butaca—. No voy a tomarme como una provocación que hayas decidido ponerte ese vestido... Aunque preferiría no reservarme lo acertado que ha sido para darme a entender que te ha gustado el regalo.

—Aprecio el regalo, señor Talbot, pero me daría igual lucir sedas o no vestirlas.

—Puestos a elegir, yo me quedaría con que no las llevaras —puntualizó Sebastian, quien aparentemente no perdía la oportunidad de lucirse. Ariadna optó por no mirarle—. Es un vestido muy bonito, aun así... No pienses que lo he elegido yo, o que he malgastado mi tiempo escogiendo las telas. Todo ha quedado en manos de Lamarck, y por lo que veo, ha invertido sus dotes de costurera en algo decente. ¿Puedo tocarlo?

Ariadna se volvió, francamente intrigada.

—¿Me está «pidiendo» tocar el vestido?

—No me malinterpretes... Si estuviéramos en mi salón, habría arriesgado todo lo que tengo para quitártelo, pero estando frente a un centenar de entrometidos pensé que sería prudente preguntar antes. No me he vuelto ningún caballero de repente, puedes decepcionarte abiertamente ahora que lo he esclarecido.

—Por curiosidad, señor Talbot —empezó. Esperó que se lo tomara como una pregunta honesta y no como una invitación a la discusión—. ¿Alguna vez piensa en algo que no sea... indecente?

—Por supuesto que sí. El problema es que los pensamientos indecentes son mis preferidos, por lo que procuro retenerlos en mi mente el mayor tiempo posible.

—¿Puede elegir qué clase de pensamientos tiene, y cuándo? —inquirió estupefacta.

—Evidentemente no, eso es imposible. Pero el truco de la distracción surte efecto en la mayoría de los casos, y tal vez por eso el sexo sea lo único que parece de mi interés... He vuelto a decir una palabra grosera, ¿verdad? —Él mismo se disculpó, encogiendo un hombro y despatarrándose en la silla—. El caso es que el erotismo es de las pocas cosas que siempre te ayudan a olvidar. Lo que me lleva a preguntar... ¿hay algo que te gustaría olvidar, sirenita?

—¿Y usted? ¿Qué querría olvidar usted?

Ariadna vio frustrado su intento de acercamiento amistoso: en ese preciso momento, la soprano entró con una nota extremadamente aguda en escena, acompañada de nada más que su vestido hecho jirones. Ella frunció el ceño y se frotó una de las orejas. Los sonidos fuertes no eran de su agrado, y menos los que se mantenían durante segundos, como era el caso de ese do mayor. Y, sin embargo, la canción no era lo peor, sino lo que la actriz expresaba ya tendida en una de las rocas que formaban la escenografía: tristeza, lamento, socorro... Era una Ariadna recién abandonada, llorando porque su amor se alejaba para siempre.

—¿De qué va todo esto? —oyó que preguntaba Sebastian, volviéndose para mirar a lord Ashton y al señor Doyle—. ¿Han repartido alguna clase de programa para que pueda hacerme una idea de por qué la buena mujer está fregando el suelo? ¿Dónde anda lady Leverton cuando uno necesita consultar su sabiduría?

La cálida carcajada de lord Ashton atravesó a Ariadna como un dardo de morfina, tranquilizando sus nervios. Respondía al nombre de Tristane Ashton, y junto con lady Leverton, quien pasó de ser Jezabel Ashton a Jezabel Galbraith tras contraer nupcias con el marqués, formaban la pareja de eruditos de Londres. Cada uno especializado en un ámbito del saber, juntos eran una enciclopedia que causaba tanto admiración como aburrimiento.

—Creo que podría darle una idea, señor Talbot. ¿Conoce la historia mitológica de Ariadna y Teseo?

—No tengo el placer, milord —ironizó—. Ni tampoco el tiempo para perderlo en libros de historietas fantásticas.

—Pues personalmente le recomiendo que les eche un vistazo. El nombre de su esposa, además del de la mía y la señora Doyle, y de la cuarta Swift no presente, provienen de mitos griegos. Ariadna en concreto fue esposa de Teseo, el héroe que venció a la bestia de Creta durante el reinado de Minos, el minotauro. El minotauro era un monstruo con cabeza de toro y cuerpo de hombre que se dedicaba a aterrorizar a la ciudad. Se dice que el rey, entonces, ofrecía cada cierto tiempo un número de doncellas y jóvenes para saciar su hambre, ya que se alimentaba de carne humana. Creo recordar que el número oscilaba entre siete...

Sebastian bufó divertido.

—¿Qué decías que había que hacer exactamente para que un rey te entregase siete jovencitas?

Si Ariadna no suspiró de puro cansancio fue porque ni siquiera se dio cuenta de que, con aquel comentario, la estaba menospreciando indirectamente. Él tampoco reparó en ello, tan solo lo hicieron los susceptibles a aquella clase de afrentas, como sus hermanas. Megara y Penelope lo censuraron con la mirada, reacción que Sebastian no notó.

—Siga, por favor, no quería interrumpirle.

—La historia es más bien sencilla. La ciudad no quería entregar sucesivamente a las muchachas y muchachos, porque, ¿quién sabía cuándo les tocaría el turno a sus hijos? Era inconcebible, pero el rey de Minos no podía hacer otra cosa, o eso creyó hasta que apareció el héroe Teseo, quien aceptó el reto de matar al minotauro. A cambio, obtendría la mano de Ariadna, que se había enamorado de él a primera vista... O esa es una de las versiones; hay otras tantas en las que se cree que Ariadna fue la que insistió en concertar el enlace. En cualquiera de los casos, el resultado fue la victoria de Teseo, que logró invadir el laberinto que encerraba a la bestia siendo ayudado por la propia Ariadna. Esta se aseguró de que no se perdía utilizando un ovillo de lana para guiarlo a la salida cuando quisiera regresar.

—Eso suena a un final excelente —prorrumpió Sebastian—. ¿Por qué está la cantante lloriqueando?

—Porque Teseo la ha abandonado. El héroe se casa con Ariadna, pero aprovecha que se queda dormida para dejarla en la isla de Naxos y volver a su hogar, presuntamente con su amante Egle. Sobre esto hay numerosas versiones. Teseo la abandona por Egle, porque no quería cumplir su promesa de matrimonio, o se ve obligado a partir, o Dioniso la rapta...

—Ese nombre ya me resulta algo más familiar —intervino Sebastian—. Los hay que se atreven a llamarme así cuando creen que no me doy cuenta.

—El dios de la vid, del éxtasis y las bacanales.

Sebastian soltó una carcajada que por un momento captó todas las miradas.

—Ahora todo tiene su explicación lógica. Dígame, Ashton... ¿Cómo es eso de que Dioniso la rapta?

—Eso es en las versiones menos extendidas. En realidad, y según cuenta Nono de Panópolis en las *Dionisíacas*, da la casualidad de que Dioniso pasa por allí y se prenda de ella nada más verla. Decide tomarla por esposa al verla desvalida, deshecha en lágrimas por el abandono de su marido... Y ella acepta, por supuesto. Ariadna y Dioniso, o más comúnmente Ariadna y Baco, son un tópico recurrente en la historia del arte, a menudo utilizados como símbolo de triunfo, fertilidad o amor. Por lo que me atrevería a decir que el segundo esposo la hizo más feliz —apuntó con una ligera sonrisa.

—¿Ahí acaba la historia? —inquirió Thomas Doyle, pendiente de la soprano que aún cacareaba en el escenario—. Tengo entendido que los mitos clásicos, sobre todo los que protagonizan los héroes, suelen acabar de forma pésima.

—Que se lo digan a Megara —intervino la que recibía el mismo nombre—. Asesinada por su propio marido en un arrebato de locura.

—Oh, no, este mito no acaba mal, por extraño que pudiera parecer —repuso Ashton de buen humor—. Es cierto que Perseo mata a Ariadna como venganza por una rencilla con Dioniso, utilizando la cabeza de la gorgona Medusa para petrificarla... pero Dioniso baja al Hades para rescatarla de entre los muertos y logran el segundo final feliz. Tanto es así que tienen varios hijos, entre ellos Enopión, el legendario rey de Quíos.

—¿No le duele la cabeza de sostener tamaño cerebro, lord Ashton? —preguntó Sebastian, mirándolo a caballo entre la burla y la resignada fascinación.

—Lo cierto es que me aquejan continuamente los males de la migraña —bromeó el susodicho.

—Por casualidad no sabrá, además, qué es lo que está diciendo la soprano. No sé ni pronunciar en inglés; el italiano queda bastante lejos de mi alcance.

—Siempre me sorprende su capacidad para mostrar sus defectos sin mortificarse en absoluto. Le admiro, señor Talbot —confesó, asintiendo—. Y sí, creo que podría traducir, más o menos, la breve historia de la soprano. Solo tendrían que darme unos minutos.

> *Il cor d'Arianna amante*
> *che t'adora costante,*
> *stringi con nodo più tenace*
> *e più bella la face*
> *splenda del nostro amor.*
> *Soffrir non posso*
> *d'esser da te diviso un sol momento.*
> *Ah! di vederti, o caro,*
> *già mi stringe il desio.*
> *Ti sospira il mio cuor.*
> *Vieni! Vieni, idol mio.*

—«El amante corazón de Ariadna que te adora fielmente, liga con fuertes nudos, y más bella la llama iluminará nuestro amor» —interrumpió una afectadamente sensual voz femenina—. «No puedo sufrir estar separada de ti un solo momento. ¡Ah, de verte, amor mío, ya me oprime el deseo! Por ti suspira mi corazón. ¡Ven, oh, ven, ídolo mío...!» —Puso los ojos en blanco—. Romanticismo barato, ¿no cree?

—Dichosos los ojos —comentó lord Ashton, sonriendo de oreja a oreja a la recién llegada, que apareció acompañada de un alto y elegante caballero que Ariadna no supo reconocer—. Lady Saint-John, la echaba de menos.

Ariadna se sintió automáticamente fascinada por la mujer que saludaba el conde. Pensó que, en realidad, nunca una palabra hizo tanta justicia a una criatura. Ella era la definición de lo que se supone que podía definir a todo un género: era la mujer, tal y como Dios debió concebirla. Todo en su postura, en sus gestos al traducir la ópera, al sonreír con sensual encanto a los comensales, apuntaba a ser irresistiblemente natural. No había un solo artificio en su modo de moverse. Era feminidad pura, en el sentido sexual, aplastante. Lady Saint-John era tan mujer que no necesitaba ser delicada para hacerse ver como el culmen de todo lo que un hombre podía desear, y el caballero que permanecía a su lado, detallando sus movimientos, hacía justicia a lo que transmitía con su manera de mirarla.

—Solo pasaba a saludar —expresó—. Estaba dirigiéndome hacia aquí cuando se ha abierto el telón, y he tenido que volver a sentarme. *Dannazione*, pensé que nunca llegaría; siempre había algún conocido en el camino, obligándome a parar y a tener una charla insustancial.

Ariadna creyó que se sentiría intimidada al ser presentada a la duquesa, pero fue cercana y amable con ella, incluso demasiado directa, como si ya fueran amigas. Le pareció una mujer magnífica, y aunque el duque era frío y algo condescendiente, se hizo una idea favorable de su personalidad. Agradeció sobre todo la interrupción porque la libraban de tener que seguir prestando atención a la representación, que no podía haber sido menos acertada.

Adorando la soledad como lo hacía y siendo tan despistada, Ariadna tenía tiempo de sobra para pensar, y una de las materias que robaban a menudo sus horas de sueño eran los aciertos de su madre. No es que lady Swift hubiera sido una bruja, o tuviera dotes de adivinadora; por el contrario, se trataba de una mujer racional y extremadamente apegada a la tradición y los valores conservadores. Esto podía ponerse en duda por su elección de nombres, que a menudo hacía que sus convecinos preguntaran si fue una apasionada de la mitología. Quizá lo habría sido: Ariadna no trató con ella lo suficiente para jurar con una mano en el pecho cuáles eran sus aficiones. Pero se encargó de recalcar que si tenían el nombre de la esposa de un héroe griego era porque su único objetivo en la vida sería casarse con un hombre igualmente importante, como así eran Ulises, Aquiles, Hércules... y Teseo.

Lo curioso era que, sin querer, lady Swift abocó a sus hijas a vivir los mitos. Penelope tuvo que esperar prácticamente una década para, por fin, ser feliz con su marido; tal y como lo hizo la matriarca de Ítaca. Megara no murió asesinada como clamaba la historia de Hércules, pero sí que hubo doce trabajos obligados para redimir los pecados de ambos, y ciertamente tenía sus equivalencias. En cuanto a su historia con Teseo... Había numerosas similitudes entre la realidad y la ficción, más ahora si Sebastian podía hacerse llamar Dioniso.

Pero con lo que ni su madre ni las leyendas de la Antigua Grecia podrían haber contado era con que Ariadna no podría aceptar la mano de Dioniso con tanta facilidad, cuando el barco de su amado Teseo aún se veía en el horizonte. O tal vez no lo viese, quizá ya no estaba a su vista: a lo mejor hacía demasiado tiempo desde entonces... Pero los vientos que hicieron vibrar sus velas seguían sacudiéndole el corazón. Estaba demasiado fría, demasiado dolida y rota para contemplar a Dioniso como símbolo de triunfo o amor.

Ariadna clavó la vista en su doble, que aún se lamentaba por la desaparición de Teseo. Ella, que tanto lo había amado. Ella, que todo lo dio por él, abandonando Creta, a su padre, su brillante futuro... Ella, que escapó del mundo para sumergirse en el de su amante y marido. Ella, que surcó el mar y se entregó de todo corazón... Fue cruelmente abandonada en la isla de Naxos, cuando dormía, para no dejarla siquiera despedirse. Ese Teseo era inhumano, un ser desalmado al que poco le importó si Ariadna necesitaba desahogar su amor ahora imposible.

Tragó saliva y apartó la mirada, incapaz de soportar el llanto amargo de la cantante. Tenía un nudo en la garganta y otro en el estómago, y aunque nunca había levantado la voz, deseó poder hacerlo para liberar un grito similar al que ella enunciaba.

Dove sei, mio bel tesoro?
Chi t'invola a questo cor?
Se non vieni, io già mi moro,
nè resisto al mio dolor...*

—Si quiere, puede tocar el vestido —musitó en un arranque, suplicando un poco de esa distracción requerida. Sebastian se volvió hacia ella intrigado. Pudo sentir la inminente presión de sus ojos en la mejilla, recorriéndole el perfil para averiguar si le estaba tendiendo una trampa.

Sebastian alargó la mano y tomó uno de los volantes que caían sobre su rodilla. Utilizó los dedos índice y corazón para sujetarlo y acariciar lateralmente la tela. Su mano se movió con lentitud, aunque con eso no quisiera decir suavidad, hasta contenerla entre los dos muslos de Ariadna.

—En realidad... —susurró; su voz se acopló a la perfección bajo las conversaciones de los demás, que ahora parecían estar en otra realidad— aquí hay mucha más tela de lo que considero adecuado.

* ¿Dónde estás, mi bello tesoro?
¿Quién te arrancó de mi corazón?
Si no vienes, moriré,
pues no resisto el dolor.

Ariadna volvió la cabeza lo suficiente para casi chocar con su nariz.

—Considerar adecuado... ¿para qué?

Él sonrió interiormente.

—Para el verano, por supuesto. —Ariadna expulsó el aire de una repentina exhalación; él buscaba los volantes de la fila superior, ahora arañándolos con las uñas—. Últimamente las temperaturas son demasiado elevadas para vestir una prenda tan gruesa. Y de un solo golpe de calor, podrías caer desmayada. ¿Acaso quieres desmayarte, duendecillo...? ¿Quieres que el calor te consuma?

Que se la llevaran los demonios por estar tan concentrada en la forzada respiración de él, a quien parecía bastarle una pequeña insinuación para morir de necesidad por ella. Ariadna no era una mujer empática, ni mucho menos, pero admitía que lo que Sebastian sintiera se le contagiaba irremediablemente, y no solo eso, sino que sus emociones se reproducían en ella con mayor sensibilidad.

—Inglaterra es fría, señor Talbot. Nunca hará suficiente calor para que busque un vestido más fino.

—Yo no veo nada frío por aquí —replicó. Ariadna lo oyó tan cerca que no supo en qué momento se habría inclinado sobre él. Pero estaban en contacto. Podía sentirlo, porque su piel era propiedad de otro cuando la tocaba—. Y aunque lo fuera, hay miles de maneras de protegerse de él, más dinámicas que un capote o una enagua de sobra... Como los viejos hombres de Cromañón hacían fuego, frotando un par de astillas... —Los dedos largos de Sebastian terminaron de trepar, esta vez fingiendo ser piernas caminando por su regazo, para al final descansar en el triángulo entre sus muslos. Ariadna buscó sus ojos, agobiada—. De un simple chasquido, yo podría hacerte arder.

Ariadna estaba convencida de que así era. Carecía de sentido negarlo, y esta vez era culpa suya que volviera a encontrarse en ese estado degenerativo. Si solo dejara de ser tan extremadamente irresistible... Su cercanía le dolía a nivel físico, la sofocaba y enloquecía con tanta violencia que luego acababa rendida, incluso enferma. Tenía una mano sobre su regazo, sobre capas de ropa, y ella lo sentía profundamente instalado en su cuerpo, piel con piel... Era tan intenso y varonil que con una mirada corrompía todos sus benditos pensamientos.

—No se le puede tender la mano, señor Talbot —jadeó, agarrándolo de la muñeca para prevenir una posible investigación a fondo—. Usted es de los que acaban cogiendo el codo.

—Te cojo del codo, y te agarro del hombro... —asintió, pegando la nariz a su mejilla. Para esconder sus palabras de los observadores traseros, escondió luego la barbilla en el hueco de su clavícula—. Y te doy la vuelta para pegarte a mí, y te sostengo para que no caigas cuando te bese toda la espalda, hasta los talones... Y si tuviera que cogerte solo del codo, sin más, tiraría de ti para coserte a mi pecho y besarte como si fueras mi mayor logro. Y lo haría aquí —confesó—. Escandalizaría a todos esos mentecatos levantándote la falda, arrancándote lo que sea que una dama como tú lleve debajo de esta seda, y te poseería hasta que alcanzaras una nota superior a esa Ariadna de mentira.

Ariadna no podía respirar. Sus palabras la envolvieron, primero como bruma que le impedía ver, después como soga que no le dejó tragar, y al final como fuego que la condenó al poderoso e innegable deseo de fundirse con sus cenizas. ¿Quién era ese hombre, y dónde había aprendido a hablar así, como si cada letra fuese un beso en una zona que ni ella misma habría acariciado jamás? El diablo en persona le enseñó, estaba convencida. Una Ariadna muerta, a las puertas del infierno y del cielo, renunciaría al descanso eterno si Sebastian la mirase desde el otro lado. Y cuán terrible era, cuán extraño y delirante...

—Señor Talbot, no me hable de ese modo...

—¿No te gustaban las personas directas? Estoy procurando no andarme con rodeos, Ariadna. ¿Cuántas más vueltas me vas a hacer dar tú a mí?

Già più non reggo, il piè vacilla
e in così amaro istante
sento mancarmi in sen l'alma tremante.*

Con esos versos la soprano cerró el primer acto, devolviéndole el aire a Ariadna. Se puso en pie muy despacio, dispuesta a salir con sus hermanas a estirar las piernas y alejarse de aquella carne delirante que Sebastian ponía a su alcance. Prefería soportar tanda tras tanda de aristócratas, manteniendo charlas banales con ellos, que ser víctima del asedio sin tregua de su marido. Así pues, se libró de su mano soñadora y marchó al pasillo que hacía de punto de reunión.

Respecto a los caballeros y su relación con los mismos, estuvo pensando largo y tendido en lo que Sebastian había mencionado: ser su esposa haría que su popularidad cayese en picado. No había sucedido, ni por asomo. Le habría gustado que así fuese, pero, por el contrario, los susodichos se acercaban a ella con curiosidad, quizá deseando saber por qué fue esa su elección marital y verificar el rumor del casamiento en Gretna Green. Como era evidente, regresaban a sus casas sin obtener una sola respuesta de Ariadna que no fuese ambigua. Si algo había aprendido de su madre era a no darle a la gente lo que quería, o lo podrían usar en su contra. Una lección que aprendió sobradamente.

Fue una Ariadna alterada y dolida en todos los sentidos en que se podía estarlo la que se entretuvo saludando al trío de nobles que la pretendió en el pasado: los vizcondes Weston y

---

* Ya no resisto más, mis piernas tiemblan
y en tan amargo instante siento en el pecho
desfallecer mi alma temblorosa.

Grayson y lord Aldridge. Se alegró de que faltase el duque de Winchester, en quien si bien pensó al recordar la «caída», no le produjo ningún sentimiento. Y de haberlo sentido, distaba mucho de tener que ver con la compasión o la preocupación, por lo que tal vez se le hubiese contagiado algo de la crueldad de su esposo.

No supo cuánto rato permaneció entre los tres gentilhombres procurando contener el sofoco. Fueron tan amables y generosos con ella como de costumbre, invitándola a tomar asiento a su lado para el segundo acto. A decir verdad, ni siquiera estaba prestando real atención a lo que comentaban; solo asentía, sonreía y hacía algún comentario que les hacía prorrumpir en carcajadas mientras pensaba en el ardor que la estaba carcomiendo. Fue una mano enrollándose en su brazo lo que la apartó del grupo y la llevó hacia el lado opuesto del pasillo.

Sebastian no la dejó despedirse ni ofreció ninguna disculpa. La sacó del grupo precipitadamente, llevándose un buen número de miradas por el camino, y la condujo al final del corredor hasta estar justo a la entrada del palacete. Ariadna buscó sus ojos para discernir qué estaría pasando por su cabeza, pero antes de que pudiera mirarlo, él la cogió por los rizos de la nuca y la atrajo hacia sí para devorarla. El gemido gutural que rasgó su garganta al reconocer su sabor fue muy significativo, siendo respondido de inmediato por la continua y dolorosa dominación de sus labios.

—Se... señor Talbot... —jadeó, intentando separarse para mirarlo a los ojos—. ¿Por-por qué...?

Dio un gritito cuando él la aplastó contra la pared. Ariadna abrió la boca al notar la dureza que a punto estaba de atravesarle los pantalones. La curiosa que había en ella murió, siendo sustituida por una mujer lasciva que no podría contener por mucho más tiempo.

Él se agachó lo suficiente para meter las manos bajo la falda. Apartó las mareas de volantes con ansiedad, dando la impresión de que salían de todas partes y de ninguna. Ariadna notó sus dedos en los muslos, presionándolos ahogado de necesidad. Las piernas le temblaron al saberse invadida por las calientes palmas. Sebastian las recorrió de forma imprecisa, estando como estaba ebrio de pasión. La besó otra vez, y otra, y nuevamente con profundidad, colérico... Ariadna no podía responder siquiera, solo dejarse mecer por ese océano furioso, permitir que la embistiera con sus formas, y desear que la conciencia nunca regresara a ella para disfrutarlo siempre. Disfrutar siempre de esa pasión desmedida e incomparable que sentía por su placer.

—Porque los odio a todos —jadeó, arañando la pared a su lado. Escondió la cara en el hombro—. Y ver cómo te han mirado cuando te has presentado tan ruborizada ante ellos... Seguro que han pensado que era por su gracia. No tienen derecho a ver en tus ojos lo que te hacen mis palabras. Eso me pertenece. Puede que tú no, pero eso es «mío»... Tu rubor y tu excitación...

Volvió a atacar sus labios con los dientes, a empujarla y manosearla entre las enaguas, bajo los pantalones de algodón. Ariadna sentía su propia excitación, bombeando en esa zona prohibida. Lanzaba pequeñas sacudidas a sus miembros temblorosos. Estaba anulada por completo. Era cautiva de su boca feroz, sus groserías, y por Dios que amaba cómo el cuerpo violento de Sebastian vibraba a su son.

—S...

—No te atrevas a llamarme «señor Talbot» una sola vez más. Soy tu marido —le recordó entre dientes, colando las manos entre los finos pololos—. Todo lo que hay aquí es para mí, fue hecho para mí... Y mis manos fueron creadas para complacerte.

—No... No soy su propiedad. M-mi cuerpo no le pertenece, y mi...

—Maldita seas, Ariadna —cortó, indagando aún entre los pliegues de las enaguas—. Voy a estar entrando y saliendo de tu cuerpo hasta que haya más de mí que de ti. Y entonces ya veremos a quién diablos perteneces.

Ariadna se mordió el labio de pura frustración. Pese a saber que la debilidad la defraudaría, lo empujó en el pecho para alejarlo. Sebastian la soltó y retrocedió.

—Estoy cansada de que todos se proclamen mis dueños —jadeó enfadada—. No soy suya, ni del duque, ni de mi padre, ni de ningún pretendiente que solo me desee para saciarse. Basta —repitió desvalida.

Sebastian volvió a acercarse a ella y la cogió por las muñecas. Colocó una a cada lado de su cabeza, obligándola a mirarlo a la cara. Ariadna sintió que le absorbía hasta el último resquicio del alma al sostener su mirada con la clase de potencia pasional que podría hacerla desvanercer.

—He acumulado el suficiente deseo por ti para no saciarme ni viviendo diez veces más. Ten claro esto... Esas diez veces te buscaría por toda la Tierra, aunque no te conociese, aunque no supiera dónde estás... y esas diez veces te repetiría que eres mía, porque esta locura que me azota cuando te toco solo tiene una maldita explicación... Y es que hay algo mío dentro de ti. Algo que me tuvieron que arrebatar y esconder en tu pecho para que yo lo necesite. Eso —recalcó— te anuda a mi cuerpo, te mezcla con mi alma, si es que alguna vez la he tenido o he llegado a saber qué era...

Ariadna quedó liberada del agarre de repente. Lo vio retroceder, con los puños apretados, arrebolado de impotencia. Quiso decirle que ya podía descansar en paz, que lo acogería entre sus brazos allí mismo... Pero él fue demasiado veloz a la hora de calmarse y encontrar una última palabra que decir que, sin embargo, no pronunció.

El detalle del nuevo guardarropa no fue el único que Sebastian tuvo con ella. A Ariadna le daba la impresión de que alguien le había confesado en la intimidad que todo lo que ella esperaba del matrimonio eran regalos costosos, y él, fiel a sus objetivos, se esmeraba en sorprenderla con toda clase de presentes innecesarios. Al principio la trató como a una muchacha cualquiera, apelando a la feminidad en sí misma: vestidos y accesorios, joyas, cintas, escarpines... Tuvo incluso el atrevimiento de añadir ropa interior en el paquete. Después, al descubrir que la apariencia era algo de escasa importancia para ella, la enterró en novelas y juegos intelectuales. Al final, Sebastian llegó a la conclusión, en base al rechazo continuo de su parte, de que la estrategia no surtiría efecto. Y así fue como, en un instante de lucidez, se le ocurrió sorprender a Ariadna en su pequeño remanso de paz. Cuando una mañana se presentó en el escueto jardín trasero, descubrió que un brote de margaritas de pétalos negros había sido colocado en una de las baldas del cobertizo.

—Dijiste que serías mía cuando las margaritas surgieran de color negro —fue toda la explicación que Sebastian concedió.

—Y usted dijo que no me regalaría flores, ni poemas...

—No te he regalado poemas.

—Pero me ha regalado un poemario —apostilló Ariadna.

Aquello pareció modificar un tanto las convicciones del empresario, que ese día se marchó con murmuraciones por lo bajo y un mal humor que se reflejó en su pronta retirada de la mesa durante la cena. Ariadna intentaba comprenderlo desde un punto de vista que no incluyese condicionantes negativos: no quería pensar que solo deseaba acostarse con ella por pura morbosidad, sino que insistía y se obsesionaba por algún motivo mayor. Sin embargo, él no daba pie a pensar en otra cosa, y ella no podía entender que un anhelo fuese tan desproporcionado como para empujar a un hombre a la locura. Y Sebastian lo estaba. Se había vuelto loco, aunque por suerte, eso a ella no le afectaba más allá de ir aumentando su patrimonio personal a diario.

—Dice Tommy que está desesperado por tocarte —comentó Meg durante una de sus salidas. A Ariadna no se le escapó la sonrisa perversa de su hermana—. ¿Es cierto?

Ariadna contuvo un suspiro. Habría preferido disfrutar del paseo en regata en completo silencio. El chapoteo constante que sometía al fluido caudal del Támesis era una gloria natural que le gustaría apreciar con los cinco sentidos; por eso, de cuando en cuando, alargaba el brazo y rozaba la superficie con los dedos, maravillándose con su frescura. El agua era ese elemento natural que ella admiraba tanto como le aterrorizaba. Durante años no se atrevió a meter un solo dedo en la corriente, o a mojarse los pies en el océano, pero tras largas discusiones consigo misma, decidió que era una estupidez perderse buenos ratos en contacto con la naturaleza por un temor pasado. Lo que por supuesto no quería decir que, de querer, le hubiera sido posible sumergirse en el río.

—No me imagino a Thomas hablándote de algo así —intervino Penelope, recostada en la barca con un parasol apoyado en el hombro—. Parece bastante más discreto que eso.

—Evidentemente no usó esas palabras, pero ese era el significado. ¿Y bien? —insistió, mirando a Ariadna—. ¿Es verdad que estás aleccionando a Talbot para convertirse en un hombre decente?

—Sebastian es un hombre decente, solo que a veces puede ser terriblemente indecente, como todos —contestó sin prestar mucha atención a sus hermanas. Se rodeó las rodillas con un brazo, y con el otro siguió dibujando pequeños círculos en el agua—. Tampoco pretendo aleccionarle, solo... protegerme.

—¿Protegerte? —Penelope se incorporó—. ¿Te ha hecho daño?

¿Le había hecho daño...?

Ariadna no respondió. Se quedó admirando su reflejo en el agua, distorsionado por las distintas corrientes que se formaban alrededor de la canoa. El color de su cabello, recogido de manera improvisada por la doncella recientemente contratada, aclaraba la tonalidad cristalina de las ondas que mecían la barca rítmicamente.

No le había hecho daño, pero, por un lado, le arrebató la esperanza. Era cierto que no fue un secuestro propiamente dicho, ya que ella terminó accediendo, pero sentía que entre todos la habían abocado a un aciago futuro que no habría dolido tanto si hubiese podido explorar todas las posibilidades. Aunque, ¿cómo podrían haber sabido sus allegados lo que había en su pensamiento? Sus hermanas desconocían sus sentimientos hacia el remitente de las cartas; ni siquiera llegaron a saber de su existencia. Tal vez, si hubiera podido hablar en voz alta de su dolor o del amor que le dio, todo hubiera sido diferente. No la habrían animado a casarse, o quizá hubiese ocurrido justamente lo contrario...

Ya no servía de nada lamentarse o echar de menos. No odiaba a ninguno de los que, por unos medios u otros, la habían presionado para convertirse en la señora Talbot. No era la primera ni sería la última mujer en el mundo que se casaba con el corazón roto. En todo caso se odiaba a sí misma porque, no contenta con traicionar al pendenciero dueño de su alma entregándole su vida a otro cuando quizá debiera llorarle para siempre, los instintos salvajes que Sebastian proyectaba sobre ella eran respondidos silenciosamente en la misma medida. No, no la trataba mal... Pero la había transformado en un monstruo anhelante, y por las noches sufría. No dejaba de suplicar antes de cerrar los ojos que dejara de ser un animal sensual y provocativo paseándose por su pasillo, haciendo encoger su estómago por la culpa de desear, muy en el fondo, abrir la puerta y guiarlo al lecho.

Era inaudito e inexplicable, y, al mismo tiempo, no podría haber tenido otro sentido. Parecía lógico que lo más parecido a un dios beodo y juerguista inspirase sentimientos igualmente profanos en ella. Con el otro nunca ansió bañarse en la impureza, ni disfrutó internamente de una seducción desgarradora a la que intentaba ser indiferente... En contra de las direcciones que la vida de Ariadna siempre había tomado, Sebastian la empujaba a tomar sendas inexpugnables, secretas y prohibidas que solo podrían conducir a la perdición... Y también al embaucamiento de los sentidos, algo que si bien no debía querer explorar, le causaba la misma curiosidad que todo lo relacionado con lo natural.

¿Qué había más natural que él...?

Apartó la vista del agua y miró hacia delante. En la regata que los adelantaba, Sebastian acababa de ponerse de pie remo en mano y se tambaleaba sorteando los obstáculos que eran el conde de Standish —Dorian Blaydes—, Thomas Doyle y lord Ashton —Tristane Ashton—. Este último reía por un comentario del primero, mientras que el segundo, seguramente preocupado por la integridad física del empresario, lo agarraba de la pierna. Él lo ignoraba, jubiloso como parecía, para colocarse a la cabeza y comentar algo que hizo carcajearse a todos los demás.

—¿Ariadna? —llamó Penny—. ¿Me has oído, o debo empezar a preocuparme...?

—¿Y esos qué están tramando? —preguntó Meg, mirando con los ojos entornados a la canoa de los hombres—. Se les ve muy risueños para ser una pandilla de amargados...

—En realidad el tuyo es el único amargado —puntualizó Penny, esbozando una sonrisa que reservaba para aquellos en los que confiaba—. ¿Sigue ignorándote? —En cuanto obtuvo su asentimiento a regañadientes, suspiró—. ¿Qué quiere que hagas? ¿Que te pongas de rodillas y supliques su perdón? Fue él quien empezó con las intrigas a tus espaldas. De hecho, siempre ha sido él quien intrigaba por detrás, y con siempre me refiero desde los comienzos... Es un embustero, ¿y se molesta porque tú te molestas? —Soltó un bufido indignado—. Sé fuerte, Meg. No vuelvas a insinuarte... Haz que llore por ti.

Megara y Ariadna dejaron lo que estaban haciendo —juguetear con el bordado del vestido y estudiar las ondas del agua, respectivamente— para mirar a la hermana mayor. La primera sonrió con humor, y la segunda sostuvo su mirada con curiosidad.

—¿Por qué te gusta hacer llorar a los hombres, Penny? —preguntó Ariadna en un arrebato de inocencia.

—No me gusta hacer llorar a los hombres... Me gusta que lloren los que se lo merecen. Y ese engreído de Doyle me está inflando las narices —espetó, como siempre que se enfadaba, recurriendo a la grosería. Apartó el parasol y lo cerró de un movimiento airado. Con él, apuntó a Megara—. Procura que te vea coqueteando con alguien la noche de mañana. Ya verás los resultados. No hay nada más efectivo que los celos.

—Eres una completa descarada. —Rio Meg, propinándole un puntapié en las espinillas—. Pero visto que es o tomar tu consejo o seguir así por quién sabe cuánto tiempo, tendré que actuar...

—¿Por qué se pondría celoso? —inquirió Ariadna—. Meg es su esposa, y lo quiere... No tiene nada que perder. Es ridículo, en mi opinión.

—Lo es... Pero Tommy en concreto siempre ha sido celoso hasta del aire que respiro —especificó—. Si puedo usarlo en su contra cuando él me hace daño con su indiferencia...

—El señor Doyle es indiferente todo el tiempo. Tampoco debe ser tan terrible como para hacerle daño de forma deliberada...

Un exagerado chapoteo hizo que las muchachas dieran un respingo. Ariadna salió de su ensimismamiento y abandonó la conversación para captar cómo la cabeza morena de Sebastian emergía de las aguas con una sacudida, declarando su supervivencia a la caída..., que, por los comentarios de sus amistades, en realidad apuntaba a ser premeditada.

Alzó las cejas en cuanto sus miradas se encontraron en la distancia. Al principio, Ariadna no se preocupó porque nadara hacia ella. La corriente iba en su contra y era ineludible... Pero lo subestimó, porque apenas en un par de brazadas llegó a su altura. Agarró con los dedos empapados el borde de la canoa, desplazándola ligeramente en su dirección y llevándose las temerosas reprimendas de sus hermanas.

—Vaya, pero si es una sirena —ironizó Penelope—. Me pregunto si nos deleitará con ese canto que induce a los marineros a cometer actos imprudentes...

—En realidad puedo cantar alguna canción de taberna. Conozco una balada sobre la trágica historia de amor entre una dama y su sirviente, que se remonta al siglo XVII, si no recuerdo mal... Aunque esta sirena no sabe cantar —apuntó—; ha venido directamente a llevarse al marinero a las profundidades del mar.

—¿Qué insinúa...?

Ariadna lo supo antes de que lo dijera; antes de que diera un solo paso en falso. Los ojos de Sebastian la cazaron en medio de un intenso escrutinio que le sirvió para comprobar cuán atractivo podría ser un hombre cuando sonreía genuinamente... Si es que aquel en concreto podía hacerlo, cosa que dudaba. Aunque intentase aparentar un sentimiento real y cálido, la cicatriz estirándose malamente le impediría librarse del aire taimado. Y Ariadna lo prefería así, porque de ese modo podía reconocerle sin problemas.

Sebastian la cogió de la cintura, empapándole la falda en el proceso, y la sacó de un brusco tirón de la regata. Ariadna fue a parar al agua con un grito que él amortiguó estrechándola contra su pecho, lo que convirtió la queja en un débil gemido.

—¡Señor Talbot! —exclamó con el corazón a punto de salírsele de la boca—. Señor Talbot, ¿qué está haciendo?

—¿No es obvio? Secuestrarte... —Hizo una pausa sonriendo divertido—. Otra vez.

—Esto no es divertido en absoluto —musitó, mirando a su alrededor con nerviosismo. Oyó que sus hermanas, de las que se alejaba en brazos del captor, la llamaban a gritos—. Señor Talbot, por favor, devuélvame a la orilla... No me gusta el agua...

—Entonces estamos frente a un excelente simbolismo del infierno en el que vivo gracias a ti. A mí tampoco me gustan tus evasivas, duendecillo.

Ariadna se estremeció de pavor. Cerró los ojos un segundo, en un débil intento por controlar las emociones que la sumergían en la preocupación. Imágenes dispares de una situación casi en el mismo escenario la bombardearon, y tuvo que volver a abrirlos de golpe para mirar a su alrededor, para asegurarse de que ya no estaba allí. Aun así, el miedo insistió en amedrentarla con sus aguijones de frío metal. Se aferró a Sebastian con fuerza, y se impulsó hacia arriba, como si así pudiera huir del agua.

—Señor Talbot, se lo suplico...

—No seas ridícula —insistió, ignorando que la muchacha se mordía los labios para no gritar—. Un poco de agua no te va a matar.

—Déjeme —balbuceó, tiritando de frío—. D-déjeme, p-por favor.

—¿Eso quieres?

Ariadna asintió, agradeciendo al cielo que fuera a devolverla a la orilla. No obstante, eso no ocurrió. Sebastian obedeció siendo fiel a la literalidad de la súplica, soltándola allí mismo, en medio de la corriente. Ariadna abrió los ojos como platos. El encogimiento muscular que la sobrecogió, abocándola al ataque de pánico, fue tan brutal que gimió de dolor. Su vestido empezó a pesar, y sus miembros entumecidos por la fría temperatura del agua apenas pudieron moverse para rescatarla del hundimiento.

Ariadna soltó un grito desgarrador que perfectamente pudo haber alertado a todos los habitantes de Londres. Luchó por sobrevivir a la inmersión, sacudiendo los brazos y pateando las telas que se enrollaban en sus piernas, pero no le fue posible. Si logró ver la luz a través del empañamiento que sufrieron sus ojos, fue porque un brazo grande la salvó del naufragio definitivo. Ariadna se agarró a la camisa y buscó el rostro de quienquiera que fuese el protector, totalmente fuera de sí. Se aferró a su cuello con fuerza y presionó la mejilla contra la de él, con la cara descompuesta por el horror.

Sebastian salió del agua sin ninguna dificultad aparente. Caminó hasta la sombra de la arboleda más cercana, sosteniéndola con firmeza. Se esmeró buscando una franja de luz solar donde acomodarla.

—¿Se ha vuelto loco? —gritó una voz femenina. Ariadna no se recuperó a tiempo para ver cómo su hermana Penelope agarraba a Sebastian del cuello del gabán—. ¿Qué pretendía hacer, desgraciado? ¿Se cree muy divertido, acaso? ¡No sabe nadar, y el agua la aterroriza! —chilló—. ¿Es que no piensa antes de hacer las cosas...? ¡Oh, está claro que no! ¡Ante todo, sus estúpidos caprichos!

—¡Ariadna! —llamó Megara, corriendo hacia ellas. Prácticamente se tiró a su lado para cubrirle los hombros con los brazos—. ¿Te encuentras bien? Dios, estás helada... —murmuró. Se sacó el capote a manotazos para taparla con dulzura. Perdiendo por completo la suavidad, volvió la cabeza y fulminó con la mirada a Sebastian—. ¿Cómo diablos se te ocurre, Talbot?

—¿Y cómo no se le iba a ocurrir? ¡Si es un animal! —gritó Penelope, zarandeándolo.

Sebastian no reaccionó a las numerosas críticas; ni siquiera pareció darse cuenta de estar recibiéndolas. Solo tenía ojos para Ariadna, que no lograba enfocar la vista ni mostraba indicios de abandonar ese estado de conmoción. Ella se abrazó las rodillas. Si no escondió la cara entre las mismas fue porque no quería darle la satisfacción de verla afectada por algo que había hecho. Suponía que en esos casos, tal y como Penelope le había enseñado, lo mejor era la indiferencia... Pero no podía calmarse, porque todos los malos recuerdos seguían pululando por su memoria, echando abajo cualquier afán de regañina que pudiera haber tenido. El impacto de las olas seguía azotándola, y la arrastraba mar adentro para no escupirla nunca más...

Ariadna se estremecía cuando Megara la ayudó a levantarse y Penelope le frotaba los hombros, los brazos y la espalda al caminar. Sus oídos no interceptaron ningún detalle de la conversación a viva voz, que se prolongó hasta el final. Un molesto zumbido los taponaba. Se cobijó entre los brazos de su hermana, que la sostuvo intentando transmitirle tranquilidad, como si de alguna manera pudiera saber lo que en realidad le estaba haciendo daño. Y no se movió de allí hasta que la quisieron devolver a casa, donde se refugió de todo y todos, excepto de sus recuerdos.

12

... yo te haré una corona constelada para que seas llamada la reluciente amante de Dioniso, que adora las coronas.

Las Dionisíacas,
Nono de Panópolis

—Por una vez iba a ponerle el bozal a mi certera honestidad, pero visto que he renunciado a una velada encantadora con mi mujer para celebrar el silencio violento en compañía de dos muertos vivientes, creo que lo justo es presentar una queja formal.

Sebastian fulminó con la mirada al conde de Standish, una reacción que únicamente tuvo su base en el mal humor que le acompañaba desde hacía unos cuantos días, pues en el fondo agradecía que lo hubiese liberado momentáneamente de sus tormentos internos. En efecto, Blaydes podría haberse quedado acompañando a su esposa durante la velada organizada para sus amistades más cercanas, puesto que de sus dos contrincantes no iba a sacar mucho más que un mugido desagradable. Doyle andaba más circunspecto que de costumbre —y eso significaba que llevaba sin emitir palabra largas horas—, y en lo que a él respectaba... Prefería no atreverse a proponer una conversación, o Blaydes desviaría su iniciativa directamente para tratar el tema que le interesaba.

—Muy bien... —suspiró el único que tenía ánimos de fiesta. Se reclinó hacia atrás y metió la mano en el bolsillo interior de la chaqueta. Sacó la billetera—. Parece que tengo que subir la apuesta para no morirme de aburrimiento. ¿Cuánto queréis? Yo hoy no pido dinero, me conformo con una confesión detallada sobre las miserias que azotan vuestras vidas. O más bien de las que azotan las tuyas, Doyle... Me puedo imaginar lo que le pasa a Talbot. Nada por lo que haya que poner el grito en el cielo, en realidad, dado que lleva pasándole desde que nació —añadió, alargando el brazo para ponerle una mano amable en el hombro. Lo miró con los ojos relucientes de sarcasmo—. No hay nada de malo en ser imbécil, amigo, no tuviste la culpa...

Sebastian ni siquiera intentó defenderse. Le lanzó una mirada hostil, que podía significar «sigue así y te largaré de mi casa» o «preferiría que no lo recordaras con ese desahogo», y volvió a concentrarse en las cartas. Era evidente que la suerte en la partida iba a juego con la suerte generalizada que invadía su vida: un claro ejemplo era la pésima mano que le había tocado, y lo mal que la estaba gestionando. Antes nadie podía derrotarle, y ahora estaba tan estancado que no lograba sacar una mísera pareja.

—Se ha puesto enferma —masculló sin levantar la mirada de la mesa—. A causa del episodio del lago... Ha pasado los últimos días postrada en cama.

—Nadie duda de que hagas las cosas a lo grande —se mofó Blaydes. Si las miradas hubieran podido matar, el pequeño joven Blaydes habría heredado el condado en ese preciso instante—. Por el amor de Dios, Talbot, no tienes que mortificarte de ese modo. Solo fue una pequeña broma... No es como si fueras a arder en el fuego eterno por tirar a una muchacha al río; lo harás, no me cabe la menor duda, pero ese no será el motivo.

Sebastian le echó un rápido vistazo a aquel desvergonzado.

Desde el momento en que lo conoció, le pareció un tipo de lo más singular. En Dorian Blaydes se conjugaban la elegancia del caballero y el bebedor de barra que observaba las peleas de taberna con una sonrisa socarrona. Sin duda le atrajo que tuviera la misma poca vergüenza que él a la hora de expresar sus antojos y despreciar lo que no era de su agrado... Pero por encima de todo ello, en su momento creyó reconocer una tendencia a la amargura protegida bajo capas de odio y condescendencia, que sorprendentemente se correspondía con la suya. Era eso, en realidad, lo que hizo que congeniasen... Y ahora no quedaba nada de esa displicencia al mundo entero en Blaydes. Menos ese día en concreto, en el que aparecía exultante de felicidad.

—¿Se puede saber por qué pareces eufórico? —espetó Sebastian—. ¿Qué tramas ya, mamarracho?

La sonrisa ladina de Blaydes se ensanchó, generando una tan amplia y sincera que Sebastian estuvo a punto de soltar una blasfemia. Aquel tipo era la definición de la caradura, atreviéndose a aparecer en su casa para derrochar alegría cuando poco le faltaba a él para instaurar el luto.

—Mi señora está embarazada de nuevo —anunció con más que obvio orgullo—. Y sospecho que esta vez será una niña.

Sebastian no contuvo la irreverencia esa vez y soltó una de sus groserías a través de la que se filtró la sorpresa.

—Enhorabuena, Blaydes —asintió Doyle, quien por suerte sí sabía guardar la compostura. Estiró el brazo y le estrechó la mano al susodicho—. Espero ver pronto a la condesa para desearle lo mejor durante el embarazo.

El conde puso los ojos en blanco.

—¿Y a ti qué te pasa...? ¡Maldición! —exclamó de repente—. Ahora lo entiendo todo... Se nos ha acabado el whisky. ¡Graham! —llamó. El mayordomo no tardó en aparecer—. ¿Sería tan amable de ir a la bodega y traer un par de botellas? Una para cada uno de mis amigos... Estamos ante una situación de emergencia.

—El alcohol no resuelve los problemas, Blaydes —adujo Doyle, cruzando las piernas. Siguió una pausa en la que pareció meditar, antes de añadir—: Aunque es cierto que se ven mucho mejor... Que no falte del Kilbeggan irlandés, Graham.

El criado desapareció velozmente, y apareció apenas unos minutos después cargando con la «artillería pesada». Para entonces, Sebastian se había hecho a la idea de que le tocaría pasar otra noche viendo a dos Doyle y dos Blaydes, como si no fuera suficiente con el sarcasmo de uno y la silenciosa condescendencia del otro.

De todos modos, no sería él quien rechazase el ofrecimiento, ya que se le antojaba mejor que seguir flagelándose por lo que planteó como un juego y nada más.

Con las primeras copas, Sebastian se sintió francamente mejor. Cuando llevaba más de cuatro, empezó a verlo desde otro punto de vista, y eso que pensó que no podría imaginar otras vertientes referentes a la situación. No creía que Ariadna hubiera hecho una montaña de un grano de arena: los ataques de pánico, el miedo, era la única emoción que, a su parecer, era imposible de fingir a ese nivel. La había asustado, tanto que no pudo mirarlo durante el trayecto de vuelta, y eso solo significaba que no le perdonaría fácilmente... Si es que llegaba a hacerlo. Pero ahora pensaba en que ella debería saber que no lo hizo a traición.

—Vamos, Talbot, anímate. Una fiesta no es una fiesta sin tus pronunciamientos vulgares —intervino Blaydes, que parecía disfrutar de la ebriedad de sus amigos—. No fue para tanto. Apenas pasó unos minutos en el agua.

—¿Estás insinuando que mi esposa es una exagerada? —espetó, mirándolo de refilón—. No la conoces... Es imposible sacarle una maldita emoción a esa mujer. La tallaron en granito. Te juro que nunca se me ocurrió pensar que podría reaccionar así, o reaccionar a secas. Ni siquiera enfrentando la horca o cualquier desastre natural. Han pasado tres días desde entonces y no se ha molestado en salir de la habitación, por lo que está más que claro que está todo perdido. Y no me importa... —aseguró. Su voz reverberó en el interior del vaso—. Ya la he forzado lo suficiente. Hemos llegado al punto de no retorno; ella se ha quebrado, así que...

—Quizá debieras plantearlo de otro modo —sugirió Thomas, arrastrando las eses—. No intentes llamar su atención molestándola ni cubriéndola de regalos que no le interesan, sino siendo su amigo.

—No puedes ser amigo de una mujer a la que llevarías desnuda en tu regazo como accesorio —prorrumpió él con el ceño fruncido—. Se acabó. Me estoy convirtiendo en la clase de cerdo nauseabundo que he detestado durante toda mi vida, persiguiendo a una mujer que no me desea solo para acostarme con ella. Dios santo... —Dejó caer la cabeza sobre la palma—. ¿Es que no he aprendido nada?

Hubo un breve silencio en el salón.

—Nunca podrías parecerte a él —replicó Blaydes con suavidad—. Eres salvajemente ordinario y bárbaro como tú solo, y tu extraordinario egoísmo es digno de mención, pero no eres un canalla, ni hay una pizca de mezquindad en tu cuerpo.

—Sé que no llegarías a lo que hizo él —añadió Doyle—, y lo sostendré hasta el final; de lo contrario, no te habrías casado con ella, porque yo mismo lo habría impedido.

Sebastian apretó la mandíbula y contuvo entre los dedos el vaso, que podría haber reventado por la presión.

—No quería herirla —masculló—. No... No entraba en mis planes, ni se me ocurrió que tendría esos efectos. Que me lleven los demonios si alguna vez ha cruzado mi mente la sola idea de causarle el más mínimo daño.

—Lo sabemos —asintió Blaydes.

—No soy un monstruo —insistió Sebastian.

—No lo eres —apuntó Doyle.

—Es solo que... No sé qué me ocurre. No la conozco, ni siquiera me parece bonita, ni comparte una sola de mis aficiones. Es ridículo que la... necesite. —Buscó los ojos de sus amigos—. Lo es, ¿verdad? No iréis a decirme ahora que esto es lo normal.

—Señor Talbot —interrumpió Graham, asomándose bajo la puerta—. La señora Talbot.

La cabeza de Sebastian emergió de sus hombros como si acabaran de decirle que la casa estaba ardiendo. Fue curioso que, teniendo supuestamente los sentidos amodorrados, pudiera decir con exactitud dónde estaba cada detalle de su cuerpo. Llevaba un sencillo vestido de algodón sin añadidos de ningún tipo, tales como el polisón o el corsé, lo que la hacía parecer más delgada que de costumbre. Aun así, no fue su cuerpo lo que captó la atención, sino su expresión serena.

—Señora Talbot, qué alegría verla —saludó Doyle, poniéndose de pie para besar sus nudillos, un gesto que Dorian repitió. Sebastian sintió una inexplicable oleada de celos, incluso aunque la tela del guante hubiera amortiguado la presión de sus labios—. ¿A qué debemos esta agradable sorpresa?

—Sentía curiosidad por lo que estarían haciendo —respondió. El mero sonido de su voz relajó a Sebastian hasta tal punto que pudo respirar de nuevo—. Me he fijado en que a mi marido le apasionan las cartas, y me preguntaba si no podría observar cómo lo hacen... y aprender —añadió dubitativa. Le lanzó una mirada entre inquisitiva e insegura a Sebastian—. No molestaré.

De todos los reencuentros que imaginó, a Sebastian no se le ocurrió contemplar aquel en el que ella simplemente bajaría las escaleras y apelaría a su compañía. Era difícil sorprenderle, pero Ariadna acababa de hacerlo. Otra vez. Y no estaba seguro de querer que así fuera. A fin de cuentas, le proporcionó un resfriado preocupante y por su culpa se llevó un susto mortal. En realidad debería haber sido él quien apareciera en su habitación con una disculpa en los labios... Cosa que no hizo por miedo a meter la pata una vez más. Era demasiado susceptible al error cuando se trataba de ella, y no podía permitirse otro fallo. Quizá por eso había optado por abandonar su estúpido cortejo obsesivo. Ariadna no pudo ser más explícita expresando indirectamente que no deseaba su compañía ni sus besos.

Demasiado tenso para tratarse de él, Sebastian hizo una seña para que tomara asiento a su lado. Prefirió culpar al alcohol de su fijación por seguir cada uno de los movimientos de la muchacha hasta que se acomodó; cómo la falda onduló a su alrededor y generó arrugas en el regazo cuando estuvo en el sitio, y la manera de posar las manos en la mesa y estudiar lo que se disponía sobre ella, como si nunca hubiera visto nada igual.

—¿Deberíamos conversar como si no hubiera una mujer delante, para que sepa más o menos de qué se habla cuando estamos borrachos y hemos apostado hasta las escrituras de la casa? —bromeó Blaydes, apoyando los codos sobre la mesa—. Fíjese, señora Talbot, hasta me echo sobre la mesa como si nunca me hubieran enseñado modales. Una postura muy común en estos lares.

Ariadna sonrió como la Mona Lisa, y Sebastian no pudo sino preguntarse si alguna vez lo habría hecho de verdad. Sonreír. Cierto era que a causa de las circunstancias de su matrimonio, pocos motivos tenía para mostrarse agradecida o satisfecha, pero empezaba a extrañarle que nada lograra hacerle sonreír. Aunque fuese falsamente.

—Tendréis que conversar solos, pues —intervino Thomas,

que no se había sentado desde que Ariadna entró en la habitación—. Se me ha hecho tarde... Ha sido una buena noche.

—La mejor noche de mi vida —ironizó Blaydes.

—Ignóralo —le dijo Sebastian a Ariadna, que le devolvió enseguida la mirada con algo muy parecido a la mortificación—. Acaba de descubrir que va a ser padre y todo lo que se compara con un futuro y arrapiezo mocoso le sabe a poco.

—De hecho, me acabo de acordar de que ya tengo uno, y como mínimo le debo mi atención —puntualizó. Se levantó tras golpetear la mesa con los dedos, y sonrió con alegría—. Me marcho. Señor Talbot, espero que le enseñe a su esposa cómo se hace una buena jugada.

«Si solo me dejase», quiso decir, tergiversando el significado de sus palabras. Enseguida rechazó aquel pensamiento victimista. Acababa de acordar consigo mismo que se olvidaría de la patética seducción que no había dado resultados; tenía que suprimir como pudiera el instinto de cernirse sobre ella. Y no sería fácil. Menos aún estando borracho...

Blaydes y Doyle se marcharon por donde habían venido, teniendo la desvergüenza de cerrar la puerta tras de sí, como si allí dentro fuera a darse un festín del todo inadecuado. Sebastian estuvo a punto de levantarse e ir a cruzarle la cara al descarado del conde, que le guiñó un ojo justo antes de desaparecer de su vista, como si fuese un mozo de cuadra delante de la doncella que por fin le había dado una oportunidad.

—Vista la estampida de esos traidores, tendrás que jugar conmigo —dijo Sebastian, poco convencido al verse asfixiado por el silencio que ella arrastraba allá donde iba. Carraspeó y agarró la baraja—. Tranquila, no es difícil.

—No para usted, que es famoso por hacer trampas —puntualizó ella sin maldad—. ¿Va a enseñarme sus trucos?

—Por supuesto que no —espetó rotundo—. ¿Cómo se te ocurre? Es el secreto de mis victorias, ergo, de buena parte de mi riqueza. No puedo ir desperdigando esa información por ahí... Me arriesgo a que cacen al cazador. —Le repartió el número exacto de naipes, y señaló cómo tenía que cogerlos—. Será más fácil si te quitas los guantes, o se te caerán. Son de un material resbaladizo... De hecho, es bueno que te suden las manos, así no corres el riesgo de que se caigan y muestren al contrincante lo que escondes.

Ariadna vaciló un segundo, pero obedeció sin mediar palabra. Sebastian fingió concentrarse en la comprobación de su buena fortuna, cuando con el rabillo del ojo no se perdía detalle de cómo tiraba de las puntas de los dedos. Tras hacer alarde de la elegancia prodigiosa que seguramente le había valido su apodo en las altas esferas, mostró la palidez de su piel.

Sebastian no supo qué decir por un momento: la sensación que estuvo a punto de ponerle a tiritar le abrumó.

—¿Yo te hice eso? —preguntó en voz baja, horrorizado. Sus ojos apuntaban directamente a los dos cercos azulados que se advertían en sus finas muñecas—. ¿Cuando te agarré en la ópera...? —El silencio de Ariadna fue lo bastante elocuente para que soltara una imprecación—. Dios santo, y ha pasado una semana... Soy el mismo animal que todos ellos.

—No me dolió —lo defendió ella—. Ya sabe que tengo la piel muy sensible. Si me arañara o rozara sin querer, podría abrirme una herida.

—Odio que sea así.

Ella dio un respingo.

—Lo... siento. No lo elegí yo.

«Maldito seas, Sebastian.»

—No quería decir eso. Es solo que... —Contuvo el aliento un instante—. En el momento no me doy cuenta de lo que hago, ni de la fuerza que imprimo a mis movimientos, pero verlo ahora... Me hace sentir un auténtico monstruo. Lamento haberte hecho eso —dijo de corazón—. Cuando me enfado hago estupideces.

—No pida perdón —lo interrumpió ella con suavidad—.

Me gusta que sea usted mismo, y que... haga estupideces. Me han llevado entre algodones toda mi vida para no hacerme un solo rasguño. Es un alivio que al menos haya una persona en este mundo dispuesta a tratarme como a una persona, y no como a una muñeca de porcelana.

—Pero te hice daño. Dos veces —se atrevió a añadir. Se arrepintió en cuanto ella se tensó, aunque la rigidez de sus hombros durase lo mismo que una exhalación.

—No podría haber sabido que reaccionaría así. Estaba bromeando y solo era agua, ¿no? —musitó, mirándose las manos—. Es cierto que pude... enfadarme al principio, pero no fue culpa suya.. Debería ser honesta y clarificar lo que me gusta y lo que no antes de que tenga que averiguarlo a través de tácticas poco disciplinarias. Hemos llegado a un punto en el que por andar suponiendo, nos estamos... haciendo daño. Y creo que deberíamos encontrar un equilibrio cómodo para los dos.

¿Equilibrio cómodo? Sebastian no podía concebir una convivencia grata con la mujer que tenía delante. Solo estaba hablando, mirándolo de lleno, y se veía en la necesidad de rememorar todas las injusticias y atrocidades de las que fue cómplice en el pasado para no rodear la mesa y soltarle el pelo a base de tirones, tenderla en el suelo y hundirse en ella. Si Ariadna quería entablar una bonita relación de amistad con él, se acostaría todas las noches clamando al cielo por el dulce abrazo de la muerte. A duras penas sobrevivía a los desayunos, almuerzos y cenas; ¿cómo podría encajar su compañía mientras jugara a las cartas o descansara en la retirada habitación del desván? Era imposible...

Sin embargo, le había hecho daño. Sebastian no era de los que endeudaban su honor, básicamente porque no poseía dicha virtud: se movía en la infamia y el menoscabo, estaba tan acostumbrado que, más que un comportamiento, era un defecto. Mas no por eso, ni por ser un desgraciado ni tampoco por presentarse ahora como el dictador de la moral, continuaría forzándola a un trato que no la convencía. Bastante se estaba alejando de lo que consideraba correcto; no se permitiría a sí mismo convertirse en un engendro que, antes que aceptar un no, destrozaba al objeto de sus deseos.

Al final esbozó una sonrisa que rayaba en la amargura.

—No es que disfrute llevándote la contraria o recordándote que nunca estarás a salvo de mí, pero estaría reservándome información crucial si asintiera sin más, negándote la evidencia de que no estaré cómodo mientras estés en la misma habitación que yo —repuso, cambiando lentamente de postura—. Aun así, te interesará saber que voy a dejarte en paz. No estás obligada a codearte conmigo. La impresión de haber estado a punto de matarte del susto todavía me dura, lo que significa que comprenderé perfectamente que te alejes...

—No reaccioné así porque me asustara el juego, ni por usted —repuso, mirándolo a los ojos—. Solo recordé algo que me pasó hace unos años y que desencadenó que ahora... sea de este modo.

Aquello capturó el interés de Sebastian.

—¿A qué te refieres con «de este modo»?

—A... frágil, distraída, sensible... No es que no lo fuera antes —explicó. Apoyó las palmas en la mesa con cuidado, como si en vez de madera fuese fuego—. Pero se agravó considerablemente a partir de entonces. El agua me hizo enfermar y me trae malos recuerdos, además de que no sé nadar. Algo que no sabía, porque nunca lo dije —puntualizó—, por eso no le culpabilizo de nada.

—¿Qué se supone que te pasó?

Ariadna se mordió el labio inferior.

—Cuando tenía dieciséis años estuve a punto de ahogarme en una cala que hacía de puerto. Había tanta corriente que bastó con una ola para engullirme. Si no hubiera aparecido el señor Doyle a tiempo, ahora estaría muerta.

Sebastian tuvo que hacer acopio de todo su autocontrol para no estremecerse.

—¿Y qué estabas haciendo para que una ola decidiera arrastrarte mar adentro?

Ella vaciló.

—Estaba intentando nadar.

—¿Decidiste aprender a nadar estando la mar picada? —Enarcó una ceja—. ¿Cómo diablos te lo permitieron los jinetes del Apocalipsis que tienes como hermanas?

—Ellas no sabían que estaba allí. Fui sola... Y no quería aprender a nadar, solo esperaba llamar la atención de un barco. Quise llegar hasta él, y... fracasé —murmuró, apartando la vista. Sebastian le dio un segundo antes de preguntar de nuevo.

—¿Y aun así, Doyle te encontró...? Ese bastardo y su complejo de héroe me sacan de quicio —masculló, negando con la cabeza—. ¿Él sí sabía que fuiste al puerto...? ¿Por qué fuiste al puerto? ¿Qué cargaba ese barco para que te metieras en el agua sin saber nadar? ¿Las joyas de la Corona? ¿El secreto de la inmortalidad?

En cuanto observó que Ariadna bajaba la vista, se sintió injusto. No estaba avergonzada; por curioso que pudiera parecer —y es que las mujeres como ella, de sensibilidad inaudita, solían tender al sonrojo y la timidez—, esa era una cualidad que le faltaba. Mas no significaba que pudiera desdeñar sus motivos sin que se ofendiera. Cosa que tampoco hizo.

—Cargaba al hombre que amo —confesó. Los ojos violetas no osaron moverse de los suyos cuando su estómago decidió emular el vértigo de una caída libre—. Señor Talbot... Usted ya ha sido sincero. Me toca corresponderle en la misma medida. Ha de saber que no dejo que me toque porque... me gustaría permanecer fiel a él de algún modo. Y no deseo engañarle a usted tampoco. Si le diera lo que espera de mí, no lo haría a gusto y puede que intentara no relacionar sus manos con el propietario. No quiero eso para usted.

—Vaya —se le ocurrió decir, contaminado por el sarcasmo—. Qué considerada.

¿Qué demonios se suponía que debía contestar a eso? Seguía conmocionado por su aparición, y ahora no solo había obtenido su perdón, sino la verdad acerca de una pregunta que había hecho un mes atrás y cuya respuesta no se le ocurrió esperar. Además, estaba ebrio... Y para colmo de males, ella continuaba siendo un apetecible bocado. La tentación de levantarse y marcharse lo seducía tanto como aprovechar la oportunidad y echársele encima, culpando más tarde al alcohol por su comportamiento.

Afortunadamente se retuvo a tiempo.

«No eres así, Sebastian.»

—Bueno... —Carraspeó incómodo—. ¿Sigues interesada en aprender a jugar a las cartas? —Esperó con el corazón en vilo a que asintiera, y solo entonces parte de la tensión se deshizo. Prefirió concentrarse en su labor como profesor y no en lo que acababa de confesar, sospechando que podría tomárselo mal de llegar a asimilarlo—. De acuerdo... Primero debes saber que hay dos tipos de jugador. Los que cierran en cuanto tienen la mano, aunque no hagan el menos diez, y los que ambicionan la puntuación más baja aunque deban correr el riesgo de que se les adelante el contrincante... —Frunció el ceño muy despacio. Levantó la vista de las cartas, con aire desorientado, y la clavó en Ariadna, que lo observaba a su vez—. ¿Estás enamorada de otro hombre?

Ella solo asintió con la cabeza.

—¿Cómo? ¿Cuándo...? ¿Por qué? —Sacudió la cabeza—. Me vas a tener que perdonar, sirenita, pero no estoy en mis cabales en este preciso momento. He vaciado esa botella, y tardo en procesar la información, sobre todo si es ese tipo de noticia... Tendrás que ser benevolente conmigo. —Hizo una pausa—. ¿Quién es?

—Era un forastero al que conocí por casualidad cuando paseaba con mi hermana por los alrededores de Glasgow. Tuvimos un percance con un zorro rojo. Se supone que son animales que no suelen incomodar a los viajeros, pero este en concreto nos siguió muy de cerca, y Briseida era aún muy pequeña, así que se asustó. Luego apareció él y nos libró del animal. Era cazador. Se llamaba Corban. Venía de una de las islas griegas... Y a sus islas griegas me iba a llevar —añadió, forzando el tono neutro—. Pero emprendió la marcha sin mí. Lo vi levar anclas desde el puerto, y por eso me metí en el agua.

—¿Se iba a ir sin ti y aun así fuiste a buscarlo...?

Sebastian se silenció a sí mismo. ¿Quién era él para juzgarla, cuando él siempre había sido la clase de persona que se esforzaba por agradar y encajar en un grupo determinado? Quizá su vida dependía de Corban, tal vez no podía imaginar su existencia sin estar a su lado... Sebastian jamás se había enamorado, y lo que era más, nunca había sendido nada por una mujer salvo deseo. Y en esos casos, podía reprimir la pasión, controlar sus instintos y olvidar en unas horas si obtenía una negativa. No sabía lo que era el amor para decidir que era una muy pobre excusa para correr detrás de quien ya dio la espalda. Lo único de lo que estaba seguro, y más ahora que contaba con otro ejemplo, era de que el amor solo servía para avergonzar a quien lo sentía.

Carraspeó, apelando a la madurez que debía demostrar de vez en cuando.

—¿Y qué pasó después?

—Después... Guardé cama durante meses. Estuve inconsciente unas horas tras el accidente, y cuando desperté no me acordaba de nadie. Fue cuando se manifestó la enfermedad.

—¿Qué enfermedad?

Ariadna se quedó en silencio unos segundos.

—Perdí la memoria, aunque de una forma... inusual. No olvidé quién era, ni de dónde venía. Simplemente no reconocía los rostros de las personas que estaban a mi alrededor. Era imposible para mí asociarlas con mis seres queridos. Fue duro para todos, en especial para ellos, porque aunque acepté relativamente rápido a quién pertenecía cada voz, todos sabían que cada vez que cruzaban la puerta, tendrían que decir su nombre para que supiera de quién se trataba. No recuerdo las caras de la gente que conozco, señor Talbot —resumió—. He tenido que fijarme en detalles concretos de cada dama o caballero y memorizar sus nombres para no ofenderles al no reconocerlos en un gran salón.

—Espera, espera, espera... A ver si lo he comprendido —intervino él con el ceño fruncido—. ¿Se supone que no puedes ver la cara de quienes te rodean?

—Puedo verla, y valorar si me parece atractiva en el momento. Pero cuando pasan unas horas, o unos días, y vuelvo a encontrarme con los susodichos, no sabría decir qué nombre reciben. Es como si los conociera de nuevo todos los días.

—Santo Dios, eso debe ser terrible. Hay personajes a los que no me gustaría que me presentaran más de una vez —ironizó, mirándola fijamente—. ¿Y cómo debo interpretar esto? ¿No me reconocerías si me fuese unos días?

—A usted lo reconocería en cualquier parte por su nombre completo —contestó ella, sosteniendo su mirada—. Hay determinados hombres y mujeres a los que puedo ubicar en mi memoria y en el pasado porque tienen algún rasgo distintivo...

—Entiendo —cortó duramente—. La cicatriz, ¿verdad? Nadie tiene una como yo.

—Y sus ojos —añadió. Ladeó la cabeza en un gesto de curiosidad infantil que le erizó el vello a Sebastian—. Sus ojos son del color del topacio que lleva mi hermana Penelope en su dedo. Ese anillo me obsesionó durante meses por la historia que contó lord Ashton sobre ella... Y usted los tiene en la mirada. Aunque la cicatriz ayudó, al igual que su nariz irregular y el color de su piel. Nadie es tan moreno.

Curiosamente, aquella explicación hizo que Sebastian se

sintiera realizado, orgulloso e incluso halagado. Habría pensado que mentía si no supiera que le importaba lo más mínimo complacerle, o si Ariadna Swift fuera capaz de emitir una sola palabra que no fuese cierta, aunque fuera solamente en su mundo inaccesible. Sabía que era cierto, y pese a que eso era algo que no podía controlar, algo que Ariadna nunca eligió —saber que era él, justo él—, estuvo tentado de darle las gracias. Para bien o para mal, era su excepción.

—Y, aparte de mí... ¿a quién podrías reconocer a simple vista?

—Solo a Meg, por el lunar en el labio. A los demás los reconozco también, aunque me tengo que fijar en otras cosas. En su manera de gesticular, en su tono de voz o la voz en sí misma, en su olor corporal... Esto último es lo que más me ayuda, porque cada persona tiene uno. Las voces, después de una noche oyendo cotorreo tras cotorreo, acaban sonando iguales, y puede que me fuera posible diferenciar los gestos de mis hermanas, pero en un baile sería imposible... Todas sacan los modales del mismo sitio.

Sebastian estudió su expresión, repentinamente preocupado por si aquello le producía alguna clase de desazón. En el lugar del diablo donde vivían, ser distinto era motivo de sobra para sentir rechazo, y por una razón que aún no estaba en condiciones de ponderar, le hacía rabiar la mera idea de que a Ariadna le incomodara ese obstáculo social.

—¿Y dices que esto te pasó por culpa de un golpe en la cabeza? —inquirió—. ¿Fue un proceso gradual? ¿Por eso pasaste tanto tiempo en cama?

La puerta se abrió, y Ariadna desconectó la mirada de él para atender al nuevo visitante. Elsie, una de las criadas de la casa, apareció con su clásica sonrisa deslumbrante. Se acercó a la pareja lo suficiente para que Sebastian pudiera ver el brillo en sus ojos claros.

—Venía a despedirme. Mañana empieza la feria de mi pueblo, y pensé que debía recordarte que no estaré durante la semana que viene.

—Claro, claro —asintió él, molesto por la interrupción—. Disfrútala. Y no olvides ir a la carpa del viejo Robb, aunque sea solo para darle recuerdos de mi parte.

—¿Por qué no vienes con nosotros? —propuso—. Todos se alegrarían muchísimo de verte.

—Tengo demasiadas cosas por hacer, me temo. Pero si surge la más mínima oportunidad de huida, la tomaré y me presentaré allí tan pronto como pueda. Espero que lo disfrutes, Elsie. —Y sonrió.

—Gracias, Sebas. Buenas noches... Buenas noches, señora Talbot —añadió antes de desaparecer. Ariadna asintió y, paulatinamente, se fue girando para enfrentar de nuevo a su marido. Sebastian creyó que moriría de placer al atisbar una ligera inclinación a la curiosidad en sus ojos.

—Es una amiga de la infancia.

—Oh —dijo ella—. ¿Y cómo es que tiene a una amiga trabajando para usted?

—Créeme, duendecillo, ella no se queja —replicó molesto por la pregunta. ¿Qué diablos insinuaba?—. Era ser ama de llaves o puta de muelle. Me pareció que este trabajo sería más digno, y por lo menos le proporcionaría un hogar decente.

—Por supuesto, solo me ha sorprendido... Los miembros del servicio le tratan con cercanía.

Sebastian cambió de postura, pensando en cómo hacerlo para devolver la conversación al punto que estaban tocando antes de la interrupción. Detestaba hablar sobre sí mismo o, al menos, de ese sí mismo que podía hacer obras de caridad e invertir en causas nobles sin contraer una enfermedad mortal por el camino.

—A todos ellos los conocía antes de convertirme en Sebastian Talbot —contestó con simplicidad. Se puso de pie, delimitando el fin de la charla antes de que hiciese otra pregunta—. Creo que va siendo hora de que nos retiremos. Se ha hecho tarde.

La vio levantarse muy despacio, fiel a su condición impuesta de muñeca de cristal. ¿Cómo no iban a tratarla como tal, si era exactamente lo que parecía...? Era lógico que sus hermanas apelaran a su aspecto y su historia para protegerla. Lo ilógico era que él, aun sabiendo por lo que había pasado y siendo igualmente quebradiza a sus ojos, deseara dejarle la marca de sus uñas en lugares a los que nadie tendría acceso nunca. Ni siquiera el desgraciado que la abandonó.

La acompañó al pie de la escalera manteniendo aquello en mente. Entendía que a un ser humano común le costara desprenderse de un ser querido, incluso en el caso de que este se hubiera marchado por voluntad... Ahora bien: ella no lo era. Ella era especial en todos los sentidos. La logística se perdía en cuanto entraba en juego una criatura tan pura como Ariadna Swift. Era tan neutral, objetiva y calma que le inquietaba su reacción ante el abandono. Él debió ser realmente importante para ella si consiguió sacarla de su modorra habitual. A no ser que hubiera sido ese despreciable de Corban quien la convirtió en lo que era hoy día.

Ariadna se volvió en ese preciso momento, justo cuando su mano acariciaba la barandilla y tenía el pie en el segundo escalón. Lo miró desde su nueva altura, encontrándose con los ojos de Sebastian, que por fin supieron apreciar la maravilla de las fantasías en los ocelos de su esposa. Descubrió entonces que no eran solo una tonalidad bonita, que Ariadna no era inexpresiva, sino que había que tocar el punto adecuado para que asomara el dolor, o la curiosidad, o todas esas emociones humanas que descartaban la posibilidad de que perteneciese a otra raza.

—Buenas noches, señor Talbot.

Sebastian inspiró hondo. Su tono de voz no fue el de siempre, dolorosamente imparcial y muerto, sino que le añadió una nota de agradecimiento, sosiego y sincera estima. El cambio dejó el corazón del empresario suspendido en el aire, durando unos segundos en estado crítico. Añoró una sonrisa en la forma de sus labios, y también le alivió que aún no estuviera preparada para dejar su alma al desnudo. Aún borracho, era consciente de que un solo paso hacia delante por parte de aquella mujer podría enloquecerlo. Tal vez su sonrisa acabara decidiendo por él que lo mejor siempre sería insistir, hasta que ella le diera la pasión que necesitaba para poder considerarse rico de veras.

Y entonces ocurrió algo insólito. Ella se inclinó hacia abajo, giró el cuello y besó su mejilla. Fue apenas el roce de unos labios ligeramente entreabiertos; más le acarició su aliento que su boca, pero tuvo el efecto de la corriente del océano bramador. Las ondas de una oleada brutal de sentimientos lo sacudieron hasta los tobillos, y borraron de un soplido toda resistencia a la adoración que sentía hacia todo su ser.

Sebastian la cogió de la mano en cuanto hizo ademán de darse la vuelta, y la contuvo con fuerza. No despegó los ojos del suelo, asustado por lo que la mezcla de alcohol y ansias de amor sugerían, y por lo que un solo beso había hecho con él. Mantuvo allí la vista, clavada en sus zapatos, en el borde de su vestido de algodón, en los detalles del escalón... Sabiendo que no podría resistirse si la miraba a los ojos.

Era hora de soltarla, pero no quería que se fuera. La maraña en su estómago y el dolor insistente en su pecho le suplicaban que tirase de ella, a riesgo de cómo pudiera reaccionar, y la besara hasta borrarle el sentido, robarle la cordura, sellarla como suya y no como dependiente de un fantasma que nunca pudo apreciarla. El odio hacia aquel extraño le sobrevino junto con la fatalidad de no poder tolerar su aroma si no podía aspirarlo hasta el desmayo... Y por un instante, por un solo instante agonizante, pensó que moriría por ella.

Afortunadamente, recuperó el equilibrio de sus sentidos

en cuanto recordó su expresión al ser arrojada a las aguas. Se separó con torpeza, reflejando con cada uno de sus movimientos que le ardía el alma.

—Buenas noches —musitó al final. Se convenció de que no pasaría nada si la miraba, y cuando lo hizo, fue para saber que pasaba justamente lo contrario... Porque pasaba «todo». Pero pensó en su fortaleza, en que debía estar a su altura, y la miró a los ojos para añadir—: No sueñes esta noche... No sueñes ninguna noche, si es que en tus sueños viene alguien a visitarte.

Thomas Doyle cruzó el pasillo a oscuras, procurando no emitir un solo sonido. Eso se le daba bien; era el experto del sigilo, y más cuando le convenía no despertar a ningún habitante de la casa. El reloj de péndulo de la salita marcaba las tres de la madrugada. Hacía un tiempo que no llegaba tan tarde a casa, y menos en semejante estado de embriaguez. Afortunadamente, fingir le era tan sencillo como tantear el espacio sombrío que era ahora el corredor hasta la habitación. Se esforzó en mantener el equilibrio durante la caminata, la cabeza alta y la expresión impasible, aunque todo lo que le apetecía hacer era gritar.

Aterrizó en la alcoba que le correspondía bastante mareado, con el juicio nublado por las ideas que le aguijoneaban las sienes. Por lo que entendía, el alcohol tenía un efecto u otro en el bebedor dependiendo de diversos factores. Su amigo el conde, Blaydes, tendía a decir estupideces de las que luego se arrepentía, por lo que forzaba su vena cruel. Talbot, por otro lado, era un hombre fuera de serie: a veces, los excesos acentuaban su lado salvaje, convirtiéndolo en un animal ruidoso y bestial al hablar... Aunque también lo había visto siendo cariñoso y extremadamente caballeroso por los mismos motivos. En cuanto a él... El alcohol era un terrible incentivo para liberarle de la contención, lo que al final del día le cambiaba hasta parecer irreconocible. Todo lo que Thomas estuvo reteniendo, silenciando y acallando bruscamente en pro de su orgullo estaba a punto de salir a borbotones.

Encontró a Megara dormida en medio de la cama, como acostumbraba, y sonrió levemente. Le gustaba sentir el frío en la piel desnuda, y por eso dormía con una larga camisola, sin cubrirse con las mantas que Thomas desdeñaba, aún helado, solo por disfrutar de su semidesnudez.

Se equivocó al suponer que descansaba con Morfeo, porque ella se incorporó despacio, con el ceño fruncido, y no tardó en levantarse para inspeccionarlo. Thomas esperó impaciente a que Megara lo cogiese de la mandíbula, diera una vuelta a su alrededor y decidiera si merecía un lugar en su cama aquella noche. Disfrutó como un niño, siempre en secreto, del roce de sus dedos, la presencia de su precioso cuerpo femenino...

—¿Crees que esto será cuando y como tú quieras? —espetó en voz baja, mirándolo con rencor—. Vuelve al salón.

Thomas alzó una ceja.

—¿Estás segura? —aguijoneó. Para hacer más tentadora la oferta entre líneas, rodeó su cintura con el brazo y la atrajo hacia sí. Estuvo a punto de cerrar los ojos para sentir cómo su cadera le rozaba. Todo en ella era tan sensual que le costaba mantener la calma—. ¿De veras quieres volver al tira y afloja? ¿Te merece la pena ser tan orgullosa...?

Ella vaciló un segundo, y Thomas decidió que sin importar cuál fuera su decisión, él ya había obtenido su victoria... Abrir una grieta en su coraza.

—Olvidas que viví sin ti durante años por orgullo —repuso al final, lentamente—. Podría hacerlo otra vez.

—¿Incluso sabiendo lo bien que se siente al estar conmigo? —De nuevo ese titubeo, que esta vez le hizo sonreír—. Si insistes, me marcharé. Pero la próxima en venir serás tú...

Y yo no cederé. Los dos sabemos quién es el más fuerte de los dos cuando se trata de resistir a la adversidad, *kitten*.

Megara soltó un gemido ahogado.

—Me parece muy bien que te resistas, pero no juegues sucio hablándome en irlandés —se quejó, apuntándolo con el índice—. No todo vale en la guerra, Thomas Doyle.

—Pero en el amor sí, sobre todo cuando te lo hago —rebatió, acercándose para rozarle los labios con los propios. Megara compuso una mueca de dolor y se impulsó hacia delante para besarlo, pero él retrocedió—. Ah, no... Has perdido tu oportunidad.

—¡Deja de jugar conmigo! —espetó desesperada—. Te odio tanto que... que... —Gimió ruidosamente, apretando los puños—. Sea Dios testigo de mi amenaza: voy a hacerte sufrir como un desgraciado, Thomas... Vas a acabar suplicándome.

—Eso ya lo veremos...

13

Y como viese Dioniso a la durmiente
Ariadna abandonada, se mezclaron en él
el amor y la admiración...

Las Dionisíacas,
NONO DE PANÓPOLIS

—Necesito tus contactos y tu mano de bruja para un asunto.

Madame d'Orleans se volvió lentamente, aireando todo su adquirido dramatismo solo para alterar al susodicho. Miró a Sebastian alzando ese amago de cejas que hacían de su cara un dibujo de infante, preguntándole en lenguaje no verbal quién se creía que era para exigir.

—Buenos días, Mariette. ¿Cómo te encuentras hoy? ¿Cómo fue anoche en la mascarada? ¿Te divertiste o hubo mucho trabajo...? —ironizó.

Dio la vuelta completamente para enfrentarlo, con el codo aún apoyado en el mostrador.

—Debe ser una importante empresa la que te traes entre manos si te ha hecho perder los modales.

—¿Te refieres a esos modales que jamás he tenido? —probó, igualmente afilado. Los ojos de la casamentera brillaron.

—Esos modales que pudimos improvisar tu madre y yo para que no fueras un salvaje, y por lo menos supieras pedir las cosas por favor, como bien manda el Señor.

—Debe ser que la naturaleza siempre se acaba imponiendo —terció, fatalista. Tomó asiento frente a ella, sin esperar una señal, y la arrastró ruidosamente para acercarse—. Lamento si te he ofendido, pero traigo prisa. Quiero visitar la fábrica hoy y asegurarme de que mi esposa aún no se ha fugado. Tengo exactamente cinco minutos para ti.

—¿Y por qué iba a tener yo esos cinco minutos para escucharte? —rebatió, sustituyendo la expresión burlona por una de ligera ofensa—. Olvidas con quién estás hablando, muchacho.

Con aquella frase, un viajero habría pensado que se refería a su fama y fortuna, a que le debía respeto por tener un nombre que sonaba por todos los rincones de Londres. No precisamente en el buen sentido, ya que regentaba un burdel, pero seguía siendo rica y buscada.

Sin embargo, Sebastian sabía que estaba dejando a un lado su personaje. Ese «muchacho» era revelador. No había olvidado que estaba hablando con la gran madame d'Orleans, protectora de las prostitutas y descarnada matrona del mundo de la perversión desde tiempos inmemoriales... Había olvidado, en cambio, que se refería a la viuda Mariette Larue, que lo acogió en su casa cuando lo perdió todo, que lo formó en la medida de lo posible como un hombre de provecho, y que lo animó a convertirse en lo que era. Y, francamente, tanto bajo el punto de vista de la susodicha como del suyo propio, esta segunda señora merecía un trato mucho más digno.

Al final, D'Orleans suspiró.

—¿Qué pasa contigo, Sebas?

Se sintió como cuando era un niño y hacía algo terriblemente mal. Decepcionado y triste, porque la había decepcionado y entristecido a ella. Quiso disculparse como entonces, como cuando aún tenía la estatura necesaria para esconderse entre los pliegues de su falda, pero no lo hizo. Tampoco olvidaría quién era él ahora.

—Me gustaría que encontraras a un cazador griego llamado Corban. No tengo mucha más información sobre él, salvo que fue residente de Escocia, tal vez Glasgow, hace algunos años. No más de tres, imagino.

—Es información suficiente para que sepa dónde está —concluyó la madama, mirándolo de hito en hito—. ¿Por qué? ¿Puede saberse para qué quieres encontrar a un cazador? Mira que ni con flechas o el consejo de un hombre que puede tumbar a varias hembras de un disparo vas a conseguir conquistar a tu florecita.

—Descuida. Los planes de conquista fueron anulados hace un tiempo. —Esperar que Mariette no indagase era arriesgarse demasiado, así que prosiguió antes de que empleara sus propios métodos para sonsacarle información—. Le hice daño y preferí darme por vencido. Ningún daño irreparable, antes de que preguntes... Digamos que simplemente he pasado demasiado tiempo jugando a que puedo tenerlo todo, y por fin me he dado cuenta de que nunca seré ese hombre. No nací con el derecho, ni se me inculcó ese deseo, en realidad. Estaba a punto de convertirme en ese... perro —escupió—. Lamentable.

Madame d'Orleans negó con la cabeza.

—En nada te pareces a «ese perro», como tú lo llamas. Pero me alegra que hayas frenado a tiempo. De nada te sirve hacer el bien por un lado si luego eres incapaz de hacerlo por otro. Pero, dime... ¿quién es Corban?

El aire se condensó de tal modo que Sebastian no encontró vía por la que respirar durante unos segundos.

—El hombre del que está enamorada.

Madame d'Orleans tuvo la prudencia de no jurar o adjuntar alguno de sus comentarios desagradables.

—¿Y por qué quieres saber dónde está?

—No solo quiero saber dónde está. Quiero saber cómo es, por qué la abandonó... Necesito hacerme una idea de a qué me enfrentaría en caso de que volviera a por ella.

—¿La retendrías contra su voluntad si apareciese?

—No lo sé. Es mi esposa... Pero tampoco lo es. Si se descubre que no consumamos el matrimonio, perdería su validez, y ella sería libre para ir con Corban, o con quien quisiera. Ya sabes cómo es su familia, no le impedirían volar a las puñeteras estepas rusas si eso la hiciera feliz. Y creo que yo tampoco —añadió, apretando la mandíbula—. Digamos que simplemente siento curiosidad.

—Podría estar muerto —apuntó la madama—. Y si lo estuviera, sería una información magnífica que ofrecerle a tu esposa. Las mujeres, y la gente en general, guarda esperanzas hasta el último segundo. Es muy probable que su enamoramiento desapareciese en cuanto descubriera que falleció. —Le lanzó una mirada elocuente que él captó al vuelo—. Podría falsificar un certificado de defunción... Incluso apañármelas para erigir su tumba. Sabes que tengo amigos en todos los gremios.

La propuesta tentó a Sebastian un instante. Si había una sola posibilidad, aunque fuese prácticamente exigua, de tener a Ariadna entre sus brazos, la querría. Haría cualquier cosa por ella. Pero aquello...

—De ninguna manera —decidió—. Lo ama. Sería doloroso para ella enterarse de repente de algo así, y si por casualidad llegara a descubrir el engaño... —Dejó la frase al aire—. No. Si se olvida de él, que sea por causas naturales, y no porque yo haya intervenido.

La mujer esbozó una de esas sonrisas suyas que auguraban presagios para los que nadie estaba preparado.

—Has llegado a ese punto en el que quieres que sea ella la que te desee, y no tú quien suplique.

—¿Y? ¿Tan raro es que quiera comportarme como un

hombre decente? —inquirió, entornando los ojos—. Haz lo que te pido, y nada más. Lo que sepas, envíalo a casa. Y procura que el sobre esté bien precintado, no queremos que caiga en manos de la señora Talbot...

—¿Qué es lo que pretendes esconderle a mi hermana?

Talbot ni siquiera se volvió para asegurarse de que la voz crispada pertenecía a Megara Doyle. Esperó a que ella lo rodease, se quitase la capucha con la que había ocultado su sencillo moño y lo enfrentara con el ceño fruncido.

—Buenos días, Sebastian —ironizó—. ¿Qué tal te encuentras hoy? ¿Cómo van los negocios? ¿Y tu matrimonio? ¿Es lo que esperabas...?

Al ver que la mujer iba a proseguir, alzó una mano:

—Espera, espera, espera... Antes de que me pidas una explicación, creo que sería lícito que ofrecieras tú una. ¿Qué hace una mujer respetable visitando Sodoma y Gomorra? ¿No se supone que tus días de juerga habían acabado?

Megara tuvo la entereza de sobrevivir al rubor.

—No es de tu incumbencia. Venía exclusivamente a pedirle consejo a madame d'Orleans. Va a ser una visita rápida. Me iré antes de que puedas volver a dirigirte a mí con esa insolencia tuya.

—Mi barbilla no es la que apunta al firmamento, querida señora Doyle... ¿Y qué clase de consejo podría pedirle a madame d'Orleans, cuando es precisamente usted quien nos dio lecciones a todos en su día?

—Váyase al infierno, Talbot.

—¡Y de nuevo volvemos al trato cortés...! Diablos, cuánto lo detesto. Pero señora Doyle, no se vaya enfadada —continuó, viendo que lo ignoraba—. Usted y yo nos merecemos el uno al otro. Somos unos pobres demonios dispuestos a todo. Y para colmo, somos también las únicas dos personas en el mundo que Ariadna puede imaginar sin vernos. ¿No es eso puente de unión sobrado para que nos llevemos bien?

Megara abrió los ojos de golpe.

—¿Lo sabes? —exhaló sin voz. Caminó hacia él precipitadamente—. ¿Te lo ha contado?

—Señora Doyle, debería decidir de una vez si va a tratarme de usted o piensa utilizar mi nombre. Soy un tipo de lo más básico, me confunde cualquier cambio de registro. Y sí, me lo contó... Al igual que la historia del chapuzón.

—¿Cuál? ¿El que usted provocó? —espetó con rencor.

—Oh, no, no soy tan importante para ella como para causar una impresión indefinida. Me refiero al anterior, claro.

Megara relajó los hombros, aunque no bajó la guardia.

—Supongo que se ha abierto a ti... ¿O han sido esos pajarracos que tienes custodiando la ciudad los que te han chivado su enfermedad?

—Mis pajarracos saben bien que no es recomendable asediar a las Swift, que seguramente son las únicas que conocen el secreto. Se abrió a mí, sí.

«Aunque no de la manera que quiero.»

—Bueno... Entonces espero que la trates como merece, que la cuides y veles por su bienestar, tanto físico como emocional. Cuando lo dije estabas demasiado ocupado insistiendo en casarte con ella, y por eso te lo repito: es una persona de sensibilidad extraordinaria, que lo capta y siente todo. Es difícil hacerle daño, pero si se lo haces, no hay marcha atrás. No tienes excusa a partir de ahora para portarte como un salvaje, Sebastian —recalcó—. Dudo que sobreviviese a otra época como esa.

Sebastian tuvo la impresión de que se había perdido algo.

—¿A qué diantres te refieres?

—¿Cómo que a qué me refiero? Ariadna estuvo postrada en la cama durante meses, a punto de morir por la desolación que se apoderó de ella. Si has oído por ahí que morir de pena no es posible, te han engañado. Ariadna casi lo hizo. Aún no sé por qué... No puedo ni pude imaginar lo que desencadenó su estado, pero sí estoy segura de que no voy a permitir que vuelva a pasar por eso. Así que óyeme bien: como le hagas daño, o solo lo intentes... te lo devolveré triplicado. La tristeza de Ariadna es algo a lo que ni un dios podría resistirse a curar.

—Ahora me ha picado la curiosidad —terció la madama, mirándolos alternativamente—. ¿Tan adorable es la muchacha...? —Al comprobar que Sebastian permanecía pensativo y la mujer tenía prisa, decidió correr un tupido velo—. En fin, querida. ¿Qué necesitas?

Sebastian regresó a casa a paso ligero, desdeñando la calidez y confort del carruaje. Le gustaba rememorar los beneficios de tiempos pasados, cuando el ejercicio le ayudaba a dejar de pensar, y no solo eso, sino que disfrutaba admirando el paisaje. No solo vivía en Londres porque no hubiera tenido dinero para permitirse una casa en el campo, o porque no hubiese recibido una de herencia; en realidad, podía costeársela sin problema. Era más bien porque le maravillaba la capital. Le gustaba la concentración durante la temporada, el movimiento y dinamismo de sus trabajadores y viajeros... Pensaba en el aislamiento de un lugar tan lejano como otro condado, donde la casa estaría a unas cuantas millas del pueblo más cercano, y no se sentía ni remotamente tentado. Prefería tenerlo todo al alcance, incluida la fábrica, a sus socios y a los molestos inversores.

Llegó a St. James con la cabeza llena de pensamientos, aunque poco tenían que ver con la pasión por su ciudad natal, sino con las amenazas de Megara. Tanto le había picado la curiosidad con el breve relato que decidió procrastinar la visita a su socio mayor para ver a Ariadna. No pensaba en lo extraño de querer encontrarse con ella pese a haberla visto la noche anterior, aunque sin duda le habría convenido, sino en cómo se vería una Ariadna Swift —o ahora Talbot— deshecha en lágrimas, sin fuerzas para moverse.

Tal vez fue por tener en mente una imagen poco amable de Ariadna por lo que Sebastian frenó en seco al encontrarla en el jardín, de una guisa tan distinta a lo que imaginaba. La muchacha llevaba uno de los vestidos nuevos, uno lila de gasa que le permitiría moverse de un lado a otro con soltura. Aunque no se movía. En su lugar, estaba arrodillada delante de uno de los parterres que contenían la incomprensible belleza de sus adoradas dalias que, siendo rojas como la sangre, hacían con sus manos un contraste atronador. Mas no tuvo que ver el juego de colores con la reacción de Talbot, que quedó repentinamente paralizado ante la escena que se desarrollaba. Fue una combinación del sol colándose entre sus mechones sueltos, la fina y fantástica melena blanca que ondulaba hasta sus caderas, la suave expresión que relajaba sus dulces facciones y, sobre todo, la canción que entonaba con la voz de un ángel, lo que enterró a Sebastian de manera definitiva.

I gave her cakes, and I gave her ale
and I gave her sack, and cherry
I kissed her once, and I kissed her twice
and we were wondrous merry...

Con la gracilidad de un elfo, ella se levantó, y en cuanto descubrió que los ojos de sus topacios soñados la habían capturado robando algo que nunca debería haber caído en manos ajenas, el color bañó sus mejillas. Una sonrisa tan frágil como su espectador, un hombre caído en combate y sin creencias de ningún tipo, fue suficiente para conseguir lo nunca imaginado. Ese gesto ya era una imposibilidad en sí misma... La sonrisa que él pensó que podría ver sin consecuencias.

Sin lugar a dudas, resultó curioso cómo en ese momento todo lo que era Sebastian Talbot —cínico, arrogante, escéptico, mujeriego y grosero— decidió ponerse a los pies de la mujer que acariciaba los pétalos de sus dalias. Se enamoró total, completa y perdidamente de ella, y fue dolorosamente consciente de cómo sucedía, porque la abrumadora necesidad de posesión le rompió los huesos uno a uno... Y por Dios que quiso ponerse de rodillas.

—Señor Talbot —dijo ella—, ¿qué hace por aquí? Pensaba que no le interesaba la jardinería.

Aún sin saber cómo recuperarse del choque, Sebastian murmuró:

—Eso pensaba yo también.

Ariadna no podría haber comprendido el anhelo estallando en sus ojos como fuegos de artificio. Solo asintió, aceptando su compañía indirectamente, y se inclinó para agarrar la regadera. Como si no estuviera él allí, continuó su labor, bañando la tierra seca de las plantas. Sebastian se conformó con su silencio por vez primera, y solo se sentó a observar, apoyando la espalda en el muro que ofrecía las vistas de su cabello de nieve bailando en torno a la espalda.

No osó mover un solo músculo durante los siguientes quince minutos, inmerso como estaba en el océano en el cual se hundía sin remedio y en la belleza de sus gestos. La vio convencerse de que volvía a estar sola, pasando largo rato solo examinando los tallos de las flores y retomando la canción por donde la había dejado.

I gave her beads and bracelets fine,
And I gave her gold, down derry.
I thought she was afear'd till she stroked my beard
And we were wondrous merry...

Reaccionó cuando vio que le costaba levantar una de las macetas para ponerla al sol de nuevo. Se levantó, algo tambaleante, y se acercó en silencio para ayudarla con el peso. Rozó con los dedos la suavidad del brazo femenino, y un escalofrío casi lo puso a tiritar.

—No sabía que te gustaran las canciones de taberna —logró articular. Ella levantó la barbilla para mirarlo a los ojos.

—¿Era una canción de taberna?

—Sí. *Cakes and Ale*. Es una de las más famosas del... género, si puede llamarse así. No soy ningún especialista en música, ni siquiera se me puede considerar aficionado, pero esa en concreto la escuchaba casi todas las noches cuando era niño.

—¿Vivía en una taberna?

Sebastian sonrió escuetamente, aunque tintes de amargura se filtraron en su semblante.

—Algo así. —La miró de reojo—. ¿Por qué lo preguntas? ¿Es posible que seas la única persona en el mundo que no sepa de dónde procedo?

Una arruga adorable apareció en su ceño, como si quisiera recordar algo importante.

—Quizá alguien me dijo algo al respecto, u oí algo... Pero rara vez presto atención a esas cosas. A las habladurías o historias sórdidas, me refiero. ¿Debería acordarme?

—Eso depende —repuso con humor. No se movió de su sitio, mirándola directamente—. ¿Hay algo que nunca me perdonarías? Como, por ejemplo... pertenecer a un estrato social bastante inferior al tuyo.

—¿Por qué tendría que perdonarle eso, si no habría sido culpa suya?

—La gran pregunta... Muchos nos la hemos hecho antes que tú —dijo, echando un vistazo al cielo—. Mi madre cantaba muy bien, pero era analfabeta y tenía que aprenderse las canciones escuchándolas. Tenía tanto trabajo que no podía escaparse a las tabernas o lugares de reunión en calidad de aprendiz... Así que solo podía silbar, tararear o cantar *Cakes and Ale*. Era la única que se sabía, y la única que entonaba cuando alguno de los clientes pedía una demostración de su talento. ¿Dónde quieres que deje esto?

Ariadna pareció volver a la realidad con la pregunta. Parpadeó varias veces, desorientada, y señaló un retazo iluminado a los pies de la estantería exterior. Sebastian supo que lo seguía cuando inspiró hondo al detenerse frente a los estantes y los alhelíes le envolvieron en un abrazo dulzón.

—¿Dónde está ella ahora?

—Muerta —respondió sin tono. Se quedó mirando el sutil baile de los brotes, acuciados por la brisa—. Alguien la mató.

—¿Qué?

Sebastian la miró por encima del hombro. Su corazón agradeció la postura y también se quejó por no poder apreciarla debidamente.

—¿Por qué te sorprende? ¿Crees que debería haber llegado a tus oídos? A nadie le importan las putas, duendecillo. Los hombres solo se preocuparían por ellas si desaparecieran masivamente de un día para otro, y sería por el egoísmo de no poder acostarse con ellas. Es verdad que mi madre era especial... —continuó. Le dio un par de toquecitos a la flor más turgente, haciéndola temblar—. Pero aun así, a nadie le importó, solo a sus seres queridos. La policía no iba a emprender la búsqueda del asesino cuando había signos evidentes de que se trataba de un caballero importante, y menos al entender, a partir de la escena del crimen, que era un caso de asfixia sexual... Como si fuera un puñetero libro del marqués de Sade. —Hizo una pausa, concediéndole el silencio respetuoso a la memoria olvidada de su madre... Y luego devolvió todo su interés a Ariadna, que lo miraba meditabunda—. ¿Necesitas ayuda con algo?

Sin importar cuál fuese su respuesta, él, por su parte, podía contestar afirmativamente. La necesitaba... Necesitaba ayuda, incluso a pesar de la gravedad de la conversación, para no hundir las manos en su pelo y protegerse del miedo a la distancia fundiéndose con ella en un beso. Sebastian no estaba tan atormentado como para decir que Ariadna lo salvaría de la angustia. Tampoco se sentía libre y tranquilo cuando la tocaba... Pero el fervor con el que la deseaba era suficientemente intenso para eliminar cualquier duda o temor, cualquier pensamiento que le arrebatase el ánimo. Cuando ella estaba allí, intoxicando el aire con su perfume, con esa mancha de blancura que era Ariadna Swift, no podía ni quería pensar en nada más.

—Entonces debió tener una infancia difícil —meditó ella. Sebastian repitió la frase para sus adentros para asegurarse de que no lo compadecía—. Nunca lo habría imaginado.

—¿Por qué no? —inquirió, apoyando el codo en uno de los vanos del muro—. ¿Cómo pensabas que me hice esta cicatriz? No fue porque me cortase con el borde de la tacita de té durante mi visita al palacio de Buckingham.

—¿Y cómo se la hizo?

Sebastian medio sonrió.

—Con mi bastón.

—¿Con su bastón...? ¿Lo ha llevado siempre consigo?

—No exactamente —respondió con brío—. Pero sí ha estado siempre conmigo.

—En apariencia no parece que tenga ningún problema para caminar —apuntó Ariadna. Hizo una pausa para recorrer su cuerpo con la mirada, una inspección totalmente inocente que, sin embargo, puso rígido a Sebastian—. Hasta donde entiendo, solo los cojos o los hombres con heridas de guerra en las piernas lo llevan.

—Desde luego. La mayoría de la gente piensa que lo llevo para alardear, una excusa que podría ser creíble, ya que el acabado fue fundido con oro entre otros metales. —Estiró el brazo para tomar el bastón, que había apoyado en la pared para ayudarla. Se lo ofreció por el lado que exhibía la cabeza del águila—. Es lo que les dejo creer, entre otras muchas cosas.

Ariadna no despegó los ojos de él.

—¿Y cuál es la verdad?

—La verdad es... —comenzó, midiendo el peso del elemento dándole un par de vueltas en la mano—, que no siempre fue un bastón. Tampoco fue mío desde su nacimiento. Antes de eso era una larga y gruesa vara de hierro con funciones que herirían tu sensibilidad. —Cerró la mano en torno a él, sujetándolo con fuerza—. Esa vara me rompió más de cinco huesos, me dejó cojo temporalmente y sordo de un oído otro largo tiempo, además de las imprescindibles y coloridas marcas que me tatuó en cualquier parte del cuerpo que puedas imaginar. Cuando su dueño murió, decidí que habíamos vivido tantas cosas juntos que le debía lo poético de custodiarla hasta el final. A fin de cuentas, era la que mejor me conocía.

»La mandé a la fundición y pedí que la recubriesen de un metal más caro hasta que tuviese una forma regular. No podía ir por ahí cargando con una vara, así que se me ocurrió que convertirla en un bastón sería más apropiado. Cuando me la devolvieron, había perdido su aire mortífero. Ahora su superficie era suave, agradable al tacto, y no me gustó la sensación... No se correspondía con lo que era. Por eso hice que la acabaran con la cabeza de un águila. Es una de las mayores aves depredadoras existentes, además de que poseen una gran adaptación al medio, y suelen ser símbolo de libertad y poder.

Siguió un silencio que podría haber aterrorizado a Sebastian si no se hubiera horrorizado suficiente a sí mismo al hablar en voz alta de aquello. No por la complicidad que conllevaba mencionarlo, sino por lo sórdido que sonaba algo con lo que vivió tranquilamente durante años. Ni se planteó que Ariadna pudiera sentir miedo o desprecio hacia él por manifestar su verdad. Y si bien no la juzgaría por hacerlo, ya que nunca podría saber lo que el bastón significaba para él, tampoco la perdonaría por ello. Sebastian era eso, justamente eso. No escondería la miseria de su vida para agradar a los demás.

Estuvo tan convencido de que huiría despavorida, que casi

dio un respingo al verla alargar la mano, sin titubeos o temblores que valiesen, y acariciar el pico del ave con los dedos. Lo hizo con ternura contenida, y con tanta aceptación que Sebastian creyó que estaba acariciándolo a él directamente.

—Así que... —musitó ella. Levantó la mirada—. Le gustan los animales, señor Talbot.

—Sí, me gustan... —contestó en el mismo tono, sin atreverse a respirar. Dios santo, se moría por tomarla entre sus brazos, por tomarla simplemente...—. Sobre todo las aves. El arrendajo y el halcón peregrino.

Ella casi sonrió de veras.

—Entonces parece que por fin tenemos algo en común. Yo adoro los cisnes y los ruiseñores.

—Vaya, nunca lo habría imaginado.

—Sí... —Miró hacia un lado, mientras se alisaba las arrugas de la falda presionando las palmas contra los muslos—. Hoy he plantado las semillas que me regaló, señor Talbot. Creo que no le agradecí...

—Llámame Sebastian.

—Sebastian... Gracias por el regalo —dijo con sinceridad. Lo miró, sonriendo tan sutilmente que no lo parecía—. Me ilusionó, solo que en el momento no fui capaz de apreciarlo.

—No siempre se saben valorar las cosas a la primera ojeada —repuso, mirándola intensamente—. A veces hace falta un segundo, un tercero y hasta un cuarto vistazo para ver lo valiosas que pueden llegar a ser.

Ariadna asintió, sin saber que estaba firmando por ella misma. Se estiró todo lo que pudo para llegar a su altura, apoyando las palmas en sus hombros sin mucha seguridad, y volvió la cabeza para agradecer nuevamente el gesto con un beso en la mejilla. Sin embargo, lo repentino del movimiento alteró a Sebastian, que al no saber lo que se proponía, ladeó el cuello hacia la izquierda. El tierno beso filial se convirtió, pues, en un inocente roce de bocas entreabiertas.

—Oh —musitó Ariadna, separándose con los ojos muy abiertos—. Lo siento, no pretendía...

Sebastian gruñó para callarla. Fue demasiado para él el aroma que flotó a su alrededor, y el recuerdo físico de los labios del pecado tan cerca de los suyos. Algo tan simple bastó para borrar todo ápice de sentido común y empujarlo a tomarla entre sus brazos, levantarla en vilo y sentarla sobre el amplio tiesto que estaba a su espalda. Sebastian no atendió a razones, ni pudo recordar el porqué de su breve periodo de abstinencia, al encontrarse con su boca abierta por la impresión. Volvió a besarla como sabía, aunque esta vez derramando por cada costado la dolorosa verdad acerca de cuánto podía doler un segundo sin su aliento. Rodeó la estrecha cintura con un brazo, mientras que la mano libre se deleitaba con la longitud y suavidad de su melena pálida. No podía pensar, ni hablar, cuando ella se rendía y relajaba completamente, accediendo al viaje que planteaba, incluso respondiendo con su habitual timidez llena de valentía.

—Dime que pare —jadeó, conteniéndola contra su pecho. Presionó los labios contra el cuello de nieve al que le dejaba acceder ladeando la cabeza en la dirección contraria, pensando mezquinamente en cuánto desearía que amaneciera al día siguiente con la marca de sus ansias. Ansias que estaban a punto de destruirle—. Dime que pare ahora, porque no podré hacerlo si lo dices más adelante... No tengo voluntad cuando se trata de ti. No soy un hombre cuando se trata de ti, sino un monstruo sanguinario.

Volvió a encontrarse con su boca. La saqueó sin la codicia de siempre, pero con la necesidad de pertenencia y posesión que le hacía envidiar el aire que se filtraba entre sus dientes. Su estómago estalló de puro alivio y regocijo masculino cuando ella, lejos de empujarlo, lo besó de vuelta, imprimiéndole un nuevo matiz entusiasta. Sebastian la exprimió con ambos brazos, presionándola por la espalda, y le acarició la nuca con las manos. Ella logró liberar sus extremidades, a tiempo para devolverle la demostración cariñosa con torpeza, como si jamás hubiese abrazado a alguien. Él no pudo soportar el vuelco que le dio el corazón al sentir sus finos dedos muy cerca del cuello, y se derrumbó sobre ella, ciñéndola a su pecho más aún si fuese posible.

—Estoy tan loco por ti... —gruñó. Se separó lo suficiente para deslizar la manga por su hombro. Repitió la operación con la contraria, aunque se rasgó por el camino, haciendo que el escote de la tela cayese hacia delante, revelando una escueta porción de pecho—. Has convertido mis días en un infierno por no poder pasarlos tocándote a todas horas. Cada minuto sin ti es una maldición...

Besó la clavícula, la curva del hombro, un punto del brazo al azar... Y subió, prendido por el arranque enfermizo; deseoso de abarcar lo máximo en el menor tiempo posible, por si ella, en el último momento, se negaba a darle cuerda para vivir unos días más. Odiaba y amaba esa sensación de estar jugándoselo todo al estar a su lado, al beberse su aliento y aspirarla tan de cerca. Sentía que el mundo se desvanecería a sus pies si volvía a separarlo, aun sabiendo que no merecería nunca una belleza como aquella. Era doloroso y terrorífico, pero no podía evitar volver a intentarlo, una y otra vez... La quería tanto, y de tantas maneras, que le costaba cumplir con sus funciones vitales.

Sebastian le bajó la parte superior del vestido de un impulso casi suicida, pues al admirar la piel más suave de su cuerpo, supo que no sobreviviría si se le ocurría detenerlo... Y sería culpa suya, porque se detendría si esa era su orden, la enunciada por sus labios llenos de tesoros que quería saquear. La besó nuevamente, ansioso, como un muchacho en su primera noche, y como el hombre experimentado que por fin había encontrado a quien quería deslumbrar... A quien deseaba que se quedara, noche tras noche.

Agachó la cabeza, jadeante, y apoyó la frente entre sus pechos solo para deleitarse con el hecho de que ella reaccionaba del mismo modo. Ariadna respiraba con dificultad, y se agarraba a su espalda con los brazos temblorosos. Pensó en que quizá tuviese miedo, en que se estaría sintiendo una traidora, y lejos de rabiar porque pudiera recordar a su cazador, quiso que comprendiera que nadie podría suspirar por su desnudez tanto como él. Hizo un camino de besos desde el hueco entre sus clavículas hasta casi el ombligo, para crecer de nuevo y respirar sobre los pezones endurecidos. Acarició uno con la lengua, recreándose en su dulce sabor, en la comparación de texturas, y luego en los jadeos entrecortados que escaparon de su garganta. Sebastian lamentó no tener cien manos, ni bocas suficientes para recorrerla como ansiaba, y por encima de todo, odió haber perdido treinta años de su vida sin aquel cuerpo tembloroso. Ni viviendo diez veces dispondría del tiempo que necesitaba para saciarse de la savia y perfume de la que estaba hecha.

Tuvo que contener un aullido quebrado de genuina exaltación al sentirla vibrar bajo el certero toque de su lengua sagaz, curtida en batallas amatorias que no tenían comparación con la que se desarrollaba en ese momento. Ariadna entregándose a él sin querer, o tal vez queriendo, podía ser perfectamente una de las mejores cosas que le habían pasado en la vida. Se empleó a fondo a la hora de absorberla, chuparla y succionarla como la más deliciosa de las sustancias, hasta que ella le clavó las uñas en la nuca. Tan leve muestra de goce lo catapultó al limbo, despojándolo de cualquier barrera que pudiera haberse impuesto. En cuestión de segundos, estuvo decidido a borrar todo rastro de inocencia de su cuerpo, remangando la falda y penetrándola sin contemplaciones. La idea lo sedujo, tensándole el cuerpo de gravedad... Pero en cuanto se separó para agarrar el borde del vestido, y pudo observar el estado de enajenación en el que ella se encontraba, se arrepintió de haberlo sopesado. Siendo esclava del deseo no podría pensar con claridad, y a esas alturas, con los ojos cerrados y los labios mordidos, no encontraría la entereza para suplicar por un poco de decencia. Quién sabía si le perdonaría al día siguiente que, aun habiendo prometido cesar en sus empeños, la hubiera tomado aprovechando su debilidad por el amor.

Así, con todo el dolor del corazón que tuvo y tendría, y de todos los corazones que había visto dejar de latir, le recolocó el vestido como le fue posible a pesar del temblor de las manos. Apretaba la mandíbula, odiándose por su vulnerabilidad hacia aquella criatura etérea, cuando ella abrió los ojos y lo miró interrogante. Estuvo de nuevo tentado de olvidarse de su pequeña inclinación al respeto y separarle las piernas en cuanto apreció el malva de sus maravillosos ojos.

—Me has educado bien —expresó con voz ronca—. Y no puedo empezar a tocarte si sé que tendré que parar, porque cada vez que me frenas, estoy un paso más cerca del delirio. No creas que no me volvería loco por ti si me lo pidieras... —aseguró, bajando el tono y la cabeza, para dejarla reposar en su hombro de terciopelo. La besó allí, herido en todas las partes en las que podía estarlo un ser humano al que se le negaba el placer—. Justamente estoy intentando esperar a que tomes la iniciativa para perder la cabeza del todo.

La ayudó a bajar de la altura del gran macetero, y lamentó en su interior haberle ensuciado la falda por detrás. Ella no dejaba de mirarlo, y él prefería rehuir sus ojos para mantenerse en sus trece. No obstante, no pudo resistirse a darle un último beso, sintiendo la ansiedad clavándose en su cuerpo como el garrote vil. Cuando se separó, supo que le devolvía la mirada demolido.

—¿Cantarás para mí alguna vez?

Ariadna necesitó un segundo para procesarlo. Cuando lo hizo, asintió muy despacio.

Sebastian se dio por satisfecho, y antes de que volviera a

engatusarlo haciendo nada, se marchó a paso ligero. Fue una suerte que no supiera sobre historias de mitología, o habría sabido que en ese momento fue el perfecto Orfeo saliendo del Hades, sin volverse una sola vez para contemplar a la Eurídice que perdería si no se resistía.

14

Y al ver que Dioniso, verdaderamente
bello, y Ariadna, tan encantadora, se besa-
ban en la boca muy de veras y no fingiendo
[...]. Creían oír a Dioniso preguntarle a ella
si le quería, y a ella jurando de manera tan
apasionada que no solo Dioniso, sino todos
los presentes habrían sido capaces de jurar
que el muchacho y la muchacha se querían
mutuamente.

JENOFONTE
Banquete, IX,

Debido a las escaseces por las que pasaron en los últimos
años, las Swift se acostumbraron a ir ellas mismas de compras.
Tanto así que acabaron por cogerle el gusto, y no solo acudían
al mercado de Covent Garden para hacerse con las mejores
ofertas, sino también para saludar a los tenderos que ya las co-
nocían. El ambiente ajetreado de la zona dificultaba los paseos en silencio, básicamente porque era imposible pasar por
allí sin que al menos uno de los clientes o dueños de los pues-
tecillos dijera su nombre y la entretuviera con conversaciones

amenas. No obstante, Ariadna se aficionó a acompañar a Penny y a la cocinera cuando salían a por los ingredientes de la tarta de melaza, y hoy día le costaba resistirse a la proposición de salida. Sobre todo siendo viernes, el día en que la mayoría de la población hacía sus compras y los ricos olores se mezclaban en el aire.

A diferencia de lo que tenía por acostumbrado, Ariadna no salió esa vez con Penelope, sino con Briseida. Era ella la que aparentemente llevaba unos días ofuscada porque no encontraba un misterioso elemento. Cosa que por supuesto no era nada nuevo; lo que en otro tiempo habría sido el gran secreto que tenía en vilo a la familia, ahora era un enigma por el que no convenía preguntar. Nadie era lo suficientemente fuerte para estar en la cabeza de Briseida, o ya puestos, entender las razones por las que querría comprar cordeles.

Pese a sus rarezas, Ariadna quería muchísimo a la hermana menor, y la acompañaría allá donde fuese si se lo pidiera. En ese momento agradecía que fuera ella la que solicitase su compañía, ya que debía disculparse por no haber cumplido en su día con lo que le pidió.

—No te preocupes... Ya sabes que adoro las emociones fuertes, y rara vez me he sentido tan viva y traviesa como cuando subí las escaleras corriendo completamente desnuda. —Rio, regocijándose—. Lo mejor es que ni Penny ni Meg se enteraron, así que no hubo castigo.

—Eso es un alivio —cabeceó—. Pero por si acaso, creo que no deberías volver a hacerlo.

—¿Hacer qué? —preguntó con inocencia. La adelantó un poco, meneando los hombros coquetamente, y le lanzó una mirada divertida por encima del hombro—. ¿Te refieres a permitir que un hombre me desnude...? Oh, créeme, lo haría una y otra vez. ¡Y más tratándose de él!

Ariadna dejó de caminar y se quedó mirando a su hermana. No le sorprendía la noticia: solo Briseida Swift sería capaz de hacer algo así. Tampoco le extrañaba que lo contara con el desahogo del que no diferencia entre lo que está bien de lo que está mal... Ni siquiera que tuviese la poca vergüenza de soltarlo a bote pronto, de modo que las mujeres que paseaban por los canales entre los puestos pudieran enterarse. Únicamente le llamó la atención esa última exclamación.

—¿Quién es «él»? ¿Lester está en Londres?

Briseida frunció el ceño.

—¿Por qué estaría Lester en Londres? No abandonaría Escocia ni aunque la invadieran los dragones, o los dinosaurios... —suspiró—. Estoy hablando de otro hombre.

Le tocó a Ariadna fruncir el ceño. Maverick Lester era el mejor amigo de Briseida prácticamente desde la cuna. Sus respectivos padres tenían negocios en común, que pensaron en trasladar a sus descendientes unificando los apellidos a través de un matrimonio de conveniencia. Algo que no pudo ser posible cuando Lester se impuso, rechazando a Briseida como cualquier cosa salvo su amiga. Sin duda, su padre, sir Gregor, tuvo muy mala suerte a la hora de casar a sus hijas con quien quiso. No obstante, era bien sabido por toda la familia Swift que Briseida estaba enamorada de Lester. Y Ariadna lo comprendía: los dos compartían el espíritu vivaz, el amor por la vida y el afán de aventuras, y tenían casi la misma edad, por lo que crecieron al mismo tiempo, madurando juntos.

—Eso quiere decir que Lester...

—Lester es historia. De hecho, ni siquiera estoy segura de que lo amase alguna vez. Era el único hombre en mi entorno, y daba la casualidad de que se trataba de un adolescente atractivo. ¿Cómo no iba a creer que bebía los vientos por él? Ahora, viéndolo desde otra perspectiva... —Suspiró. Apoyó la mano en la mesilla cubierta del frutero—. No es comparable, Ari.

—¿A qué te refieres?

—Este hombre... —Negó con la cabeza—. Oh, Ariadna,

no sabría explicar cómo me siento. ¡Me trae de cabeza! No sé si es porque en nada se parece a Lester o a cualquier otro hombre o mujer que haya conocido antes... Pero me enloquece. Cada vez que se acerca a mí, pierdo el aliento. Puede que con Lester tuviera más en común, y es que a él no podría acercarme hablando de mis intereses... Sin embargo, lo prefiero. Es verdad que haría cualquier cosa que conllevase un poco de riesgo porque lo disfruto. Puede que hubiera dejado que Lester me sacara el vestido en las mismas circunstancias... Pero me habría dado cuenta de que lo hacía, mientras que con él, con el otro, estaba tan sumergida en la necesidad de sentirlo que ni siquiera noté el aire frío en la piel.

Si Ariadna no hubiera tenido muy presente esa clase de sensación, quizá habría dejado pasar de corrido la explicación de su hermana. No obstante, llevaba días pensando en Sebastian, en cómo tuvo que ser él quien se apartara de ella... Días enteros con la cabeza pesada por los numerosos acertijos que se le planteaban al respecto. ¿Qué podía significar que hubiese elegido el placer por encima del recuerdo de Corban? ¿Realmente estaba en el derecho de decir que fue decisión suya, que lo escogió, y no que se dejó llevar, que las manos, la boca y las palabras de Sebastian no la sedujeron por completo?

—Cada vez que se acerca a ti... —repitió, concentrándose en Briseida—. ¿Acaso os habéis visto más veces? Bri, aún no te han presentado, no deberías citarte con nadie, ni mucho menos para...

—Hemos coincidido casualmente tres veces —repuso, como siempre interrumpiendo—. No es mi culpa que el destino quiera favorecerme. Dios mío, ¡necesito verlo de nuevo! Y es una locura, lo sé. No solo porque deba permanecer encerrada en mi habitación hasta dentro de unos meses, sino porque él es un hombre muy serio, amargado, y... Si no hubiera estado borracho, jamás se hubiera fijado en mí.

—¿Qué? —exclamó alarmada—. ¿Estaba borracho cuando...? Briseida, escucha. No estoy en contra de que salgas a conocer gente, pero tienes que evitar a los hombres. Especialmente a los beodos. Podrían ser una gran amenaza, y... —Su voz de extinguió conforme una idea se fue formando en su cabeza—. Dime que no te ha hecho nada. Dime que no te...

—No, claro que no. Pero que conste que no fue porque yo no quisiera, sino porque él mencionó una estupidez sobre el decoro. Los caballeros son caballeros incluso borrachos —determinó—. Y que mis sueños sobre piratas me perdonen, ¡pero cuánto más prefiero ahora a esos señores...!

Ariadna fue a preguntar quién era el afortunado del que parecía haberse enamorado, pero reculó, pensando que sería una estupidez dado que no sabría reconocerlo. Así pues, siguió en completo silencio a Briseida, que continuaba buscando como una posesa esos cordeles que necesitaba.

No era ni mucho menos una persona envidiosa, pero admitía que le habría gustado tener el corazón de su hermana menor: un corazón fácil, que tan pronto como añade, elimina. Un corazón sin filtros, grande y lleno de cariño, emoción... Quienquiera que fuese el hombre que lograse llevárselo definitivamente, alcanzaría la felicidad eterna, y debería considerarse en extremo afortunado por ser solo él quien lo tuviese. Ariadna sabía que el pecho de Briseida podía acoger a más de una persona, y que lejos de desdeñar esas ansias por abarcar y amar a todo el mundo, se alegraba de su capacidad. Le costaba imaginar que pudiera conformarse con hacer feliz a un solo caballero. Y ella misma, por el contrario, apenas podía partir un trozo de su corazón para cedérselo a quienes podrían valorarlo. Lo entregó entero al hombre que no debía, y que a pesar de todo esperaba ver regresar, y ahora no tenía nada para nadie más.

Aunque, de todos modos, las palabras de Briseida la dejaron pensando durante todo el camino al puesto de las porciones de pastel, uno al que la benjamina no podía resistirse. Lester había sido el único para ella porque era exactamente eso: el único hombre en su entorno. Le fascinaba por no haber otro. Pero en cuanto hubo otro, y hablaba del misterioso y serio borracho, sus preferencias cambiaron. Ahora Briseida aseguraba no haber amado nunca a Lester, porque en comparación, sus sentimientos por el nuevo eran mucho más intensos... ¿Podría pasar algo similar con ella? En su cabeza no cabía la posibilidad de querer a alguien que no fuese Corban, pero si dijera que Sebastian no inspiraba en ella una pasión desgarradora sin precedentes, estaría mintiendo descaradamente. Amor y deseo eran muy distintos, se decía por ahí... También iban de la mano. Quizá su amor por Corban fue más puro, y Sebastian solamente sabía prometerle la llave de las prohibiciones que se le antojaban encantadoras por ir de su mano. En cualquiera de los casos, que hubiera agradecido y adorado los besos de su marido por encima de sus predilecciones sentimentales era una pista más para resolver un rompecabezas que no entendía. Todo lo relacionado con Sebastian la frustraba, la ponía nerviosa, y también la conmovía enormemente... Si Ariadna fue en algún momento un ser humano pasivo y de alma tranquila, él la estaba convirtiendo poco a poco en una llama dependiente de la brisa de su aliento, para ser avivada o apagada. Y no sabía si eso le convenía, solo que temblaba si pensaba en el dolor secreto de Sebastian al mencionar a su madre, y más si recordaba las violentas sacudidas de su recio cuerpo al sostenerla entre sus brazos.

—Sí que está aquí... ¿No la has visto? —creyó oír a su derecha, al otro lado de una cortinilla de separación—. Es difícil no reconocerla, siendo tan rubia.

—Demasiado, ¿no? ¿Crees que será ese el motivo por el que Sebastian Talbot se habrá casado con ella? ¿Quería a una mujer... especial?

Ariadna parpadeó una vez en dirección a la fina carpa, de

donde le llegaban las dos voces femeninas. En general, no le importaban las habladurías, incluso si era ella la protagonista de la historia. Pero Briseida por fin había encontrado lo que necesitaba, y debían quedarse allí haciendo cola hasta ser atendidas.

—Lo dudo. Según dicen, Ariadna Swift es una delicia. Modales impecables, entre otras cosas... La elegiría por su estatus y sus protectores. En fin... Sentía curiosidad por quién se habría llevado al pez gordo, y ya veo que no es para tanto... No puede quejarse, ¿no crees?

—Ya te digo que sí. El duque de Winchester la quería tomar como esposa. Fíjate el cambio de una propuesta a otra... De ser la propietaria de un ducado, cuyo dueño está enamorado de ti, a la cornuda de Inglaterra... Yo diría que ha desaprovechado una oportunidad inigualable para nada. Por nada.

—¿Cornuda, dices?

—Por supuesto. ¿No lo sabías? Se dice por aquí que Sebastian Talbot acude todos los viernes por la mañana, sin excepción, a Sodoma y Gomorra. Y ya sabes lo que se hace por allí, Flora... Sale apenas una hora después, fresco como una rosa. Seguramente tenga una amante fija.

—Pero no es del todo extraño. Los hombres como él, ambiciosos y con poder, no se conforman con una sola mujer. Y los pobres tampoco... —suspiró—. ¿Te crees que mi Paul no ha tenido sus escarceos?

—Es evidente que la semilla de la infidelidad está en el cuerpo del hombre, querida, pero ¿no preferirías estar casada con un duque infiel antes que con un empresario adúltero? Imagina el lujo del que habría gozado... Además, se ve que Sebastian Talbot visita el prostíbulo desde hace años. Quizá estemos hablando de una querida especial. No sería el primer hombre que se enamora de una cortesana...

Ariadna captó enseguida que Briseida se daba la vuelta para mirarla con los enormes ojos espantados. Seguramente había oído lo mismo que ella y quería conocer su reacción... Pero no se movió. No apartó la vista de la carpa, concentrada como estaba en una conversación que no se alargó mucho más.

—¿Ari? ¿Estás bien?

Asintió con la cabeza, y dejó que su hermana la cogiera de la mano y tirase de ella para avanzar en la cola. Sus ojos siguieron clavados en la cortinilla, sin ningún interés real por descubrir la identidad de las mujeres.

—Ari... —habló de nuevo—. No les hagas ningún caso. Hay mujeres que viven por y para herir a las demás. Seguro que es porque te envidian.

Ariadna no podía convenir con ella, porque tampoco podía sacar ninguna conclusión sobre lo escuchado. Su cabeza era ahora una marea de repeticiones, y su estómago cogía espacio para acomodar un nudo de tamaño desproporcionado. No entendía por qué se sentía mal, cuando no se arrepentía de haber cambiado al duque por Sebastian, ni debían sorprenderle las especificaciones de sus visitas al burdel cuando su fama de putero llegaba a la otra orilla... Pero era innegable que de pronto muchas cosas que ella había dado por hecho perdían sentido. Como el ferviente deseo con el que la abrumaba constantemente.

Se suponía que los hombres quedaban satisfechos tras sus visitas a centros de pecado, o de eso la informó su hermana mayor. Entonces ¿de dónde salía esa exagerada tensión? ¿Acaso se esforzaba por convencerla de que anhelaba pasar la noche con ella solo por aburrimiento...?

Debería haberlo imaginado. A fin de cuentas, nunca le pareció bonita, y procuró recalcarlo cada vez que tuvo oportunidad. Además, y si la memoria no le fallaba, consideraba de pobres desear a la mujer oficial. Justo lo que ella era. Las pistas estuvieron allí... solo que quizá no quiso verlas.

La cola fue avanzando hasta que Briseida pudo comprar lo que necesitaba, y entonces Ariadna decidió que no tenía derecho a increpar nada. Ella clarificó en su momento que nunca la tendría, y debería haber supuesto que Sebastian no mantendría el celibato eterno solo por guardarle fidelidad. En el fondo, tenía sentido, y podía comprenderlo. Ariadna respetaba a Corban, Sebastian respetaba sus impulsos carnales... Era hasta lógico. Pero, entonces, ¿por qué se sentía mal?

Estuvo pensándolo durante el viaje de vuelta, sumida en una extraña sensación de pérdida que hacía largo tiempo que no experimentaba. Le habría gustado ser lo bastante extrovertida para contárselo a Briseida, o a cualquiera de sus hermanas, quienes seguramente le darían un consejo magnífico... Pero estaba condenada a morir con sus secretos encima.

—Mi señora —saludó Graham, agachando la cabeza a su paso por el recibidor—. Tiene una visita y una nota. Esta segunda ha sido firmada por Mairin Bain.

Aquello animó un tanto a Ariadna, que se dio la vuelta en el acto para tomar el pequeño sobre que contenía las recientes noticias. Agradeció a Graham que la hubiese informado y separó cuidadosamente la pestaña triangular para sacar el papel.

Mi señora Talbot,
Me prometí que no le escribiría hasta que no pudiese ofrecerle buenas nuevas... Y heme aquí, orgullosa de decir que, si bien no he encontrado trabajo como enfermera, sí que ejerzo como doncella de una mujer embarazada. El doctor la visita semanalmente para revisar que todo esté en orden, y en cuanto a mí, he conseguido entablar una agradable amistad con él. Tanto es así que pronto me llevará con él en horarios libres para enseñarme algunas nociones de la medicina. No puedo ser más feliz. La señora de la casa no es precisamente encantadora, y el señor deja mucho que desear como tal, pero al menos no me han echado al descubrir que provengo de una larga estirpe gitana.
Espero que usted se encuentre bien y pueda escribir-

me a la dirección del reverso lo antes posible. Aún me siento culpable por haberla dejado atrás; me complacería saber que todo ha mejorado desde que no estoy.

Todos mis mejores deseos,

MAIRIN

Ariadna guardó la carta con cuidado, emulando una ligera sonrisa que nadie podría haber percibido. Al levantar la mirada descubrió que Graham estaba inclinado sobre el papel para leer las líneas, y, conmovida por el interés del anciano, le ofreció el breve relato para que pudiese quedarse tranquilo. A continuación, Graham la condujo al salón, donde esperaba una visita a la que habría preferido no enfrentarse.

—Excelencia —saludó, inmóvil al pie de la puerta—. ¿Qué hace aquí?

Odió reconocerle a través del miedo que le inspiraba compartir aire con él. No sabía que era el duque de Winchester porque lo hubiesen anunciado, o porque tuviera un perfume específico, sino porque tras el beso forzoso, desarrolló un vínculo negativo hacia su figura. Y esta clase de percepciones eran bastante más intensas que las positivas, pues bastó que diera un par de pasos en su dirección para que reaccionase retrocediendo, con el corazón en un puño.

Ariadna recordó que Sebastian, tras serle referidos sus últimos encontronazos con él, especificó al servicio que no le dejaran pasar bajo ningún concepto. Y aunque en realidad le sorprendía que Graham, siendo tan leal, hubiese desobedecido al propietario de la casa, entendió que no lo hubiera enfrentado. Una guerra entre Sebastian y George nunca sería favorable para los que se proclamasen aliados del primero.

Fue a preguntar nuevamente qué le traía a su salón, pero un hombre de altura exagerada la empujó con suavidad al pasar por su lado. Ariadna reconoció de inmediato el calor del fuego crepitante y el olor a tierra mojada, y a pesar de la información que le atañía recientemente descubierta, se relajó y alegró de que estuviese allí. Lo que la alteró fue que Sebastian, en lugar de sacarlo de allí con un par de certeras frases, lo ahuyentase estampándole el puño en la nariz. Ariadna ahogó un grito de horror al ver que el duque se tambaleaba y retrocedía para chocar con la pared, gimoteando de dolor.

—En mi barrio teníamos muy claro que las palabras se quedan cortas en este tipo de asuntos, pero quise apelar a la buena educación, ya que estamos en un ambiente elitista y es usted un tipo importante... Pero visto que prefiere saltarse mis reglas, tendrá que acostumbrarse a que opte por la eficacia de los ultimátums físicos.

Sebastian lo agarró por la camisa y lo sacudió una vez antes de pegar la nariz a la suya. La del duque sangraba a borbotones, y, aparentemente, al empresario no le importaba mancharse la camisa con el líquido.

—Le dije que no volviera a acercarse a ella, y no solo lo ha hecho, sino que se ha presentado en mi casa. —Avanzó hacia la puerta con el caballero agarrado por el pescuezo, que solo encontraba fuerzas para gemir—. Hágalo una tercera vez... una maldita tercera vez... y será hombre muerto.

Ariadna salió de la habitación para ver cómo Sebastian, haciendo uso de su fuerza desmedida, abría la puerta de entrada de una patada y lo expulsaba a base de empujones. Cerró en sus narices, silenciando cualquier intento de plática, y no malgastó un segundo varado en medio del recibidor. Rehízo sus pasos, caminando sulfurado, y volvió a internarse en el saloncito. Ariadna lo siguió, asombrada por su reacción y preocupada tanto por lo que estaba durando como por lo que generaba: lo vio dar vueltas por allí, respirando profundamente, sacándose la chaqueta y desabotonándose la camisa con movimientos bruscos para quitarse la sangre de encima.

A continuación, y al parecer sin percatarse de su presencia, se dejó caer en el sillón. Desnudo de cintura para arriba, alargó el brazo hacia la licorera y se sirvió un par de dedos de coñac. Apuró el vaso de un trago. Volvió a llenarlo, y repitió el proceso. El tercero lo utilizó para empapar un pañuelo que guardaba en los bolsillos de la chaqueta, que luego tiró al suelo. Frotó la tela, que lucía sus iniciales bordadas, y la guio a un punto del brazo derecho, donde Ariadna encontró una raja abierta y sangrante.

Eso la sacó de su ensimismamiento.

—¿Qué ha pasado? —preguntó, acercándose. Y de pronto, como si acabara de darse cuenta de que era la primera vez que lo veía sin camisa, se quedó clavada en medio de la habitación, sin saber adónde ir o qué hacer.

Ariadna tragó saliva, entre incómoda y seducida por la vista. Nunca había visto a un hombre sin su traje habitual, pero incluso teniendo en cuenta la excepcionalidad del momento, supo que no habría otro igual. La piel de Sebastian era más morena que la de cualquier otro que hubiese conocido, incluso en esa zona oculta del sol, y el vello que lucía en el torso era tan negro como su cabello. Nadie tenía esa tonalidad capilar, solo él. Además, al apoyar los codos en los muslos y moverse para alcanzar el vaso servido, series de músculos se movieron bajo aquel terso terciopelo dorado, que le inspiró todas esas ganas de tocar a un individuo que nunca antes había experimentado.

Sebastian levantó la vista y la clavó en ella. Un estremecimiento de placer la recorrió en cuanto sus ojos descendieron al cuello, como si quisiera asegurarse de que estaba bien. Atraída por su aspecto y las emociones que disparaba contra ella, se acercó. Y él, sin contener al animal que no terminaba de despreciar y que Ariadna encontraba fascinante, la cogió de la mano y tiró de su brazo para sentarla sobre su regazo. Sebastian sostuvo su rostro entre las manos unos instantes, curiosamente sin decir media palabra; solo mirándola, extasiado y también lleno de angustia. Acarició con los dedos la fina barbilla femenina, trayéndola hacia sí. Solo cerró los ojos cuando sus alientos se mezclaron en un beso donde los labios no hacían nada, únicamente sentir la cercanía y amar la posibilidad de encontrarse de nuevo.

Ariadna apoyó las manos en su pecho. Su calidez traspasó la mullida capa de piel llegando a quemarla, siendo la personificación del fuego. Pensó, aunque sin darle muchas vueltas, en que Sebastian debía tener el alma en llamas si así podía rellenar sus fríos vacíos.

—No deberías haberle golpeado.

—No debería haber hecho muchas cosas, y sin embargo las hice. Abrirle el cráneo a un hombre que intenta hacerte daño no es lo peor que podría ocurrírseme.

Habló con tal vehemencia que capturó todo su interés.

—¿Qué has hecho?

Sebastian acarició su mejilla con lentitud. Pareció respirar más fuerte y menos profundo al apoyar la yema del pulgar en su labio inferior, que separó con la admiración y el deseo bullendo en las pupilas.

—Muchas cosas. Todas ellas horribles. Le he hecho daño a gente que no lo merecía... ¿Por qué no iba a procurárselo a los que sí? —Hizo una pausa para escrutar su expresión—. ¿Te estoy asustando?

—No.

—Me lo temía. ¿Existe algo que pueda hacerte temerme? Porque ya se ha visto que ni los secuestros, ni las amenazas, ni mis demostraciones de violencia, ni mis insinuaciones, pueden arrancarte un amago de preocupación por tu integridad. ¿Será que estás empezando a confiar en mí...? Dios, dime que sí —pidió en voz baja—. No soportaría estar conteniéndome para que sigas concibiéndome como un miserable.

Ariadna agachó la mirada, clavándola en las arrugas de su vestido. Luego volvió a mirarlo a la cara.

—Confío en que sabes parar, pero no en tu contención.

—Ciertamente —suspiró—. Soy incapaz de no echarme sobre ti.

—En general —corrigió Ariadna, neutral. Él alzó una ceja inquisitiva—. Eres incapaz de contener tus impulsos... sexuales, en general.

Sebastian entornó los ojos.

—¿Qué quieres decir con eso? ¿Es por lo que se dice por ahí?

—Sí, supongo que sí —respondió—. Los hay que te han visto entrando en un burdel llamado Sodoma y Gomorra cuando apenas hay clientes para que no... descubran tus inclinaciones.

Ariadna lo miró para comprobar a partir de su reacción que había dado en el clavo. Él no dijo nada por un rato. Solo la miró, muy serio. Esperaba que lo negase, o que fingiera hallarse consternado u ofendido, o, lo que era más propio en él: que lo admitiese sin tapujos ni vergüenza.

—No me he acostado con una puta jamás.

Si no se hubiera pronunciado de ese modo tan tajante, tal vez habría dudado. No se trataba solo de una conversación puntual oída de casualidad, sino de su fama, de la leyenda en la que se convirtió a raíz de sus múltiples conquistas.

—Sodoma y Gomorra no es un burdel. Sodoma es el prostíbulo y Gomorra es el casino. Pero es cierto que visito asiduamente ambos negocios; no por los motivos que puedas pensar. Nunca me acostaría con una cortesana, ni requeriría sus servicios para nada —repitió—. Al menos, no estando consciente y en mis cabales.

»De niño vi maltratos y oí llantos suficientes por parte de las mujeres del oficio para hacerme la promesa de que bajo ningún concepto contribuiría a ese negocio de carne. A mi madre la mató un amante celoso, a mi tía le quemaron la espalda con cera ardiendo, y Mariette, aunque ahora es madama y regenta Sodoma, también fue víctima de las morbosas peticiones de sus clientes. Si se me ha visto entrar allí, es porque me gusta pasar el tiempo con las viejas amistades de mi madre, que son las únicas personas en el mundo que me quisieron cuando era pobre y miserable. Así pues, lamento lo que se pueda decir porque todo lo que yo haga repercute sobre ti. Puedo ver a madame d'Orleans en cualquier otro establecimiento, o citarme con ella aquí para mermar los rumores y que no te afecten... Pero no dejaré de verla —concretó, sosteniendo su mirada sin vergüenza—. Mariette es lo más parecido a una familia que tengo, por muy poco decente que parezca, y cuatro deslenguados ofendidos no me la van a arrebatar.

—Oh. —Fue todo lo que pudo decir—. ¿Quiere decir eso que eres...?

—¿Virgen? —acabó mientras alzaba las cejas. Sebastian soltó una potente carcajada, y la estrechó contra su hombro, conmovido por su inocencia—. Hay muchas mujeres dispuestas a que les den placer aparte de las fulanas, sirenita. De hecho, creo que sería más correcto decir que hay mujeres dispuestas a que les den placer, no como las cortesanas, que deben hacerlo para sobrevivir. Quizá he podido darte la impresión de que me atrae forzar a las muchachas, solo por lo que me esfuerzo en convencerte de que puedo hacerte disfrutar... Pero no soportaría acostarme con alguien que no me deseara en la misma medida, y que por supuesto no necesitase dinero para tolerarme.

—Entonces... ¿nunca has dormido con una prostituta? ¿Jamás? ¿Ni siquiera... recientemente?

—Solo dormí con una, y ella no estaba en horario de trabajo, ni me pidió que le pagase. Fue una consecuencia de la atracción, no un negocio. Y fue hace años. Recientemente habría sido imposible —añadió, mirándola apasionado de lo que veía—. No me gustaría tocar a una mujer pensando en otra. No me gustaría tocar a otra mujer... a secas.

Fue extremadamente revelador el alivio que la inundó al

confiar a ciegas en lo que decía. Ariadna no era una persona desconfiada por naturaleza, pero nunca antes la embargó la certeza de esa manera, como si no pudiera existir otra posibilidad.

—Supongo que no soy libre de creer lo que se dice por ahí —murmuró, recostándose en su hombro con cuidado—. Aunque eres uno de los hombres que mejor definida tiene su reputación.

—Eso es porque en este mundo siempre se puede bajar, pero difícilmente se sube. La mala propaganda se vende mejor que los relatos heroicos. Y la verdad es que nunca he querido hacerme ver como un superhombre, entre otras cosas porque, a diferencia de lo que hace la inmensa mayoría, no me gusta mentir para agradar. Solo soy un pobre desgraciado, lleno de defectos y con un par de virtudes que aun así ha triunfado, y lejos de conformarme con el dinero y el éxito, me regodeo en ello. Sí, soy tan soberbio como dicen. Sí, soy un amante de las mujeres, tal y como se cuenta. Sí, soy trapacero y tacaño, y me gusta apostarlo todo a las cartas por el gusto de hacerles pensar que podría perderlo. Pero mi engreimiento está ahí por un motivo, y es que me he ganado todo lo que tengo, y nunca me cansaré de recordárselo a todos los que subrayan su superioridad cuando jamás tuvieron que luchar por el pan. Evidentemente me gusta el sexo, y las buenas mujeres, mas no abusar de ellas ni hacerles daño. Y yo no inventé los trucos que utilizo para salir victorioso tras cualquier mano de cartas. Soy un hombre muy seguro de sus imperfecciones al que no le importa haberse convertido en una lacra social, y eso asusta tanto a la generalidad, esa que vive de amenazas con el ostracismo, que ya no saben qué inventarse para dejarme en mal lugar. Curioso... —Sonrió, ladino—. Muy curioso, cuando yo soy el primero que se da mala fama sin remordimientos. Como si necesitara ayuda para que mis relaciones con las altas esferas fracasaran.

—¿Por eso te codeas con la gente humilde, como madame

d'Orleans? ¿Porque tus relaciones con la aristocracia han fracasado?

—En realidad no me llevo del todo mal con ciertos individuos de dicho estrato. El marqués de Leverton, Ashton y Standish están a mis pies, esperando que les anime a depositar su dinero en un lugar u otro, y eso me convierte en un tipo doblemente poderoso. Si prefiero a la gente humilde para matar las horas, es porque sé dónde está el cariño verdadero, y no lo cambiaría por un salón atestado de presumidos aunque estos pudieran asegurarme una vida mejor. Como ya te he dicho, Mariette me acogió siendo un niño al borde de la inanición, inmundo y violento, y lo hizo porque tenía unos valores, aparte de porque quería a mi madre. Esos valores no los comparte la clase alta, al menos la mayoría. ¿Cuán desagradecido sería si cambiase mis años con Mariette por la hipócrita amistad de un noble? No me importaría tener ambos, especialmente porque entablar una relación interesada con un hombre poderoso podría ayudarme a ascender a toda esa gente que está sufriendo ahí fuera... Pero una posibilidad anula la otra. No puedo clamar que soy hijo de una puta y amigo de un duque al mismo tiempo, y no voy a mentir sobre mis orígenes, porque no me avergüenzan.

Ariadna apoyó la cabeza en el hueco de su cuello y hombro. Apreció que se le ponía la piel de gallina al rozar la curvatura con la nariz, escapándosele una sonrisa curiosa.

—¿Por eso llevas el bastón contigo y ves a Mariette a menudo? ¿Quieres recordar esa época...? ¿No sería duro para ti a la larga tener tan presente algo que te hace daño?

—No lo sé —respondió, volviendo la cabeza hacia ella. Se inclinó hacia atrás lo suficiente para mirarla a los ojos—. Dímelo tú.

Ella ni siquiera parpadeó, pero entendió lo que quería decir.

—Yo también llevo conmigo un rastro pasado —confesó,

volviendo a acomodarse sobre él. No le pasó por alto que se puso rígido, mientras ella se relajaba al estar en contacto con su calor corporal—. Me cuesta dormir si no me aseguro de que las cartas que Corban me escribió no están en la mesilla de noche. Es estúpido, pero no puedo desprenderme de ellas. Aunque es algo distinto. Yo me aferro a los únicos instantes de mi vida en los que fui feliz. Tú no puedes soltar lo que te hizo miserable.

—Me hizo miserable, pero por ello estoy ahora aquí, en el salón de mi mansión en St. James y con la novia de Londres sobre mis rodillas —repuso, dejándola sin argumentos—. Si no me hubieran roto la espalda decenas de veces, no me habría alimentado del odio que necesitaba para ambicionar algo mejor. Lo creas o no, solía ser un muchacho conformista. Fueron las injusticias lo que me transformaron en lo que soy hoy día, y no se puede decir que no se empleasen a fondo conmigo: mis aspiraciones sobrepasan lo que es físicamente posible. Me enloquece pensar que haya algo, que exista una sola cosa en este mundo, que no pueda tener... Por el simple hecho de que ya me ha faltado de todo, y no podría soportar que me ocurriese de nuevo.

Ariadna se estiró para mirarlo, obteniendo una vista explícita de su mandíbula prominente y oscurecida por los inicios de la barba.

—Pensaba que eras de esos hombres que no se daban cuenta de que su comportamiento era extremo y sus objetivos, inalcanzables..., y que el día en que alguien se atreviese a señalártelo, te volverías loco, o arremeterías contra él.

—Puedo ser exactamente eso: un loco sin remedio. Un codicioso insaciable. Un egoísta, entre otros tantos defectos... Pero no soy necio en lo absoluto. Y solo los necios son incapaces de prever las consecuencias de sus actos. ¿Crees que secuestrarte fue causa de la enajenación, o una acción movida por la estupidez? Te equivocas. Todo en mi vida está medido, calculado. No puedo vaticinar el futuro como parece que Doyle sí es capaz de hacer, pero tampoco sé engañarme a mí mismo como Blaydes, y eso significa que si hago algo es porque estoy seguro de que voy a conseguirlo. No hay una sola gota idealista en mi personalidad, duendecillo. Por eso he dejado de insistir contigo. Jamás me daría golpes contra la pared. La línea que separa la obstinación de la necedad es muy fina, mas yo nunca la he cruzado. Vivo acampando en el límite.

No ocultó su sorpresa, ni su deslumbramiento ante la nueva faceta que estaba mostrando.

—Si eres un hombre inteligente y cauto, ¿por qué te muestras como todo lo contrario?

—Porque no todo el mundo merece la verdad, y prefiero que quienes no la merezcan, se queden con la idea que se formaron por sí mismos. Y porque solo los tontos recalcan evidencias sin ninguna pretensión de por medio. Ya han visto que he hecho una fortuna incomparable en apenas ocho años, y que nunca fallo cuando recomiendo unas acciones u otras... Si no han llegado a la conclusión de que soy listo y astuto basándose en la realidad, ¿para qué intentar razonar? ¿Para darme gloria? No lo creo.

—Te casaste conmigo justamente para eso; para darte gloria. ¿No es así?

Sebastian se quedó en silencio un segundo.

—Me quedan muchas cosas por demostrarme a mí mismo, y ese odio que siento por el entorno en el que me muevo sigue aguijoneándome de vez en cuando. No me importa el amor. El amor solo me ha traído ruina, dolor, decepción... Solo vi a mi padre una vez, y ni siquiera tuvo el valor de mirarme a la cara. A mi madre la mataron, y a raíz de eso tuve que pasar meses amenazando de muerte a chavales menores que yo para no morirme de hambre. Querer a alguien, y lo que es peor, tener la esperanza de querer a alguien, nunca me ha servido para nada. Así que supe que si me casaba, sería con la mujer perfecta, tanto si me gustaba como si no. Es lo que hacen los nobles... Desposar a una muchacha de buenos modales, bonita y complaciente.

»Oí hablar que hace unas décadas una joven llegó a recibir diez propuestas de matrimonio en tan solo dos meses. Me obsesioné con la cara de la susodicha: Lianna Marie Ainsworth, se llamaba. Aparecía en mi mente como una beldad sin parangón, y cuando vi su retrato... No diré que me decepcionó, porque era bonita, pero tuve claro que gran parte de sus virtudes residían en su encanto personal. No había más que ver el brillo de sus ojos... Dicen que el hombre que la retrató estaba perdidamente enamorado de ella, y tal vez por ese motivo tendría un aire tan espectacular, pero el caso es que quise algo así para mí. Una mujer con vida en la mirada a la que evitar que apagasen los grises de sus allegados con el sinnúmero de normas y reglas de protocolo, y con la que demostrar que el juego también funciona a la inversa. Esa panda de inútiles puede joder con todas las putas que les vengan en gana, ¿no es así? Incluso pueden matarlas y que no haya represalias... Pues yo, el hijo de una, puedo casarme con la amada de un duque y puedo echarlo de mi casa de un maldito puñetazo.

—Ellos siguen siendo más poderosos que tú, Sebastian —susurró, poniéndole la mano en el pecho. Sintió su corazón latiendo desaforado bajo la palma—. No deberías jugar con fuego...

—¿Qué podrían quitarme? ¿Qué podrían hacerme, sirenita? —inquirió, esbozando una sonrisa entre burlona y amarga. La tomó por las caderas y la elevó para sentarla abierta de piernas sobre su regazo. Ariadna no supo si había más fuego en sus ojos, en su carne o en la conexión de sus centros—. Me han arrancado el corazón, me han quitado a mi familia, me han abocado en cada golpe a morir como un perro... Y he sobrevivido. Lo único que me dejaron fueron las agallas y el rencor audaz que se necesita para hacer que el mundo gire. Quizá podría dolerme que me arrebatasen tu amor... —sugirió. Sus ojos centellearon, tan peligrosos como un gatillo; mas fue mucho más arriesgada su cordura al ser expuesta al delirio con una caricia atrevida bajo la falda. Ariadna tembló doblemente cuando Sebastian apoyó la boca en su barbilla y añadió—: Pero eso es algo que queda solo entre tú y yo, ¿no crees? Y tampoco podrían quitarme lo que no me pertenece. Como ves... —continuó en voz baja. Ladeó la cabeza para besar ese punto que adoraba, que unía la mandíbula y la oreja—. He aprendido a dejar de alzarme como el dueño de tu vida y tu cuerpo. Ahora solo aspiro a que me los entregues por voluntad.

Ariadna pensó que podría hacerlo, y más cuando la rozaba de esa manera, poniéndola indirectamente a sus pies. Quienquiera que fuese el que le dio tantos usos a la boca de Sebastian Talbot, tendría que comparecer cuando el corazón se le escapara del pecho durante uno de esos interludios. Ahí iba ella otra vez, preparada para adorar cada beso que decidiese regalarle. Porque eso eran... regalos. Regalos dulces por parte de un hombre amargo y duro. Cuánto le gustó pensar que era la única a la que se los concedía, por muy injusto y egoísta que fuera dicho pensamiento.

Suspiró cuando él llegó a infiltrarse entre las telas y telas que había que superar para tocarla en su sensibilidad. Sus largos y ásperos dedos la rozaron en aquel lugar prohibido, que ardía y también lloraba anhelando lo que parecía a punto de ofrecerle. Comprendió que llevaba queriéndolo allí más tiempo del que creía, y se impulsó hacia delante, apoyando las manos en sus hombros para ofrecerse definitivamente.

Conectó con sus ojos al apartar la mirada del pecho.

—Tienes cicatrices aquí también —jadeó temblorosa.

—Y en la espalda. Y en los brazos. Y en las piernas... Y justo donde estás tocando, solo que muy debajo, donde no las puedes ver —respondió, igualmente afectado. Sus ojos estaban nublados de deseo, y su mano seguía ahondando en su intimidad, separando y acariciando una zona tersa que ella no pensó que tendría—. Pero cuando te toco soy incapaz de sentirlas. Eres la vacuna del amor... Erradicas todo lo que puede hacerme daño, solo para herirme de otra manera. Aunque la tortura que ejerces contra mí es mil veces más satisfactoria, más dulce y exquisita. —Cogió su mano y la guio hasta el inicio del pantalón, justo debajo del ombligo, donde una protuberancia se advertía debajo de la tela. Ariadna inspiró bruscamente al sentirlo caliente y duro—. Quería estar dentro de ti... Lo sabes. Después lo necesité... Y también lo sabes. Ahora estoy en el maldito delirio, cruzando los infiernos cada vez que estás cerca y no puedo sentirte. Te deseo de un modo que me ahoga, porque tenerte significaría que me desearías del mismo modo, y nunca he querido tanto algo, o a alguien, como a ti. Jamás.

Ariadna apoyó la frente en la suya, mareada y al borde de la asfixia por todo lo que pronunciaba como si fueran sus últimas palabras. Mantuvo el equilibrio envolviéndolo con los brazos, pero perdió la estabilidad mental cuando él la penetró con un solo dedo. Sintió que su carne se cerraba en torno al intruso, acogiéndolo con el mismo entusiasmo que él manifestaba al lamer su cuello. Ariadna ladeó la cabeza para facilitarle la tarea, con el vello de la nuca de punta, la carne de gallina y el cuerpo prisionero por las convulsiones que Sebastian provocaba al besarla.

—Hueles tan bien —gruñó, enterrando la nariz en la línea del hombro. La mordió allí, al tiempo que rotaba el dedo en su interior. Ariadna suspiró sobre la boca masculina, que atrapó el aire dándole un beso con sabor a tragedia—. Mi preciosa criatura celestial...

—No me mientas —se oyó decir. Cerró los ojos y dejó caer la cabeza hacia atrás, mordiéndose los labios para contener las contracciones que su entrepierna mandaba al resto del cuerpo—. No... No te parezco bonita.

Él amortiguó una carcajada presionando la boca entreabierta contra su pecho.

—Diablos que no —masculló, continuando con la tortura más encantadora que había tenido el placer de sufrir—. Ya no me gustan las mujeres por tu culpa. Para mí eres irresistible y fascinante, dueña de la magia que no sé si relacionar con las hechiceras o las hadas. De lo que estoy seguro... —prosiguió, dando un pequeño mordisco a la carne sensible del cuello— es de que soy la víctima de todos tus trucos, sea cual sea la finalidad.

Ariadna intentó dominarse a sí misma elevando las caderas y agarrándolo por los hombros, pero fue imposible que el autocontrol la salvara de caer en una espiral sin fondo. Todo su cuerpo, desde sus piernas temblorosas hasta su aliento convulso, fueron poseídos por un estremecimiento nacido de la pasión que la dejó sin habla y sin respiración durante unos segundos. Ariadna emitió un sonido con la garganta que Sebastian agradeció besando el punto exacto donde se produjo, y pese a haber cumplido su cometido, continuó penetrándola con el dedo corazón hasta que la extenuación le hizo perder el equilibrio.

—¿Qué ha sido eso? —murmuró. Sebastian apretó los labios, escondiendo una sonrisa, y le robó un beso en los labios que se prolongó mucho más de lo que estaba programado. La lengua se deslizó en la cavidad como una serpiente, inyectando nuevamente el veneno de la pasión en su cuerpo, que se agitó al contacto de su enorme mano cerca del trasero.

—Eso ha sido el comienzo.

Un día, no mucho tiempo después, mientras acariciaba distraídamente las diminutas aberturas de la regadera, Ariadna descubrió que las flores la aburrían si Sebastian no se paseaba entre los maceteros.

No tenía ningún sentido, ya que las dalias estaban floreciendo de manera espectacular y si se comparaban en belleza con su marido, era este quien salía perdiendo. Pensaba que podía ser por el perfume; el suyo seguía siendo bastante más cautivador que ningún otro olor conocido, mezclando sus esencias preferidas. Y si bien no era del todo terrible apreciar algo más en su entorno aparte de la jardinería, que era el epítome de lo fascinante para ella, le asustó perder el interés por lo que siempre fue el motor de su vida. Así, y en un fútil intento por igualar los efectos que tenían las esporádicas visitas de su marido con su vieja pasión, se propuso elaborar nuevos perfumes. Era un misterio a quién se los entregaría, y definitivamente no los iba a usar para sí misma, pero no estaba de más un poco de entretenimiento.

Pero Ariadna tenía un don, y le resultaba tan fácil crear nuevas y ricas fragancias que esto acabó siendo, como distracción, otro aburrimiento. Se cansó antes de lo previsto y terminó, unos días después, sentada entre los parterres con una mueca desilusionada. Antes pasaba horas allí, entre colores, trinos y pequeños insectos, y no se daba ni cuenta del correr de las horas. Desde el último beso de Sebastian, en cambio, le parecía que los minutos se estiraban perversamente para convertirse en días, y al final, cuando se cruzaba al hombre por el pasillo o coincidía con él en la cena, estaba convencida de que llevaba meses sin verlo, lo que por otro lado le hacía tanta ilusión que se quedaba sin palabras y no podía decirle cómo se sentía.

Sebastian no ocultaba su emoción al coincidir con ella, pero era bastante escueto, tal vez por temor a asustarla con su a menudo inconveniente entusiasmo; sus medias sonrisas eran agradables, y venían avisando del pecado antes de que torciese del todo la comisura derecha, mas no eran como antes de tirar la toalla. Ariadna intentaba conformarse con su cálida distancia y sus esfuerzos por conversar sobre temas apropiados... Sin éxito. De algún modo, parte de su vida estaba empezando a girar en torno a él; los momentos en los que coincidían, los momentos en los que pensaba en qué estaría haciendo, los momentos en los que recordaba con la respiración contenida todas esas palabras bonitas que le decía. O quizá no entrasen en el concepto de bonitas, pues no eran lisonjas propiamente dichas y buscaban un sonrojo mucho más profundo al entonarlas, pero de algún modo se sentía halagada. Y nunca le habían hecho sentir así.

No entendía lo que le estaba pasando. A veces se sorprendía a sí misma hecha un ovillo en el jardín, preocupada por si no terminaba de caber en la caja invisible que la engullía al pensar que, tal vez, Sebastian no volviera a besarla nunca más. Otras, sentada en el borde de la cama y mirando la puerta con amargura, le costaba contener las lágrimas de impotencia. Se levantó muchas veces y quiso empujar la puerta para ir a buscarlo, para pedirle que la abrazara como si su vida dependiese de ello... porque la suya estaba a punto de hacerlo. O solo para suplicar que estuviera a su lado, no importaba cómo o qué hiciese. Le maravillaba cualquier cosa que saliera de sus manos. Cuando se reunía con sus amigos, se quedaba absorta viéndolo barajar las cartas, o hacer grandes aspavientos, o incluso derramar el contenido del vaso por un mal movimiento. Le oía reír desde el piso de arriba, a carcajada limpia, y a ella le cosquilleaban los labios; no sabía si porque quería reír con él o porque aquello era indirectamente un beso en su corazón.

Una de las noches hizo demasiado frío y tuvo que encender el hogar. La petición extrañó a la doncella, pues estaban a punto de entrar en el verano, pero Ariadna necesitaba estar cerca del fuego para sentir el cuerpo. Era la única manera, además de recordando las manos de Sebastian. «Eso ha sido el comienzo», había dicho. Pero no continuó. Y eso le dolía tanto que nada podía tranquilizarla. Ni siquiera releer las cartas de su puño y letra. Ese dolor que plasmó se le antojaba distinto, lejano y estúpido. Un sinsentido. Tanto fue así que, en un arrebato de furia desvalida, arrojó gran parte de la colección al fuego. Las vio arder con una mueca, y por primera vez en su vida sintió que había hecho algo por ella misma. Inició enseguida la misión de seguir siendo dueña del poderío y se levantó, abrazada a los hombros. Dudó más de una vez al dirigirse a la puerta y abrirla. Dudó más aún al deslizarse por el pasillo. Y cuando estuvo delante de la habitación de Sebastian, se le secó la garganta y se le enfriaron los pies. No pudo entrar.

Tampoco la noche siguiente. Ni la que siguió a continuación. Pero la número cuatro volvió a hacer frío, y ella se atrevió, nuevamente, a hacer ese recorrido que se sabía de memoria pero que nunca la llevaba a su destino, y tocó.

—Graham, haga el favor de irse a dormir —espetó Sebastian enfurruñado—. Le he dicho que me encuentro perfectamente. No necesito su ayuda.

El tono agresivo de su voz la hizo retroceder. Sabía que no se estaba refiriendo a ella, pero inexplicablemente le dolió. Estaba enfermo, o quizá tenía alguna molestia, y Ariadna ni siquiera lo sabía. Se sintió culpable, injusta y cobarde, y volvió a esconder la barbilla en el escote. Pero unos minutos después la puerta se abrió, y salió él casi desnudo, con solo una sábana cubriéndole. Se la agarraba con una mano, y con los dedos de la otra se frotaba los ojos. Por la manera que tuvo de abrirlos, pareció que le acabaran de comunicar que había estallado una guerra.

—No sé por qué tenía el presentimiento de que serías tú. ¿Qué pasa, sirenita? —Esbozó una sonrisa somnolienta, pero aún con ganas de jugar. Ariadna se agarró la bata con fuerza—. ¿Te has perdido? Mira que del palacio de las maravillas a la cueva del lobo hay un largo camino.

Ariadna se mordió el labio y no dijo nada. Se quedó en blanco, completamente. A veces le pasaba; quería hablar y no podía, quería abrazar y los brazos no la dejaban. Y él lo entendió, porque salió en su busca dando un paso al frente, avanzando un poco más entre las tinieblas que ni siquiera ella sabía manejar.

—Dime —dijo con voz paciente—. ¿Tienes hambre? ¿Sed? ¿Frío? ¿Calor? ¿Sueño? ¿Sueños, en plural? ¿Puedo cumplir alguno? —bromeó—. ¿Qué tienes? ¿Estás enferma?

Ariadna encontró lo más parecido a la elocuencia entre tanta niebla, y lo miró con los ojos llenos de lágrimas. La sonrisa de él se esfumó.

—Quiero... pedirte... algo que no sé qué es. No entiendo... —Hizo un puchero y se apretó el puño contra el esternón. No llegó a derramar una lágrima, pero le ardían los párpados—. No entiendo lo que me pasa... Lo siento mucho —jadeó—. A veces no... no sé cómo decir lo que... lo que pienso porque... Mi mente se queda... No puedo expresarme.

Clavó la vista en el suelo y se comprimió con los brazos, apretándoselos contra el pecho. Oyó el crujido desigual de un par de huesos, y sintió en todo el cuerpo el roce de unos dedos en su barbilla. Sebastian la miró desde abajo, acuclillado delante de ella con una expresión de serenidad que casi le impidió reconocerle.

—¿Quieres que te lleve a tu habitación?

Ariadna negó, primero dubitativa. Siguió negando por inercia, y al final negó de manera tajante.

—Abrázame —pidió.

Los ojos de Sebastian se agrandaron un solo segundo antes de parpadear una vez, tan despacio que Ariadna no supo si fue en realidad un pestañeo o un agradecimiento para sus adentros. Pese a recibir una súplica directa, se tomó su tiempo para incorporarse y cogerla en brazos. Ariadna desinfló toda la tensión acumulada solo entrando en contacto con su piel, más caliente que cualquier fuego. Se preguntó con tristeza si ella no sería demasiado fría para él, y al descubrir que la respuesta sería seguramente afirmativa, se encogió sobre sí misma. Cuando Sebastian la dejó sobre la cama, su cama, cama que olía a él, estaba tan tensa que pensó que se rompería. Estuvo a punto de concluir que fue una mala idea, pero Sebastian se tendió frente a ella, a distancia prudencial, y con una sola caricia del hombro al codo logró que se derritiese por completo.

Ariadna casi rompió a llorar por el espacio entre los dos. No sabía si lo ponía por respetarla o porque no la quería para nada, y no se le ocurría la manera de preguntarlo. Arriesgándose a que la rechazara, a descubrir que estaba en lo cierto y no le interesaba ya, se acercó en silencio hasta que tuvo la frente apoyada sobre su corazón. Lo oyó respirar abruptamente, y tampoco supo cómo interpretarlo.

—¿Ya no me quieres? —preguntó Ariadna en un susurro. Encogió los brazos entre los dos.

Sebastian dejó un segundo al aire; el que vino después lo llenó con un temblor de pecho que significaba... Risa. Se estaba riendo, pero no le divertía. Lo podía sentir en la manera en que su piel se hundía, y el aire que exhalaba le llegaba entrecortado.

—Santo Dios, criatura. ¿Qué quieres de mí? —suspiró en el mismo tono. Ariadna no entendió que fuera una pregunta retórica.

—Ya nunca vienes a verme —se defendió, sin saber a qué se refería—. Ya nunca te veo.

Al toque de sus dedos en la mejilla, Ariadna cerró los ojos. Se habría dormido si no tuviese el corazón abierto, esperando una respuesta.

—Estaba preocupado por si te asusté la última vez —confesó en voz baja—. Tienes que entender que por mucho que quiera, no voy a arriesgarme a hacer algo que te moleste. Si te perdiera... —Dejó la frase al aire—. No lo sé. No sé qué pasaría. No puedo imaginarlo.

—Si nunca me ves es como si me hubieras perdido.

—Claro que no —repuso. Por fin la rodeó con el brazo, firme, poderoso y seguro de lo que hacía... Tal y como era él—. Tu olor está por toda la casa. Tus flores están en mi jardín. Y ahora... Tu cuerpo ha estado en mi cama. No podrías hacerte una ligera idea de lo que esos detalles han cambiado mi vida.

»Pero si quieres que vaya a verte, lo haré. Solo estoy esperando el momento en que me lo pidas. En que me digas qué te hace feliz. Puedo dilapidar mi fortuna improvisando regalos eternamente, pero parece que no nos sentiríamos satisfechos ninguno de los dos hasta que no acertara. Así que intenta decírmelo. Y si no puedes... Solo ven, y te abrazaré.

Ariadna se arrebujó un poco más.

—Me gustaron las flores y la nota que escribiste. Tienes una letra muy bonita.

Tuvo el presentimiento de que sonreía en la oscuridad.

—No la escribí yo. —Silencio—. No sé escribir.

—¿Cómo?

—Sé hacer símbolos y conozco los números, y las operaciones las hago mentalmente, pero las letras y yo nos llevamos mal. Sé garabatear mi nombre y copiar documentos, aunque luego parecen obra de un crío con mucho tiempo libre. Y tampoco leo bien. Me toma horas descifrar un documento. La nota la escribió Doyle, como todas las notas selladas a mi nombre desde que lo conozco. Aunque soy yo el que las dicta. Por eso odio la literatura —aclaró. Acompañó la confesión con una caricia por la espalda—. La última vez que intenté leer un libro no pude llegar ni a la tercera página. Soy muy impaciente, me frustro con facilidad y los buenos libros están escritos en lenguaje culto. Apenas entiendo la mitad de las palabras.

—¿Y cómo es que puedes permitírtelo siendo un hombre tan importante? Si alguien quisiera engañarte...

—Doyle repasa todos mis contratos y facturas, y lo mío

suele ir de números, no de versos. Nadie me ha engañado hasta ahora. —La estrechó un poco más. Ariadna sintió burbujear su pecho—. Es por eso que no te he escrito un poema. Si no, da por hecho que te habría enterrado en trovas.

Ariadna se quedó en silencio, tan cómoda se sentía que se iba quedando dormida.

—¿No te gustaría aprender a leer bien?

—Creo que es muy tarde para mí. Y también es tarde para ti; ya casi va a amanecer —añadió. Dejó los labios sobre su coronilla, que acarició meneando la cabeza—. Duerme.

Ariadna pensó que sería buena idea arreglarse por una vez. Había pasado los últimos años vistiendo el luto por las sucesivas muertes de su tío, madre y abuela, y cuando llegó su momento de brillar, estaba tan acostumbrada a no preocuparse por lo que se ponía que no le prestaba atención a las prendas. Habría seguido siendo así eternamente si no hubiera tenido al alcance de su mano un guardarropa que su hermana Megara envidiaría. Le parecía un desperdicio no ponerse las sedas que Sebastian había pagado para ella, y menos cuando sabía que le hacía ilusión vérselas puestas. Así pues, creyó oportuno ponerse un ejemplo de vestido de cola rojo brillante con pequeños brocados plateados, y preguntar a Graham cómo llegar al astillero.

No estuvo del todo satisfecha con la respuesta de Sebastian, así que buscó otras distintas preguntando a los empleados. Estos le dijeron que en los últimos días había estado muy ocupado en su proyecto, uno que le emocionaba especialmente y le tenía distraído por largos periodos de tiempo en el puerto. Era allí a donde debía dirigirse si quería demostrar que le importaba tomar la iniciativa.

Hasta el momento no se lo había planteado, en parte porque no se dio cuenta de que sentía curiosidad por el hombre con el que vivía desde hacía poco tienpo, pero reconocía la curiosidad por su dedicación a los barcos. No guardaba ningún parecido con lord Ashton o lord Standish, a quienes también les interesaban los negocios. Estos dos dedicaban determinadas horas del día a discutir al respecto, mientras que por lo que había podido apreciar, Sebastian se pasaría la jornada entera hablando de lo mismo. No ya de dinero, pues no le costaba ganarlo —o sacárselo— a sus amigos, sino de sus propiedades temporales como lo eran los barcos.

Se sintió intimidada al cruzar la entrada del astillero. Era un lugar inmenso, aunque no parecía desproporcionado porque albergaba un buque a medio construir en su interior. Ariadna pensó que se asfixiaría mientras cruzaba una de las pasarelas que dividían el espacio. Se respiraba vida allí dentro, y no vidas artificiales, talcos y pompones como en un salón de baile. Olía a sudor y se notaban el esfuerzo, el compañerismo y los constantes ánimos que se daban los trabajadores. Palmaditas en la espalda, carcajadas potentes, silbidos divertidos... Algunos charlaban mientras tiraban de las cuerdas o barnizaban las compuertas, y otros aplaudían en cuanto la polea hacía su trabajo gracias a la intervención del maestro, un hombre con gorra que manejaba la maquinaria pesada.

Fue interesante verlos trabajar, y muy bonito mientras duró... No lo hizo por mucho tiempo. En cuanto los empleados a los pies del barco se percataron de su paseo, dejaron sus herramientas en el suelo y se pararon a contemplarla. El primer codazo inició una reacción en cadena que llegó hasta el tipo que colgaba del último peldaño de la escalera, y aunque no podría hacerse el silencio cuando trabajaban en el otro extremo, sí que hubo un repentino cambio de atmósfera. Ariadna apenas notó que esto sucedía, y siguió barriendo el lugar con la mirada, buscando al único hombre que atesoraba en su memoria.

Le costó reconocerlo a simple vista; necesitó un par de vistazos más, en parte porque él no se dio cuenta de que estaba allí y seguía ayudando a tirar de una de las cuerdas. Sebastian y un grupo de hombres tan o más fornidos se esmeraban en dirigir una placa de gran tamaño a la construcción, de la que más tarde se haría cargo el soldador. En realidad, Ariadna no se interesó por el buque ni por el trabajo en equipo. Antes se quedó ensimismada con el aspecto de Sebastian, que se había remangado y abierto la camisa para evitar el calor. No tuvo ningún éxito, porque incluso en la distancia Ariadna apreció un hilo de sudor corriendo por su sien, al igual que su sonrisa de victoria. Lo último que vio antes de que él se diese la vuelta y la mirara fue cómo celebraba el avance dándole unas palmaditas en la espalda a un par de muchachos.

Después el barco, la gente y cualquier detalle aparentemente relevante desaparecieron. Sebastian la descubrió, y por el hambre con el que la miró, sazonada con un poco de recelo, no supo si arrepentirse por su elección de vestuario o aplaudirlo.

—¿Qué haces aquí? —preguntó, acercándose a ella apresuradamente—. ¿Es que quieres provocar un parón?

Ariadna parpadeó sin entender.

—Este no es un sitio para ti —insistió. Fue a cogerla de la mano, pero al final se lo pensó mejor—. Ven, vamos.

—¿Por qué?

—Porque es un lugar peligroso. Podría caérsete algo encima o... —La miró de reojo—. O simplemente podrías mancharte. Un astillero no es el mejor lugar para una mujer, pero para ti en concreto es una cochambre sucia y deplorable.

—¿Por qué? —repitió. Dejó de caminar, quedándose en medio de la pasarela. Sebastian la miró impaciente—. Si te he molestado, lo siento...

—No seas ridícula. No podrías molestarme ni aunque te esforzaras. Es tal y como lo he dicho. Obviamente no me avergüenzo de mi trabajo y estoy orgulloso de mis hombres, pero es el sitio menos encantador de Londres y si te tropiezas podrías abrirte el cuello. ¿Quieres abrirte el cuello?

Ariadna negó, guiada por su tono de voz, cuando en realidad no estaba prestando mucha atención.

—¿Y por qué tú puedes estar orgulloso y yo no? —se empecinó. Se acercó y tomó la mano que él comprimía y estiraba ansiosamente. Aunque se manchó, no hizo ninguna mueca ni demostró asquearle. Entrelazó los dedos con los suyos, y levantó la barbilla para mirarlo con una minúscula sonrisa—. Seguro que me ensucio más que tú estando todo el día en la tierra.

Sebastian se la quedó mirando con miles de emociones surcando esos mares turbulentos que tenía por ojos. Ariadna no esperaba ninguna respuesta; le gustó el apretón que le dio a su mano, y más todavía la sonrisa que se torció hacia arriba para desaparecer enseguida, como una estrella fugaz. Pero lo que más le gustó, lo que la apasionó e hizo que su corazón saltara del pecho, fue que él se acercara muy despacio y agachara la cabeza, acariciándole el entrecejo con la punta de la nariz. A Ariadna le pareció la criatura más increíble y absurdamente hermosa entre millones de especies, estando así de manchado, sudoroso, cansado y... humano. Sobre todo humano, a merced de los mismos sentimientos que a ella la sacudían.

—Buen razonamiento. ¿Le darías un beso a este pobre, desgraciado y mugriento Oliver Twist? —entonó dramáticamente.

—Usted no es nada pobre, señor Talbot —respondió con su lógica aplastante.

—Que sea solamente mugriento, pues.

—¿Ya no es desgraciado? ¿Qué ha hecho que deje de serlo de un segundo a otro?

—La eventualidad de besarte.

Ariadna intentó no reírse, aunque no supo por qué se reprimía. Se puso de puntillas y, tal y como había visto hacer a su hermana Penny cientos de veces, se quedó a las puertas de sus ironías para sonreírle un poco más.

—Tampoco eres ningún mugriento. Para mí eres el hombre más guapo del mundo.

Sebastian levantó las cejas y se retiró para mirarla con marcada incredulidad. Soltó una carcajada que sonó exactamente a eso, a «ojalá fuera verdad, pero te creo», y como si no pudiera privar al mundo de lo que a él le hizo sonreír de veras, levantó su brazo y tiró de ella con cuidado para ponerla de cara a los trabajadores.

—¡Oíd todos! —gritó. Parte de la producción disminuyó el ritmo para escucharlo—. ¡Oíd bien, porque esta mujer de aquí... —la hizo girar sobre sí misma muy despacio—, esta preciosa criatura... acaba de decir que soy el hombre más guapo del mundo! ¡A ver cómo te comes esa, Henry Payton!

El tal señor Payton, un hombre bastante atractivo, reprodujo un gesto obsceno con las manos que hizo prorrumpir en carcajadas a Sebastian de nuevo. Se volvió hacia ella, con los ojos brillantes, y Ariadna solo pudo pensar en cuán dichosa se sentiría si pudiera poner esa expresión en su cara todos los días, al menos una vez.

—¿Qué hacemos contigo ahora? —preguntó sin perder el tono alegre.

—Podrías enseñarme de qué va todo esto. —Miró alrededor, sin ocultar su gran impresión—. ¿Por qué barcos?

Cuando volvió a mirarlo, Sebastian esgrimía una de sus sonrisas de trapacero y arrogante, pero muchas otras virtudes se escapaban de sus labios al hacerlo. Honestidad, dulzura, cariño.

—Para huir muy lejos. —Extendió la mano con la palma apuntando al techo—. ¿Huirías conmigo?

Ariadna aceptó el ofrecimiento tímidamente.

—No me gustan los barcos ni el agua, pero por ahora dejaré que me enseñes todo lo que es tuyo —accedió con humildad.

—Oh, querida, aquí no hay nada solo mío —dijo, tirando de ella en su dirección. Ariadna chocó contra su pecho suavemente—. En todo caso, nuestro.

—Me temo que no podré apreciarlo. Nunca subiría a un barco.

—¿Ni siquiera a un barco en construcción?

Ariadna echó un vistazo inquieto al buque. No sabía mucho de arquitectura naval, pero parecía que quedaba poco para levar anclas y echarse al mar.

—¿Qué ha sido de eso de... abrirme el cuello?

—Tu cuello no corre peligro mientras te quedes a mi lado. —Su sonrisa adquirió un tinte secreto al admirar su garganta lentamente—. Miento. Sí que lo hace. Pero tu vida estaría a salvo. Ven conmigo —insistió. Le dio otro apretón en la mano. Sus ojos brillaron como los de un niño travieso, deseoso de mostrar al mundo lo que su mente había dado lugar. Ariadna no se pudo resistir, teniendo la plena certeza de que habría hecho cualquier cosa por su contagioso entusiasmo.

Sebastian confió en su equilibrio al cogerla en brazos y subir la improvisada escalinata hasta, de un salto, plantarse entre los tablones de proa. La dejó en el suelo con la misma delicadeza con la que la elevó, y giró sobre sus talones para admirar su propia obra. Ariadna no se interesó tanto por el barco como por su reacción al estar ahí, al acariciar la barandilla de cubierta con dedos llenos de ternura. Advirtió una sonrisa dócil en sus labios, de nuevo infantil; la que un muchacho con ansias de ser mayor solo habría dejado al descubierto en la oscuridad. Después de comprobar que todo estaba en su lugar, se acercó a ella con el cuerpo a rebosar de locura y emoción, y tal fue la influencia de ambas en sus músculos que casi tembló al arrodillarse, poner una mano en el suelo y mirarla a los ojos.

—Este es el único barco que he hecho para mí. —Deslizó los dedos por la superficie, manteniendo un silencio tan ceremonioso que Ariadna supo que le tenía más respeto al buque que a sí mismo—. Se llama *Cynthia*, como mi madre. Lamento no haberle puesto el tuyo, pero llegaste cuando la producción casi acababa y no se me ocurriría bautizar como Ariadna un barco que pisarían palurdos incapaces de merecerte.

—¿Y merecen a tu madre?

—No, pero siempre sintió pasión por los barcos. De niño le prometí que una vez iríamos a uno de esos cruceros que tan famosos se empezaron a hacer a raíz del viaje por las islas Feroe.

Ariadna se acercó a él y se agachó, sentándose de rodillas frente a él.

—¿Por eso te dedicaste a esto? ¿Por tu madre?

—Y porque quería ser rico. Y porque quien domina el mar, domina la tierra —añadió—. El comercio es extremadamente necesario; si se cortaran las comunicaciones entre reinos, estos sufrirían cualquier escasez que puedas imaginar. Alimentos, telas, paliativos... incluso drogas —apostilló—. Tuvimos que aplastar a los chinos para seguir trayendo opio a Inglaterra. Me habría hecho de oro más rápido si por esa época hubiera comenzado mi negocio; fueron muchos los barcos en batalla contra China. De todos modos nunca sobran los buques de guerra. Es lo que he estado construyendo hasta ahora. Este irá a ver el mundo, y yo iré con él —declaró, echando un vistazo al techo. Sus ojos se aclararon por la filtración solar.

Ariadna no se mostró contraria a la idea aun sabiendo que nunca podría acompañarlo. El pánico al agua se acabaría imponiendo si pusiera un pie en un barco con destino a los confines del globo. Pero no le arrebataría la emoción de hacer planes, menos cuando sus mejillas se ruborizaban por la excitación que le suponía.

—Mariette vendrá conmigo —continuó—. Y Graham, y Elsie, y Chastity, y Arnold... Siento que conocemos demasiado bien Londres, y no nos ha tratado con la benevolencia que necesitábamos para conformarnos con sus luces y sombras. Muchos de ellos quieren cerciorarse de que el mundo no siempre es oscuro y desagradable, y que podrían no ser tratados como perros en otros rincones del planeta. Mariette es poderosa, y Elsie ha conseguido casarse a pesar de haber tenido una vida muy dura... Pero hasta ahora, nunca ha habido piedad para ellas, ni para el resto. Me siento en el deber de demostrar que hay lugares hermosos, gente bondadosa y líneas en el horizonte donde no llegan los recuerdos.

—¿Tú incluido? —preguntó dulcemente—. ¿Quieres demostrártelo a ti mismo?

Sebastian apartó la vista del techo y la miró como si le divirtiese su curiosidad. Tomó su mano enguantada y le acarició el dorso con el pulgar antes de llevársela a los labios.

—Para lo pérfido que he sido, la vida me está tratando con gran generosidad últimamente —dijo con una sonrisa humilde.

»He sido un monstruo durante mucho tiempo. Entiendo que existen fuerzas superiores que se encargan de devolver el mal causado, y yo solo he recogido lo sembrado. Todo lo que sufrieron niños menores que yo por mi culpa, todos esos a los que dejé sin comer por el egoísmo de anteponerme a sus necesidades, me lo devolvieron con patadas y golpes de un amo tan tirano como yo lo fui. Aunque me salvé —apuntó—. Recuerdo haber querido ser tan cruel como el desconocido que mató a mi madre por placer, o como el dueño del astillero en el que trabajé; ese que encontraba sumamente divertido hacernos marcar con sus hierros. Pero pensé en qué maneras encontraría Dios, o quienquiera que haya allí arriba, de arruinarme en contraposición por mis pecados, y temí. Decidí ahorrar cada centavo, apuntarme a los trabajos más arriesgados y mejor pagados, aprender el arte del engaño y... puede que tal vez pasara un tiempo atracando a señores de bien en Camden Town

—añadió con una mueca descarnada—. Entre unas y otras me sorprendí con suficiente dinero para financiar mi primer amago de barco. Con el paso de los años fueron dos, y tres, y cuatro, y así sucesivamente, surcando salones con chaquetas remendadas para encontrar quienes me confiaran su dinero para obras mayores, hasta llegar a donde estoy.

»Aunque no he olvidado nada —añadió. Sus ojos adquirieron un brillo profundo y problemático—. No quise convertirme en ese desgraciado y asesino porque sabía que de ese modo acabaría como él acabará cuando lo encuentre. Este barco, esta fuente de riqueza, las sábanas que te envuelven cuando duermes... Todo tiene como motor productor el cuerpo frío de mi madre. Es una excusa para encontrar a ese hombre. Porque solo podría encontrarlo infiltrándome en su mundo.

»Sé que no es lo mejor que han podido ofrecerte... Un cínico de corazón vengativo y rabia infinita. Pero por lo menos puedo decir que nunca te abandonaría.

Ariadna se miró las rodillas. No sabía si terminaba de gustarle la idea de verlo partir a orillas del puerto, pero nunca se le ocurriría impedirlo.

—Ven conmigo. —Se levantó con esa sonrisa juvenil haciéndole parecer más joven—. Te enseñaré algo...

15

Doncella, ¿por qué te afliges a causa del embaucador ateniense? Abandona su recuerdo. Tienes como amante a Dioniso, un marido eterno en vez de otro que se marchitará.

Las Dionisíacas,
Nono de Parnópolis

Ariadna llevaba toda la mañana pensando en el placer que le produjo coincidir con Sebastian en el pasillo unos minutos antes de que se marchara.

Cierto era que tenía una gran familia, tres hermanas que la adoraban y nobles importantes que la protegerían de cualquier amenaza. Los quería, a su manera, y lo expresaba... también a su manera. No sentía la imperiosa necesidad de abrazarlos, y aunque sin duda agradecía las sonrisas que le dedicaban, no le suponían ninguna impresión abismal. En resumen, Ariadna no sentía que existiera una conexión importante entre sus allegados y ella. Ni siquiera pensó que la complicidad fuera real hasta que Sebastian pasó por su lado justo cuando bajaba a desayunar, y con solo una mirada y una ligera sonrisa, sembró una semilla de esperanza que la tendría en vilo el resto del día.

Podía no comprender del todo lo que pasaba en su cuerpo al estar él presente, pero se hacía cada vez más obvio que no remitiría el sufrimiento lujurioso con el que la había hechizado. Ese hombre, con sus groserías y su crueldad, con sus manías paranoicas y sus heridas, sobre todo invisibles, tenía un lugar extremadamente importante en su vida. No serviría de nada negarlo, y aunque lo intentase, sus acciones pasadas destaparían la verdad. Lo deseaba, y lo deseaba tanto que se mareaba de pensar en el momento en que volvería a casa. Pensaba en ello como una aventura. ¿Qué le diría esa vez? Estaba segura de que había gastado todos los piropos e insinuaciones existentes... Lo estuvo, antes de que se reinventase para ponerla a temblar. Sebastian no le regalaba poemas, no sabía bailar en condiciones, y sus halagos dejaban mucho que desear, pero cuando le hablaba con esa apasionada firmeza, admitiendo que tenía poder sobre él, ella sentía el peso de la realidad sobre sus hombros. Nada había más cierto que eso. Y por ser tan cierto, imaginaba que no la abandonaría.

—Señora Talbot.

Ariadna se volvió para atender a Graham, que apareció con una pequeña bandeja en la mano derecha. Se detuvo delante de ella y destapó el contenido, ofreciéndole el interior con un elegante floreo. Aquel gesto captó la atención de la joven, que si bien no era curiosa, respondió a un impulso preguntando:

—Señor Graham... —empezó. Alargó la mano y tomó la notita que allí reposaba, atendiendo, en su lugar, al mayordomo—. ¿De dónde es usted?

—De uno de los barrios periféricos, mi señora. Camden Town.

Ariadna asintió.

—¿Es cierto que todos los miembros del servicio son de origen humilde? —El mayordomo asintió sin vergüenza—.

Nunca lo habría notado. Creo que la elegancia no depende tanto de la educación como de lo que corre por las venas de uno, pero sin duda influye el entorno..., y usted, señor Graham, es uno de los hombres más distinguidos que conozco.

A pesar de no haberlo pronunciado con especial entonación, sino con su acostumbrada neutralidad, el criado se ruborizó de regocijo.

—Nunca me he visto de ese modo, mi señora, pero si esa es su opinión, empezaré a tenerlo presente. Si le interesara saber de dónde viene cada uno de nosotros, no dude en preguntar. En esta casa nadie se avergüenza de su cuna, ni de lo que tuvo que hacer para sobrevivir. La mayoría son del barrio hugonote, del viejo Covent Garden y de Southwack.

—¿Fueron amigos de la infancia del señor Talbot?

—El señor Talbot no tuvo amigos durante su infancia, mi señora. Hasta los diez años vivió de burdel en burdel y durmiendo en cofres de marineros allá en los muelles; su madre tenía una vida nómada, pero por lo menos se encargó de él y lo cuidó a su manera. Tras su muerte... —torció la boca— sobrevivió a base de peleas de barrio. No fue hasta que madame d'Orleans lo acogió que empezó a relacionarse, en parte porque mi señora rescató a varios niños más aparte del señor. Entre ellos a Elsie, la ayudante de cocina, las doncellas Chastity y Laurie, y el ayuda de cámara, Arnold. Todos se conocieron allí.

—¿Y cómo le conoció a usted?

—Oh... —Carraspeó—. Yo soy un empleado reciente. El señor Talbot tenía unos negocios en Camden Town. Según entendí, quería estudiar los canales para ampliar el rango de mercado de sus barcos, e invertir también en las barcazas del Regent's Canal. Yo estaba allí trabajando para un hombre. Al señor Talbot no le gustó el trato que me daba.

—¿Le maltrataba?

Graham desvió la vista un segundo.

—No me gustaría difamar el buen nombre de mi antiguo patrón, pero es verdad que el señor Talbot siempre me ha tratado con mayor dignidad. Hasta entonces, yo era estibador. No aspiraba a nada más. Recuerdo que el señor se sentó en una de las cajas y estuvo observándome trabajar durante horas, hasta que se levantó con decisión y se acercó para decirme que sería su mayordomo. Según percibió, era ágil, tenía porte de hombre de la nobleza y aprendía rápido. Estuve tres meses siendo adiestrado como tal, para caminar, pronunciar y servir como era esperado, y aquí estoy. —Hizo una pausa—. Con su permiso, y espero que me perdone por el atrevimiento... Diré que el señor Talbot es un hombre bueno y generoso. Nunca he comprendido esa fama que se le ha dado.

Ariadna asintió, dándole involuntariamente la razón. Ella sí comprendía el origen de las habladurías: poco tenía que ver con los motivos que el mismo Sebastian señalaba, sino con la envidia, el deseo de superioridad que a veces nublaba la moral del individuo. Solo había dos maneras de sobresalir. Una era por sí mismo, por las buenas acciones, y otra, enterrando a los que lo hacían para que no hubiese desnivel. Todo el mundo se había unido para darle pésima reputación a Sebastian, además de que él no estaba interesado a desmentir las locuras que se decían.

El mayordomo se retiró, y Ariadna se quedó a solas con el mensaje en la mano. Permaneció sentada, con los ojos clavados en un punto perdido de la habitación, hasta que recordó que había recibido una misiva. Desdobló el papel y, nada más ver el remitente, alzó las cejas.

Tal y como me pediste, he aquí la dirección de Corban Areleous. Ha sido coser y cantar. Tenía numerosos conocidos pululando por las afueras de Inglaterra, y según me han contado, era un embaucador; he pasado por cuatro jóvenes embarazadas del semental, y por supuesto abandonadas, antes de llegar a él... Quien tras sus años de estafador ha decidido sentar cabeza. Hace siete meses que desposó a la hija de un empresario galés y goza de la vida retirada en el campo. En el reverso encontrarás exactamente dónde, aunque dudo que quieras ir a saludarlo. Por lo que me han contado mis fuentes sobre él, se ha redimido como pecador y espera un hijo. No volverá a molestar a tu encantadora esposa.

Mariette

Ariadna apartó lentamente la nota. Con un movimiento mecánico, la dejó sobre la mesilla de café. En vez de acomodarse de nuevo en el sillón, se quedó así, con el brazo extendido y el cuerpo rígido. Su mente dejó de volar para posarse en las puntas de sus dedos, que aún rozaban la noticia escrita. Y pensó. Lo pensó un solo momento... Pensó en las letras, en el remitente y en Corban, y trajo a su memoria el recuerdo de su desesperación al zambullirse en el agua para ir a buscarlo. Toda esa suma de pensamientos se concentró en sus sienes, martilleándolas duramente. El dolor cesó unos minutos después, y cuando lo hizo, Ariadna se desinfló. Sus músculos lo hicieron. Su alma lo hizo.

Se levantó muy despacio, enmudecida, y dejó la nota allí para subir a la habitación. No le pareció tan extraña y distinta a un hogar cuando reconoció su propio olor allí, mientras que sí se le antojaron extrañas al tacto las cartas que encontró al abrir el cajón. Todas ellas escritas de su puño y letra; del puño y con la letra de una Ariadna que le pareció desconocida. Desconocida y miserable. Solo una aclaración había de él, de unas palabras que le dedicó días antes de marcharse. «Yo te juro por los peligros fuertes y excesivos que me amenazan para lo futuro, que en tanto que los dos fuéremos vivos has de ser mía, y quemaré en tu llama mis pensamientos célebres y altivos.»

—Ariadna...

Todos los recuerdos se desvanecieron como polvo ante la conjunción de esas siete letras. Se dio la vuelta, sobrecogida por lo sencillo que le resultaba devolverla al mundo a aquel hombre... Y el corazón se le paró al verlo avanzando hacia ella, renqueante, con la cara amoratada y una marcada cojera. Ariadna fue a por el desmadejado Sebastian sin pensar en nada más. Él balbuceaba incoherencias cuando se desplomó en el suelo, justo delante de la muchacha, que lo sostuvo por los hombros a tiempo.

—¡Sebastian! —llamó, agachándose para examinar su desafortunado rostro. La visión de numerosos moratones y una herida abierta le aceleró el pulso—. Sebas... ¿Qué ha pasado? ¿Por qué estás así?

Sebastian no habló. El achaque lo dejó sin fuerzas para nada que no fuese abrazarse a sus piernas para mantener el equilibrio y echar la cabeza hacia delante, apoyando la frente en su estómago. Ariadna se mordió el labio, sobrecogida por los balbuceos que no alcanzaba a descifrar.

—¿Quién te ha hecho esto? ¿Cómo has llegado hasta aquí...? Sebastian, háblame, por favor.

—Gracias a Dios, aquí está —exclamó Graham, entrando precipitadamente—. Chastity lo ha visto entrar por la puerta trasera en su estado y... Oh, mi señora. Deberíamos llamar al doctor.

Ariadna asintió enérgicamente mientras maniobraba para colocarse a los pies de su marido. Si ya era pesado en condiciones normales, ahora que no podía con su propio peso, estaba a punto de aplastarla. Graham intervino justo a tiempo, separándolo de ella e intentado llevarlo a la cama. Ariadna no se separó de él, y aunque dudó sobre si tocarlo por voluntad, comprendió que quería cogerlo de la mano. Sebastian perdió el conocimiento en cuanto su espalda tocó el colchón, pero unos segundos antes, la joven creyó ver que abría los ojos y la miraba directamente.

—Graham... —murmuró, rodeando la cama para sentarse a su lado. Cogió los almohadones y los puso bajo su cabeza. Entre los muchos pensamientos que la asaltaron, se dio cuenta de que aquella noche dormiría en su cama, y que el olor del hombre empaparía sus sábanas hasta que las cambiaran, semanas después...—. ¿Qué cree que ha podido pasar? ¿Esto sucede a menudo?

—El señor Talbot tiene muchos enemigos, mi señora —respondió, mirándolo con cara de circunstancia—. Aunque no es común. En general, son pocos los que enfrentan al señor; por mucho que se insista en que no se le debe ningún respeto, sí que temen su figura como a la que más... Iré a buscar al médico.

Miles de agujas le atravesaban las sienes, la frente, la nuca... Notaba el sabor acerado de la sangre bajo el paladar, quizá por la herida que manaba aquel líquido que le costaba tragar. Todo su cuerpo pesaba, más que de costumbre, salvo en zonas concretas en las que palpitaba.

Sebastian se incorporó tosiendo violentamente. Se llevó una mano al vientre, que llevaba vendado, y con la otra se cubrió la boca. Cuando por fin pudo abrir los ojos, pese a la resistencia que opusieron los párpados heridos, examinó que no hubiera manchado las sábanas. Entre la blancura de las mismas, apreció una fina y delicada mano femenina, muy cerca de su cuerpo.

Levantó la mirada; aún sin poder enfocar bien. Por lo que sabía, debía tener alguna costilla rota, moratones por todo el cuerpo y un ojo hinchado. Fue ese maldito el que no pudo detallar tanto como le habría gustado a la figura femenina que esperaba su consciencia.

Nunca se alegró tanto de estar muerto como cuando abrió los ojos como pudo y la vio allí. No echó de menos la mínima expresión en su rostro: agradeció que fuese tranquilidad, seguridad frente a su recuperación. Alargó la mano, sacándola de la sábana que más que envolverlo, lo contenía, y acarició un mechón rebelde. Enrolló el grueso hilo blanco en su dedo índice y tiró de él suavemente para acercarla a su cara.

Cuánta belleza acumulaba esa mujer en su cuerpo, en su cara, en sus escurridizos pensamientos. A Sebastian no se le ocurría modo más bello de despertar que teniendo su palidez y sus ojos al alcance. Nunca fue lo suficientemente sensible para apreciar sin tocar, pero admitía que aunque su promesa le dolía por no poder hacer con ella todo cuanto deseaba, solo mirarla le satisfacía.

—Ahora sí que soy feo, ¿no? —dijo en tono guasón. Su voz sonó ronca por la garganta seca y el placer que le producía su cercanía.

La negación de Ariadna, tan dulce y sencilla, suavizó la tirantez de sus heridas.

—Oh, mi esposa obediente y respetuosa... —ironizó—. No es necesario que mientas para hacerme sentir mejor. Ahora mismo, solo nacer de nuevo podría conseguirlo. Aunque no es nada que no me conozca al dedillo, ¿sabes? —Le guiñó un ojo y se incorporó, conteniendo el deseo de aullar—. Necesitaré un poco de agua caliente... O un baño de agua caliente. Un siglo de puñetera agua caliente... ¿Dónde está Graham?

—Salió hace unos minutos para escoltar al doctor a la salida. Arnold ha ido a por los remedios que ha recetado. —Un silencio—. Sebastian... ¿Qué ocurrió?

Sebastian se quedó en blanco un momento. ¿Qué había pasado...?

Recordaba haber recibido una nota por parte de uno de sus socios menores, requiriendo su presencia en la fábrica lo antes posible. Para llegar rápido, y temiendo que hubiese un problema de dimensión mayor, efectuó el recorrido frecuente de las callejuelas para recortar. Fue en una de ellas, poblada de matones y rateros donde alguien le atizó por la espalda con un objeto contundente. No logró tumbarlo, aunque sí hacer que se tambalease y que, al darse la vuelta para enfrentar a su agresor, viera demasiado borroso para reconocer a su atacante. «Sus» atacantes, ahora que lo pensaba mejor... Le dolía la cabeza y no podía fiarse de sus pensamientos en dicha situación, pero creía haber contado cuatro. Uno lo agarró por detrás, cogiéndole los brazos y haciendo que le crujiese uno de ellos —no con fatales resultados, afortunadamente—, dos lo contuvieron por cada uno de los hombros, y el cuarto... El cuarto fue el que le asestó un puñetazo tras otro hasta que estuvo prácticamente inconsciente. Sebastian recordaba con total claridad el impacto de su cuerpo contra los adoquines, el sabor de la sangre al escupir una muela y el punzante dolor que le aplastó los huesos, impidiéndole levantarse.

Fue a contestar que no estaba del todo seguro, cuando una serie de ideas conectaron entre ellas, haciéndole dar con una fácil conclusión: la amenaza del duque... Casi la había olvidado. Debió ser él. Esperó un par de semanas a que el asunto perdiera importancia, y entonces mandó a una serie de sicarios para darle un escarmiento. Pero no podía engañarlo. No a él. Solo un hombre en Inglaterra de todos los que le odiaban se sentiría satisfecho enviando a otros en su lugar. Sebastian admitía tener adversarios fieles, viscerales y honorables hasta cierto punto: si no eran ellos los que se tomaban la justicia por su mano, si no usaban su propio cuerpo para placarlo, no lo harían. Nada que ver con las delicias de un noble, que tal y como él mismo expresó, no se mancharía las manos. En todo caso, se las lavaría.

No obstante, no tenía ninguna garantía de que fuese el duque, salvo sus sospechas. Estas servían para convencerse a sí mismo y, desde luego, le bastaban para vengarse. Pero en caso de informar a Doyle, como su socio...

Abría la boca para contestar cualquier minucia para tranquilizar a la calmada Ariadna en el momento en que se cruzó un recuerdo abstracto de las pasadas horas. Era el hombre que le golpeó, cogiéndole de la chaqueta para levantarlo del suelo y sonreír muy cerca de su cara.

«Ten cuidado con lo que haces... Estoy seguro de que no querrás acabar también estrangulado.»

Sebastian cogió una bocanada de aire bruscamente. Primero, aliviado por recordar el rostro de su atacante y sus palabras, que servían como pista. Y luego, en segundo lugar, venía el reconocimiento, la asimilación y correcta interpretación de lo dicho, que trajo consigo un ramalazo de cólera que le impulsó a levantarse de un salto, ignorando el resentimiento de sus huesos.

—¿Qué estás haciendo? —oyó preguntar a Ariadna, rodeando la cama para acercarse a él—. Sebastian, estás muy débil y podrías hacerte daño si fueras a alguna parte. Si necesitas que te traiga algo, solamente pídemelo, a mí o a Graham, o a Elsie, y...

Un quiebro doloroso le giró el cuello para clavar sus ojos inyectados en sangre en los de Ariadna. Él mismo sentía la rabia fluctuando por la esencia de su vida, el origen de todas las cosas, y dándole sentido al odio que llevaba años meciéndolo; no le habría extrañado que Ariadna se hubiera encogido y hubiese retrocedido ante la potencia de sus sentimientos. Mas no lo hizo. Ella se mantuvo firme, de pie a su lado, solo temblando porque, de algún modo, recibía lo que se cocía en su estómago.

—Fue Winchester —dijo, apretando los puños a cada lado del cuerpo. Vaciló, temiendo que, al repetirlo, el mundo tal y como lo conocía se derrumbase sobre él y no pudiera levantarse—. Tenía ese presentimiento, pero ahora lo confirmo... Winchester fue el que la mató.

Ariadna no necesitó mayor explicación que la tensión de sus músculos.

—¿Cómo puedes estar tan seguro?

—Como ya te he dicho, hace años que lo presiento... Estaba en mi lista de sospechosos, junto a otros cuantos nobles: muchos de ellos interesados en ti —especificó, dándose la vuelta y caminando hasta la salida, no muy confiado en la fortaleza de sus piernas—. Era uno de los amantes de mi madre. Lo vi entrando y saliendo cuando aún era niño... Y la mató uno de los muchos que mantenía al mismo tiempo. Ahora sé que es él. Me lo dijo el secuaz que mandó a matarme.

—¿Qué? ¿Matarte...? —Oyó su voz demasiado cerca. Se volvió para ver cómo Ariadna alargaba la mano, insegura, como si quisiera ofrecerle consuelo con una caricia y no se atreviera del todo. Al final la vio dejarla caer—. ¿El duque es el que te ha hecho eso?

Sebastian asintió con la mandíbula apretada, concentrándose en sus extraordinarios ojos lilas para no echar la puerta abajo de una patada, hacerse con un fusil y matar a aquel desgraciado.

—Lo ha dicho —repitió—. Lo ha admitido... «Estoy seguro de que no querrás acabar también estrangulado.» Mi madre murió asfixiada. Yo mismo vi las marcas de los dedos humanos en su cuello. Las vi —insistió. Cerró los ojos un segundo, temblando de impotencia. Arrebatado por la rabia, golpeó la puerta, haciendo temblar toda la habitación—. Voy a matar a ese bastardo... Ahora mismo. Por fin tengo la garantía y las pruebas para hacerlo —siseó, forcejeando con la cerradura. Al ver que no cedía, la golpeó otra vez, y así, con sucesivos puntapiés, fue como logró liberarse—. Lo voy a matar... Asesino hijo de puta...

—No.

Ariadna logró esquivar su propio cuerpo y plantarse justo bajo el umbral. No necesitó extender los brazos, ni siquiera fulminarlo con la mirada. Solo permaneció allí de pie, con su expresión de tranquilidad habitual, solo que llena de la calma determinación que solía ganar todas las batallas por la seguridad que ofrecía. La angustia, ira e ideas agresivas no remitieron ni desaparecieron de la mente de Sebastian, pero pudo vacilar al afirmar la presencia del ángel antes de terminar de consagrarse como demonio maldito.

—Apártate de ahí. —No hubo respuesta—. Si no te apartas, sirenita, te apartaré yo... Y ahora mismo no estoy siendo muy racional. Podría hacerte muchísimo daño.

—No me harías daño adrede.

Eso era cierto, pero eran tan pocos los que lo sabían, que el hecho de que ella estuviese tan segura apaciguó un tanto esos pesares del alma que querían arrastrarlo a hacer el mal.

—Él la mató —repitió, como si no lograse comprender la gravedad de la situación—. Llevo años... décadas... esperando este momento. El momento en que alguien se proclamaría, directa o indirectamente, asesino de mi madre. He hecho fortuna para infiltrarme en ese mundo que detesto solo para aumentar la posibilidad de encontrarlo y vengarme —continuó, hablando muy despacio para poder masticar y digerir las ansias de destrucción—. Créeme cuando te digo que no me importará pasar por encima de ti si eso me asegura la *vendetta*.

—Entonces hazlo. Pasa por encima de mí. Pero sabes que si cruzas esta puerta, no volverás —aseguró—. Estás tan herido que no puedes andar, el odio te ciega y el duque sigue siendo, y siempre será, mucho más poderoso de lo que tú podrías llegar a aspirar. En cuanto pusieras un pie en su salón con la intención manifiesta de hacerle daño, serías aniquilado, y entonces... ¿Quién vengaría a tu madre? Con todas tus lesiones, incluso el mayordomo podría causarte daños irreparables. Pero si estás seguro de que es lo que quieres... —añadió, clavando los ojos en los suyos—. Adelante. Pasa por encima de mí.

Sebastian negó con la cabeza y clavó la vista en un punto sobre su cabeza. Si no golpeaba algo, o a alguien, toda esa frustración iría a su corazón y lo ennegrecería hasta arrastrarlo a la tumba. Tal era el rencor que lo envolvía, la fuerza de la inquina que le pudría el atisbo de esperanza, que sentía que moriría en ese preciso momento si no la apartaba y se tomaba la justicia por su mano. Pero tenía razón. Y aunque nunca había valorado su vida lo suficiente para temer perderla en el proceso de desquitarse, ahora su corazón latía por otro, y si no regresaba...

—Deja que me vaya —suplicó en tono herido.

—Puedes irte —replicó ella—. Eres más grande y mucho más fuerte que yo. Ni siquiera tendrías que hacerme daño para apartarme de tu camino. Con solo empujarme un poco, retrocedería varios pasos, y tendrías vía libre. Lo único que estoy haciendo... es pedirte que te quedes.

Sebastian la miró con los ojos ardiendo.

—¿Y crees que eso es hacer justicia? Precisamente que me lo pidas, y que tengas razón, es lo que podría hacer que me lo replantease... Y no he dedicado mi vida a esta operación para que ahora te interpongas. No seas egoísta —rogó con los ojos perdidos en el fondo—, y deja que me sacie.

—No necesitas vengarte, solo necesitas sobreponerte —susurró Ariadna, dando un paso hacia él. Le costó tomar la iniciativa de rozar su mejilla con los dedos, girándole la cara para que volviese a mirarla—. Si empezase una guerra por la equidad, Sebastian... nunca podrías ganarla. Y menos aún solo.

Sebastian clavó los ojos en ella. Frunció el ceño e hizo una mueca mientras negaba con la cabeza, una y otra vez, rechazando la verdad... Hasta que se hizo demasiado grande y evidente, y solo pudo exhalar antes de que una lágrima rodara por su mejilla.

—Pero me la quitaron. Me la quitó —recordó con amargura—. No puedo permitir que el mundo siga girando después de eso, que nadie se pare a poner orden... Nunca he podido dejarlo pasar.

—Seguro que habrá otra manera de vengarla —prometió—.

En otro momento... Cuando todo esté mejor. Mairin decía que uno recoge lo que siembra; que el que pasa la vida penando, muere siendo feliz, y quien es feliz haciendo maldades, tiene lo que le espera si no antes de morir, en el mismo infierno. Alguien se encargará de escarmentarlo... No hace falta que seas tú.

—¿Y quién, si no, si yo era el único que la quería y que puede enfrentarlo? —replicó. Se acercó, envuelto en amenazas que nunca arrojaría sobre ella, barnizado de rencores que jamás separarían de su piel—. Ariadna...

De repente, ella se acercó a él, como un hada curiosa, y sin saber realmente cómo se hacía, lo vistió con la excepcional seda de sus brazos. Un abrazo con el poder de estancar sus malos pensamientos, cerrarle la garganta y elevar su alma a paraísos en los que nunca creyó; eso fue.

—¿Qué placer podría producirte hacerle daño? Estarías poniéndote a su nivel, y ella no va a volver porque tú vengues lo ocurrido. —Habló contra su pecho, justo donde el corazón latía—. Déjale ser un monstruo y no te conviertas en uno por querer señalar su crueldad.

Sebastian apoyó la mejilla sobre su coronilla, y la pegó a su cuerpo en un intento por transmitirse la bondad que necesitaba. Si alguien podía callar al engendro de su conciencia, esa era ella... Ella y su indiscutible superioridad frente al resto, que como criatura especial pudo convencerle durante un instante de que no merecía la pena pensar en ello.

—No podría ser un monstruo mientras te tuviera entre mis brazos. Es curioso, y a veces doloroso para mi bestia interior, que siempre ejerzas como el corazón que ya no tengo. Así no puedo sentirme orgulloso de nada de lo que tengo o quiero tener excepto de no hacerte desdichada en exceso.

—Claro que tienes corazón. —La tuvo que creer cuando este aceleró su ritmo ante la caricia de su mejilla contra el pecho—. Todo el que sufre lo posee.

—Entonces ¿qué pasaría si te entregara el mío? —susurró—. ¿Sería egoísta por mi parte, por querer que te hicieras cargo de mi dolor, o un acto de generosidad, por darte otro arcón donde esconder tus miserias?

Ella se quedó en silencio un momento.

—Sería un acto de caridad, ya que a día de hoy no tengo ni siquiera el que me vino de fábrica —respondió en el mismo tono—. Ven... Necesitas descansar.

Otro pinchazo de ira atenazó a Sebastian, esta vez dirigido a aquel embaucador que solo supo desdeñar uno de los regalos más bellos que Dios pudo haber otorgado a los humanos. La obedeció solo por el dolor que veló sus ojos un instante, y caminó hasta la cama reservándose la sugerencia de hacerle olvidar sus desengaños con besos y caricias de su norte a su sur. Allí retomó la verdad sobre la condición inmaculada de su esposa, y supo que si bien nadie salvo ella podría haberle frenado en ese instante, la próxima vez no importaría cuántas veces suplicara... Desgraciadamente para el ángel que lo protegía, no era tan bueno como para merecer un custodio, ni tan débil para que las lilas de unos ojos pudieran silenciar los clamores de su pecho vengativo.

16

Y en las cámaras matrimoniales, con-
sumando su matrimonio el esposo, nacido
del dorado Padre, sembró una descendencia numerosa.

Las Dionisíacas,
NONO DE PANÓPOLIS

Ariadna era consciente de que no había conseguido disua-
dir a Sebastian de los planes que tenía para con el duque, y
sospechaba que él también lo sabía... Pero ambos vivieron los
siguientes días sin prestarle atención a aquel secreto a voces.
Ariadna veía en sus ojos, sin embargo, que posponer lo inevitable no serviría para nada. Y aun así, ella se esforzaba por en-
tretenerlo con cualquier tontería que se le ocurriese. Él no era
estúpido. Seguramente estaba al tanto de sus intenciones. Pero
no podía decirse que no las disfrutaran... Ni Sebastian ni la
propia Ariadna, que durante su lenta recuperación, que no pasó
en cama porque no soportaba estar quieto, estuvo a sus pies
cantando las canciones que le pedía.

Era algo que la maravillaba y entristecía a partes iguales.
Para ser un hombre que rehusaba apreciar cualquier manifes-

tación de arte, el canto a capela de una mujer lo conmovía, lo dejaba adormilado, pendiente entre dos mundos. Ariadna podía sentir la increíble paz que dominaba su cuerpo cuando la oía cantar; cómo sus músculos iban destensándose lentamente. Y le dolía, porque eso significaba que la persona que le enseñó esa vertiente de la música significaba la vida para él. Su madre.

Esa madre que le habían arrebatado y cuya venganza temía más que a ninguna cosa. Ariadna se levantaba todos los días pensando en una nueva manera de contenerlo, especialmente en cuanto pudo caminar sin sentir dolor... Tanto fue así que llegó a aprender a jugar a las cartas casi como una profesional para distraerlo.

Por otro lado, Ariadna no estaba acostumbrada a tanta atención: ni a dedicarla y enfocarla durante mucho tiempo en la misma persona, ni a recibirla en la misma medida. Era cierto que en las jornadas sociales, muchos eran los que intervenían con ella y la colmaban de halagos, pero era distinto con Sebastian. Él no era ni sutil ni encantador; a veces bastaba una ardiente mirada de pirata para hacerle saber que le gustaba el vestido, o que clavase los ojos en sus labios para recordar que era hermosa a su parecer. Ariadna nunca terminaba de acostumbrarse a su ferocidad, a la honestidad con la que trabajaba. No había lisonjas vacías en él, ni tampoco las hacía esperando algo a cambio. Tiempo pasó desde que era empresario en todos los ámbitos de su vida; ahora, con ella, se comportaba como un alma llena de pasiones que, en vista de no cumplirlas, encontraba placer en lo sencillo de expresarlas en voz alta.

Agradecía que hubiera sido así durante las últimas dos semanas, puesto que ella también necesitaba distracción, y él, siendo todo un centro de poder y fuerza inagotable incluso en estado lamentable, requería la totalidad de su atención y ánimos. Cuando estaba a su lado, disfrutando de su compañía, no pensaba en nada más que no fueran sus bromas, o adónde iban a parar sus manos. Había aprendido a descifrar sus gestos. Ya sabía que cambiaba la postura con incomodidad cuando ella se mordía el labio inferior, y que apretaba los puños al ver que se le escapaba un mechón de pelo, y que se frotaba los muslos o apartaba la vista en los escasos momentos en los que ella le daba un segundo sentido a su frase sin querer. Ariadna no podía regodearse en sus reacciones porque sabía que sufría, y no quería eso para él, pero observarlo y conocer tan bien sus movimientos le producía una profunda satisfacción... Y un gran alivio, porque eso significaba que no estaba sola en sus sentimientos. Sentimientos que crecían conforme pasaban los días, asfixiándola.

Tras descubrir que Corban no era quien creyó y perder toda la esperanza de que regresara, o de que hubiera llegado a amarla alguna vez, siguieron otra serie de sorpresas que no le desagradaron del todo. No le dolió. Estaba tan obsesionada con la felicidad pasada que confundió la época más gloriosa de su vida con el enamoramiento hacia un hombre cuyo rostro, olor o voz le eran desconocidos. Era, sin duda, un descubrimiento revitalizante... El problema era que esto destapó finalmente lo que Ariadna guardaba con celo: la desmesurada pasión que sentía por el hombre que vivía con ella. Cada mañana se levantaba pensando en lo sencillo que sería desnudarse ante él y pedirle que cumpliera su fantasía, una que probablemente la propia Ariadna ya habría tenido con anterioridad, pues había infestado su mente con toda clase de perversiones. Sin embargo... no podía arriesgarse.

Ante todo, quería conocer, saber, tener la exacta certeza, de que Sebastian Talbot la deseaba de verdad y no la abandonaría. Técnicamente no le sería posible, ya que estaban unidos por algo mayor que la lujuria, pero Ariadna pensaba llorando de melancolía en que él pudiera perder el interés en ella. A fin de cuentas, si tanto llegó a quererla, fue porque le negaba constantemente un roce de su cuerpo. Si se hubiese ofrecido desde el principio, o si lo hacía entonces, una vez saciado, abandonaría su cama... Y entonces, ¿qué? ¿Qué haría ella? No era tan fuerte para sobrevivir a su desprecio o ignorancia; no viviendo en una casa que olía a olíbano, que tenía su esencia grabada en cada esquina, cada estancia, cada pared...

Estaba asustada por avanzar, y temía también retroceder... Pero, sobre todo, le daba miedo el efecto que tenía en ella. Corban era lo único que podía contener sus afectos, la barrera que los separaba. Ahora que no estaba y solo existían sus reparos, admitía haber enloquecido de amor. Cada vez que pasaba por su lado dedicándole solo una mirada y una sonrisa, se le apagaba el corazón de pura agonía. Su cuerpo se quedaba esperando más, mucho más. No un beso, no dos besos... Ariadna soñaba con que la amara para siempre y la cosiera a su costado cada vez que pudieran coincidir, y así no separarse de él nunca. El tiempo que antaño disfrutó a solas, tranquila consigo misma, en contacto con la naturaleza... era todo un despropósito. Miraba la puerta en descuidos, queriendo y, sin saberlo, esperando que su recio cuerpo le ocultara la luz del sol; que su voz ronca pronunciase ese «sirenita» que contenía todas las bellezas del mundo —así la hacía sentir—... Incluso por las noches se metía en la cama, temblando de frío, de calor... Calor y frío, y tormentosa necesidad de sus brazos. Era adicta a un hombre que ya no la besaba hasta que la muerte no lo amenazaba con llevárselo si se contenía... Y maldita fuese ella y su difícil personalidad por no saber cómo pedirle que la tomara y no la soltara jamás.

—Normalmente me parecen desagradables tus silencios. Son incluso violentos —dijo Sebastian, liberándola de sus pensamientos—. Pero he aprendido a apreciarlos y ahora me molestan por no saber qué hay en tu cabeza. Nada más. ¿O es ese truco de mujeres de fingir que hay algo interesante cuando en realidad solo pensáis en memeces?

—Pensaba en ti. ¿Es eso una memez?

—La mayor de todas. —Encogió un hombro y se acomodó en la silla, arreglando las cartas distraídamente—. ¿Y bien? ¿Qué vamos a apostarnos esta vez, duendecillo? ¿Estás dispuesta a jugarte tu magia negra...? Porque esa es la única posesión tuya que no me pertenece, además de tu alma. Y no creo que quieras venderle tu alma al diablo.

—No creo que el diablo quiera mi alma para ofrecérsela en primer lugar.

—¿Cómo puedes estar tan segura? —inquirió con voz íntima.

Ariadna contuvo los muslos bajo la mesa. Él tenía ese talento de convertir cualquier oración en un beso directo a su intimidad. Siempre sonaba lleno de posibilidades, a rebosar de fuerza masculina, como si estuviera siempre preparado para cogerla en volandas y hacerle todas esas maldades que le había prometido al oído en infinidad de ocasiones.

—Quizá me haya precipitado. Siempre lo quiere todo, ¿no, señor Talbot?

—Llámame Sebastian, por Dios. No me gustaría retroceder y volver a cuando me odiabas... Y mi nombre deja de sonar a sucio *cockney* para parecer incluso elegante cuando lo pronuncias. Sobre quererlo todo, mi bella criatura, yo diría que un alma nunca está de sobra. ¿Por qué? ¿Piensas apostarla?

—Es lo único que no he apostado, creo.

—Hasta ahora has estado apostando mis propiedades. Mi dinero, mis habitaciones, las joyas que te he costeado... En realidad es como jugar contra mí mismo, lo que no significa que le quite lo excitante, ya que jugar con mujeres es entretenido siempre. Pero ¿no crees que va siendo hora de ir con algo realmente tentador? —Sus ojos brillaron—. O eso, o cambiar de juego.

—Las cartas están bien —repuso Ariadna—. Hasta donde

sé, es el único juego donde se apuesta... Y quiero que me debas tanto dinero que no puedas huir de mí jamás.

Sebastian estiró los labios en una mueca entre cruel y conmovida.

—Para eso, primero tendrías que ganarme varias veces seguidas. En segundo lugar, y hablando del tema de la huida, deberías dejar de ser mi esposa para que pudiera plantearlo. Por no mencionar que tendrían que amordazarme, tirarme al mar y borrarme la memoria a palos para que, aunque fuese por un condenado segundo, me alejara de ti sin planear volver a tu lado.

Eso era algo que amaba de él. Su exquisita transparencia. Sebastian no hablaba: clamaba con fulgor, vehementemente, verdades a horas y deshoras. Así le costaba tan poco confiar en sus palabras que el trabajo de seducción le demoraba una certera oración. Ariadna estuvo tan segura de lo que decía, de que nunca la dejaría, que se tensó de exagerado regocijo.

—Subamos la apuesta, entonces —enunció suavemente—. ¿Qué quieres de mí?

Ariadna sintió la inexorable fuerza de sus deseos atravesándola como un puñal. Él emitía todo eso... Era una inyección de deseo constante, y la saturó con una simple mirada, haciéndola cómplice de sus perversiones secretas.

—Acabaríamos antes hablando de lo que no quiero de ti.

—Entonces dime algo que quieras y no tengas.

—Acabaríamos antes hablando de lo que quiero y me falta de ti —repitió lentamente, sin apartar los ojos de ella. Ariadna le sostuvo la mirada con mayor firmeza y valentía de la que había experimentado en sus veinte años de vida. Ignoró que solo sentía el corazón latiéndole en los oídos, y se estiró.

—Entonces empezaremos por lo que quiero yo. Si gano —empezó, tan nerviosa que no sentía los pies—, esta noche me llevarás a tu habitación y me harás el amor.

El estómago se le redujo al tamaño de un guisante cuando

él exteriorizó todo el asombro que podría albergar un cuerpo humano. A este se unió el estrangulador arrebato pasional de la expectativa, que le tensó los músculos uno a uno. Ariadna estuvo segura de que se levantaría y la sacaría de allí, sin más dilación.

—Muy bien —dijo en un murmullo sexual que le erizó la piel desde la nuca. Ariadna nunca vio algo tan salvajemente hermoso como sus ojos de topacio entornados, estudiándola deleitados—. Si gano yo... Te llevaré a mi habitación y te haré el amor durante todas las noches que nos queden, desde hoy hasta el final de nuestros días.

Sebastian sonrió muy despacio, como si acabara de escucharse en el eco silencioso que siguió.

—Visto así... Parece que lo quiero todo, tal y como lo has dicho.

—Aún no has pedido mi alma —puntualizó casi temblando.

—No osaría. Aunque esa clase de cosas son las que merece la pena ganar por otras vías. ¿Hay trato?

Lo que él proponía era un abuso. Ariadna no podía estar segura de que quisiera dormir con él cada noche durante el resto de su vida, pero, por otro lado, si confiaba en el grado de sus actuales deseos —deshacerse con él dentro de su cuerpo—, no concebía mejor modo de ver nacer el amanecer cada día. De algún modo sentía que necesitaba recuperar esas completas jornadas que estuvo separada de Sebastian, y no habría otra manera de desquitarse que dejándole ganar.

Al final asintió. Lo vio reclinándose hacia atrás, con la respiración contenida, como si tuviera que ponerse a prueba para asegurarse de que no estaba soñando. Ariadna percibió entre ambos la niebla de la duda por su parte. Era evidente que querían lo mismo... Por fin lo querían. ¿Qué sentido tenía retrasar lo inevitable? Quienquiera que fuese el ganador, esa noche él la tendría a ella, y ella lo tendría a él.

No obstante, Sebastian abogó por la responsabilidad y barajó las cartas como tantas otras veces. Ariadna se quedó prendada de su soltura, igual que de su fingida expresión de calma y la tensión acumulada en su cuerpo; quizá era por lo que estaba por venir, o por los rápidos y llenos de fuego vistazos que le echaba con los ojos entornados, pero le pareció más atractivo que nunca. Ese animal sensual la deseaba tanto que prometía entre líneas no volver a estar con otra mujer, para yacer con ella cada día... Nada podría haberla complacido tanto.

—Es tu turno —dijo Sebastian con voz profunda.

Se inclinó hacia delante, arrastrando la mano por la mesa, hasta dejar delante de ella un par de cartas. Ariadna miró sus dedos con el estómago encogido y llevó los suyos allí, aceptándolo. Él no movió la mano. Por el contrario, aprovechó para cogerla entre las suyas y traerla a sus labios. Sebastian la miraba a los ojos cuando besaba con los labios entreabiertos la cara interna de su muñeca, la base de la palma y la yema del dedo índice. Ariadna se estremeció brutalmente.

—Sebastian... —escapó de su garganta. Él elevó la mirada con el rostro tintado de sombras—. Esta es la carta que desecho.

El hombre asintió, para nada desilusionado. Al contrario, el anhelo se derramó en sus ojos, haciéndolos brillar de pura perversión. Se estudiaron y bebieron el uno al otro, temblorosos por los efectos del delirio. Sebastian soltó su mano y la dejó regresar al regazo, donde Ariadna la ocultó junto a la otra para poder retorcerlas sin que lo supiera. Pero él lo sabía, como era consciente de lo que sucedía al potenciar su excitante influencia física contra ella. Ariadna inspiró profundamente, tratando de silenciar el recuerdo de sus lujuriosas promesas y todos los besos que le dio antes del que se moría por recibir, justo entonces.

—Me retiro —anunció Sebastian, levantándose de golpe.

Ariadna alzó la vista enseguida, chocando con un rostro determinado, salvaje y desgarradoramente sensual que la hizo entrar en estado líquido. Lo vio rodear la mesa como el peligro encarnado, a punto de llorar porque no caminase más rápido, y apartar la silla en la que estaba sentada de un brusco movimiento. Se agachó para cogerla en brazos, y en cuanto esos dedos ansiosos de manos enormes entraron en contacto con su piel, Ariadna tuvo la certeza de que se había pasado la vida odiando toda caricia humana para poder amar la de su hombre.

Sebastian apoyó la frente en la suya.

—Si no es esto lo que quieres, dímelo... —murmuró con voz gutural—. Pero dímelo ahora. Morir por ti no es lo peor que se me ocurre; hacerlo porque no me quieras después, en cambio... sería la peor tortura.

—No hay nada que desee más que esto —respondió en el mismo tono, ladeando la cabeza para encontrar sus labios. Su cuerpo se deshacía de dolor por no poder besarlo ya—. Te necesito...

Sebastian la miraba con la misma tensión y sufrimiento que ella arrastraba.

—Ahora podría negarme —dijo lacónicamente—. Podría dejarte aquí sentada y marcharme, en venganza o como justicia por todas las veces que me he sentido como tú, al borde de la agonía... ¿Entiendes la tortura a la que me arrojabas, amor mío? —susurró, rozando la nariz con la de ella—. ¿Entiendes el daño que me has hecho...?

—¿Vas a dejarme aquí? —balbuceó.

—No podría. Eres la única persona en este mundo a la que le permitiría que me hiriese de gravedad, con las manos o sin ellas.

Ariadna jadeó y le echó los brazos al cuello, apretándose contra él. Sebastian aceptó esa iniciativa con el cuerpo roto y vibrante por la emoción y la miseria, y caminó hasta salir del salón con un objetivo en mente. Cuando él dio el primer paso,

Ariadna entró en una espiral sin fondo. El deseo la mareó de tal modo que no pudo ver nada a su alrededor, ni siquiera los escalones que subió sin quitarle ojo de encima. Solo era consciente de los millones de sensaciones que la asfixiaban como nunca antes. Si alguna vez tuvo dudas acerca de la vida, ahora comprendía que formaba parte de ella, y no como un corazón fracturado, sino como un alma jubilosa.

Sebastian entró en su habitación, esa que Ariadna no había tenido oportunidad de ver aún, y la llevó hasta la cama sin detenerse a presentarla. El mundo acababa de desaparecer, y solo estaban ellos, sumidos en una pasión que había cruzado la línea de lo desgarrador para ser increíblemente tierna. Así fue como él la dejó sobre el colchón: con ternura, delicadeza y primor, esa clase de trato que Ariadna detestaba por parte de cualquiera, mas no de Sebastian. En sus gestos entendía perfectamente la contención, cuando en realidad estaba deseando hacerle daño con sus dientes y sus manos.

Se colocó a sus pies para sacarle los zapatos. Ariadna solo podía escuchar la respiración del hombre, tan profunda y agitada que le parecía oír al mar rugiente, y sentir sus yemas como brasas bajo la falda. Se quedó sin aliento cuando levantó el vestido, doblándolo casi sobre su regazo, y le sacó las medias con una calculadora precisión nunca antes vista en él. Juró ver mucho más que el firmamento al sentir sus labios y el soplo de sus respiraciones en la pierna, esa que recorría con los ojos cerrados, extasiado por su suavidad y finura.

—Nunca podrás llegar a imaginar cuánto te deseo —susurró, besándole el tobillo y la corva de la rodilla. No la miró, pero eso, curiosamente, lo hizo más real—. Eres mi mayor tormento y la más dulce condenación. Ha merecido la pena pasar por toda miseria y ser un hombre terrible solo para llegar aquí, a tus pies.

Levantó la barbilla y la miró, con aquellos dos ojos de dios que ya no solo proyectaban la depravación de sus pensamientos, sino un sentimiento que de tan puro parecía mitológico. Ariadna temblaba al inclinarse hacia abajo, tomar su rostro entre las manos, y sin dudar de absolutamente nada a excepción de que tanto júbilo pudiera ser cierto, lo besó. Lo besó y él le respondió en la misma medida, sin tomar el control, sin exagerar sus ansias o prolongar el fuego. Sebastian subió las manos por sus piernas, hasta enredar los dedos en la ropa interior, de la que se deshizo mientras duraba la dulce presión de la boca femenina sobre él.

Ariadna lo soltó con la abrumadora certeza que no era suficiente, y nunca lo sería. No lo estaba siendo al ser desnudada despacio, botón a botón, corchete a corchete, cinta a cinta... Quería algo de él que no se podía tocar, que solamente podría obtener hablando de espiritualidad, pero que sin duda podría poseer. Posesión. Eso que tanto detestaba y detestó, era una constante ahora que Sebastian la tendía sobre su espalda, gloriosamente desnuda.

No tuvo miedo ni dudó de lo que pudiera pensar al verla. Estaba en sus ojos que no podría decepcionarlo y, aun así, fue espectacular el cambio que sufrió su rostro al contemplarla. Sebastian adoró y mimó cada zona de su anatomía, besando sus hombros, ahuecando su cadera y acariciándole el vientre, que se encogía por cada roce pidiendo un poco más.

Ariadna alargó las manos y le quitó la chaqueta. Antes de que pudiera entender su iniciativa, supo que quería verlo tal y como él la veía a ella. Quería tocarlo, sentirlo, saborearlo... Y Sebastian se lo facilitó desanudándose el pañuelo, abriendo la camisa, todo sin dejar de mirarla un solo instante, lo que solo echaba leña al fuego. Ariadna recorrió su torso al aire con avidez, recreándose en cada punto. Tan moreno y macizo, absolutamente escultural, y al mismo tiempo imperfecto... Eran muchas las cicatrices que surcaban su estómago, sus caderas, su pecho. Estaba casi cubierto por heridas, y sabía a la perfección cómo la hacía sentir aquello, a diferencia de él.

—Una mujer lloró al verlas —dijo quedamente—. Las otras apenas lograron olvidarlas. Hubo quienes se dieron la vuelta para procurar que no se les desviara la mirada y vieran algo tan espantoso. Yo mismo las odio. Son señal de mi debilidad.

Ella las acarició con cuidado, sintiendo el relieve de las costuras, unas mejores que otras, bajo los dedos. Negó suavemente. En ese instante se superpuso la admiración, junto con la verdadera adoración hacia él, al deseo, que estuvo aun así presente cuando lo abrazó con torpeza por la cintura para levantarse y besar uno de los cardenales.

—A mí me gustan —musitó contra su piel ardiente—. Son señal de que sobreviviste y pudiste llegar a mí.

Un sonido desconocido reverberó en la garganta de Sebastian, que la ciñó a su cuerpo con tanta fuerza que Ariadna pensó que moriría allí..., y no habría querido otra cosa. Eso creyó hasta que él la besó con renovada energía, introduciendo su caliente lengua en la boca y rodándola muy cerca de la suya. Su decisión y profundidad la excitó, incitándola a envolverle la cintura con las piernas. Sebastian encendía fuegos allá donde tocaba. Sus manos le envolvieron los brazos, la cintura, las piernas y el cuello, y luego se aferraron al interior de los muslos, para tocar ese punto que le pertenecía más a él que a ella misma.

—Dios bendito... —masculló, agachando la cabeza y luego levantándola para clavar la vista en el techo—. No sabe nadie cuántas veces he soñado contigo poniéndote así para mí.

—¿Has... soñado con esto?

—Cada noche, y cada día; a cada hora. Eres una constante en mi pensamiento. Lo corrompes con cualquier cosa que hagas. Y me enloqueces... —Ahuecó la mano de modo que pulsara el sexo de Ariadna, quien se removió sorprendida por el calor que la atravesaba. Sentía sus dedos allí, traviesos y seguros, aunque también erráticos, como si quisieran convencerla de que tomarían una dirección opuesta a la real—. Has hecho de una lección que tenía muy bien aprendida un momento insólito y excepcional. Creo que incluso estoy nervioso.

Ariadna lo pensó y encontró aquello tan gracioso por ser la gran ironía, que soltó una carcajada. Fueron solo un par de notas arrojadas al aire, entonadas con la misma dulzura que tenía al hablar, pero él las captó y se separó lo suficiente para mirarla. Ariadna no pudo soportar lo que sus ojos volcaron sobre ella, y decidió en ese instante que el amor era incontrolable... Y ya no podía seguir ocultándolo, no cuando se enamoraba de su mirada fascinada.

—Haz ese sonido otra vez.

No lo hizo porque se lo pidiera, sino porque se le hizo divertido que lo ordenase, como si fuera posible controlar algo así. Sebastian estuvo en sus labios cuando las carcajadas emanaron de su boca, y se las tragó besándola con paciencia, porque sabía que tendría mucho tiempo para ser tan pendenciero como le pedía el cuerpo.

—Sentiré hacerte daño con toda mi alma —susurró, hundiendo los dedos en su húmeda cavidad. Ariadna separó los labios y arqueó la espalda, de modo que sus pechos chocaron. Más sintió ella no tener los ojos abiertos mientras él iniciaba una lenta e intensa exploración, perdiéndose la expresión de amor que era el hombre entre sus brazos.

Temiendo dejar de lado esa conexión, y removiéndose para contener su mano entre los muslos, musitó:

—¿No se supone que no tenías alma?

—No la tengo... pero la tuya es tan inmensa y preciosa que podría caber yo también, si me dejaras vivir en ella.

Ariadna se mordió el labio y forzó los párpados para mirarlo. Nunca, jamás se acostumbraría a él. Era la única persona, el único hombre sobre la Tierra al que recordaba si cerraba los ojos, y aun así, la impresión al tenerlo ante sí cada vez era mayor. Estiró los brazos y acarició las líneas de sus hombros fuertes y amplios, siendo dos veces ella... Continuó por los músculos que se flexionaban e hinchaban al tener el peso sobre ellos, terminando en las finas venas de los antebrazos que dibujaban relieves sobre la piel. Rozó también, extasiada y gimiendo por el calor que trasladaba la masturbación a todo lugar recóndito, el ombligo de él; decidir qué camino tomar fue una de las elecciones más difíciles de su vida. Trepar hasta su pecho y sentir su corazón agitado bajo la palma, o comprobar con sus propias manos lo que producía en ella, descendiendo por la línea de vello oscuro. Al bajar la mirada, se encontró con el grueso e hinchado miembro, y pensó en lo doloroso que debía ser para él. Pensó en todas las veces que tuvo que dolerle, más incluso de lo que ella sufrió.

—Tus fantasías... ¿Cómo querías tocarme cuando yo me escabullía? ¿En qué pensabas? —preguntó sin dejar de acariciar su dura piel, sus cicatrices, sus heridas... Él la miró desde la honestidad. No la cruel, no la cínica, sino la más dulce y requerida de todas—. ¿Qué quieres hacer conmigo?

Ariadna sofocó un gemido cuando él retorció los dedos dentro de ella. Sintió que su cuerpo se flexionaba y dilataba para abrazarlo sin dolor, una sensación desconocida y que, pese a lo bien que hablaron de ella, se le planteó como algo mejor aún.

—A estas alturas lo único que quiero es hacerte feliz.

Su corazón se aceleró al mismo ritmo que los envites de sus dedos. No supo qué contestar y, en su lugar, se colgó de sus brazos y tiró de él para que la aplastase, para que se tendiera sobre ella y le cortase la respiración. Ninguna muerte o asfixia podría ser peor que la que le atoraba la garganta cuando no estaba cerca de ella.

—Me hará feliz que cumplas tus deseos, ahora... Quiero conocer a ese Sebastian del que he oído hablar.

—Nunca te trataría como a ellas.

—¿Por qué no?

—Porque podría hacerte daño... —Apoyó la frente en su pecho y la besó allí, entre los pechos—. Y no quiero que te rompas. Pretendo que me dures para siempre. Que llores mi muerte, si es que eso es posible.

—Pero quiero que me hagas daño. Eres la única persona que me trata como a un ser humano... Hazlo en todo, para todo. Hiéreme —dijo, apretándolo con los dedos, empujándolo hacia ella. Ariadna descolgó el cuello para soportar la ondulación de su mano allí donde aún era virgen—. Muérdeme, rómpeme...

Soltó un gritito al notar la presión de unos dientes en torno al sensible pezón. El mordisco fue doloroso, pero fue un dolor placentero que trajo consigo la dominación de los sentidos. Ariadna solo veía la mirada decidida de Sebastian, olía su perfume, acariciaba su piel... Quería un beso, otro más: besos hasta perder los labios. Y él le concedió ese deseo silencioso, tomándola con la misma demanda que las otras veces, sin suavidad alguna. Ariadna se abrió para él, separando las piernas, jadeando desesperadamente contra su boca.

Un segundo estuvo allí, boca arriba, con un hombre esplendorosamente desnudo apretándose entre sus muslos. Al otro, estaba volando en brazos de Sebastian, mientras él avanzaba para dejarla en medio de la cama. Al final, cayó sobre el colchón de nuevo, esta vez sentada sobre sus rodillas. Sebastian le levantó la barbilla con un dedo y la miró con esa sonrisa malvada que le quitaba el sueño.

—Nunca veía sus caras, y de ti no quiero perderme ni un solo suspiro. —Rodeó su nuca con la mano y tiró de ella para acercarla a sus labios. Ariadna gimió lastimeramente cuando él jugó con sus sentimientos, negándole un beso y sustituyéndolo por un largo y perezoso lametón por la línea de la mandíbula—. Pero puedes estar segura de que voy a procurar que no olvides esto jamás.

La levantó por las caderas con una facilidad que hizo sonrojar a Ariadna, y la entretuvo con besos en los hombros y en la cara, mientras introducía toda su masculinidad en ella. Ariadna se desahogó soltando todo el aire de golpe. Sebastian la llenó con un beso tan o más indecente que el hecho de estar siendo penetrada, creando dos puntos de deseo en su sistema: focos de fuego que no pudo apagar ni siquiera cuando un pinchazo doloroso la rompió al instalarse él de una embestida.

Ariadna gritó y echó el cuello hacia atrás. Sentía cómo palpitaba dentro de ella, cómo sus carnes se abrían para encajar a la perfección. Dolía, pero el dolor se distribuía e iba disminuyendo conforme Sebastian arañaba su cuello con los dientes y la acariciaba por todas partes, como si empezase a descubrir a la mujer. Más rápido de lo que imaginaba, su cuerpo se acostumbró a la penetración, y una oleada desmesurada de placer la puso a vibrar.

—Eres maravillosa —dijo él, mirándola con orgullo. Desplazó los labios por su torso, por sus hombros, y dejó la marca de sus dientes allí donde pudo—. Mira qué bien encajas conmigo, mi amor. Siento que podría quedarme aquí toda la vida... Eres el único lugar de mi mundo donde no llega el dolor.

La tendió sobre su espalda con cuidado y le separó las piernas por debajo de las rodillas. Temblaban. Toda ella temblaba, convulsionaba; las sensaciones la agitaban, sus palabras la conmovían, y sus sentimientos solo hacían del momento algo para lo que nunca estuvo preparada. Él acalló cualquier pensamiento separándose un poco y volviendo a colmarla, con un movimiento brusco y certero que envió miles de dardos de placer a su entrepierna.

—Dime qué sientes.

—Siento... —Volvió a embestirla. Ariadna lo agarró por los antebrazos—. Siento que estás siendo benevolente contigo.

—Lo estoy siendo... —admitió con la respiración entrecortada. La invadió de nuevo, y así tantas veces como pudo, hasta que en uno de sus repliegues Ariadna sintió que un líquido caliente humedecía sus muslos—. Pero estás mucho más que preparada para recibir al diablo. ¿Lo quieres, Ariadna?

—Tú no eres el diablo... —Alargó una mano temblorosa, borracha y henchida de placer y miles de ideas morbosas en el pensamiento, y acarició los inicios de su barba con los dedos—. Eres un ángel caído. Y aunque lo fueras, te seguiría queriendo aquí conmigo... Ahora...

No pudo hablar porque una embestida brutal la sacudió, a ella y a la cama. El deseo sencillo que sentía por él, ancestral y puro, se volcó del todo. Otra acometida como esa, y Ariadna anheló algo aún más duro, más doloroso, algo que se quedara en su cuerpo durante el tiempo que le faltase.

—Cada palabra que dices es un motivo más para encadenarte a mi cama y no dejarte ir jamás —gruñó pegado a su mejilla. Ariadna sintió el tacto de sus labios húmedos, dulces y suaves, y se encendió—. Estoy loco, completamente loco por ti. —La arremetió violentamente, y ella tuvo que agarrarse a él para que la vibración de la cama no la moviese del sitio—. Por tu cuerpo —repitió—, por lo que dices..., por tus miedos, por tu dolor... Haces posible lo imposible, me devuelves todas las cosas que me han quitado y me impresionas con la extraordinaria belleza que guardas dentro de ti. Sigo siendo un egoísta y la quiero para mí, sirenita... Antes eras mi trofeo, pero ahora sé lo que vales; antes eras mi mujer cautiva, y ahora yo soy tu esclavo permanente. Nunca... Jamás... —besó fervientemente la comisura de sus labios, hasta que ella abrió la boca y pudo encontrar su lengua en una caricia lenta y licenciosa— me iré de tu lado. Nunca, jamás, te cambiaré por otra. Nunca, jamás, dejaré de pertenecerte.

—Sebastian...

Ariadna le clavó las uñas en la carne. Estaba ida, viajando a otra tierra, pero había escuchado perfectamente las palabras que habría de grabar en su corazón: las únicas y certeras que podían curarla de la tristeza que la afectó hasta ese día en que él la salvó. Precisamente él, quien parecía demasiado arruinado para amar a alguien.

—Grita, chilla, aúlla, haz todo el ruido que quieras. —Mordió su oreja y, por el tono que empleó, supo que estaba sonriendo como un canalla—. Siempre he sido muy escandaloso... Y puedo prometerte que lo seré, cuando te levante la falda en el rincón de un salón de baile.

—Oh, Dios mío... —Se mordió el labio con fuerza, reteniendo al dragón que quería salir de ella. Le conmocionaba todo lo que parecía emanar su cuerpo—. Eso sería terrible...

—¿Ir a otro baile? Tienes razón. Te encerraré en esa torre que dije, pero conmigo. Y no llevarás una sola prenda de ropa. Estaré tocándote, poseyéndote y admirándote hasta que me venza el sueño... Como ahora, mi amor. —Escondió el rostro en el hueco de su cuello y su hombro. El susurro que efectuó en su oído fue tan desgarradoramente sensual que Ariadna se rompió—. Agárralo, es todo tuyo... Y di mi nombre, solo mi nombre.

Ariadna se estremeció de placer y de dolor cuando el ardor arrasó su cuerpo impíamente. Se aferró a la cintura de Sebastian, que seguía ahondando entre sus piernas, rozando sus pechos y levantando sus caderas para hundirse más y más profundo. Ariadna perdió el aire, perdió las fuerzas, perdió el horizonte y perdió la cabeza, y todo su cuerpo reaccionó contrayéndose. Tuvo miedo por la intensidad con la que el impulso del amor definitivo provocó su abandono. Se oyó gritar el nombre de Sebastian, que sonreía calentándole el corazón, hermoso como solo un hombre de verdad podía serlo... Como el primer hombre... Como el dios del éxtasis...*

---

* El dios del éxtasis es Dioniso.

Los párpados le pesaron tanto que no pudo aguantar despierta un solo minuto, pero notó que él también temblaba sobre ella, piel con piel y sudor con sudor. Fue vagamente consciente de que daba la vuelta con él encima, quedando Sebastian bajo ella y ella tendida justamente sobre las nubes. Apoyó la mejilla en su pecho, sintiéndolo grande y poderoso dentro de ella, perfecto para sí en su totalidad... Los labios masculinos depositaron un beso volátil en su coronilla y, después, todo se volvió negro.

17

Ella estaba más resplandeciente todavía en medio de su dolor, y el tormento la embellecía entre sus lágrimas. La sonriente Afrodita, encantadora en su risa, era vencida si se comparaba con la doliente Ariadna, y también eran superados los ojos de Persuasión, de las Gracias y del Amor ante las lágrimas de la muchacha.

Las Dionisíacas,
NONO DE PANÓPOLIS

Un desagradecido. Así se sentía Sebastian al contemplar la más grande y maravillosa obra de Dios mientras pensaba en abandonarla.

En algún momento tenía que dejar la cama, se dijo para consolarse; no podrían vivir allí eternamente, revolcándose entre las sábanas. No importaría cuánto se esforzara, jamás la podría definir con palabras y por eso era una pérdida de tiempo que siguiera mirándola en busca de ese adjetivo inexistente. Simplemente era... Su gloria, la ambrosía, el placer entre los placeres, y el amor. Ariadna era amor dormida a su lado, con el pelo descansando en todo su esplendor mágico alrededor. Tranquila... Su alma era tranquila, calma y preciosa.

Y él tal vez acabara con eso, pero tenía que hacerlo.

Sebastian rara vez dudaba. Los negocios requerían cálculo, y pensaba mucho antes de actuar, pero el duque de Winchester no era un pensamiento, ni una variable, ni una posibilidad. El duque de Winchester siempre fue su gran objetivo. Nunca dio un paso hacia delante o se movió por el mundo si no era en su dirección. Aun sin saber quién era exactamente, lo buscaba. Pasaba noches recordando aquel día en que fue a buscar a Cynthia a la habitación donde desempeñaba su trabajo, y un hombre demasiado alto para ver su rostro cruzaba el umbral apresuradamente antes de ofrecerle una vista de sus ojos desorbitados. Muertos. «Muerta.»

Pasaba los días enteros trabajando con ímpetu e ilusión porque cada libra le acercaba más a su plan, y ya estaba allí. Ya lo tenía. Tal y como siempre había soñado, y como supo que llegaría si se casaba con Ariadna Swift.

Había repasado cuidadosamente los nombres de todos los hombres que vieron a su madre, intentando no pensar en la eventualidad de que hubiera sido un personaje ajeno a sus relaciones. Desde plebeyos hasta duques desfilaron por la cama de Cynthia, y prácticamente todos ellos, o al menos una cantidad apreciable, se prendaron de Ariadna Swift nada más verla. Pronto dedujo que ella era el camino, la que produciría el acercamiento. Hombres como el vizconde Grayson o como el duque de Winchester, demasiado elitistas para mezclarse con un hombre del pueblo llano por mucho dinero que cayera en sus manos, no estarían a su alcance a no ser que les quitara algo que creyeran suyo. Ariadna era ese algo. Y se suponía que no debería haber sido más, pero ahora entorpecía sus planes.

El duque tenía que morir. No concebía otro final. No soportaría vivir en la misma ciudad que aquel asesino sabiendo cuál era su rostro y coincidiendo con él en la mayoría de los eventos públicos. No podría dormir por las noches conociendo su historial. Su propia madre lo visitaba en sueños, suplicando que hiciera justicia. Y no solo por ella, sino por Ariadna; ¿qué daño no podría causarle a su mujer, si por mucho que la amara era superior su desprecio hacia él?

En realidad, a Sebastian nunca le dio miedo la muerte. Reconocía que su vida fue siempre un proceso hasta lo inevitable, y a su parecer, demasiado doloroso para merecer la pena. Pero ahora valoraba todo lo que era bello y todo lo que dolía. Ella lo dijo: amaba sus cicatrices porque gracias a estas llegó a ella... Y por Dios que la creía, que bastaba aquello para purificarle, que se quedaría en esa cama solo para recordar que era obligatorio vivir porque su paseo por el infierno sería doblemente triste sin ella... Y porque le prometió que no la abandonaría.

Sin embargo, su cabeza seguía programada para una sola misión, y su voz fue más presta mandando escribir una nota que sus manos desvistiendo al ángel. Antes de que Ariadna hubiera podido proponer otra partida de cartas, él ya había mandado un mensaje urgente a Mayfair para citarse con el duque. Y la hora se estaba acercando.

Miró a Ariadna una última vez, compungido. La maldijo interiormente por interponerse entre todo lo que estaba mal y él; por alejarlo de la venganza, del temor, del odio... Porque estaba convencido de que solo podría superar todo aquello agarrando un arma. Y la amó tanto... Desnuda y tendida allí como un sueño que aún no estaba seguro de poder tocar. Sus manos estaban limpias, no había restos de carbón ni manchas de ninguna clase, pero no se atrevía a tocarla a veces. Eso debía bastar para alejarse. Si por capricho del destino perecía esa noche a manos del duque, tal vez ella hallase el amor en otro hombre.

Solo de pensarlo se puso enfermo y tuvo que enrollar un mechón de pelo en el dedo para descargar su frustración. La sencilla acción de rozarla involuntariamente le reblandecía el corazón. Lo sintió romperse al abrir una brecha de separación y alejarse, tomar sus prendas y vestirse sin dejar de mirarla ni siquiera para parpadear. Tenía que volver. Tenía que volver a por ella, tenía que tenderse a su lado antes de que despertara. No podría vivir con la culpa de haberla hecho sentir abandonada, aunque fuese un solo segundo.

Así pues, se prometió que acabaría con todo lo antes posible, y que viviría siempre con ella, hasta que el amor lo matara. Terminó de calzarse los zapatos y antes de salir se arriesgó a dejar un beso en alguna parte de su melena. Aspiró, y su cuerpo encontró fuerzas al envolverse con su olor. Y después se marchó.

Tenía que hacer una sola parada antes de dirigirse a las puertas del astillero; salió de St. James sin ponerse un abrigo que no necesitaría, y puso rumbo al hogar de su siempre cómplice.

A cada paso que daba se sentía más lejos de sí mismo, más frío, más capaz de cualquier cosa... Y no quería volverse para apreciar la tenue luz que había dejado prendida en su habitación, como si eso fuera a protegerla. No lo necesitaba para saber dónde se quedaba su esencia.

Tocó a la puerta solo tres veces. A esas horas, el servicio estaría descansando, mientras que el señor de la casa andaría mirando el fuego, bebiendo o tramando maneras de conquistar a una mujer ya conquistada. No se equivocó al suponer que el mismo Thomas Doyle en persona abriría, y nada más mirarlo a los ojos, lo sabría. Lo sabría porque él siempre estuvo al corriente de sus devaneos.

—Un duelo no funcionará —dijo con voz calma, retirándose para que pudiera pasar al recibidor—. Es un duque. Su posición le permitirá rechazar cualquier proposición por tu parte, especialmente un combate.

—No sé si planeo que estemos en igualdad de condiciones cuando nos encontremos —replicó—. Mi madre no lo esperaba, y esto es por ella. Bastante benevolente he sido avisándole de que voy a incrustarle una bala en el cráneo en lugar de simplemente plantarme en su salón y desenfundar.

—Para desenfundar habrías tenido que pasar por aquí, y no se me habría ocurrido permitirlo si me hubieses expresado así tus objetivos.

—Sabes cuál es mi objetivo desde que nos conocemos, Doyle.

—Sí, pero cuando nos conocimos no tenías nada que perder —repuso con elegancia—. ¿Vas a apostarlo todo por un disparo?

—Algo mucho menos rápido y piadoso que un disparo me lo quitó todo. No me importa que se repita la historia si esta vez es el villano quien pierde.

Doyle le sostuvo la mirada sin pestañear. Sebastian nunca sabría qué diablos rondaba esa cabeza. Ya no solía sorprenderle, pero porque no le apetecía. Esa vez quiso hacerlo, enfrentándolo con orgullo y una sola verdad.

—No quiero verte morir, Sebastian.

—Entonces debería ir a por Blaydes. Seguro que él disfrutaría del espectáculo. —Se dio la vuelta, entre irritado y asustado por las dudas—. Diablos, Doyle. No te elegí a ti como padrino hace años para que ahora me hagas esto. Y te escogí por ser duro. ¿Qué ha sido de tu maldito espíritu temerario?

—Yo puedo arriesgar mi vida. La tuya, no.

Sebastian se pasó la mano por la cara, frustrado.

—Basta de cursilerías de amanerados —espetó. Tendió la mano—. Dame la maldita pistola.

—Nunca te disuadiré, ¿verdad?

—Si no me ha disuadido una criatura mucho más dulce y pequeña que tú, lamento decirte que no, no lo harías ni insistiendo durante cien años. Y ahora entrégamela.

Doyle llevaba años queriendo deshacerse de aquel objeto, que recordaba a tiempos turbulentos en los que tuvo que esconderla en sus bolsillos cada vez que salía a la calle y tal vez usarla para salvar su vida. Convino con Sebastian en que la guardaría para poner orden una sola vez, ese día... pues aquella pistola había disparado demasiadas veces. Ahora iba a hacerlo con un sentido real, con muchos principios detrás y, a la vez, ninguno solo.

Lo vio dirigirse al buró sigilosamente, tirar de uno de los cajones y sacar el revólver. Ni siquiera estaba enfundado, solo oculto y a lo mejor polvoriento entre papeles, plumas y utensilios que podrían caer en manos de cualquiera.

Doyle sostuvo el arma, sin sorprenderse por su ligereza, mirándola sin ninguna aprensión, pero también sin ninguna familiaridad.

—Si no sobrevives no pienso perdonártelo —adujo, mirándolo a los ojos.

—Entonces irás al infierno por no haber cumplido los mandamientos. Setenta veces siete, Do...

—¿Qué está pasando aquí?

Sebastian se volvió para mirar a una mujer que nunca tendría ojos para él. Megara tenía la vista puesta en el arma que sostenía su marido, tensa y encogida bajo el umbral de la puerta, aferrada a su batín. Pudo salir del trance solo para abrir la boca e intentar repetir la pregunta, esta vez a los ojos de Thomas Doyle.

—¿Qué haces con eso? —Avanzó con los hombros rígidos, y se plantó al otro lado del escritorio—. Suéltalo...

—No es para él —salió en su defensa—. Es para mí.

Sebastian pensó sin muchas ganas de reír en lo mucho que le costaría ganarse la confianza de Megara después de aquello, y que no hacía sino perder puntos con la familia de su esposa. Al menos ya tenía la aprobación de la susodicha; lo único que necesitaba saber antes de arriesgar su vida.

—¿Y eso me tiene que tranquilizar? ¿Qué diablos significa esto? —exclamó por lo bajo. Apoyó las manos encima de la mesa y se impulsó hacia delante—. ¿Se puede saber qué clase de misión secreta reúne a dos hombres de madrugada con una pistola de por medio?

—Es solo un duelo, Megara —explicó Doyle—. Un hombre ofendió al señor Talbot y ha llegado la hora de limpiar el nombre de la perjudicada.

Megara abrió los ojos.

—¿Perjudicada? ¿Estamos hablando de Ariadna?

—No, estamos hablando de mi madre —resumió Sebastian—. Y no le mientas, Doyle. No parece que esto vaya a ser un duelo. —Aprovechando que los dos estaban inmersos el uno en el otro, interrogándose en silencio, agarró el mango de la pistola e hizo el amago de guardarla. Doyle se lo impidió, y él, para apremiarlo, insistió—: Ya llego tarde a la cita.

Megara negó con la cabeza.

—¿Piensas arriesgar tu vida? ¿Y qué sería de Ariadna...? Sebastian, ¿te has vuelto loco?

Él la miró desapasionadamente, aunque con una mueca burlona. Sintió la presencia de Doyle a sus espaldas, diciéndole sin palabras que lo seguiría.

—¿Eso no sería una victoria para ti? Porque no es como si alguna vez me hubieras querido para ella. De hecho ese es el motivo por el que no le perdonas. —Señaló a Doyle con la cabeza, moviéndola hacia atrás—. No puedes soportar que sea su marido... Quizá esta noche le pongamos arreglo a eso.

Megara los miró con el horror grabado en los ojos. Estos se humedecieron a una velocidad alarmante. Lágrimas corrieron por sus mejillas con tanta rapidez que no podría haberlas secado todas, pero Sebastian no se paró. Nunca sabrían si Doyle lo habría hecho, porque ella se interpuso en su camino.

—No, no... Tú no vas a ninguna parte —balbuceó. Sebastian echó un vistazo por encima del hombro, y observó que Megara lo abrazaba por la cintura y lo apretaba contra sí, intentando retenerlo en el espacio. Una ridiculez que no surtiría efecto si él decidiera marcharse—. Thomas, no puedes... No puedes hacerme esto. Todavía no sé exactamente de qué va vuestro acuerdo siniestro, pero no te vayas. Por favor, por favor...

—Meg, no corro ningún peligro —dijo.

—¡Sí que lo corres! ¡Te vas de noche con un revólver y un hombre que planea usarlo! —exclamó, abrazándolo con más fuerza—. No me dejes, Tommy. Te estoy suplicando... Lo siento, ¿vale? Lo siento mucho. Te quiero. Y quiero que Talbot sea el marido de Ariadna. No vayáis a ninguna parte, no...

Sebastian supo que su marido la abrazaría en cuanto cerró los ojos. Doyle la envolvió con los brazos y la sostuvo unos segundos, transmitiéndole laxitud al cuerpo femenino.

—Tranquila. No pasará nada... A no ser que yo no vaya, en cuyo caso este idiota de aquí no verá el amanecer —puntualizó—. Confía. Hazlo. Sabes que cuando apuestas por mí nunca pierdes.

Aquello la calmó, y no fue la única en relajarse. Sebastian le reconocía el talento de hacer que todo fluyera como debía ser. Lo que le preocupaba era que las cosas, al ser como debían, no fueran en su beneficio. Y había una gran probabilidad de que así fuera.

Oyó un susurro, un jadeo nervioso, un sollozo quebrado... Un pequeño silencio, otro murmullo. Y al final Doyle respondiendo en tono íntimo: «No te lo doy para que tengas la certeza de que volveré para no dejarte sin él y así darme motivos a mí para no hacer nada peligroso». Sebastian imaginó que se referiría a un beso. Habría hecho un comentario despectivo al respecto en el trayecto que hicieron hasta la salida, pero tenía el cuerpo cortado y mucha rabia fluctuando en sus zonas líquidas. Acabó simplemente agradeciendo en silencio que Doyle le acompañase.

—Deberías haberte quedado con ella —le dijo Talbot sin mirarlo, bajando los escalones apresuradamente.

—No, amigo. «Tú» deberías haberte quedado con ella —adujo con sabiduría. Se aproximó, situándose a su lado—. Pero a ti y a mí siempre nos ha hecho falta probar la desgracia para valorar la felicidad, ¿verdad?

—Te aseguro que yo no volvería a buscar la desgracia si no fuera necesario. Si vivo para contarlo, ni se me ocurrirá —masculló.

—Oh, vas a vivir. —Y sonó a certeza, como todo lo que decía—. Las malas hierbas nunca mueren.

—Del todo —puntualizó—. Nunca mueren del todo... Pero lo hacen. De todos modos, no habrá noche más poética que esta para entregarse a la Parca. Podré decir que he sido el único hombre en el mundo que en el mismo día ha estado con Dios, con el ángel y con el diablo.

La jornada comenzaba a las cinco de la mañana; antes del amanecer, difícilmente se oía algo más en los Docklands aparte del rumor de las aguas. La respiración de Doyle. Los pasos de ambos. Su corazón latiendo. La voz de Ariadna, encerrada en sus pensamientos, hablando con la única calma que era realmente contagiosa. La nana preferida de su madre.

La mayoría de los sonidos provenían de su interior, de lo que le gustaba llamar «sus secretos», aunque nunca hubiera sido un misterio que de veras quiso a la mujer que lo alumbró. Eran sus secretos porque siempre pertenecerían a él en exclusiva, porque si bien pudieron llevársela de la manera más rastrera imaginable, Sebastian honraba su memoria con pensamientos que no dejaría que nadie manchara.

Aparte de la ausencia de ruido, se veía tal vez un poco menos. Pronto amanecería, y solo una rendija de luz se percibía a lo lejos. El resto estaba sumergido en las sombras, en la bruma que precedía al nuevo día. La puerta del astillero estaba vacía; apenas unos hombres pasaban la noche allí, adelantando su trabajo o utilizando su cubierta y chimenea como cobijo. Sebastian cruzó el umbral en completo silencio; observó por el rabillo del ojo que casi todo estaba a oscuras. Quizá Henry Payton anduviera por la zona como recientemente nombrado supervisor y mano derecha.

Frenó en cuanto reconoció una presencia. El anillo ducal que Winchester llevaba en el dedo centelleó, captando su atención; pensó que le sonaba familiar, y entre toda esa familiaridad se interpuso el prefabricado sentimiento de rabia que durante años fue su salvavidas.

Sebastian no frenó a distancia de él, como si de veras fueran a formalizar un duelo. Avanzó por la pasarela sin detenerse, dejando atrás a Doyle. La penumbra recortaba siniestramente la silueta del duque, quien facilitó su recorrido dando los últimos pasos.

Memorizó su cara para no olvidarla jamás. Las palmas le sudaron, no por nervios, sino sintiéndolas vacías. Un arma debía estar en su lugar. Apretó el puño maldiciendo que Doyle se la hubiese agenciado por el camino.

—¿Por qué ha accedido a venir? —preguntó sin entonación—. ¿Hay algún motivo por el que verdaderamente desee acabar conmigo, aparte de por haberle amenazado, o solo ha aparecido por la curiosidad de cómo me las apañaría para matarlo?

—Tengo mis propios planes —respondió—. Usted muere, y mis hombres actúan para que parezca un accidente. No será difícil. Una pistola en su mano, un tiro en la cabeza, una nota de suicidio... Y un par de caballeros que hablen a favor de su grave depresión. Después, yo me caso con la viuda.

Sebastian se contuvo para no agarrarle por el pescuezo. En su lugar pensó, deseando distraerse de su grotesca sonrisa, en cómo reaccionaría Ariadna al leer una nota de suicidio aparentemente escrita por él. Se preguntó qué diría entonces, y no le extrañó visualizarla a la perfección, levantando la carita con los ojos de la honestidad y negando con un sencillo: «él no sabía escribir». Qué poca consideración tendrían con su imagen si llegara a descubrirse aquello... Y qué poco le importaba.

—¿Y si ella se resistiera? Porque eso es lo que hizo mi madre, ¿verdad? Resistirse. El único motivo por el que está muerta.

—Habría muerto de todos modos. Las putas rara vez llegan a los treinta. Porque tu madre, Talbot... Tu madre era una puta en su definición. Esclava exclusivamente de su trabajo. —Dio un paso al frente—. Y no me gusta que otros toquen lo que es mío, así que si no va a ser de mi propiedad... No va a ser de nadie. ¿Me he explicado bien?

—Crimen pasional. Tal y como imaginaba —dedujo, intentando sonar frío—. ¿He de suponer que su ojeriza hacia mi apellido proviene de ella?

—No perdería el tiempo odiando al hijo de un fiambre. Lo único que quiero de usted es a su esposa. —Sonrió y se separó lo suficiente para estirar el brazo. El sonido de una pistola cargada silbó muy cerca de su oído, y pronto tuvo el cañón de la misma sobre la frente—. Estoy impaciente.

Sebastian sostuvo la mirada de aquel loco. Porque solo podía definirse de un modo: locura. Estaba enfermo de poder, no diferenciaba entre el bien y el mal, y a causa de su egoísmo podía llegar a cruzar las líneas de lo correcto. Era una bonita manera de expresarlo, cuando Sebastian solo pensaba en matarlo o morir. No podría vivir sabiendo que ese hombre seguía respirando.

—Veo que ha venido solo.

—Quería demostrar que puedo encargarme de mis propios asuntos, justo como usted. Y nada me produciría más placer que verle morir a manos mías. Mías y de nadie más...

El sonido de un objeto deslizándose por el suelo distrajo a ambos. Sebastian miró de reojo y observó que el revólver acababa de golpear su pie, impulsado por la fuerza del brazo de Doyle. Después se fijó en el duque, en que tardó un solo segundo más en reponerse del regalo inesperado. Aprovechó ese efímero instante para golpear el arma con el antebrazo, apartándola de su cabeza. Esta se disparó, provocando un sonido de cristales rotos.

El movimiento violento del golpe le arrancó un gemido de dolor al duque, que dejó caer la pistola justo para que Sebastian pudiese atraparla antes de que cayera al suelo. Agarró a Winchester por el cuello y pegó su espalda al pecho, presionando el cañón del arma contra su sien.

«¿Qué placer podría producirte hacerle daño? Estarías poniéndote a su nivel, y ella no va a volver porque tú vengues lo ocurrido... Déjale ser un monstruo y no te conviertas en uno por querer señalar su crueldad.

»No necesitas vengarte, solo necesitas sobreponerte... Alguien se encargará de escarmentarlo. No hace falta que seas tú.»

Sebastian cerró los ojos un instante. Quiso golpearse para sacar aquella molesta voz de su cabeza, para que las sombras le dejaran terminar de condenarse. Estaba convencido de que ir a la cárcel sería el menor de sus problemas si conseguía dar con el asesino de Cynthia. Pero ahora...

Sebastian no reaccionó. Se perdió en su mismo asombro, en el descubrimiento de que no quería ni debía matarlo, de que ahora había cosas por encima de la venganza. El vuelo de sus ojos fue nervioso al mirar a su alrededor, conscientemente desorientado.

No le dio tiempo a decidir, aunque ya estaba bajando el arma: la exclamación ahogada de un hombre a su espalda y el repentino conocimiento de que le costaba respirar le hicieron soltar al duque, pisar la pistola que pertenecía a Doyle y mirar hacia la entrada.

Observó, con la cara descompuesta y a punto de escupir el corazón, que su amigo se aproximaba rápidamente a la lámpara rota que había levantado fuego a su alrededor. Esta había caído sobre un montón de tablones de madera, víctima del disparo aleatorio.

El duque aprovechó ese instante para golpearle con el codo y hacerle retroceder. Sebastian trastabilló y tuvo que agarrarse al corbatín del hombre para arrastrarlo consigo. Soltó la pistola y la arrojó tan lejos como se lo permitió la fuerza del brazo, limitando la pelea a las manos.

Su contrincante inició primero, golpeándole la mejilla con un tembloroso e inexperto puño cerrado; Sebastian se lo devolvió en el estómago. Se benefició de su encogimiento para rodar con él y ponerse encima. Le quemaba la cara justo a la altura de la próxima señal de violencia, pero lo ignoró llevado por un sentimiento de peligro que hacía años que no sentía. Se concentró a duras penas en el cuerpo del enemigo y no en el fuego, e hizo el amago de levantarse para ponerlos a ambos en pie. Pero el duque demostró tener otros planes estirando el brazo, rozando con los dedos el mango del revólver.

Sebastian le pisó el dorso con la gruesa suela de la bota, y aunque habría podido tomar el arma y terminar de una vez por todas, decidió que no era merecido. Solo un segundo. Un segundo bastó para que tomara ese camino.

Lo levantó solo agarrándolo por la chaqueta y lo zarandeó. No se planteó golpearlo; todo cuanto le rodeaba era suyo y no pensaba echarlo a perder por verle gemir de dolor. Su mente estaba en el fuego, ese fuego que crecía y se propagaba gracias a las cubiertas de madera, a los restos de telas, a los metales...

—Voy a acabar contigo, y contigo morirá todo lo que has construido —siseó Winchester.

Sebastian se dirigió a él con las fosas nasales dilatadas. Recibió enseguida un golpe en el pecho que le dejó sin respiración, y que sirvió para que soltara al duque con un gemido doloroso. Este cayó de espaldas, rodó, y así consiguió hacerse con el revólver de Doyle.

De un parpadeo a otro, estuvo cargado y de nuevo esperando órdenes de asesinato. Sebastian volvía a estar a merced del hombre poderoso, y supo que moriría cuando sonrió y se levantó con fingida tranquilidad. La decisión de Winchester era tal al empuñar el arma que incluso temblaba de satisfacción, y el cimbrear de las llamas tras él solo alimentaba la teoría de Sebastian de que era, en realidad, un demonio.

—¿Pensabas que podrías contra mí? —preguntó, ladeando la cabeza. Sebastian retrocedía a cada paso que daba, impotente, mirando a todos lados; la salvación tenía que estar en alguna parte—. ¿Pensabas que podrías quitarme a mi mujer sin que hubiese consecuencias...? O quizá debiéramos remontarnos a unos cuantos años antes. ¿De verdad creías que conseguirías ser alguien, y que la fama te duraría para siempre? ¿Que nadie te pondría en tu lugar por atrevido, tarde o temprano...? Eres un perro callejero, un perro pulgoso, pateado; un analfabeto desgraciado. Un bastardo más... Y volverás al lugar del que saliste. Me aseguraré de que tu cuerpo acabe en una fosa común. Porque los perros como tú, Sebastian Talbot, solo pueden morir como perros.

Accionó el martillo del revólver, y todo lo que Sebastian vio antes de que disparase fue el rostro de Thomas Doyle atendiendo a la escena con esa clase de sentimiento de alivio que era contagioso. Por un segundo pensó que se alegraba de verlo muerto, que estaba de acuerdo con cada palabra pronunciada... Pero entonces la bala salió disparada y borró de su pensamiento todo lo que no fuera un femenino rostro pálido. Para que ese todo acabara cobrando sentido.

Ariadna estaba soñando con hombres sin rostro que la mecían entre sus brazos cuando unos gritos provenientes del piso inferior la sobresaltaron. Despertó repentinamente, y se estuvo frotando los ojos por unos segundos adrede, temiendo mirar a su lado y no ver a nadie. Pareció que su instinto lo supo antes que ella, porque al desplazar la vista ni siquiera pudo aferrarse al sentimiento de traición o al desengaño. Sabía que acabaría ocurriendo. Sabía que era inevitable..., y que no sería ella precisamente quien tendría la oportunidad de rescatarlo de las garras de la venganza.

Lo que no imaginaba, sin embargo, era que Mairin aparecería empujando la puerta de su habitación con esa energía vibrante que la caracterizaba. Ariadna entendió su expresión incluso sin verla: solo la tensión de sus brazos, de sus piernas, de su tono al pronunciar el nombre de la que fue su señora... Todo aquello fueron indicios sobrados para reconocer el problema, que no su solución.

—Mi señora... El astillero está ardiendo —dijo sin rodeos. Se aproximó nerviosamente hasta los pies de la cama y la ayudó a retirar las sábanas que la apresaban. Si le sorprendió su desnudez no lo demostró, y si Ariadna estuvo desnuda, tampoco lo percibió entre los escalofríos que la atornillaron al colchón—. Se ve desde la casa de mi señor. Una masa de humo negra saliendo despedida del barrio de los Docklands. He ido a verlo con mis propios ojos porque vivo cerca del puerto, y es fuego. ¡Fuego! Tenía que venir a asegurarme de que el señor Talbot estaba a salvo, pero Graham me ha informado de que salió hace unas horas. No sabemos en qué dirección, aunque...

Ariadna dejó de escuchar. Mairin seguía hablando, haciendo aspavientos, ayudándola —o intentándolo— a salir del trance, y ella acababa de perder todos los recuerdos para repetir una sola palabra. Fuego. Fuego. El astillero ardiendo. Y Sebastian... en paradero desconocido.

No. Él nunca estaría en otro lugar que no fuese su adorada fábrica de barcos, y menos si todo Londres sabía ya que se caía en pedazos. Solamente lo encontraría allí, procurando apagar las llamas, rescatar a sus empleados, o quizá...

Ariadna estuvo a punto de desvanecerse, pero fue curioso cómo el miedo que la invadió no guardaba relación con otro previamente experimentado. No era su pánico al agua, ni el temor a la decepción o la pérdida; era un horror impotente con aún esperanza que daba movilidad a su cuerpo en lugar de arrebatársela. Afortunadamente, Mairin estuvo ahí para sostenerla cuando sus tobillos cedieron, igual que la soltó en cuanto estuvo arropada por el camisón y la bata.

—¿Adónde va? ¿Señora...? Señora, no estará pensando en ir allí, ¿verdad? Es peligroso, y...

Ariadna la ignoró y se calzó las zapatillas. No recordaba haber corrido en sus veinte años de vida: ni siquiera haber caminado deprisa. Le resultó extraño forzar sus piernas temblorosas a hacer el trayecto hasta las escaleras, y luego agarrarse a la barandilla para saltar unos cuantos peldaños. A los pies la recibiría Graham, que pronunciaría unas cuantas frases en tono preocupado. Tampoco las escuchó, y se deshizo con la misma presteza de la mano amable con la que el mayordomo intentó detenerla.

En la calle, cerró los ojos un segundo e intentó recordar cuál era el camino al astillero. La primera vez fue en carruaje, pero Dios sabía dónde estaba el cochero a esas horas de la noche. Solo sabía que a pie tardaría horas, y que cada segundo contaba. Así, al final rodeó la casa y fue a por los caballos.

Aprendió a montar muy joven por insistencia de Briseida y Penelope, que eran unas apasionadas de los animales. Llevaba años sin picar espuelas, pero pensó que no era algo que pudiese olvidarse y, si no, estaba dispuesta a improvisar.

Montó al equino a horcajadas, sintiéndose extraña y dolorida, no demasiado dueña de su cuerpo. Lo animó a trotar fuera del recinto, temiendo que fuese una yegua rebelde, y se relajó cuando el animal obedeció sus tres primeras órdenes. Pronto estuvo cabalgando por las aceras de Londres, no tan consciente de lo que aquello produciría en los demás como del miedo que le impedía relajarse sobre la montura.

Supo que había tomado el camino correcto antes de lo pensado. Unas cuantas calles antes de llegar al puerto, tuvo que aguantar la respiración para no inhalar el humo que inundaba los bloques finales hasta llegar a la edificación. Ariadna elevó la vista, cubriéndose la boca con una mano, y los ojos le picaron al advertir que Mairin no había exagerado un ápice. Lo que apenas unas semanas antes conoció como un centro de trabajo enérgico y vibrante, ahora quedaba oculto por el rojo brillante de las llamas, y conforme más se acercaba, mejor comprendía cuál era la solución a aquella desgracia... Ninguna.

Sintiendo que el caballo se encabritaba cada vez que las chispas que flotaban por el aire le rozaban, decidió desmontar y atarlo donde no respirase aire contaminado. No apartó la vista de los alrededores, donde una serie de hombres visiblemente humildes entraban y salían solos o acompañados, manchados o también renqueantes, dando órdenes o recibiéndolas con aprensión. Ariadna buscó desesperadamente entre los rostros uno que le resultara conocido, una complexión inigualable, unas piernas largas y unos ademanes bruscos, pero no encontró nada más que miedo y desesperanzada obstinación entre los arremolinados en la entrada.

Se dirigió allí tosiendo, y tocó el hombro chamuscado del primer hombre que creyó informado.

—Por lo visto se cayeron un par de lámparas y se prendió fuego a la madera de la superficie... —expresó el hombre—. No había muchos hombres dentro: unos cinco o seis, hemos llegado a contar. El señor Doyle era uno de ellos. Está vivo y ayudando a sacar a un afectado que se ha quedado atrapado... Otro es el señor Henry Payton. Le cayó una de las vigas encima. Sigue vivo, pero no por mucho tiempo, me temo.

—¿Y el señor Talbot? —preguntó sin aliento. El hombre se puso pálido.

—No lo sé. Estaba dentro cuando llegamos, y creo que aún no ha salido.

Ariadna desvió la vista a lo que quedaba de la puerta. Desde su posición podía percibir una pasarela libre, pero a juzgar por la tensión que se palpaba en el ambiente, las posibilidades de que el techo se cayera sobre sus cabezas en caso de cruzar eran demasiado altas. A nadie en su sano juicio se le ocurriría entrar... a no ser que estuviera perdiendo algo importante.

Se llenó de valor con una inspiración y, aunque no estaba segura de que con sus brazos débiles pudiera salvar a Sebastian si lo encontraba herido, se dijo que tenía que intentarlo. Parpadeó para ver más allá del humo, y aprovechó uno de los gruesos volantes de la manga para cubrirse la boca. Sin dar explicaciones, corrió torpemente hacia el fuego y se internó en lo que quedaba del astillero. En cuanto estuvo de pie ante lo que horas atrás había sido un magnífico buque, sintió que las fuerzas la evitaban. Estaba ardiendo; Cynthia ardía, se marchitaba con los latigazos de las llamas, cada vez más altas y peligrosas.

Ariadna pensó que aquello entristecería a Sebastian, y, por algún motivo, imaginar la tristeza en el rostro de su marido le rompió el corazón. Tenía que encontrarlo para saber que estaba bien y para abrazarlo. Seguro que hallaría la fuerza y el coraje para hacerlo; seguro que no se quedaría a las puertas nunca más...

—¿Sebastian? —llamó con voz temblorosa, apretando los párpados para ver mejor—. Sebastian, ¿me... me oyes?

Se sintió ridícula e inservible, y extremadamente ingenua: sus ojos no eran los mejores para esa clase de tareas. Sus ojos eran defectuosos. Podría confundirlo, no verlo, y le dolía tanto abrirlos por el humo que acabaría mareándose. Ya lo estaba, aunque esto no le impedía continuar avanzando, teniendo cuidado de medir muy bien sus pasos y esquivar los obstáculos, los focos de fuego.

—¡Señora! —gritaba alguien desde la entrada. Varias voces se alzaron a su son—. ¡Señora, vuelva aquí! ¡Es peligroso!

Ariadna tragó saliva copiosamente y negó, como si pudieran verla. Inspiró una nube de humo negro y empezó a toser con violencia, pero eso tampoco la paró. Sus ojos se detuvieron en cada rincón, incluso intentaron ver más allá de las llamas. Se quedó rígida al reconocer un cuerpo tendido entre los tablones. El fuego le subía por las piernas. No sabía si estaba muerto o inconsciente, y pese a que el instinto le dijo que no era él, se acercó igualmente solo para comprobar que estaba en lo cierto.

No pudo hacerlo: reconocer el rostro chamuscado y ensangrentado de un ser humano habría sido tarea suprema para cualquiera, pero sí que sufrió una grandísima impresión. Ariadna retrocedió, horrorizada por lo que acababa de ver. Tropezó sin querer con una de las obstrucciones de la pasarela, y se golpeó la cabeza con un material duro y caliente. Asustada, se agarró a lo primero que encontró para levantarse. No apartó del pensamiento la imagen de Sebastian en estado similar a aquel hombre, lo que la ayudó a no desistir y cruzar al otro extremo. Supo que era un milagro que no le hubiese ocurrido nada, y que no podría tener peor suerte que sobreviviendo para no encontrarle.

—Sebastian, ¿dónde estás? —preguntó al borde de la desesperación, más para sí misma.

Pensó durante un instante en sentarse allí y esperar a que el cielo se le viniera encima, o a que por obra divina él apareciese de repente, del fuego del que siempre creyó que había nacido, o de las aguas... Miró a su izquierda, y observó que eran el puerto y el mar los que quedaban muy cerca de sus pies.

Instintivamente se recogió, enmudecida por el efecto que tenía el agua sobre ella. Su dimensión era mayor, su peligrosidad también... Y un ejemplo era la figura semihundida de un hombre. Un hombre grande, vestido acorde con su importancia, flotaba en la superficie con los ojos cerrados y las mejillas ennegrecidas por el carbón.

Aun temiendo su posición, Ariadna se aproximó al borde de la edificación y su corazón se paró al reconocerlo con claridad.

Se le fue el alma del cuerpo con un grito ansioso y lleno de sufrimiento, y no tardó en columpiarse hacia delante, en sentarse con las piernas colgando sobre el agua y arrastrarse para intentar alcanzarlo...

Pero no pudo.

Las luces del amanecer se proyectaron sobre el agua, y por mucho que la hicieron brillar, a Ariadna se le pinzó el pecho de terror. Empezó a temblar descontroladamente, alargando los brazos hacia Sebastian, y al perder el equilibrio, escondiéndolos de nuevo a la espalda. Un puchero quebró la paz de su barbilla, pero no derramó ninguna lágrima, y siguió intentando llamarlo, traerlo hacia ella dibujando corrientes bajo sus pies... Hasta que comprendió que así nunca lo conseguiría, que su cuerpo podría hundirse y ella se quedaría allí para verlo.

Temblando violentamente, logró encontrar su propio eje y ponerse de pie. Sintió que vomitaría, que se desmayaría antes, que no llegaría viva para tocar el agua... Pero pensó en que tampoco lo haría si regresaba a casa sin él, y parte del miedo, una minúscula e inapreciable parte, fue reemplazado por una mota de valentía. Así, Ariadna cogió aire varias veces, balanceando el cuerpo nerviosamente, y se arrojó al agua con un aullido de pánico que le instaló el frío en la columna.

Cayó tan cerca de Sebastian que no tuvo que utilizar las manos, pero el afán de supervivencia la animó a patear en las profundidades con fuerza ansiosa. Hiperventilaba y estaba muy cerca de llorar al poner sus manos sobre el pecho empapado de Sebastian, que con los ojos cerrados, la piel pálida y la mejilla inflamada, era el retrato de la muerte.

—Estoy aquí —jadeó entrecortadamente. Colocó una de las manos detrás de su espalda y empujó hacia arriba, como queriendo que el agua no le rozase—. Voy a... Voy... Voy a sacarte. N-no sé cómo, pero... Pero... lo haré y... y estarás b-bien...

No creía que fuera a lograrlo, y quizá eso resultara determinante a la hora de verdad. El miedo, la preocupación y los bordes de la bata se enredaron en los pies de Ariadna, a la que le costó seguir pataleando unos segundos después. Dijo el nombre de Sebastian varias veces. Intentó que volviera con ella, y él no despertaba. Se preguntó si estaba muerto, si había ido a su lado para morir allí... Y por un solo segundo no temió las consecuencias. Consecuencias que nunca llegaron a efectuarse, porque un hombre pronunció su nombre desde el astillero y se zambulló en las aguas.

Ariadna no vio del todo bien al salvador, pero reconoció su aroma corporal por haber vivido con él por mucho tiempo; con su perfume se mezclaba a su vez el de su hermana Meg, y eso, unido a las firmes y eficientes pero siempre distantes manos que la elevaron fácilmente a la superficie lisa de la pasarela del puerto, fue suficiente para reconocer a Thomas Doyle.

Ariadna se abrazó a sí misma con los ojos fuera de órbita. Seguía tan asustada que no podía hablar ni moverse con propiedad, y el frío tampoco facilitaba sus intentos. Se propuso seguir lúcida para abrazar a Sebastian cuando Doyle lo sacara de allí; quería comprobar ella misma que respiraba, que no le habían hecho daño... Pero la impresión de haber estado en el agua convencida de que iban a morir los dos la sobrepasó. No obstante, antes de ceder al ataque de pánico y al desvanecimiento, cualquiera que fuese la fuerza que los manejaba desde arriba le permitió mantenerse despierta hasta que Sebastian estuvo a salvo. Después fue vencida, pero con la certeza de que mientras él estuviera bien, ella lo estaría también.

Ariadna despertó sin estar muy segura de dónde se encontraba. La desorientación le duró lo mismo que cambiar la postura: en cuanto tomó aire y deslizó los dedos por el vacío espacio a su derecha, ausente de olores masculinos, supo que estaba en su cama. En su habitación. Viva...

—Qué susto me ha dado, señora Talbot —expresó el mayordomo, suspirando entrecortadamente. Ariadna forzó la vista para mirar a Graham a la cara, que estaba arrodillado junto a su cama; una labor no muy noble para un trabajador de su rango—. Desapareció tan rápido que ni siquiera pudimos seguir sus huellas...

—No la censure como si la hubiese cazado robando galletitas, Graham —le increpó una voz femenina. Ariadna desplazó la vista hasta Mairin, que apretaba los labios—. Lo que hizo fue una insensatez, y una locura. Podría haber pasado algo terrible, mi señora...

Ella sacudió la cabeza, como queriendo librarse de la migraña que la atormentaba, y de la incisiva reprimenda de la doncella. Se alegraba sinceramente de verla, y también sentía curiosidad por su presencia allí, ya que tendría otras obligaciones que atender... Pero nada de eso era tan importante como las simbólicas piedras sobre su pecho. Aún sentía una gran incomodidad dentro del cuerpo, malos presentimientos, sufrimientos compartidos. Y, ahora, la decepción al ver que Sebastian no estaba a su lado.

—El señor Talbot se vio obligado a salir, mi señora —expresó Graham, ofreciéndole el consuelo que esperaba y no habría sabido pedir—. Solicitó expresamente que nos quedáramos velándola y fuéramos a buscarle en caso de que enfermara.

—Como si no lo hubiéramos hecho igualmente, lo hubiese pedido o no —exclamó Mairin. El mayordomo enrojeció, como siempre que ella se manifestaba sin mucha diplomacia.

Ariadna asintió y se incorporó lentamente. Aún notaba el frío en las extremidades, en la columna, adherido al cráneo y dentro del ombligo. Se movió más y más despacio, pero sin pararse en ningún momento, hasta que tuvo los pies en el suelo. Se estremeció, tardando en asimilar que era tierra firme.

—¿Adónde ha ido? —preguntó con voz débil.

—Al astillero, mi señora.

Quiso preguntar en qué estado había quedado. Por lo que apreciaba a través de la ventana, estaba atardeciendo, lo que significaba que había pasado casi todo el día inconsciente. Sin embargo, no encontró el valor para oír de sus labios la que ella imaginaba como la verdad.

—Ayúdame a vestirme, Mairin —pidió.

—¿A vestirse? ¿Pretende ir ahora a los Docklands? Mi señora, lamento si mi sinceridad la ofende, pero solo daría problemas allí. Han estado toda la mañana trasladando heridos y cadáveres, e intentando salvar algunas piezas. Si todo sigue igual, obstruirá el paso y...

—Soy demasiado pequeña para obstruir el paso, y si lo hago, me echaré a un lado.

—Demasiado pequeña para que la viera una carretilla en movimiento —puntualizó Mairin.

—Entonces me pondré un vestido llamativo —concluyó.

No hizo falta que alzara la voz o recrudeciera el tono. Su decisión acalló cualquiera que fuera la protesta de Mairin y se ganó el respeto silencioso de Graham, que abandonó la habitación para que pudieran ponerse manos a la obra.

Apenas media hora después, Ariadna se dirigía en carruaje a la zona del desastre. Pasaban las siete de la tarde, y aunque en teoría lo sucedido debería haber echado a la gente a las calles, Ariadna no vio mucho alboroto. Pensó en que Londres estaría de luto por las víctimas, y en aquel famoso dicho que decía que después de la tormenta siempre aparecía la calma.

Pero esa calma era violenta. Silenciosa, sí... Y también extremadamente agresiva, y doliente, y melancólica. Algo acababa de romperse, algo grande y omnipotente, y la ciudad entera dormía porque lo sabía, y ni siquiera todos juntos podrían reconstruir el poderío o las vidas que el fuego había carcomido. En cuanto puso un pie en los arcaicos tablones del muelle y alzó la vista, lo vio. No había nadie allí, a excepción de un par de hombres en la distancia barriendo el polvo que entraba en sus casas. A Ariadna le extrañó la ausencia de ruido en un lugar que siempre debió ser ajetreado, y también que no hubiese un alma acompañando al dueño de los escombros. Porque eso era el astillero: escombros. Cuerdas, tablones, ganchos, restos de metales y otros materiales chamuscados apilados desordenadamente, y cubiertos por la gruesa capa de polvo que a partir de entonces formaría parte de ellos. Sebastian estaba delante de las ruinas, cerca de las que volaban chispas de fuego; allí donde el aire era más denso y oscuro.

Ariadna se acercó con el corazón encogido. Reconocía su espalda, pero no habría asociado el derrotismo de sus hombros y su postura con el nombre de Sebastian Talbot. Tal y como estaba, parecía un muchacho pendiente del milagro de todos los días: el agua engullendo la enorme bola de fuego que era el sol, de una tonalidad ambarina tan romántica que casi habría parecido una estampa de final feliz. Casi, porque si Ariadna supo que era él sin contemplar su rostro, fue por la distensión de sus músculos que significaba deplorable asimilación. Ella fue consciente de cuándo Sebastian Talbot bajó las armas, dejando de ser su enemigo y forzoso cómplice sexual, para convertirse en un hombre rendido a la evidencia: ese sentimiento que lo relajó entonces, el conocimiento de haber visto caer una leyenda, lo coloreaba entonces. Y su resignación era mucho más triste que ninguna otra cosa que Ariadna hubiera conocido.

Cuando llegó a su altura no supo muy bien qué decir. Sebastian se abrazaba las rodillas y miraba al horizonte parpadeando muy lentamente, como si se obligara a recordar que era humano y debía hacerlo. Estaba magullado, sucio; tenía las mangas de la camisa rotas, con los puños prácticamente negros, y en la mejilla se advertía un cardenal.

—¿Por qué estás solo? —se le ocurrió preguntar, en voz tan baja que juraría que la naturaleza y la ciudad callaron para oírla.

—Les pedí a todos que se marcharan hace unas horas —murmuró con la boca pastosa. Se humedeció los labios cortados, y no apartó la vista del agua—. A veces no viene nada mal estarlo.

Ariadna intentó que no le temblara la barbilla haciendo un puchero apretado, pero no lo consiguió. Le picó la garganta al balbucear:

—Si quieres, me voy... No pretendo molestarte.

Él volvió la cabeza cuando ella ya se preparaba para darse la vuelta, convencida de que su presencia no traía nada bueno. Pero su mirada la taladró al suelo y deshizo el nudo que llevaba en su estómago desde el día anterior. Tenía el cerco de los ojos enrojecido, y aun así demostraba tal fortaleza que Ariadna sintió justo romperse por él.

—Lo siento —musitó, temblando—. S-si no te hubieras casado conmigo nada de esto habría pasado.

Sebastian la miró directamente, confuso.

—Solo he traído la desgracia a tu vida —se desahogó—. Y por eso... Quiero que sepas que estoy muy arrepentida y que si... si deseas que me marche, si no quieres volver a verme... Lo cumpliré. Lo haré. —Asintió con convicción, sin sentir cómo las lágrimas rodaban por sus mejillas—. Lo prometo.

Sebastian frunció el ceño tan despacio que ella comprendió enseguida por qué, y cuáles eran las emociones que enturbiaban su expresión. Se levantó a ritmo de *adagio* con la única pretensión de atemorizarla, y lo consiguió: la intimidó al estirarse cuan alto era y acercarse como un carnívoro en el cenit de la caza.

—Repite lo que has dicho.

Ariadna no agachó la mirada.

—El duque ha hecho todo esto —balbució—. Sé que tú lo buscaste, pero si no... Si no nos hubiéramos casado, nunca habrías sabido que fue él, y jamás habrías perdido nada...

—Y no he perdido nada —cortó en tono adusto. Su mandíbula apretada hablaba de rabia contenida y desgarradora pasión al seguir hablando—. No he perdido nada porque estás tú aquí, conmigo, y eres lo único de valor que he tenido en toda mi vida.

—Pero el as...

Sebastian la interrumpió cogiéndola por los hombros.

—¿Es que no me escuchas cuando hablo? Todo lo que Sebastian Talbot ha sido hasta el día de hoy, y lo que seguirá siendo porque no pienso dejar a todos esos hombres que trabajaban para mí sin comer, era un camino, no la meta. No quería ser Sebastian Talbot, el propietario de dos tercios de los barcos ingleses. Quería ser la venganza de mi madre, ¿entiendes? ¿Lo entiendes? —repitió, sacudiéndola suavemente—. Estos escombros bajo mis pies solo significan que he ganado, aunque para ello debiera perder... Significan que todo ha acabado, que ha desaparecido lo que me tenía unido a ese sentimiento de desesperación. Soy libre, Ariadna, por fin lo soy... —recalcó—. Si debieras disculparte por algo, sería por encadenarme de nuevo haciéndome amarte por encima de cualquier odio pasado. Justo lo que hago. Así que si se te ocurre insinuar que quiero que te vayas, o que simplemente existe la posibilidad de que me dejes... Te reto a que lo intentes. —La soltó y retrocedió un paso para mirarla con el peligroso desafío grabado en los ojos—. Solo tienes que intentar huir de mí para que te des cuenta de que es imposible. Iría al infierno y volvería, con esto mismo que llevo puesto; al fondo del mar, a los confines de la tierra, al límite del cielo, y te juro por Dios y por mi vida que te traería en brazos o moriría en el intento.

Hizo una pausa para coger aire ruidosamente. Se desinfló tan rápido como se hinchó al verla tratando de apartarse las lágrimas.

—¿Por qué sufres? —preguntó en voz baja. Se acercó ya sin actitud desafiante, solo como un hombre ante un espejo, queriendo a su reflejo por primera vez. Tomó su rostro entre las manos, y Ariadna se estremeció con la caricia de esas yemas sobre su piel—. Si temes que lo hayamos perdido todo, no lo está. Hay decenas de barcos a mi nombre surcando los océanos más lejanos del globo; barcos que volverán y me traerán riquezas como pago. Todo seguirá como antes, duendecillo. Nunca dejaría que vivieras en la miseria... Por Dios, no llores —suplicó—. Me duele más verte hacerlo que estar pisando los restos de lo que fui.

—No lloro por el dinero —jadeó. Lo rodeó por la cintura con los brazos, manchándose con el carbón que le envolvía—. ¿Qué ha sido de tu... tu sueño de navegar? ¿Y el *Cynthia*?

Sintió el pecho de Sebastian vibrando dolorosamente contra el suyo.

—Habrá más barcos —prometió en voz baja. Apoyó la mejilla sobre su coronilla, exhausto, dolorido y mucho más triste de lo que nadie podría apreciar—. Más oportunidades de recorrer el mundo y hacer felices a mis seres queridos. Las habrá, estoy seguro... Y si no las hubiera, no me importa. Conseguiría cruceros para Elsie, Graham y los demás, y yo me quedaría contigo a ver morir los días. Lo importante es que sigo cuerdo, con la cabeza sobre mis hombros, y eso es todo lo que necesitaba para que mi riqueza no muriese nunca. Y si sigo aquí... es porque te tiraste al agua. Y si no lo hubieras hecho, estaría aquí porque mientras estuvieras en el mundo, yo viviría de alguna manera. Lo habría estado incluso si hubieras desaparecido; estaría vivo en el dibujo de tus huellas, o en el perfume de tus vestidos, en tus flores.

La abrazó con fuerza, casi levantándole los pies del suelo. Ariadna sintió que el cuerpo masculino se debilitaba, y paraba de presionarla para solo sostenerla como un objeto precioso. Sebastian se dejó caer sobre los tablones apilados, quedando a la altura de la nariz de Ariadna. La arrulló envolviendo los brazos alrededor de sus muslos, una caricia apreciativa e increíblemente expresiva que la protegería de todos los males.

—Has hecho que mi mundo como lugar agradable cobre sentido, y ahora dices que solo has traído desgracia a mi vida... ¿Cuánto habré podido equivocarme? —jadeó, pegando los labios al vestido. Presionó la nariz contra su vientre, y negó. Ariadna apreció con el alma en vilo la rigidez de sus miembros, y también el vulnerable temblor que lo sacudía—. Tú precisamente, que has arrojado luz sobre esta sombra de hombre.

Ariadna negó aunque no la estuviera mirando. Lo abrazó por la espalda cariñosamente, tratando de imprimirle ese amor desmedido que él siempre proyectaba sobre ella. Se inclinó para besar su coronilla.

Sebastian la contuvo allí, encerrada y apretada contra el pecho, sin decir nada ni moverse. Ella tuvo que entornar los ojos para que la luz del atardecer no le molestara, y por eso tardó en darse cuenta de que Sebastian temblaba. Pronto manifestó el deseo de sentarla sobre sus rodillas. A ninguno de los dos le importó la suciedad. Ariadna se acomodó en el regazo como si allí hubiera pertenecido siempre, y acarició sus mejillas sucias hasta que apareció la piel dorada debajo. Se le ocurrió sacar un pequeño pañuelo para limpiarlo a conciencia. Desplazó la tela por su frente, su nariz irregular, las pobladas cejas negras, la barbilla insolente y masculina, las líneas de expresión, incluso. Estaba acabando, y él con los ojos cerrados, manso como un niño dormido... Ariadna nunca vio nada tan bonito, y seducida por la vulnerabilidad de sus rasgos —aunque feroz al no poseer el atenuante de sus topacios—, se arriesgó a besarlo en los labios suavemente.

No podría haberse separado ni aunque hubiera querido. Sebastian no despegó las pestañas, pero la atrapó por la nuca. No ejerció ninguna presión, solo protegió aquella parte tan sensible con la palma, y ella fue obediente aceptando su deseo. Se respiraron en silencio; un silencio tras otro, corrompido sutilmente por la sonrisa rendida de Sebastian.

—Y aquí es cuando redescubro que te amo —deletreó. Hizo que cada una de sus palabras sonara a secreto—. Y que me quedarán cosas por hacer mientras tu corazón esquivo pueda darme una oportunidad. ¿Me la darás?

Ariadna sonrió suavemente y asintió.

—Entonces no hay nada perdido.

18

Dioniso brilló ante la muchacha en su imagen de dios y, entonces, el impetuoso y errante Eros fustigó a la muchacha hacia otro amor más elevado.

Las Dionisíacas,
NONO DE PANÓPOLIS

Sebastian se arreglaba el cuello de la chaqueta cuando el mayordomo de la familia Doyle le invitó a pasar. Tuvo que soltar la mano de Ariadna para pasar antes al recibidor, donde descansó un solo segundo antes de volverse hacia ella. Su esposa le sostuvo la mirada expectante.

—¿Qué crees que utilizará tu hermana para matarme? —preguntó con fingida docilidad—. El revólver se ha perdido, pero quién sabe si ha encontrado otro entre las pertenencias de su marido... Y si no, seguro que tiene una cocina muy bien provista de cuchillos de distinta punta.

Apenas un día y medio después del desastre, cuando Sebastian ya había notificado a las autoridades junto con otro buen número de testigos la accidentalidad del incendio, decidió que era buena idea visitar a su amigo para ponerlo a la orden del día. Por el camino tendría que plantar cara a Megara, pero no le preocupaba. De hecho, admitía haber sido consecuente con las pocas posibilidades de salir de allí con vida, incluyendo a Ariadna en la expedición para que allanase el camino. Seguramente habría llegado a sus oídos que ella estuvo en el edificio cuando el techo se derrumbaba, y esperaba que verla de una pieza y tan bonita como siempre sirviera para aplacarla.

Fue mucho pedir.

—Si no te mato es por falta de medios, eso tenlo por seguro —espetó la dueña de la casa, al pie de la escalera. Llevaba un sencillo vestido, perfecto para recibir visitas indeseadas, lo que significaba que tendría amplitud de movimiento en caso de utilizar manos y piernas para reducirlo—. ¿Con quién diablos crees que estabas jugando, Talbot? No te estabas llevando a un hombre soltero de juerga: ¡tiene una maldita familia! ¿Qué habríamos hecho si no hubiese vuelto?

—Así que eso es lo que te preocupaba... No haber salido adelante sin él. No la imaginaba una interesada, mi querida se... —Se calló al apreciar el rostro ensombrecido de la mujer—. Oh, venga... Sabes tan bien como yo que Doyle no puede morir —repuso con humor. Dejó su chistera en manos del mayordomo, así como su chaqueta y los finos guantes—. Y en caso de haber corrido el riesgo... No voy a decir que me habría interpuesto entre la bala y él, pero hubiese hecho todo lo posible para evitar que se desangrara. Espero que esto sea suficiente para dejarme subir a verlo.

—Está descansando —ladró.

—Oh, vamos, los héroes nunca descansan porque el mal nunca duerme. Y solo se hizo una pequeña quemadura en el brazo, nada que temer. Ahora va a juego con Blaydes y conmigo. El conde las piernas, yo parte de la espalda y él su poderoso y hercúleo bíceps. Puedes llamarlo runa conjunta, si suena mejor... —Observó que Megara no se movía. Se le ocurrió que era un buen momento para recurrir a la llave que abría todas las puertas—. He traído a tu hermana.

Sin duda fue suficiente. Ariadna asomó por detrás de su hombro, como acordaron previamente y tantas veces ensayaron. Megara no tardó en ignorar a Sebastian y ondular de pura alegría para abrazar a la joven. Aprovechó ese instante para escabullirse escaleras arriba, no sin antes echar un vistazo a su esposa y guiñarle un ojo cómplice. Ella no contestó con ninguna expresión concreta, pero de alguna manera supo que estaba devolviéndoselo.

Sebastian se deslizó hasta la habitación del fondo del pasillo. Se alegró al encontrar a Thomas sentado en el butacón junto a la cama, leyendo el *Times* con el pecho al aire, el brazo vendado y un cigarrillo en los labios.

—La vida del rey —tronó Sebastian. Emuló el ligero contoneo de borracho al deslizarse hacia él—. ¿He de interpretar con todo esto que la señora te ha permitido recuperar tu lugar como marido?

Doyle apartó el periódico. Sebastian ya sabía que lo doblaría con meticulosidad en tres partes, con cada esquina sobre su igual, milimétricamente medido. Retiró el cigarro de los labios y lo dejó reposar en un cenicero de cristal. Después lo miró.

—¿Y bien?

Sebastian suspiró y se acomodó a su lado, cruzando las piernas como un caballero cansado.

—Tu frase preferida... Llevas años creyendo que con solo pronunciar esas dos palabras todos los secretos te serán revelados. Y, ¿sabes qué es lo mejor... o lo peor, según se mire?

—Que, en efecto, los secretos me son revelados.

—Así es —cabeceó Sebastian sin muchas ganas. Se acomodó, poniendo el tobillo sobre la rodilla, y sostuvo su mirada en silencio—. Para empezar: ¿sabías que la pistola se dispararía por la culata cuando me la diste?

—Sí. Por eso la lancé en el ángulo perfecto para que él la agarrase cuando aprovecharas para distraerlo. Yo fui tu profesor, quien te enseñó a pelear con elegancia —le recordó—. Uno no olvida los movimientos que ejecuta su alumno. Sabía en qué golpes te equivocarías para que él acabase cogiendo el arma.

—¿Y el revólver? ¿Lo trucaste tú?

—Sí.

—¿Cuándo?

—Hace un tiempo. Concretamente cuando te hice saber que nunca más la usaría y me pediste que la reservara para ese día.

Sebastian apoyó los codos en los muslos, entre intrigado e incrédulo.

—¿La trucaste especialmente para este día? ¿Cómo estabas tan seguro de que no apretaría el gatillo yo?

—¿Cómo no estarlo? —contraatacó—. Sebastian, si te hubiera concebido como la clase de hombre capaz de disparar a otro a quemarropa, ni mi nombre figuraría entre tu lista de socios, ni tu coñac preferido estaría en mi licorera, ni tu trasero sobre la *chaise longue* de mi habitación.

—Ahora lo llamáis *chaise longue* —se le ocurrió apostillar—. Muy bien, eres un tipo clarividente. Pero podría haber salido mal.

—No, no lo habría hecho —corrigió, tan seguro como estaba de todas las cosas. Sebastian se balanceó hacia delante y lo apuntó con el dedo acusadoramente.

—Sí, señor Doyle, sí. No se las dé de genio de la hechicería, que el juego del azar no se subordinaría ni siquiera a usted. Sabes que había una oportunidad de que muriera.

—No la había.

—Sí —se empecinó Sebastian, entornando los ojos. Nada en la postura de Doyle parecía indicar que fuera a dar su brazo a torcer—. La había. Podría haber apretado el gatillo.

—No lo habrías hecho.

—Diablos que sí, Doyle.

—No. —Se echó hacia atrás—. No eres nada impredecible, amigo.

—Y tú no eres el maldito Dios, no puedes predecir el futuro.

—No puedo, no. Y tampoco soy Dios. Pero soy tu amigo y te conozco. Antes te habrías disparado a ti mismo. Y ahora, ¿serías tan amable de resolver mis dudas?

—¿Qué dudas? ¿Crees que serías capaz de preguntarlo con todas las letras y no limitarte a ese «y bien» que nos saca el alma del cuerpo a todos los que viven o se pasean bajo este techo?

Una estrella oscura brilló en los ojos de Doyle.

—Me he quemado el brazo por tu gloria —señaló—. No me provoques y desembucha.

—¡Aleluya! ¡Por fin Thomas Doyle está de mal humor! —exclamó, alzando los brazos—. ¿Y a qué se debe?

—A que me estás quitando tiempo de estar en la cama con mi mujer —espetó—. Dime qué diablos ocurrió, qué ha dicho la policía, haz las paces con Meg y, por el amor de Dios, lárgate de mi casa y no vuelvas en tres días.

Sebastian soltó una carcajada que resonó por toda la habitación. Carraspeó y estuvo regodeándose unos segundos en ese momento, hasta que se cansó de hacerle sufrir y simplemente habló.

—Había cuatro hombres en el astillero cuando llegué. Tres de ellos han muerto —expresó, cambiando de expresión. Clavó la mirada en su bastón, apretando la mandíbula—. Entre ellos... el señor Payton, mi encargado. Pero el que ha sobrevivido estaba lúcido cuando la policía se presentó a investigar, y aseguró que había sido un accidente. No estoy seguro de si sonó creíble o no, pero convencí a los agentes de que el duque y yo estábamos pensando en emprender un negocio cuando todo ocurrió. Ya sabes que cuando hay nobles de por medio, los casos se cierran antes: Ashton, Saint-John, Blaydes y Leverton han corroborado mi historia, poniendo en común un supuesto en el que Winchester comunicó al público sus deseos de trabajar conmigo en el barco.

—¿Y el barco?

Una sombra cruzó el rostro de Sebastian.

—Irrecuperable, pero eso ya lo sabes. Habría que construir uno nuevo.

—¿Han reconocido entonces el cuerpo de Winchester?

—Gracias al anillo ducal. Su cuerpo estaba completamente chamuscado, ni siquiera se percataron de que se metió una bala en la cara, y entre tú y yo... El heredero del ducado tampoco está muy interesado en investigar. Ha dado por zanjado el caso, ha organizado prestamente el entierro y...

—¿Y?

—Y se ha presentado en mi casa con el viejo notario de Winchester para poner en orden unos asuntos económicos. Aparentemente decidió dejarle una asignación recaudada por su cuenta a Ariadna.

Doyle alzó las cejas.

—¿Bromeas?

—En absoluto. Y eso no es todo, porque el nuevo Winchester le ha suplicado que acuda al funeral, dado que era la persona más importante de su vida.

—¿Y lo hará? ¿Irá? —inquirió Doyle. Sebastian encogió los hombros—. El dinero... ¿De cuánto estaríamos hablando? Porque no se le habrá ocurrido rechazarlo, ¿verdad? Daría lugar a sospechas.

—En su caso dijo que no lo quería porque le consta que hirió al difunto con su rechazo y seguramente escribió aquellas voluntades cuando aún tenía la esperanza de que se casara con él. Después de una conversación larga y estúpida al respecto, el heredero demostró tenerle muy poco aprecio al último deseo de su tío y zanjó el asunto retirándose con la cantidad, cualquiera que fuese.

—Ese dinero no te habría venido mal para reconstruir la fábrica —dijo Doyle sabiamente—. Pero por supuesto entiendo que no lo aceptaras.

—No fui yo quien no lo aceptó, aunque de todos modos ni se me habría ocurrido tal cosa; era suyo, su dinero... El dinero de Ariadna. Y no se lo pensó dos veces a la hora de negar. Me dijo que le parecía una traición hacia mí —expresó con voz suave, envuelto en el cálido orgullo—, y que mientras no nos muriésemos de hambre, sería prescindible.

—¿Y qué piensas hacer ahora? ¿Vivir de las rentas de los barcos que ya navegan? ¿Qué hay de los trabajadores que estaban a tu cargo?

—Aún tengo dinero y propiedades. Si vendiera unas cuantas recaudaría lo que necesito para levantar un astillero aún mejor, conseguir los materiales y pagar la mano de obra. En realidad la fábrica era una inversión, un agujero negro. No me producía ningunas ganancias hasta que el barco en cuestión no se ponía en alquiler o vendía a la marina... Pero es evidente que no voy a dejar en la calle a todos esos hombres. Me las apañaré para ser rápido y efectivo.

Doyle asintió, accediendo involuntariamente a que se instalase un cómodo silencio entre los dos. No se miraron. Cada uno tenía los ojos puestos en un dibujo de la pared. Pasaron unos cuantos minutos callados.

—¿Qué sentiste? —preguntó Doyle al final. No necesitaba especificar. Tenía esa deductiva manera de expresarse que le otorgaba la licencia de acortar oraciones sin perder significado.

—Nada —respondió, aún inmerso en el friso superior—. No sentí absolutamente nada.

—¿Y qué esperabas sentir?

—No lo sé. Alivio, imagino, por saber que no volvería a

atormentarme. Alegría. Pero solo sentí... calma y espacio.

»Es como si me hubiera pasado toda la vida caminando por los callejones más estrechos y repletos de viandantes; mis hombros chocando con todos, de esas veces en las que durante unos incómodos segundos solo oyes el barullo generalizado taladrándote los oídos. Así he estado viviendo. Y al dispararse la pistola..., llegué al final de esa calle y me liberé del ruido, de la presión, de la inquietud, del sentimiento de ahogo. Y justo al otro lado me estaba esperando ella para decirme adiós finalmente.

Sebastian se quedó un segundo más, manteniendo en su memoria aquella imagen que logró capturar de los recuerdos. Cynthia estuvo en esa plaza una vez, y él, un él de menos de diez años, se ahogaba entre los transeúntes cercanos a la feria hasta que encontró la desembocadura de la calle. Entonces pudo coger de la mano a su madre y acompañarla a hacer sus recados. Si cerraba los ojos, aún podía sentir cómo era el tacto de sus dedos entrelazados. Recordaba perfectamente el color de su piel, y cómo ese día el sol iluminó su sonrisa, sus ojos...

—Siempre me pregunto qué habría sido de mí si ella hubiera seguido conmigo —confesó—. Si habría llegado a donde estoy... Si habría vivido para verlo, o el destino se habría organizado de la mejor manera para arrebatármela solo unos meses o unos años después.

—Ya no tiene sentido que sueñes con ello, ¿no crees?

Sebastian miró a su amigo sin ninguna expresión concreta. No iba a decir nada, pero igualmente le irritó que Megara aprovechase ese momento de intimidad para entrar en la habitación seguido de Ariadna.

—Tengo que cambiarte el vendaje —anunció ella en voz baja.

Sebastian supo que la conversación había terminado cuando, en un intento por conectar con los ojos de Doyle, lo perdió irremediablemente. Sonrió para sus adentros y se levantó, listo para darles la intimidad que requerían.

Megara esperó con impaciencia mal disimulada a que Ariadna y Sebastian desapareciesen de la habitación. Solo un momento antes de que lo hicieran, se le ocurrió volverse hacia el esposo de su hermana y aclararse la garganta. Este le prestó atención con una ceja arrogante sellándole la frente. Intentó no alterarse y sonar relativamente tranquila al expresar:

—No apruebo el modo que tienes de actuar, pero Dios sabe que no soy la más apropiada para aleccionarte a tener otro tipo de comportamiento.

Podría haber añadido algo más. «Acepto las disculpas que no me has pedido», o «en el fondo, valoro que seas así». Estaba implícito en su oración, y eso él lo supo. Ella lo entendió al reconocer el brillo fugaz en sus ojos y el asentimiento de cabeza que indicaba la paz.

No mucho rato después, la casa se quedó en absoluto silencio. Briseida estaba con Penelope mientras Doyle se recuperaba, y era la hora del almuerzo de los sirvientes, por lo que todos estarían haciendo ruido en la cocina. Ruido que no llegaba a aquel piso.

Megara cerró la puerta de la habitación. Tragó saliva, tensa, y apoyó la mano sobre la superficie. Ya el aire se respiraba diferente en un lugar donde Thomas era la única persona presente. Cerró los ojos y se empapó de la sensación de vulnerabilidad y asimismo poder que él otorgaba solo clavando los ojos a su espalda. Parecía como si nunca hubiera estado a solas con su marido. Como si no lo fuera, en realidad. Como si acabase de conocerlo.

Se dio la vuelta muy lentamente. El corazón le aleteaba furioso en el pecho, y apenas cabía en su cuerpo de emoción. Pero sabía que él la sorprendería de algún modo, y así fue.

Thomas no estaba sentado en el butacón: en algún momento se había desplazado sigilosamente, rozando su espalda con el pecho. Al dar la vuelta, fue su pectoral lo único que vio. Sus ojos treparon por la fina mata de vello oscuro, por el cuello, por la barbilla... Y se quedaron definitivamente en los ojos peligrosos de un predador. Un segundo estuvo empapándose de la energía oscura de su pasión, y al otro arrinconada en la misma puerta por sus dos brazos, siendo embestida por sus caderas.

A Megara se le secó la garganta solo al clavar la vista en sus puntos conectados. Esto no le gustó a Thomas, que levantó su barbilla y le hizo mirarle. Se lo dijeron todo así, solo batallando unas pupilas con las otras. Pasó las manos por su pecho, sintiendo la piel erizarse a su contacto, y las dejó en la nuca, allí donde el pelo crecía en forma de uve. Jadeó, con los ojos entornados, al sentir su virilidad directamente en el estómago.

—Sigues herido —murmuró, pegando la nariz a la suya.

—Sin duda. Estoy muy herido. —Apoyó la mejilla en el hombro femenino y se deslizó con esa sinuosidad felina suya hasta el descarado escote. Megara perdió el equilibrio físico y mental al roce de la lengua ardiente en el relieve de uno de sus pechos—. No podrías imaginarte cuánto..., o cómo..., y en qué forma me has herido...

De repente él se agachó y le levantó la falda, metiendo las manos debajo de los femeninos muslos. Megara soltó un grito ahogado, pero se acompasó a sus querencias rodeándole la cintura con las piernas.

—Entonces tendré que curarte —murmuró ella, mirándolo a través de las espesas pestañas.

Solo la sonrisa de lado que Thomas esbozó, tan sensual que resultó agresiva, bastó para que se rindiese a todo lo que viniera a continuación. Entre ello, la lenta caminada del hombre hasta la cama, donde la soltó sin contemplaciones.

Thomas movió el cuello de izquierda a derecha antes de ignorar el dolor, las vendas y cualquier fuego que no estuviese floreciendo en ese momento, y tenderse sobre ella.

—Pues vas a tener que emplearte a fondo durante toda la noche, gatita... Porque hace meses que no puedo ni dormir por culpa del dolor.

Sebastian se recreó en cada movimiento que Ariadna hizo para acomodarse en el carruaje. No la creía lo suficientemente vanidosa o retorcida para saber que debía fomentar la idea en Megara de que vivía mucho mejor de lo que imaginaba, pero casi habría ponderado esa opción al verla aparecer con un vestido de terciopelo gris. Parecía un ángel envuelto en plata, la clase de criatura que imaginaba habitando la luna, y sus movimientos no desmentían su imagen de criatura celestial.

No estaba muy seguro de que debiera estar ofendido por no haber recibido una carantoña de vuelta el día que le confesó sus sentimientos. Aunque en algunas situaciones pudiera comportarse como tal, Sebastian no era un crío y tampoco usaba la memoria selectiva en su beneficio. Sabía que tendría que luchar duro por ganarse sus aprecios, esos que seguramente seguían apuntando en dirección a Corban. Pensaba, admitiendo la rabia para sus adentros, en que Mariette solía ser bastante más veloz cuando le hacía un encargo de ese tipo: ya debería haber recibido noticias de dónde estaba Corban. Si tenía que enfrentarse al adversario de su vida sin información sobre él, no reaccionaría de la forma conveniente. Sentía que debería practicar en el espejo muchas veces antes de encarar a Corban sin utilizar los puños durante el proceso.

Pero comprender que Corban se le había adelantado y saber que sus desprecios de las primeras semanas no se olvidaban fácilmente, por muy tiernas que fuesen sus caricias, no significaba que no ardiese en deseos de ser el único para ella. Tampoco olvidaba que, por muy comprensiva que hubiera sido, no fue precisamente una muestra de amor dejarla sola en la cama para arriesgarse a morir.

Lamentablemente, Sebastian había aprendido a quererlo todo, a no detenerse hasta llegar al último escalón... Y no se conformaría con el aprecio de Ariadna. Quería mucho más que eso. Ansiaba que lo amara con locura, y que esa misma locura no tuviera retorno, al igual que la suya. Pedía al cielo que la necesidad que él tenía de alargar los brazos y acariciarla fuese mutua...

—Megara y yo estábamos escuchando detrás de la puerta la conversación que tenías con el señor Doyle —se pronunció ella, mirándolo con esas dos honestas virtudes malvas que nunca dejarían de presentarse en sueños. Sebastian apenas prestó atención a lo que decía, y quiso sentirse miserable por ello, pero no pudo cuando estaba deslumbrante—. He pensado en que sería injusto que los hombres que trabajaban para ti se quedaran sin empleo de repente, y que debemos hacer algo.

Sebastian bajó la vista a su escote sin disimulo.

—Debo hacer algo con eso, sin duda —asintió. La vio abrir la boca, pero no emitió sonido alguno. Sebastian capturó su mano y tiró de ella para sentarla a su lado. Se entretuvo con el lazo que cerraba el corsé exterior—. Continúa, por favor.

Ella no dijo nada. Solo lo miró a la cara, relajada, tranquila y tan sobrenaturalmente preciosa que tarde o temprano le asaltaría la duda de si en realidad existía.

—Creo que sé cómo podríamos ganar dinero —confesó.

—Yo también sé cómo. Conozco una manera rápida y eficaz. Consiste en ponerte este bonito vestido, o ese lila que llevaste una vez, o el rojo, o incluso un saco de arpillera, y ponerte sobre un altar en Trafalgar Square. Haríamos pagar a todo el que quisiera pararse a contemplarte. Estoy seguro de que en apenas dos días doblaría el dinero perdido.

—Pero yo no quiero estar de pie en un altar.

—Podrías sentarte, o tumbarte... —meditó. Al fin se decidió a tirar de uno de los extremos del coqueto lacito, desbaratando un tanto la sujeción del corsé—. Eso de tumbarte sí que sería todo un atrevimiento... Una provocación.

—Tú eres un provocador.

—Y tú, solo que lo haces sin querer y a nadie se le ocurriría culparte. —Echó un rápido vistazo por la ventanilla—. Ya hemos llegado. Una auténtica estupidez molestar al cochero para un viaje de apenas diez minutos, ¿no crees? Pero esto es lo que hace la gente rica. Hay que adaptarse...

—Sebastian —insistió ella en cuanto la ayudó a bajar del carruaje. Negó el ofrecimiento de su mano y la cogió en brazos para depositarla en el suelo—. Sé cómo recuperar el dinero.

—Muy bien —exhaló—. Dime, soy todo oídos.

En lugar de detenerse con una larga explicación, Ariadna lo cogió de la mano y lo condujo al interior de la casa. Solo aquel roce desinteresado, de niña traviesa y pura inocencia, le robó una sonrisa de desconcertante regocijo. Si le hubieran dicho meses atrás que perdería el aliento por la iniciativa de una tierna debutante, no se lo habría creído, y lo que era más: se hubiera reído de lo lindo.

Ariadna detuvo su extraño recorrido por la casa en la habitación. Allí lo soltó.

Mientras Sebastian echaba de menos su tacto casi etéreo, ella abría un baúl y empezaba a sacar pequeños frascos de diferentes tonalidades. Aunque la imagen de Ariadna arrodillada con el vestido formando un círculo a su alrededor era suficientemente encantadora para no atender a nada más, Sebastian dejó que le distrajeran los numerosos recipientes de forma cilíndrica. Todos eran de cristal, transparentes, y por lo que pudo apreciar, estaban etiquetados.

Sebastian se acercó cuando hubo terminado de colocarlos en la mesa. En total había más de veinte; no supo el número exacto porque Ariadna se volvió hacia él, exultante.

—Son perfumes. Los empecé a hacer cuando perdí la memoria, para poder diferenciar a mis hermanas solo con que entrasen en la habitación, antes de aprender a reconocer sus pisadas. Se convirtió en un hábito, y ahora... Cada vez que estoy aburrida, o intranquila, o no tengo nada con lo que entretenerme, los creo. No soy una profesional... Apenas dispongo del material de un perfumista. Solo improviso, pero huelen bien, y siempre alaban a mis hermanas por ello, así que he pensado que podría...

—Venderlos —culminó Sebastian, examinando de cerca uno de los frasquitos. Destapó uno al azar y se lo llevó a la nariz—. ¿Cuál es este? ¿Cómo lo hiciste...? No me lo digas —añadió apresuradamente—, creo que una mujer debe tener sus secretos. Y lo importante no son los ingredientes, sino el resultado.

—¿Te gusta?

—Huele de maravilla. Creo que no podría resistirme a una mujer que llevara este perfume.

Ariadna parpadeó varias veces seguidas. Sebastian descifró enseguida la desorientación en su rostro.

—¿No podrías? —preguntó, perdida. Alargó la mano, como para quitarle el tubo—. Entonces a lo mejor... A lo mejor no sería buena idea que los vendiera. Otras mujeres se lo pondrían y...

Él entendió su punto al vuelo, y no se molestó en ocultar el placer que le producía su insignificante manifestación de celos. Sabía que ella no lo reconocería como tal, como no reconocería nunca el amor, quizá... Pero le alegró haber aprendido de sus gestos lo suficiente para interpretarlo por sí mismo. Quedaba preguntarse si le bastaría con entender sus sentimientos a través de las miradas, si soportaría no escucharlo nunca.

—Tal vez a algunas mujeres no les quedará bien. ¿Sabes...? No sé mucho de perfumes, pero sí tengo la certeza de que hay esencias que no combinan con ciertas pieles. Para asegurarnos deberíamos hacer una pequeña demostración.

Se apartó tranquilamente para husmear entre los perfumes y tomó uno al azar. Después miró a la curiosa Ariadna, y bajo su atenta mirada, midió que fueran un par de gotas lo que vaciaba del interior. Untó las dos lágrimas que cayeron en la yema del índice uniéndolas con el pulgar, y se acercó a ella en silencio. La tomó del cuello, echándole la cabeza hacia atrás, y trazó una delgada línea desde debajo del lóbulo de la oreja hasta media garganta. Su piel brillaba ligeramente húmeda y erizada por el aroma fresco cuando se inclinó y rozó con la nariz ese mismo trazo. Inhaló profundamente, subiendo muy despacio, engañándola con el sonido de su respiración mientras sus manos acudían veloces a las caderas femeninas. Se detuvo al llegar al oído.

—Creo que este no te favorece —susurró en tono íntimo. Aprovechó para morder con cuidado la tierna carne de la oreja y succionarla—. Probemos otro.

Repitió el procedimiento tomando otro frasco al azar, pero antes la levantó y la sentó sobre la mesilla, con cuidado de no tirar las colonias. En esa ocasión perfumó una de sus muñecas, dibujando un círculo con las gotas. Se llevó la mano a los labios, y besó la base de la palma, ahí donde las venas atravesaban su piel pálida. Descendió hasta la flexión del brazo, y lo estiró para acabar al borde de la corta manga, habiendo dejando un rastro de besos.

La miró con los ojos entornados, profundamente extasiado, y su deseo alcanzó límites inhumanos al ser cómplice de su nervioso delirio.

—Este tampoco me convence —aclaró con voz ronca—. Quizá por aquí...

Llevó una mano al escote, y terminó de deshacer el nudo que había comenzado destrozando en la berlina. El corsé cedió con facilidad, y la blusa y el resto de aquella infernal parafernalia fueron historia tan pronto como Sebastian perdió los modales.

Exhaló de manera brusca y se creció a la vez en cuanto estuvo semidesnuda ante él, con las piernas abiertas sobre la mesa. Una mano veloz colocó el volante sobre su rodilla, complaciéndose a sí mismo con la magnífica vista de Ariadna mostrando las medias y los pechos. Una parte de él, la racional, habría recordado otros más llenos y unas piernas más torneadas... Sin duda lo había visto todo, pero ella no necesitaba exuberancia para estar fuera de lo común.

Alzó otro de los tubos y lo liberó sin desprotegerla de su mirada. Si fuera posible amarla con solo estudiarla, la profundidad con que lo hacía habría derribado sus murallas hace bastante más tiempo. Pero Sebastian nunca se conformaría con mirarla... Ya no. Dios le había dado manos para usarlas, y usó una de ellas para derramar parte del contenido del frasco en la línea invisible que separaba sus pechos. Ariadna encogió el vientre involuntariamente y jadeó, y ese jadeo, ese aire que limpió el aire sucio de humanidad, fue motivo de gloria y celebración. Sebastian se arrodilló para no perderse detalle del camino que hacía la gota traviesa hasta su ombligo. Lo siguió con la yema del dedo, enroscándose allí finalmente. Inspiró y espiró varias veces, entre cada beso depositado en el camino de imperceptible vello rubio.

—Este me gusta algo más, pero no es suficiente —expresó, separando las enaguas. Rasgó los pololos usando solo una mano, y seguidamente las medias cayeron a sus pies. Sebastian le acarició las piernas desde el tobillo. Se recreó en el temblor de su cuerpecito, en la agresividad de su piel de gallina... Y sonrió, a sus pies, como un villano—. Ten cuidado, duende de talco. Si te mueves demasiado, todas tus obras se irán al garete. Y no queremos eso, ¿verdad...? —inquirió, agarrando el que sería su último bote de prueba.

Lo descorchó con un floreo y, a continuación, bañó su propia mano para pegar la palma enseguida al interior del muslo. Ariadna vibró sin poder controlarse, pero los frascos apenas se inmutaron. Sí lo hicieron, en cambio, al primer contacto de Sebastian contra la fría esencia. Él inhaló la mezcla de aromas con una sonrisa en los labios, y estos labios apretados muy cerca de su sexo...

—Acabo de decidirlo —declaró con un murmullo gutural. Ariadna se encogió acompañada de un gimoteo en cuanto Sebastian puso un dedo sobre su zona íntima—. Hay mujeres... mujeres como tú... que no necesitan perfumarse. En tu caso... cualquier olor que no sea el que viene contigo, puesto sobre ti, es una aberración. Y entre todos los aromas habidos y por haber, yo me quedo con la esencia de Ariadna.

Envió su aliento soplando entre sus piernas, de nuevo arrancándole un vulnerable gemido.

La besó allí, obedeciendo la licenciosa súplica que quebró su garganta. Sebastian recorrió con la lengua el origen de su cuerpo y lo ocultó del roce del viento seduciéndolo con lentas y escandalosamente sensuales lamidas. Ella se retorcía sobre la mesilla, agarrándose al borde; la sentía tensa por el deber de no derramar una gota, y también aliviada, poderosa como la naturaleza. Sorbió delicadamente, arañó su piel sensible y se empeñó de tal forma en producirle placeres indescriptibles que lo logró, y Ariadna se entregó en su boca con un sonoro suspiro de sirena.

La vio agachar la barbilla para mirarlo, con las mejillas coloradas y los ojos brillantes. Pensó que haría cualquier cosa para mantener aquello, y la hizo conocedora de dicha verdad alzándola en brazos y llevándola a la cama, donde la desnudó por completo. Las prendas propias volaron también lejos, a un lado y a otro del colchón. Sebastian apreció su cuerpo por la valorativa y dulce mirada que ella le regaló, y por esas manos pequeñas, inexpertas pero jamás torpes o ridículas que lo limpiaban al hacer dibujos sobre su piel.

Depositó un beso en su hombro, tan excitado que ni siquiera podía verla bien. Otro sobre su pecho, cerca de las costillas salientes, en la barbilla... Sintió que el corazón se le saldría por la boca al encontrar sus ojos por casualidad.

—Santo Dios... Dime que me quieres —pidió él, abrazando desesperadamente sus caderas. Rodó con ella encima, dejándola sentada sobre su estómago—. Dímelo. Aunque sea mentira... O solo guíñame un ojo y yo lo interpretaré como guste.

Sebastian sintió miedo de veras de que ella no reaccionase. Y no lo hizo por unos momentos. Solo se tendió sobre su pecho, como una gata curiosa, y con una mano sobre su corazón sin simbolismo que valiese, solo pura realidad, lo miró a la cara con toda su inocencia.

—No sé guiñar un ojo.

Aquello sirvió para llenar su último y gran vacío; al menos en teoría. Sebastian rio, y, sorprendentemente, ella lo calló con un lento beso en los labios que lo dejó física y mentalmente exhausto de tanto que quiso mostrarle, de tanto que sintió.

Sebastian jugó con ella un poco más, solo un poco más, hasta que el ardoroso deseo le venció y tuvo que poseerla para saciar la sed de décadas. Solo dentro de ella se sintió verdaderamente a salvo del mundo, poderoso y perfecto; en ese encaje entendió que si bien no sería un hombre ideal, Ariadna cedía su magia al jadear cerca de su oído, complacida por lo que sus cuerpos creaban al estar juntos. Y él estaba mucho más que satisfecho con ese hecho, aunque echara de menos un «te quiero» al alcanzar el último nivel de placer aferrado a su melena.

—Eres muy considerado permitiéndome poner un pie en tu esplendorosa mansión —comentó madame d'Orleans, recolocándose el cuello del abrigo. Examinó el salón sin mucha curiosidad. Sentada como estaba, con los tobillos cruzados y la acostumbrada expresión soberbia, más que una invitada parecía la dueña de la casa. Cuando se cansó de estudiar la decoración, miró a Sebastian—. He de decir que me sorprendió que llegara un repartidor a las puertas de Sodoma con un presente tan costoso, pero las jóvenes lo agradecen. Y yo también. Aunque no sé si será lo más conveniente para el negocio de tu esposa, ni si tu esposa debería emprenderlo.

—Ella no tiene nada que ver con negocios. Simplemente fabrica esencias, y yo las entrego a los perfumistas.

—Y a las putas —añadió.

Sebastian cabeceó. Ciertamente, Ariadna tenía un don con las plantas, y eso se trasladaba a crear perfumes a partir de estas. Lo demostró después de que él le proporcionase todo lo necesario para trabajar. Apenas unos días después del abastecimiento, se presentó con nuevos frascos y numerosas ideas para quienes podrían disfrutar sus beneficios. Quiso enviar una de las muestras a Mariette y a sus mujeres como regalo. Sebastian no se atrevió a contradecirla, en parte porque le gustaba la idea de que su esposa se interesara por quien él consideraba familia.

—Ariadna quería que ellas también tuvieran un aroma especial —contestó—. Solo sigo órdenes, Mariette.

—¿Quieres decir con eso que estás conforme con que tu esposa trabaje?

—¿Por qué no? —replicó con retintín—. Mi madre también trabajaba.

—No seas estúpido —bufó Mariette—. Hay mujeres que, si no trabajan, se mueren de hambre... Y otras que, si lo hacen, son duramente criticadas.

—A ella no le interesa presentarse como perfumista. No quiere alabanzas, ni aplausos, ni que le reconozcan su trabajo. Su único objetivo era aprovechar su habilidad para ayudarme, y de paso, entretenerse un poco. Es algo que hace por afición. Y como empresario, reconozco que la pasión hacia un pasatiem-

po es una base excelente sobre la que levantar un negocio...
—Oyó que la puerta se abría lentamente. No tuvo que volverse para confirmar de quién se trataba—. Aunque si tienes alguna otra duda, puedes preguntárselo a ella en persona.

Sebastian prefirió fijarse en la expresión de la madama que en el atuendo de su esposa. Mariette se levantó, con los ojos puestos en la figura femenina a su espalda. Sabía que no le echaría un vistazo rápido y grosero como acostumbraba a hacer con sus jóvenes promesas del mercado de la carne: Mariette era quien era por tener unos modales impecables. Pero igualmente le sorprendió que reaccionase agachando la cabeza, haciéndole esa reverencia que no le correspondía por no ser mujer de noble.

—Las leyendas no escatimaban en detalles al referirse a usted, pero incluso siendo así la han subestimado. Es usted magnífica, señora Talbot.

Sebastian se volvió hacia Ariadna. Esta no asintió aceptando su halago, sino que se aproximó a la vieja prostituta y cubrió su mano enguantada con la propia, tan desnuda, blanca y pequeña que pareció una mota de polvo sobre la tela.

—Estoy muy feliz de conocerla por fin —admitió suavemente—. Es un honor que haya decidido venir.

Mariette se la quedó mirando de hito en hito, y Sebastian supo por qué: se debatía entre la incredulidad y la irritación porque pudiese estar burlándose de ella. Afortunadamente para todos, Ariadna enarbolaba la honestidad de modo que no cupiese la menor duda. Así, Mariette acabó soltando una carcajada.

—Podría acostumbrarme a que me trataran como si fuese la reina —comentó, mirando a Sebastian. Enseguida volvió a Ariadna—. Gracias por los perfumes. Le puedo asegurar que se están disfrutando. No osarían ponérselos para trabajar, por supuesto...

—Pueden ponérselos para lo que deseen. Solo eran unas

pruebas... —Sus ojos lilas volaron hasta Sebastian, con el que compartió una mirada de complicidad. Él cambió el peso de una pierna a otra y se aclaró la garganta.

—Lo cierto es que tenemos un evento al que asistir, y ya llegamos tarde, así que si no fuera mucho pedir prorrogar esta bonita reunión...

—Por supuesto. A mí también me esperan. —Le dio una palmadita en la mano a Ariadna y sonrió—. Siendo sincera, tenía sentimientos encontrados con eso de la esposa de Sebastian. Sabía con qué mujer quería casarse y para qué, y nunca pensé que pudieran disuadirlo. Obviamente no fue posible, pero temía que nunca llegara a superar sus tristezas. Por eso digo que es una grata sorpresa, y me produce un inconmensurable placer que fuera usted quien llegara a su vida. Le estoy muy agradecida.

Ariadna no dijo nada. Le devolvió el gesto e hizo una pequeña inclinación de cabeza, como si ahora fuera ella la eminencia. Sebastian acompañó a la veterana al recibidor, donde Graham la saludó con otra reverencia. No esperaba que Mariette se volviese en el último momento para dirigirse a él con seriedad.

—Se nota que es especial —acotó—. No solo para ti... Es una de esas mujeres que se convierten en la obsesión de todas las personas de su entorno sin excepción; una de las pocas cuya belleza no depende de los ojos de quien la mira, sino que reside en ella, en su interior, y es tan potente que el mundo entero puede verlo. Para colmo, tienes la suerte de que te ame lo suficiente para permitir que esta vieja fulana de mala reputación ponga un pie en la misma habitación que ella.

—Tú no eres ninguna fulana de mala reputación —repuso enseguida—. Vieja tal vez... —aguijoneó, mirándola con el rabillo del ojo. Mariette lo miró con la ceja enarcada, retándole a repetirlo—. No tiene nada que ver con el amor que te trate bien, Mar. Ella no juzga a nadie.

—Puede ser. Pero he oído hablar de Ariadna Swift lo bastante para hacerme una idea mental, y la mujer que acabo de conocer no se parece en nada a esa muñeca sin expresión que enloquecía a Londres. Ha cambiado —resumió, volviéndose—. Y las mujeres, al igual que los hombres, solo cambian por dos motivos: amor o traición. Afortunadamente para ti, a ella le sirvieron una taza de cada.

Sebastian levantó una ceja.

—¿A qué te refieres?

—A la carta que envié con las últimas noticias de tu cazador griego. ¿No la leíste? —preguntó, fingiendo asombro. Sacó el abanico acoplado entre los pechos y lo abrió de un movimiento—. Debió caer en manos de la señora Talbot, entonces...

—¿Cómo? ¿Y se puede saber qué diantres escribiste?

—Solo la verdad, querido. Que Corban está casado, tiene un hijo y es conocido en toda Inglaterra por sus numerosos *affaires* con jovencitas. ¿No te lo ha comentado?

Sebastian apretó un puño.

—¿Cuándo hiciste llegar la nota?

—Oh, hace ya bastante tiempo... ¿A qué viene esa cara, Sebas? ¿No es justo lo que esperabas? Oh, ya veo... Crees que la muchacha ha empezado a tolerarte porque no le queda otro remedio ahora que sabe que su amorcito no volverá. Deja que te diga algo respecto a eso. —Cerró el abanico y puso la mano en la cadera—. Las mujeres somos vengativas; nos suele mover el despecho... Pero tu mujer no es nada que yo haya visto antes. Es la criatura más fiel a sí misma con la que me he cruzado. Suerte para ti.

Mariette guiñó un ojo a Graham, que fingía no escuchar la conversación, y abandonó el recibidor dejando a Sebastian inseguro sobre sus pies. No estaba tan convencido de lo que la madama juraba, aun siendo una eminencia en lo que a asuntos del amor se refería, ni tampoco osaría ofenderse por elegir la que él entendía por verdad: si Ariadna, tras conocer el paradero de Corban, había decidido alimentar sus sentimientos en secreto mientras compartía su vida con él, no podría juzgarla. A esas alturas no estaba en posición de tildar al corazón de un ser humano de calculador o maniático, cuando él mismo se veía traicionado por este continuamente, buscando en mañanas y noches a una mujer que no le correspondía.

—Estoy lista.

Sebastian se volvió para mirar a la dueña de sus pensamientos. No se detuvo en estupideces tales como un vestido que hacía más de velo traidor entre el espectador y la maravilla que de decoración; sus ojos fueron el destino. Se preguntó por qué no podría simplemente dejarlo estar, ignorar la nueva información y ofrecerle su brazo. La respuesta llegó veloz a su pensamiento: la amaba.

—Parece que durante la caza animal, el señor Corban Areleous ha capturado una esposa —dijo con humor. Observó la reacción de Ariadna, que se limitó a un parpadeo. Temió su respuesta más que a nada en la vida, y fue recompensado por primera vez con la suavidad que necesitaba para tranquilizar sus instintos.

—Señor Talbot, es un poco desagradable que se refiera a las mujeres como bestias a las que lanzar un arpón.

—Creo que la señora Areleous no se quejaría si el amor que siente por él es tan grande como otros que se han visto —repuso, mirándola intensamente—. Tal vez incluso algunas de sus allegadas sintieran envidia de haber sufrido ellas la perforación de sus flechas.

—Es mucha suposición. Opino que las que ya sufrieron el abandono por sus caprichos están sobradamente curadas de melancolía.

Sebastian le sostuvo la mirada, descolocado. Esperaba que frunciera el ceño, o le echara una de esas regañinas melódicas en las que lo último que procedía era agachar la cabeza.

—¿No estás enfadada por haber buscado información sobre él?

Ella demostró no saber de qué estaba hablando, ladeando la cabeza.

—¿Por qué tendría que enfadarme?

—Por... —Ariadna lo calló apoyando la cabecita en su brazo. Parpadeó, impertérrito, sintiéndose estúpido por haber resultado tan fácil—. Por ningún motivo.

Sebastian hizo el gran esfuerzo de no mirarla más de lo debido, temiendo que no lograsen poner un pie fuera de la casa, y le ofreció su brazo no muy convencido. Aparte de haber demostrado «no» tener la fuerza de voluntad necesaria para resistirse a ella, puesto que viajó sentada en sus rodillas por orden directa suya, tenía otras graves preocupaciones que le hacían temer la primera puesta en escena en un acontecimiento público tras la muerte del duque. Evidentemente, Ariadna no fue al entierro de su excelencia, y, por desgracia para todos, aquello solo alimentó algunas de las habladurías que recorrían Londres.

Sebastian había aprendido a ignorar comentarios hirientes, fuera de lugar o directamente falsos, y le constaba que Ariadna no temía tampoco las humillaciones, pero no le gustaba la idea de exponerla a que dudaran de su naturaleza bondadosa. Por lo que llegó a escuchar de parte de sus conocidos —concretamente a los que acudió para ponerles al tanto de sus intenciones de levantar de nuevo el astillero—, algunos supuestos románticos tenían la desfachatez de declarar la muerte de Winchester como un suicidio.

Se había descubierto que dedicaba cartas al nombre de Ariadna Swift llorando por haberla perdido, lo que rápidamente trajo la atención a ella y a su maldad eligiendo a otro hombre cuando aquel la amaba de veras. Por supuesto, a Sebastian le era indiferente que pusieran en duda su respeto hacia Ariadna, cosa de la que se hablaba por sus visitas a Sodoma. Era seguro de sí mismo, y mientras ella supiera la verdad, no importaba nada más. Sin embargo, el cambio de atmósfera cuando se presentaron en el salón fue tan radical que se preguntó si no tendría que hacer algo al respecto... Y, en caso afirmativo, ¿cuál sería la solución?

Sebastian echó un vistazo alrededor. El conde de Ashton celebraba su cumpleaños, y aunque aseguraba haber invitado expresamente a sus amigos más íntimos, al ser un hombre sociable no era de extrañar que la lista de invitados rebasara los ciento cincuenta. De ese número, una buena parte tenía los ojos puestos en él... y en Ariadna, que se acercaba para saludar a sus hermanas. Sebastian pensó en adelantarse para cubrirla con su cuerpo, temiendo que se sintiera violenta al ser la comidilla de los alrededores, pero optó por reclinarse a un extremo de la sala. Las Swift eran las únicas que defenderían a Ariadna mucho mejor que él mismo.

—¿Has oído las últimas noticias? —preguntó una voz a su espalda.

—Ah, eres tú.

—Sí, soy yo. El hombre al que desplazasteis, tú y tu amigo el héroe, de una misión en la que podría haberme convertido en el nuevo salvador —exclamó Blaydes dramáticamente.

—¿Eso no es una blasfemia?

—¿Tendría derecho el burro a hablarme de orejas? —contraatacó. Sebastian puso los ojos en blanco.

—¿Cuáles son las últimas noticias?

—Voy a sentir en el alma pronunciarme así en un salón de baile y con este tono exasperante, pero me parece que dadas las circunstancias es mejor reír que llorar. Por lo que se ve, un grupo de aristócratas aburridos ha soltado al aire que podrías haber provocado tú el incendio para asesinar a Winchester. No tienes de lo que preocuparte —añadió—, esto solo lo comentó un borracho en la *crème de la crème* de los clubes de caballeros, y todos le rieron la gracia. Pero dio la casualidad de que estaba allí el aquí presente para exclamar que Sebastian

Talbot no tendría el poco gusto de matar a un hombre por su esposa. Los celos son un sentimiento, y solo los pobres los tienen; eso dije que exclamaste una vez. Igualmente, y por la forma en que te miran algunos... no creo que lo hayan olvidado. Y tu esposa tampoco.

Sebastian dirigió la vista a la figura de Ariadna, que observaba su entorno con el ceño levemente fruncido.

—No es ninguna estúpida —dijo—. Si el rumor crece, ella se enterará. Y lamento decirte que sí tendría el poco gusto de matar a un hombre por mi esposa —añadió, volviéndose hacia su amigo. Los ojos azules de Blaydes lo estudiaron con un brillo especial—. Pero no lo he hecho.

Blaydes suspiró.

—Menos mal, Talbot. —Le puso una mano en el hombro—. Si se te hubiese ocurrido, tendría que haberte eliminado de mi lista de invitados. No me gustaría introducir en la vida de mi mujer y mis hijos a un asesino... Aunque, por supuesto, estaba convencido de que no lo harías.

—Aparentemente todo el mundo lo sabía —repuso con irritación—. Todos menos yo. Ya que estabais tan seguros podríais haber intervenido antes de que ardiera mi maldito barco.

—Ese barco necesitaba arder, amigo mío. Igual que todo tu desprecio acumulado. —Hizo una pausa para otear el fondo—. No sé cómo lo hace la señora Talbot, pero siempre acaba rodeada de hombres que la agasajan.

Sebastian apreció que así era. Ariadna se había trasladado a otro punto del salón con sus hermanas mayores, donde un grupo de caballeros de rostro pálido la escuchaban hablar sin pronunciar palabra. A simple vista no le pareció que ocurriese nada extraño, pero se fijó en que apretaba ligeramente los labios y negaba con la cabeza, como si le estuvieran diciendo algo que no le gustaba. Un par de encamisados se retiraron... Y otros se acercaron, curiosos, cuando Ariadna puso un pie en el escalón cercano para hacerse más alta.

Inquieto, Sebastian imitó a los fisgones y se dirigió a ella. Blaydes se colocó a su altura enseguida, con esa impermeable sonrisa extraña que le gustaba llevar a todas partes. Los ojos de Ariadna volaban por encima de las cabezas que la atendían cuando Sebastian logró hacerse un hueco entre ellos.

—Hola a todos —saludó Ariadna con voz calma. Entrelazó los dedos de las manos y se atrevió a esbozar una sonrisa cortés, que Sebastian dedujo que no le ilusionaba mostrar—. Sé que este no es el momento ni el lugar para hacer aclaraciones, y que en realidad, en estos casos, no suelen hacerse exposiciones. Normalmente la gente, ustedes y yo, tiende a pensar lo que desea, sin importar los hechos objetivos o los sentimientos ajenos... Pero creo que nunca está de más intentarlo. Yo... —Se llevó la mano a la garganta y los miró a todos, uno a uno—. No se me da bien hablar durante mucho rato, así que seré breve.

»Sé que el señor Talbot no es un ejemplo de buena educación, modales, protocolo... y sus orígenes no son puros, tal y como se define la pureza. Sé que puede ser grosero, soberbio, mentiroso y cínico, que no le cuesta hacer sentir a su interlocutor como un estúpido y... probablemente haya desplumado a cada hombre de esta sala al menos una vez. Cuando se enfada puede ser muy vehemente, y cuando está feliz, también... No, desde luego que no lo pondría como un ejemplo de elegancia o estilo. Pero sí como uno de humanidad. Es humano —recalcó—. Ha cometido errores, se ha ganado enemigos, ha bebido demasiado... —se levantó un coro de risas nerviosas—, pero como todos nosotros. Y no por tener defectos o habernos equivocado en el pasado merecemos que nos juzguen hasta el punto de acusarnos de un accidente corroborado por más de cinco testigos.

Hizo una pausa y bajó un escalón para tender la mano a un caballero.

—Usted, vizconde Grayson... ¿Piensa que no tengo dignidad?

El hombre abrió los ojos como platos.

—Por supuesto que no, señora Talbot. Sabe perfectamente que la aprecio y admiro profundamente...

—¿Y usted, lord Weston? —Se volvió hacia otro—. ¿Cree que soy una mujer irreverente y maleducada?

—Todo lo contrario, señora Talbot...

Ariadna preguntó a tres o cuatro hombres más, que se deshicieron en halagos a la hora de definirla, mucho más prendados con su expresión que con las palabras que salían de su boca. En cuanto a Sebastian, que seguía allí de pie, había dejado de buscarle el sentido a lo que estaba ocurriendo... Pero ella no tardó en dárselo, volviendo a subir un peldaño.

—Imaginaba que así sería. Algunos de ustedes me pidieron matrimonio no hace mucho tiempo, o anunciaron sus intenciones de iniciar un cortejo, o me llenaron de lisonjas, o me invitaron a bailar, o a pasear... Símbolo de que me respetan, o incluso me tienen en estima. Si no me equivoco y sus afectos o su consideración hacia mi persona superan los límites señalados, ¿por qué no tratan con los mismos miramientos al señor Talbot? —preguntó.

Sonó como si para ella fuese estúpido preguntar aquello, como si no pudiese comprender que tuviera que hacer esa puntualización. Sebastian la vio ofuscada, herida de esa manera en que solamente Ariadna podía estarlo, y por primera vez en su vida odió que le odiasen si eso en algún modo le afectaba.

—Porque han de saber que si desprecian al señor Talbot... si lo maltratan, si lo ignoran, si son descorteses con él... están siéndolo conmigo. —Se llevó una mano al corazón—. Sebastian Talbot es una parte de mí mucho más grande de lo que podrían imaginarse. Y si no les parezco una persona insulsa y estúpida, si valoran mi ser y mi alma, no desdeñarán que admita que todo lo que soy, tengo y amo está con él o en él. Si me quieren, entenderán que yo lo quiera a él... Y que no lo querría si no se lo mereciese.

Sebastian no lo aguantó más y empujó al caballero que atendía delante para llegar a ella. Ariadna seguía hablando, pero ya no tenía oídos para nada que no fuese repetir una y otra vez la declaración de sus sentimientos. Al plantarse frente a la joven, estuvo tan seguro de que se moriría de la impresión y del amor que guardaba dentro que no se le ocurrió ninguna manera de expresarlo, salvo cogiéndola en brazos.

—¿Se puede saber qué haces? —preguntó en voz baja, bajándola al suelo. Ella lo miró muy seria.

—Estaban hablando mal de ti, y he pensado que...

—Has pensado que sería buena idea hacer esto, totalmente fuera de contexto...

—No me ha gustado que se refirieran a ti de esa manera —confesó con honestidad—, y como van a hablar siempre, creo que es mejor que lo hagan comentando este momento. ¿Por qué? ¿Estás enfadado conmigo?

Aquella pregunta, enunciada con la inocencia de una niña, le resquebrajó el corazón más aún si podía para llenarlo de un sentimiento que cruzaba los términos del amor. Sebastian sostuvo su rostro entre las manos, sin detener la sonrisa que le iba deformando las mejillas.

—¿Cómo voy a enfadarme, si soy el primero al que le encanta llamar la atención? No negaré que ha sido una buena idea, pero si pretendemos que hablen de ello para siempre, podemos hacerlo mejor.

—Ah, ¿sí? —inquirió, abriendo los ojos—. ¿Có...?

Sebastian se inclinó hacia delante y la besó en la boca a la vista de todos. Le echó la cabeza hacia atrás, sosteniéndola contra su cuerpo, y se separó solo cuando supo que le había robado el aliento. Intercambiaron una sola mirada cómplice antes de sonreír. Solo entonces, Sebastian la tomó en brazos, y sin preocuparse por las murmuraciones que se levantaron alrededor, puso rumbo a la salida. En el silencio que siguió a continuación, solo cupo la mirada emocionada de la señora Doyle y lady Ashton. La primera suspiró, incrédula, y la otra se encogió de hombros.

—Hasta el diablo se enamora —claudicó Megara.

—No, querida... —negó Penelope, cogiéndola del brazo—. Hasta el diablo sabe enamorar.

Epílogo

—«Y así lo dijo, consolándola. Tembló de gozo la muchacha, arroj... ar... jan...» —Sebastian carraspeó y entornó los ojos—, «arrojando al mar todo recuerdo de Teseo al recibir de un pr... pet... perendiente. Pendiente». —Bufó y negó con la cabeza—. «¿Pretendiente? Sí. Un pretendiente divino... la promesa de ma... trimonio.»

Sebastian levantó la cabeza y miró al niño que dormía profundamente con la manita encogida en el pecho.

—No me lo puedo creer —masculló el padre—. Intentando descifrar este estúpido texto clásico para que me deje hablando solo.

Al otro lado de la cama, Ariadna arropaba a su hijo con infinito cuidado, como si fuese a romperse. Y, en realidad, cualquier material habría combinado mejor con él que el cristal. Aun teniendo solo cinco años, Elton era un niño inquieto. Insistía en acompañar a su padre en todas sus encomiendas, realizar con él las tareas, y estando el astillero recién reformado, ya se había ganado el aprecio de todos los muchachos que trabajaron arduamente en el proyecto que ahora navegaba a toda vela. Fue idea de Elton y de nadie más que Sebastian y Ariadna emprendiesen un viaje por el Mediterráneo, para conocer con preferencia las islas griegas.

—Se ha pasado todo el día corriendo de acá para allá —repuso Ariadna—. Es lógico que estuviera cansado.

Si bien al principio le costaba demostrar muestras de cariño con su muchacho, Elton salió a su padre, manifestando enseguida el constante deseo de recibir amor por parte de la madre: ahora, Ariadna se deshacía en afectos hacia él, y un ejemplo fue el beso que depositó en su mejilla.

Sebastian asintió, pero no borró el ceño fruncido y se quedó mirando las diminutas letras que meses después de empezar su aprendizaje le seguían irritando. Siguió intentando leer para sus adentros, descifrando las extrañas palabras que aquel sabio griego plasmó hacía siglos. Le hacía especial ilusión leer aquello; las grandes gestas de Dioniso, ese dios al que tantas veces le habían asociado para burlarse de él.

Sintió una mano rozándole el hombro, y un brazo delgado envolviéndole la cintura. Sebastian cerró los ojos un instante y se echó hacia atrás, buscando la suave caricia de los labios de Ariadna. Ella se la concedió a la altura del cuello, activando la bomba de deseo que ni siquiera años después había mermado.

Sebastian se levantó, con cuidado de no molestar al intrépido Elton, y se volvió para mirar a su esposa a conciencia. Ella lo hizo a su vez, y por un segundo pareció que se estaban midiendo, decidiendo si daban la talla. Ariadna ya no estaba tan delgada gracias a la maternidad, aunque la palidez nunca podría abandonarla y eso hacía que la fragilidad la envolviera aun habiendo demostrado que era cualquier cosa excepto vulnerable. Para ella, Sebastian seguía siendo un animal peligroso, de garras afiladas y morro largo que, sin embargo, ahora buscaba todas las noches.

Ariadna lo tomó de la mano y lo sacó del camarote. Había un estrecho pasillo hasta llegar a la habitación que les correspondía, y Sebastian ya sabía que el ángel no arribaría a su destino sin perder las horquillas. Ella también debió sospecharlo; ni el asombro ni la sorpresa enturbiaron su mirada limpia cuando él tiró de su brazo, le dio la vuelta y apoyó su espalda en la pared.

Sebastian la miró con una ceja alzada, y levantó *Las Dionisíacas* para que pudiese ver el título. Ella estiró el cuello, las piernas e incluso los empeines para estar más cerca de él.

—Tú aún no estás dormida, sirenita —apostilló con humor—. ¿No quieres saber cómo acaba el cuento?

—Lo he leído. Ya sé cómo acaba.

Sebastian sonrió como el gato que se comió al canario, y se inclinó sobre su oído.

—No lo creo —susurró. Le rodeó los hombros con la mano, apartándola de la superficie para pegarla a su pecho, y colocó el volumen a su espalda para leer mientras la abrazaba—. «Alrededor de las fuentes, la Ninfa Náyade cantaba sin velo y descalza por la unión de Ariadna con la divinidad de los racimos. Eros, como adivino fogoso, tejió una corona del mismo color que las estrellas y bailó un enjambre de Amores. Adornó para Dioniso la cámara nupcial...» —Hizo una pausa. Apartó el libro, dejándolo caer al suelo con un golpe sonoro, y levantó la barbilla de Ariadna con un dedo. Siguió hablando con la entonación de lectura—. «Y Dioniso guio a la cámara nupcial a su dulce, hermosa y amada esposa, para levantar su falda, rasgarle las medias y asegurarse de que ninguna parte de su cuerpo quedaba sin besar.»

La besó en la mandíbula, y coló una mano en el escote.

—Eso no sale en el libro —susurró sin voz.

—Pero se da a entender —terció él—. No acaba ahí. «Ariadna diría el nombre de su amado entre suspiros, y temblaría violentamente siendo víctima bendita de la mejor tortura existente.» —Deslizó las mangas del vestido por los brazos, lenta y dolorosamente—. «Aprovecharía también para alabar la desenvoltura de su marido, su maestría entre almohadones, y cuánto añoraba sus besos desde la noche anterior. Ariadna no dejará nunca de decirle que le ama más de lo que creía remotamente posible... Y le devolverá cada caricia con la misma pasión.»

—Es curioso que el señor Nono de Panópolis empezase escribiendo sobre el pasado y... —se mordió el labio, sintiendo los dedos de Sebastian trazando dibujos en su vientre— y haya acabado prediciendo el futuro.

Sebastian sonrió y dedicó un delirante segundo a succionar el lóbulo de la oreja.

—No se le darían bien los tiempos verbales —susurró. Se separó un instante para mirarla, captando a tiempo su expresión de seriedad.

—¿Y no pone nada sobre Dioniso confesándole su amor?

—Por supuesto que sí —replicó. Se agachó y la cogió en brazos para seguir el camino a la lujuria—. Dioniso confesará su amor con palabras y con actos, haciéndolo durante toda la presente noche... Hasta que su bendita y gloriosa Ariadna deje de creer en deidades y leyendas para aceptar la existencia de un único dios... Aquel llamado éxtasis.